J. A. Konrath

Der Nagelkiller

Das Buch

Vor zwanzig Jahren hat die junge Polizistin Jaqueline »Jack« Daniels den sadistischen Gang-Leader T-Nail für immer hinter Schloss und Riegel gebracht.

Heute zweifelt sie daran, dass es ein »Für Immer« überhaupt gibt. Wohl kaum, wenn sie nach ihrer eigenen Ehe urteilt. Es sei denn, sie und Phin finden an diesem Wochenende wieder zusammen, in einer abgelegenen Hütte in den Wäldern von Wisconsin, die ihnen ein Freund zur Verfügung stellt.

Jack genießt die Zweisamkeit mit ihrem Mann, nicht ahnend, dass T-Nail entkommen ist und auf Rache sinnt – je blutiger, desto besser. Und er macht immer Nägel mit Köpfen.

Der Autor

J.A. Konrath hat im Rahmen seiner Jack-Daniels-Serie bereits neun Romane verfasst, die in keiner bestimmten Reihenfolge gelesen werden müssen. In deutscher Sprache sind bisher die Titel »Mr. K«, »Kite«, »Der Lebkuchenmann«, »Guter Bulle, böser Bulle«, »Alle wollen Tequila«, »Die Psychopathen«, »Der Chemiker«, »Die Scharfschützen« und »Die Erzfeinde« erschienen.

Konrath hat unter dem Pseudonym Jack Kilborn mehrere Horrorromane verfasst, darunter die Bestseller »Angst«, »Trapped: Die Insel des Dr. Plincer«, »Das Hotel« und »Draculas«.

Die Verkaufszahlen von J.A. Konraths E-Books haben die Millionengrenze überschritten.

J.A. KONRATH

DER NAGELKILLER

EIN
JACK-DANIELS-THRILLER

Aus dem Amerikanischen von Peter Zmyj

Die Originalausgabe erschien 2016 unter dem Titel
»Rum Runner« im Selbstverlag.

Deutsche Erstveröffentlichung bei
Edition M, Amazon Media EU S.à r.l.
5 Rue Plaetis, L-2338, Luxembourg
Dezember 2016

Die Übersetzung dieses Buches wurde durch AmazonCrossing ermöglicht.

Umschlaggestaltung: bürosüd° München, www.buerosued.de
Umschlagmotiv: © Photo by Krystal South / Getty; © Petrov Stanislav / Shutterstock
Lektorat: Simon Jaspersen
Printed in Germany
By Amazon Distribution GmbH
Amazonstraße 1
04347 Leipzig, Germany

ISBN: 978-1-503-94245-5

www.edition-m-verlag.de

Vorwort

Die Handlung des vorliegenden Romans spielt zur gleichen Zeit wie »Webcam«, ein Spannungsroman mit Horrorelementen, den ich unter meinem Pseudonym Jack Kilborn verfasst habe, und »Watched Too Long«, einem Kurzthriller von mir und meiner häufigen Koautorin Ann Voss Peterson. Einige Figuren und Situationen tauchen in allen drei Geschichten auf, sodass es zu Überschneidungen kommt.

Zum Verständnis der Handlung ist es jedoch nicht erforderlich, alle drei Bücher zu lesen. Jede dieser Geschichten ist in sich abgeschlossen, kann unabhängig von den beiden anderen gelesen werden und enthält keine Spoiler, die das Lesevergnügen beeinträchtigen.

Abgesehen davon war es eine aufregende Herausforderung, drei miteinander verwobene Geschichten zu schreiben, und ich hoffe, dass dieses Experiment bei meinen Lesern gut ankommt. Wenn Ihnen »Der Nagelkiller« gefallen hat, versuchen Sie es doch bitte auch mit »Webcam« und »Watched Too Long«. Es hat mir großen Spaß gemacht, diese Trilogie zu schreiben.

Wie immer möchte ich Ihnen auch diesmal dafür danken, dass Sie meine Bücher lesen.

Joe Konrath

Vor Zwanzig Jahren

JACK

»Du siehst … äh … toll aus«, sagte Detective Herb Benedict zu mir.

Meine Bonjour-Jeans hatte ein Loch am Knie und war so verdreckt, dass das Blau eher wie Grau aussah. Außerdem fehlte eine Gesäßtasche. Auf meinem T-Shirt stand FRANKIE SAYS RELAX, aber vor lauter Schmutzflecken konnte man die Buchstaben kaum erkennen. Ein Ärmel hing an ein paar losen Fäden, der andere fehlte ganz. Meine Füße steckten in einem Paar Keds-Turnschuhen, die mich im Secondhandladen der Heilsarmee ganze fünfundzwanzig Cents gekostet hatten. Sie waren so ausgelatscht, dass ich mir vorkam, als hätte man mich abgezockt.

»Das T-Shirt riecht echt übel«, sagte ich.

»Ich hab es aus der Rechtsmedizin.« Herb zuckte mit den Schultern. »Der ursprüngliche Besitzer braucht es nicht mehr.«

Ich wusste nicht, ob das ein Scherz war, und es war mir auch egal. Mein Kollege hielt einen Weinkorken in der Hand, den er mit dem Zigarettenanzünder unseres Wagens angeschwärzt hatte. Er tupfte immer wieder mit dem Zeigefinger darauf und verschmierte den Ruß in meinem Gesicht. Dabei summte er ein Lied, dessen Melodie falsch klang, mir aber trotzdem irgendwie bekannt vorkam. Verrückterweise musste ich an diese Malsendung bei dem Fernsehsender PBS denken, wo ein Künstler die Leinwand mit niedlichen kleinen Büschen und Bäumen bekleckste.

»Was für ein Lied summst du da?«, fragte ich, hauptsächlich, um mich abzulenken. »*Truckin*. Von den Grateful Dead. Jerry Garcia ist gestern gestorben.«

Ich musste daran denken, wie makaber der Name der Band in diesem Zusammenhang klang. »Ob er wohl ein dankbarer Toter ist?«

Ein lahmer Witz. Ich versuchte, den Kloß in meinem Hals hinunterzuschlucken, aber mein Mund war dafür zu trocken.

Herb lehnte sich zurück und begutachtete seine Arbeit. »Wir müssen etwas mit deinen Haaren machen.«

»Wieso?«

»Sie sehen zu schön aus.«

»Danke. Man nennt diesen Haarschnitt auch ›Rachel-Frisur‹. Schaust du dir die Serie *Friends* an?«

»Er ist zu modisch. Cracksüchtige scheren sich nicht um Mode.«

Ich fuhr mir mit den Fingern durch die Haare. »Diese hier schon.«

»Im Ernst, Jack. Junkies geben kein Geld für Haarspray aus. Auch nicht für Klamotten und Lebensmittel. Das geht alles für Crack drauf, sonst nichts. Wenn du mit der Frisur da reingehst und dich als Käufer ausgibst, weiß T-Nail sofort, dass du eine Drogenfahnderin bist.«

Ich kaute auf der Unterlippe und schmeckte verbrannten Weinkorken. Heute Morgen hatte ich zwanzig Minuten gebraucht, um meine Frisur in Schuss zu kriegen. Aber Herb hatte recht. Terrence Wycleaf Johnson, den sie auf der Straße

T-Nail nannten, war ein äußerst übler Bursche und der Hauptverdächtige in über zwei Dutzend Foltermorden. Wenn ich an ihn herankommen wollte, musste meine Verkleidung authentisch wirken.

»Also gut.« Ich schüttelte den Kopf und brachte die Haare mit den Fingern durcheinander.

»Sieht immer noch zu schön aus.«

Ich runzelte die Stirn. »Hast du zufällig Haarspray oder Gel dabei?«

»Ich habe nicht einmal einen Kamm. Schau mich an und sage mir, ob ich ein Mann bin, der übermäßigen Wert auf sein Äußeres legt.«

Herbs Übergewicht betrug fast dreißig Kilo, und seine neuesten Essgewohnheiten deuteten darauf hin, dass Schlimmeres bevorstand. Die Flecken auf seiner Krawatte verrieten seine Vorliebe für fettige Cheeseburger, in Ketchup schwimmende Pommes und Hotdogs mit Chilisoße. Sein dichter Schnurrbart kringelte sich und war auf der linken Seite etwas kürzer.

Herb Benedict war ein guter Polizist, würde aber in absehbarer Zeit nicht auf dem Cover der Zeitschrift GQ erscheinen. Eigentlich hätte ich ihm das sagen können, aber er war älter als ich und verdiente ein gewisses Maß an Respekt.

Außerdem war er im Augenblick der Mann, der mir Rückendeckung gab.

Auf dem Boden des Wagens fand ich die Donut-Tüte. Darin befanden sich ein paar extra Behälter mit Kaffeesahne, die von unserem Morgenkaffee übrig geblieben waren. Ich nahm drei davon, schüttete den Inhalt in meine hohle Hand und schmierte ihn mir in die Haare. Dann betrachtete ich meine Arbeit in Herbs Rückspiegel.

Igitt! Tschüss, Jennifer Aniston, Modepüppchen. Hallo, Jack Daniels, Cracksüchtige.

»Noch etwas, Mrs Daniels.«

Herb deutete auf meine linke Hand. Ich starrte auf meinen Ehering. Ein funkelnder Diamant in Goldfassung. Jedes Mal, wenn ich ihn ansah, hatte ich gemischte Gefühle. Ich liebte Alan, obwohl mein Mann nicht gerade leicht zufriedenzustellen war. Manchmal wunderte ich mich darüber, dass ich überhaupt geheiratet hatte. Ich verbrachte viel zu viel Zeit mit meiner Arbeit und war zu Hause nicht leicht zu ertragen. Aber hier war der Beweis: ein großer protziger Edelstein, der von so vielen kleineren Steinen eingerahmt war, dass es den Anschein hatte, als hätte ich einen Kristallleuchter am Finger.

Ich zog an dem Ring, wunderte mich, dass er sich so leicht entfernen ließ, und gab ihn Herb. Er steckte ihn in seine Brusttasche.

»Ich bewahre ihn für dich auf.«

Seine Stimme klang ungezwungen, aber ich verstand ihn so, dass er mir den Ring wiedergeben würde, falls ich heil zurückkehrte, oder dafür sorgen würde, dass Alan ihn bekam, falls mir etwas zustieß.

»Danke.«

Herb öffnete ein ramponiertes Plastikköfferchen und gab mir das Ohrhörer-Funkgerät. Es hatte die Größe eines Hörgeräts. Winzig, aber erstaunlicherweise drahtlos. Was für ein Unterschied gegenüber vor ein paar Jahren, als Funksender eine gefühlte Tonne wogen und in nichts Kleinerem als einer Handtasche versteckt werden konnten.

Während Herb an den Einstellungen des Empfängers herumfummelte, stützte ich den linken Fuß auf dem Armaturenbrett ab und band die dreckigen Schnürsenkel meiner Turnschuhe. Dann krempelte ich das Hosenbein hoch und überprüfte meine Waffe, eine Seecamp .32ACP, die in einem Knöchelhalfter mit Klettverschluss steckte. Sechs Kugeln im

Magazin plus eine im Lauf. Das beruhigte mich nicht. Crackhäuser waren wie Festungen, bewacht von Bandenmitgliedern, die Mac-10-Maschinenpistolen und die neueste Kevlar-Körperpanzerung trugen. Über meine Spielzeugpistole würden die bloß lachen.

»Test … Test … eins, zwei, drei. Hörst du mich, Jack?«

»Perfekt. Du klingst, als stündest du direkt neben mir.«

Meine Stimme drang schwach und blechern durch den Empfänger.

»Sehr witzig, Rachel. Wie geht es Ross und Joey?«

»Du schaust dir also doch *Friends* an.«

»Das schaut doch jeder. Funktioniert der Ohrhörer?«

»Ja.«

Ich schaute in den Spiegel und vergewisserte mich, dass meine Haare den Ohrhörer bedeckten. Dann rieb ich mir noch mehr Ruß unter die Augen, was mir ein gehetztes Aussehen verlieh. Mein letzter Einsatz als verdeckte Ermittlerin lag einige Jahre zurück, und der Gedanke machte mir Angst. Damals war es nicht gut ausgegangen, und ich hoffte, dass es nicht wieder in einem Fiasko endete.

Herb legte mir eine Hand auf die Schulter.

»Spiel nicht den Helden, du Draufgängerin. Du bist nur hier, um einen Kauf vorzutäuschen und nachzusehen, ob T-Nail zu Hause ist. Den Zugriff führen die Jungs vom Special Response Team durch.«

Ich nickte, aber es beruhigte mich nicht. Herb parkte sechs Straßen von dem Crackhaus entfernt, außerhalb des Reviers der Straßenkinder, die nach Polizisten Ausschau hielten. Und zwischen mir und dem Special Response Team lagen drei Kilometer. Falls ich in Schwierigkeiten geriet, wäre ich längst tot, ehe Verstärkung eintraf.

Ich biss die Zähne zusammen und versuchte, mit Willenskraft das Zittern meiner Hände zu stoppen. Herb musste das bemerkt haben, denn er legte mir in einer brüderlichen Geste die Hand auf die Schulter.

»Wird schon gut gehen. Ein schnelles Rein und Raus. Wie ein Besuch im Lebensmittelladen um die Ecke, um Obst zu kaufen.«

Mein Lebensmittelhändler besaß allerdings keine Feuerwaffen, die tausend Patronen in der Minute verschossen. Aber das war der Grund, warum ich die Beförderung zur Mordermittlerin angenommen hatte. Verkehrskontrollen und die Festnahme von betrunkenen Vorstadtbewohnern in Sportbars gehörten zweifellos zu den Aufgaben der Polizei, aber ich war Polizistin geworden, um Verbrecher zu fangen. Richtige Verbrecher.

T-Nail gehörte definitiv in die Kategorie Schwerverbrecher. Im vergangenen halben Jahr waren überall in Chicago Leichen mit mehreren Knochenbrüchen und Löchern in Armen und Beinen aufgetaucht. Die Hypothese des Rechtsmediziners lautete, dass man sie an etwas genagelt hatte, wahrscheinlich eine Wand oder einen Boden, und anschließend totgeschlagen hatte. Die Mehrzahl der Opfer waren Mitglieder der Vice Lords und Latin Kings, Banden, die zu einer Allianz namens People Nation gehörten. T-Nail war ein hohes Tier bei den Eternal Black C-Notes, die zur gegnerischen Folk Nation gehörten, und man munkelte, dass er sein Revier ausgedehnt hatte. Die Abteilung für Bandenkriminalität beim Chicago Police Department bestätigte diese Version.

Außerdem lautete der Spitzname dieses Mannes T-Nail. Eindeutiger ging es nicht.

Das Problem war, dass es keine Zeugen, keine Informanten und keine Insider gab, die T-Nail mit den Morden in Verbindung brachten.

Zumindest nicht bis gestern Abend, als sich plötzlich ein Zeuge meldete – der Bruder eines Jungen, den T-Nail getötet hatte – und sich bereit erklärte, vor Gericht gegen den Gangster auszusagen und ihn mit diesem und zwei weiteren Morden zu belasten. Aber bevor wir T-Nail verhaften konnten, mussten wir erst seinen Aufenthaltsort bestätigen. Die People und Folk Nation behielten die Angehörigen des Chicago Police Departments sorgfältig im Auge – umgekehrt machten wir es genauso. Wir brauchten also ein neues Gesicht. Gegenwärtig gab es keine Frauen in der Abteilung für Bandenkriminalität, weshalb mein Captain mir den Auftrag erteilte, in das Wohnbauprojekt zu gehen und nachzusehen, ob T-Nail sich dort aufhielt. Wenn ja, würde ich das Special Response Team benachrichtigen, und die Jungs würden herbeieilen und den Zugriff durchführen.

Eigentlich ganz einfach.

Trotzdem war mir schlecht vor Angst, und meine Handflächen schwitzten so sehr, dass ich Schwimmhäute an den Fingern bekam.

»Ich mag nicht verdeckt arbeiten«, sagte ich mit einem Seitenblick auf Herb. »Saugefährlich.« Kaum waren mir die Worte über die Lippen gekommen, fühlte ich mich wie ein schwaches kleines Mädchen.

»Angst gehört zu unserem Job. Der Tag, an dem du keine mehr hast, ist der Tag, an dem du stirbst.«

Ich ließ die Worte auf mich einwirken. »Danke.« Wie erfrischend Herb doch war im Vergleich zu meinem früheren Partner, einem Idioten namens Harry. Mit dem Typen würde ich nie wieder reden, das hatte ich mir geschworen.

»Viel Glück, Jack.«

Ich nickte, stieg aus dem Wagen und betrachtete aufmerksam die Umgebung.

An diesem späten Vormittag war es heiß in Chicago, um die dreißig Grad, und die Sonne brannte vom Himmel herab, als wäre sie sauer auf uns. Wir parkten neben der ausgebrannten

Fassade eines Geschäfts, dessen mit Brettern vernagelte Fenster Bandensymbole zierten. Der Gehsteig war schmutzig und sah aus, als hätte sich jemand mit einem Presslufthammer ausgetobt. Vor Herbs Wagen war ein alter, bis auf das Fahrgestell ausgeschlachteter Ford auf Ziegelsteinen aufgebockt. Hinter uns gähnte ein Schlagloch, so groß, dass darin selbst die Achse eines Lastwagens gebrochen wäre.

Der Stadtteil Bronzeville war noch nicht der Gentrifizierung zum Opfer gefallen.

Ich versuchte, mich in meine Undercover-Rolle zu versetzen, was nicht gerade leicht war. Schließlich war ich eine weiße, verheiratete Polizistin, die in einem Mittelschichtenhaushalt in der North Side von Chicago aufgewachsen war. Ich kannte also weder Armut noch Drogensucht. Meine bisherige Erfahrung mit Drogen ging über verschreibungspflichtige Schmerztabletten und ein paar Züge aus einer Gras-Bong in meinen Collegetagen nicht hinaus. Damals hatte ich Nancy Reagans Aufforderung ignoriert, Nein zu Drogen zu sagen. Ich hatte keine Ahnung, was es hieß, in Armut und Perspektivlosigkeit zu leben und ständig zugedröhnt zu sein, und meine schauspielerischen Fähigkeiten beschränkten sich auf das Vortäuschen eines Orgasmus im späten Teenageralter.

Trotzdem musste ich es irgendwie schaffen, überzeugend zu wirken. Ich ließ die Schultern hängen, fiel in einen schlurfenden Gang und setzte einen Gesichtsausdruck auf, dessen Botschaft aus einer Kreuzung zwischen »das Leben ist Scheiße« und »leg dich bloß nicht mit mir an« bestand. So getarnt, schleppte ich mich in östlicher Richtung auf das Crackhaus zu.

Zwei Straßen weiter erblickte ich den ersten Aufpasser – einen schwarzen Jungen mit Markenturnschuhen, die mindestens hundert Dollar kosteten, und einem Infusionsbeutel auf dem Kopf, um sein Chicago-Bulls-Trikot vor den aufgetragenen Haarwuchspräparaten zu schützen. Er war höchstens zwölf Jahre alt. Eigentlich war es ein Schultag, aber ich glaube nicht, dass er sich darum scherte.

Er musterte mich misstrauisch, als ich näher kam. Eine komische weiße Tussi in Pennerklamotten, die sich langsam, aber zielgerichtet vorwärtsbewegte. Vielleicht eine verdeckte Ermittlerin der Polizei?

Nein, ich bin nur eine Cracksüchtige. Funk bloß deinen Boss nicht auf seinem Pager an.

»Alles klar, Jack?«

Herbs Stimme in meinem Ohrhörer.

»Wieso baut die Stadt hier keine neuen Gehsteige?«, sagte ich, während ich einem Abschnitt aufgerissenen Betons auswich, der so zerklüftet war wie ein Mondkrater.

Der Aufpasser sah zu mir hinüber, während ich sprach. Ich legte die rechte Hand auf den Bizeps des linken Arms und ließ diesen mitsamt ausgestrecktem Mittelfinger hochschnellen – einen Gruß, den man überall auf der Welt verstand. Der Junge erwiderte die Geste. Als ich an ihm vorbeischlurfte, rümpfte er angesichts meines Körpergeruchs die Nase. Er schaute teilnahmslos drein und wandte den Blick von mir ab. Anscheinend hielt er mich für harmlos. Eins zu null für Herbs Make-up-Zauberkünste.

»Das ist der Wohlfahrtsstaat«, sagte Herb. »Steuerzahler bekommen ihre Straßen repariert. Sozialhilfeempfänger kriegen nichts. Bist du schon bei den Homes?«

Herb meinte damit die Robert Taylor Homes, ein Wohnbauprojekt, das sich von der 39sten bis zur 54sten Straße erstreckte. Achtundzwanzig Hochhäuser mit je fünfzehn Stockwerken, in denen über zwanzigtausend Menschen wohnten, neunundfünfzig Prozent davon arbeitslos. Trostlos und hässlich wirkten diese hohen Gebäude eher wie Gefängnisse als wie Orte, in denen Familien lebten. Die Balkone waren mit Sicherheitsgittern versehen, um zu verhindern, dass Leute von ihnen heruntersprangen oder heruntergeworfen wurden. Rasen gab es keinen, nur unkrautüberwucherte und vermüllte Erdflächen. Glasscherben, wo man hinschaute, und hin und wieder eine Injektionsnadel.

Ich verzog das Gesicht. Das hier war ein Slum. Ein Getto. Ein Ort der Hoffnungs- und Perspektivlosigkeit.

Mein Ziel war die schlimmste Ecke des Viertels und hieß im Volksmund »das Loch«. Als ich mich dem Gebäude näherte, in dem T-Nail sich aufhielt, spürte ich, wie mein Herz schneller schlug.

»Ich bin da«, sagte ich und bog in die State Street. »Hier sieht es aus wie in Beirut.«

»In Beirut gibt es nicht so viele Feuerwaffen. Bleib wachsam.«

Als ob ich mich in einer Gasse zusammenrollen und Mittagsschlaf halten würde.

Ich hielt auf den Eingang zu. Drei Afroamerikaner lungerten dort herum und warfen sich einen Basketball zu. Trotz der Hitze trug jeder von ihnen eine Trainingsjacke mit dem Logo der Chicago Bulls. Aus einem Gettoblaster dröhnte Rapmusik mit aggressiven Hasstiraden gegen die Bullen.

»Drei Aufpasser vorne am Eingang«, sagte ich.

Plötzlich hörten sie auf, den Ball zu dribbeln, und starrten mich an. Einer griff unter seine Jacke. Meine Füße fühlten sich schwerer an und die Zeit schien langsamer zu verstreichen.

»Haste dich verlaufen, Schlampe?«

Ein junger Mann, noch nicht einmal dem Teenageralter entwachsen. Die Baseballkappe trug er mit dem Schirm nach rechts gedreht.

»Jamal hat mich geschickt«, sagte ich und hoffte, dass das Passwort noch galt.

Er musterte mich und griff sich in den Schritt. »Hast du Knete, oder willst du mir für das Crack einen blasen?«

Seine Kumpels lachten und klatschten sich ab. Ich wollte an ihnen vorbeigehen, aber der junge Mann packte mich am Arm.

»Ich hab dich was gefragt, Schlampe.«

Ich verspürte einen unbändigen Drang, mich loszureißen und zur Waffe zu greifen, weigerte mich aber, meine Handlungen von Angst kontrollieren zu lassen. Eine echte Cracksüchtige hätte keine Angst. Sie hätte solche Situationen schon hundert Mal erlebt. Sie würde mit Langeweile oder vielleicht sogar mit Wut reagieren, sich jedoch nicht von ihrem Fix abhalten lassen.

»Ich habe Geld.«

Er rührte sich nicht.

»Lässt du mich es ausgeben oder muss ich woanders hingehen?«

Wir starrten uns an. Seine Augen sahen viel älter aus als meine.

»Fünf-fünfzehn.« Er ließ meinen Arm los.

Mit laut pochendem Herzen schob ich mich an ihm vorbei. Dann schluckte ich, sog mir heiße Stadtluft in die Lunge und betrat das Crackhaus, um einen mordlustigen Psychopathen zu finden, der sich inmitten einer Gruppe gefühlloser Killer versteckte.

Die Eingangstür war aus den Angeln gehoben. Ich ging an zwei afroamerikanischen Kindern vorbei, die auf dem Boden Jacks, ein Ballspiel, spielten. Statt Gummibälle verwendeten sie jedoch Steine. Im Inneren des Gebäudes war es dunkel – die Deckenbeleuchtung war kaputt – und es stank nach Pisse und Körpergeruch. Der verschrammte Boden fühlte sich unter meinen Turnschuhen klebrig an. Ich drückte auf den Fahrstuhlknopf.

»Der funktioniert nicht«, sagte eines der Kinder.

»Das hat er noch nie«, sagte das andere.

Ich blickte mich nach einem Treppenhaus um, fand eines und machte mich auf den Weg nach oben. Es war heiß, muffig und dunkel. Ein Treppengeländer gab es schon lange nicht mehr, und die Wände und Treppenstufen waren mit Graffiti beschmiert. Eine Ratte huschte an meinen Füßen vorbei. Ich stieß einen unfreiwilligen Schrei aus und war froh, dass mich niemand hörte und sah.

Du bist 'ne Cracksüchtige, Jack. Du bist an Dreck gewöhnt.

Allerdings fragte ich mich, wie sich Menschen jemals daran gewöhnen konnten, so zu leben.

Dumme Frage. Deshalb rauchten sie ja Crack.

Dank meiner guten Kondition war ich nicht aus der Puste, als ich im fünften Stock ankam. Aber bei einem Drogensüchtigen musste man das Gegenteil erwarten, also schnaufte ich, wankte ein bisschen und stützte mich an den Wänden ab, als ich den Flur entlangging. Die beiden Bandenmitglieder, die vor Apartment 515 Wache schoben, ignorierte ich.

Der eine trug eine lilagoldene Strickmütze mit einem Logo der L.A. Lakers und einen dazu passenden Kapuzenpulli über einem grünen Hemd. Die Schnürsenkel seines rechten Turnschuhs waren offen. Der andere hatte einen freien Oberkörper und trug ungefähr ein Dutzend dünne Goldkettchen um den Hals. Seine Jeans waren so schlabberig, dass ich mich wunderte, wieso sie nicht ständig herunterrutschten. Um den rechten Fußknöchel hatte er ein Tuch in den Farben Lila, Grün und Gelb geschlungen.

»Was haben wir hier?«, fragte der mit dem freien Oberkörper. Er hatte einen diamantenbesetzten Frontzahnaufsatz aus Gold.

»Jamal hat mich geschickt«, sagte ich.

Er reckte die Brust heraus. »Jamal is' nich' da!«

Ich wollte die Hand auf den Türgriff legen, aber der Junge schubste mich unsanft weg. Er war im fortgeschrittenen Teenageralter und etwa so groß wie ich, allerdings kräftiger gebaut.

Ich brauchte gar nicht erst so zu tun, als hätte ich Angst, denn ich hatte sie wirklich.

»Will mir bloß was zu rauchen kaufen«, murmelte ich.

»Wenn du Schlampe Crack willst, musst du mir erst den Schwanz lutschen!« Er fasste sich an den Schritt seiner schlabberigen Jeans, worauf er und sein Kumpel lachten und sich abklatschten.

Ich ließ mir meine Optionen durch den Kopf gehen. Zwei Teenagern einen zu blasen, gehörte nicht dazu. Die beiden zu erschießen, kam ebenfalls nicht infrage, obwohl sie zweifellos bewaffnet waren. Außerdem würde eine echte Drogensüchtige sich nicht wehren. Beim geringsten Anzeichen von Widerstand würden die beiden mich für eine Polizistin halten.

»Verschwinde von dort«, flüsterte Herb mir ins Ohr.

Ein guter Rat. Aber ich war noch nicht dazu bereit, abzuhauen.

Ich rieb mir mit dem Handgelenk über den Mund, damit die beiden nicht sehen konnten, wie ich auf die innere Unterlippe biss.

»Wenn ich dir einen blase, krieg ich's dann umsonst?«, fragte ich.

»Umsonst? Hier gibt's nix umsonst. Du lutschst mir und meinem Kumpel die Schwänze, und dann darfst du Crack kaufen.«

»Okay«, sagte ich und öffnete den Mund, damit die beiden das Blut sahen.

»Scheiße! Die Schlampe hat Herpes, Cleve!«

Cleve versetzte mir einen Stoß. »Das ist ja ekelhaft! Hau bloß ab, du dreckige Nutte!«

Ich spuckte auf den Boden. »Lasst ihr mich jetzt rein?«

Die beiden traten von der Tür zurück und hoben die Hände, als hätten sie Angst davor, mich zu berühren. Ich drehte den Türknauf und ging hinein.

Das Zimmer war schmuddelig und verraucht. Es roch nach brennenden Kugelschreibern und Pisse.

Crack. Den Geruch kannte ich. Schließlich hatte ich schon einige Drogensüchtige festgenommen.

Eine junge Afroamerikanerin saß auf der Couch und paffte an einer rußgeschwärzten Glaspfeife. Im Türrahmen daneben hatte ein Bandenmitglied Sex mit einem anderen Mädchen, das sich mit einem bis zu den Hüften hochgerutschten Jeansrock vornüberbeugte. Anscheinend bemerkte sie nicht einmal, dass der Kerl sie von hinten rammelte. Sie hatte glasige Augen wie ein Schlafwandler.

Ein Junge mit verspiegelter Sonnenbrille und einer Chicago-Bulls-Baseballkappe, an der noch das Preisetikett hing, saß auf einem verschlissenen Sessel in der Ecke des Zimmers. Er schaute sich eine Comicsendung im Fernsehen an, dessen Ton ausgeschaltet war. Auf seinem Schoß lag eine Walther-Maschinenpistole. Er deutete mit dem Daumen auf eine andere Tür, und ich nickte und ging hinein. Drinnen saß ein Kerl hinter einem Schreibtisch. Um den Kopf hatte er ein lila Tuch geschlungen. Neben der Tür stand ein Typ mit Tarnhose und einem El-Rukin-Fez auf dem Kopf. Beide waren bewaffnet. Bis jetzt hatte ich hier keinen gesehen, der älter als zwanzig war. Und keiner von ihnen war T-Nail.

»Was willste?«, fragte der Kerl hinter dem Schreibtisch.

»Crack.«

»Wie viel?«

»Ein Viertel.«

Er öffnete eine Schublade und nahm eine winzige Tüte heraus, die etwa einen Quadratzentimeter groß war. Darin befanden sich vier winzige Stückchen, jedes von der Form und

Größe eines Aquariumkieselsteins. Ich holte fünfundzwanzig Dollar aus der Vordertasche und legte sie auf den Tisch.

Keiner bewegte sich. Das Schweigen zog sich in die Länge.

Schließlich hielt der Typ mit dem Kopftuch mir die Tüte hin, zog sie aber wieder zurück, als ich die Hand danach ausstreckte.

»Hab dich hier noch nie gesehen.«

»Meine andere Quelle ist versiegt.«

»Bei wem kaufst du?«

»Terrell in Bridgeport. Aber der ist nicht da.«

Der Typ mit dem Kopftuch grinste. Er wusste, was ich wusste – T-Nail hatte Terrell umgebracht und sich dessen Revier unter den Nagel gerissen.

»Rauch das Zeug«, sagte er und warf mir die Tüte zu.

Ich fing sie auf, schloss die Hand zu einer Faust und wandte mich zum Gehen um.

Der mit der Tarnhose versperrte mir den Ausgang.

»Willst du nicht hier rauchen?«, fragte der mit dem Kopftuch.

»Hab meine Pfeife vergessen.« Ich gab mir Mühe, meiner Stimme die Angst nicht anmerken zu lassen. Ein Junkie, der sich gerade Stoff beschafft hat, hätte keine Angst, sondern wäre ganz versessen auf das Zeug. »Hast du eine?«

»So 'n hübsches Ding wie du kann gerne meine haben.«

Ich drehte mich wieder um. Der Kopftuchmann hielt mir ein Glasröhrchen von der Größe eines Zigarillos hin. In das eine Ende stopfte er Stahlwolle.

Ich hatte für so eine Situation vorgesorgt. Einige Wochen zuvor hatten uniformierte Kollegen ein paar Betrügern, die im Lincoln Park falsches Crack vertickten, mehrere Unzen von dem Stoff abgenommen. Klümpchen aus Milchpulver, die man mit Kaffee gefärbt hatte. In meiner Gesäßtasche befanden sich ein paar davon. Wenn nötig, könnte ich die rauchen.

Aber wie konnte ich das falsche Crack aus der Tasche ziehen, während zwei Augenpaare mich genau beobachteten?

Ich griff nach der Pfeife und nahm sie zwischen zwei Finger. Plötzlich nahm ich hinter mir eine Bewegung wahr.

»Bist du 'n Bulle?«, fragte eine tiefe Stimme. Richtig tief und kratzig, wie ein Bär, dem man das Sprechen beigebracht hatte.

Ich sah mich um.

T-Nail.

Ich erkannte ihn von dem Fahndungsfoto wieder, das schon einige Jahre alt war. Inzwischen hatte er sich verändert. Genauer gesagt: Er war gewachsen.

Als T-Nail mit fünfzehn wegen Verkaufs von Marihuana verhaftet worden war, hatte er achtzig Kilo bei einer Größe von einem Meter siebenundsiebzig gewogen. Der Fleischberg, der jetzt vor mir stand, maß mindestens einen Meter fünfundneunzig, mit großem Brustkasten, Beinen wie Baumstämmen und einem Bizeps von der Größe einer Bowlingkugel. Er trug eine mit Bandenabzeichen und -symbolen bestickte schwarze Lederweste. Wegen der großen Narben im Gesicht, auf denen keine Haare mehr wuchsen, war der Bart an einigen Stellen kahl wie das Fell eines räudigen Hundes. Man munkelte, dass ein Rivale T-Nail eine brennende Tasse Benzin ins Gesicht geschleudert hatte. T-Nail hatte den Mann angeblich erschlagen, während sein Gesicht noch brannte.

»Bin kein Bulle«, sagte ich.

»Hat einer von euch Witzfiguren die Schlampe abgetastet?«

Der mit dem Kopftuch und der mit dem Fez zuckten mit den Schultern. T-Nail kam mit rollendem Gang zu mir und fasste sich dabei an den Schritt. Er legte mir eine Hand auf den Hals. Sie war so groß, dass er ihn damit fast vollständig umfassen konnte. Mit der anderen Hand betatschte er mein Hemd, meine Brüste und meine Hüfte. Er kniete sich mit einem Bein vor mir hin, ohne den Blickkontakt zu unterbrechen. In dieser Stellung war er fast so groß wie ich. Als die Hand zwischen meine Beine wanderte, überlegte ich, ob ich pissen sollte. Erstens, weil ihn das von seiner Leibesvisite abhalten würde. Zweitens, weil mir vor Angst fast die Blase platzte.

»Du bist T-Nail«, sagte ich mit zitternder Stimme.

Seine Hand streifte über meinen Hintern und wanderte weiter zu meinen Schenkeln.

»Du kennst mich?«

»Hab von dir gehört.«

»Was hast du gehört?«

Er berührte meine Knie. In ein paar Sekunden würde er die Seecamp in meinem Knöchelhalfter finden.

»Hab gehört, dass du Leute am Boden festnagelst.«

Er behielt seine ausdruckslose Miene bei. Aber im Gegensatz zu den anderen Bandenmitgliedern, die mir bei diesem kleinen Abenteuer begegnet waren, waren T-Nails Augen nicht tot, sondern wachsam.

Ich hatte Angst, und er weidete sich daran.

»Du hast gehört, dass ich Leute am Boden festnagele?«

Ich nickte.

»Vor ein paar Wochen hab ich ein Mitglied der Vice Lords in meinem Revier erwischt. Hab mir 'ne Nagelpistole genommen und ihm hier einen verpasst.« Er drückte mein Bein knapp oberhalb der linken Kniescheibe. »Und hier.« Er drückte mein rechtes Bein.

Sein Griff war so fest, dass ich vor Schmerz stöhnte.

Herb würde das Special Response Team verständigen, und sie würden mir zu Hilfe eilen. Aber sie würden zwei Minuten brauchen, um das Gebäude außen zu sichern, und eine weitere Minute, um nach oben zu kommen. Oder länger, falls T-Nails Leute Widerstand leisteten. Bevor sie hier auftauchten, blieb

T-Nail mehr als genug Zeit, mich umzubringen oder Schlimmeres mit mir anzustellen.

»Das mit dem Boden stimmt nicht. Ich hab's gemacht wie bei den alten Römern. An die Wand, wie bei 'ner Kreuzigung.« T-Nail drückte fester zu.

»Ich will doch bloß was rauchen«, brachte ich kaum hörbar hervor.

»Dann rauch doch, du Schlampe.«

Ich führte die Glaspfeife zum Mund, steckte sie zwischen die Lippen und versuchte, mit zitternden Händen die Tüte zu öffnen.

T-Nail ließ mein Knie los –

– und nahm mir vorsichtig die Tüte aus der Hand.

Mit kleinen, präzisen Bewegungen schüttelte er die Crackstückchen in seine Hand, nahm sich eins und drückte es auf die Stahlwolle meiner Pfeife. Er drückte so fest, dass das Glas gegen meine Zähne stieß. Dann erhob er sich, sodass er in voller Größe vor mir stand und mich überragte, und langte in die Hosentasche.

Er holte ein Feuerzeug heraus, auf dem ein gelber Smiley prangte, und ließ die Flamme aufflackern. Mit der anderen Hand packte er mich fest am Hals und hob mich auf die Zehenspitzen.

»Marco, sag den Jungs, dass es hier gleich eine Razzia geben wird. Carl, nimm der Bullenschlampe die kleine Pistole aus dem Knöchelhalfter.« T-Nails Gesicht verzog sich zu einem bösartigen Grinsen. »Wenn sie fertig geraucht hat, legen wir sie um.«

Herb

Panik jagte wie ein flüssiger Stromschlag durch Herbs Körper und ließ ein Stakkato aus Katastrophenszenarien über ihn hereinbrechen.

Jack war mehr als nur eine Kollegin. Mehr als eine Dienstpartnerin.

Sie war eine Freundin.

Und er musste sie da herausholen. Schnell.

Herb befestigte das magnetische Blaulicht à la Starsky und Hutch auf dem Autodach, startete den Motor und gab mit heulender Sirene und quietschenden Reifen Vollgas. Er schlingerte aus der Parklücke, steuerte gegen und raste schnurstracks in Richtung Wohnbauprojekt, während er mit einer Hand nach dem Funkgerät suchte.

»Special Response Team, wir haben einen Angriff auf eine Polizistin in der 5326 South State Street. Ihr Standort? Over.«

»Sind in zwei Minuten dort.«

»Versuchen Sie es in einer zu schaffen«, sagte Herb zu dem Special Response Team und fuhr über einen Randstein.

Als er das »Loch« erreichte, legte er mit quietschenden Reifen eine Vollbremsung hin und sah zu, wie die Mitglieder der

C-Stone-Gang, die den Eingang bewachten, wie Kakerlaken auseinanderstoben. Er parkte den Wagen, zog die SIG Sauer aus dem Holster, ließ eine 9-mm-Patrone in die Kammer gleiten und rannte auf den Eingang zu, so schnell es seine dicken Beine erlaubten.

Jack

Meine Hand zitterte, als ich mir die Glaspfeife zwischen die Lippen hielt.

T-Nail hielt mir ein Feuerzeug hin und schaute leicht amüsiert drein.

Ich stieß ihm die Pfeife mit voller Wucht ins Auge.

Er sank auf die Knie. Gleichzeitig ging ich in die Hocke und zog die Seecamp aus dem Knöchelhalfter.

Der Kerl, der an der Tür Wache stand, flitzte so schnell hinaus, dass man die Tarnhose, in der seine Beine steckten, nur verschwommen wahrnahm. Der mit dem Kopftuch riss eine Schublade des Schreibtischs auf, hinter dem er saß.

»Hände hoch!«, schrie ich und zielte mit der Pistole auf ihn. »Mit dem Gesicht zur Ecke!«

Für den Bruchteil einer Sekunde war er unentschlossen, doch dann gehorchte er.

»Hände an die Wand!«

T-Nail, der immer noch kniete, starrte zu mir empor. Das linke Auge war zugeschwollen und blutete. Aber sein Gesichtsausdruck war erstaunlich gelassen.

In der einen Hand hielt er die Crackpfeife.

In der anderen eine silberplattierte Desert Eagle Kaliber .50, den Lauf auf den Boden gerichtet.

»Waffe fallen lassen!«

»Du willst mich mit dieser Spielzeugknarre erschießen, Bullenschlampe?«

»Ich hab gesagt, Waffe fallen lassen!«

»Ist das 'ne .32er?«

»Ich zähle bis drei. Eins …«

Mein Herz schlug so laut, dass ich kaum hören konnte. Obwohl ich die kleine Seecamp mit beiden Händen umklammert hielt, konnte ich nicht verhindern, dass sie zitterte.

»Wie viele Kugeln hat das Ding?«

»Zwei …«

Der linke Mundwinkel verzog sich zu einem kalten Grinsen. »Was glaubst du, wie viele Kugeln nötig sind, um mich flachzulegen? Bestimmt mehr, als du hast …«

»Drei!«

T-Nail hob die Desert Eagle.

Ich benötigte alle sieben Kugeln, damit er umfiel.

Einen Augenblick später kam Herb schwankend hereingerannt. Zwischen gierigen Atemzügen stieß er mühsam hervor: »Sorry …. sorry … dass ich zu spät komme …«

Aber ich hörte nicht hin.

Ich starrte auf den Mann herab, den ich soeben erschossen hatte. Herbs Worte gingen mir durch den Kopf.

Der Tag, an dem du keine Angst mehr hast, ist der Tag, an dem du stirbst.

Ich starb an diesem Tag nicht, denn ich hatte eine Riesenangst.

Angst, dass ich einen Menschen getötet hatte und nicht damit klarkommen würde.

Und dann klappte ich zusammen und kotzte.

Heute

Jack

Wir saßen auf meiner Couch und schauten dem zweijährigen Harry McGlade junior dabei zu, wie er sich seiner Micky-Maus-Windel entledigte und eine Flagge schwenkte, während er im Kreis herumrannte und triumphierend jubelte.

»Ganz wie sein Vater«, sagte Harry McGlade senior.

»Den Hang zum Nudismus?«, fragte Phin, mein Ehemann. »Oder die Windel?«

»Ich bin Manns genug, um beides zuzugeben.«

Wir drei starrten auf Harry junior, als er zu meiner Zimmerpflanze, einer Birkenfeige, watschelte und in den Topf pinkelte.

»Brav, mein Junge!« Harry strahlte. »Kein Pipi in deine Hose!«

Ich warf Samantha einen Blick zu. Sie spielte stillschweigend mit einem Satz Bauklötze. Obwohl sie ein bisschen jünger als McGlades Wunderkind war, ging sie bereits aufs Töpfchen. Unsere Tochter war ein kluges Kind. Wohlerzogen. Liebenswert. Die blonden Haare und den intensiven Blick hatte sie von Phin.

Ein perfektes Kind. Ich hätte eigentlich glücklich sein sollen.

Phin hatte den Arm um mich gelegt und kraulte mich am Nacken. Ich rückte von ihm weg.

»Bist du da?«, fragte Phin.

Das war unser Code für: »Lebst du im Augenblick?« Phin wusste, dass mich schlimme Erinnerungen plagten. Manchmal kamen sie einfach hoch und weigerten sich hartnäckig zu verschwinden. Es ist nicht leicht, beim Anblick seines Babys hoffnungsvoll zu sein, wenn man dabei nur Blut aus der Vergangenheit sieht.

Mit diesem Problem schlug ich mich täglich herum. Aber ich hatte Phin nichts von dem anderen Problem erzählt.

Dem größeren Problem.

»Wir können später reden«, sagte ich.

»Oder jetzt.«

Ich sah Harry an.

»Hat euer Problem etwas mit Sex zu tun?«, fragte McGlade. »Wenn ja, dann kann ich euch vielleicht helfen. Ich habe schon sämtliche sexuellen Probleme gehabt. Wunden? Ausflüsse? Oder ist etwas stecken geblieben, und du kriegst es nicht mehr raus?«

»Haben wir ein sexuelles Problem?«, fragte Phin mich.

Der Sarkasmus in seiner Stimme war nicht zu überhören. Wir hatten schon eine ganze Weile keinen Sex mehr gehabt. Jedes Mal, wenn er mit mir intim werden wollte, wies ich ihn ab.

Vor ein paar Monaten hatte er mit seinen Annäherungsversuchen aufgehört.

»Klappt es bei euch nicht mit Analsex? Phin, wenn du einen in die Kacke schieben willst, hilft nur Gleitgel.« Harry machte eine Faust, steckte einen Finger seiner Handprothese hinein und tat dabei so, als ginge es nur sehr schwierig. »Und zwar 'ne ganze Menge. Und du, Jack, musst dagegendrücken, wenn er in dir drin ist.«

»Weil wir gerade von Kacke reden«, sagte Phin.

Harrys Blick folgte Phins und er sah, dass sein Kleiner sich anschickte, in meinen Birkenfeigentopf auch noch »groß« zu machen. »Ups. Er will 'nen Neger abseilen. Sorry, Jackie. Ich brauche ein Waschbecken und 'n bisschen Seife.« Er stand auf, grabschte sein Kind und trug es den Flur entlang.

Phin wandte sich mir zu. »Wenn du die Arbeit satthast, wieso lädst du ihn immer wieder ein?«

»Ich hab ihn nicht eingeladen. Harry hat sich selbst eingeladen. Du hast ihn reingelassen.«

»Das ändert aber nichts daran, dass du die Arbeit satthast.«

»Arbeit ist Arbeit.«

»Du hasst sie.«

»Wir brauchen das Geld.«

»Es geht um mehr als das. Du sehnst dich nach deinem Job bei der Polizei zurück.«

»Nein.« Das stimmte nicht. »Ja. Der private Sektor ist beschissen.« Nachdem ich das Chicago Police Department verlassen hatte, war ich in Harrys Privatdetektei eingetreten. Während meiner frühen Dienstjahre beim CPD war McGlade mein Partner gewesen, noch vor Herb. Schon damals hatte ich ihn unausstehlich gefunden. Das war er immer noch, aber wahrscheinlich war ich inzwischen immun, was sein exzentrisches Benehmen anging.

»Dir fehlt das Leben auf der Straße. Die Aufregung.«

»Mir fehlt eine wichtige Aufgabe.«

»Mutter sein ist keine wichtige Aufgabe?«

»Natürlich ist es das.« Ich wandte mich von ihm ab. »Ich will jetzt nicht darüber reden.«

»Du willst nie darüber reden.«

»Wie wär's dann, wenn du das respektierst?«

»Wie wär's, wenn du unsere Ehe respektierst und mit mir redest?«

Ich verschränkte die Arme vor der Brust und schwieg.

»Kapiere«, sagte Phin. »Dein langweiliges Leben mit mir und Sam kann mit deinem früheren nicht mithalten, als du noch Serienmörder gejagt hast.«

»Du bist echt ein Arschloch.«

Ich stand auf. Phin hielt mich am Handgelenk fest. Ich riss mich reflexartig los und nahm eine Verteidigungshaltung ein, als wollte ich mit Phin Boxen üben.

»Wirklich, Jack? Bin ich jetzt der Feind?«

Ich holte tief Atem und stieß ihn langsam aus. »Ich will wirklich nicht darüber reden, wenn Harry dabei ist.«

»Schon okay!«, schrie Harry aus dem Bad. »Ich kann euch nicht hören!«

Phin war genauso gut wie ich darin, Harry zu ignorieren.

»Ist es ein medizinisches Problem, was du mir da verschweigst?« Er blickte besorgt drein.

»Nein.«

»Wechseljahre?«

»Leck mich am Arsch.«

»Du bist fünfzig, Jack. Das würde die hormonellen Schwankungen erklären. Den mangelnden Sexualtrieb. Die Wut.«

»Ich bin nicht wütend«, zischte ich durch die Zähne.

»Du klingst ziemlich wütend!«, rief Harry aus dem Bad. »Hey, habt ihr noch mehr Handtücher?«

»Im Schrank!«, schrie ich zurück.

»Die hab ich bereits benutzt.«

Phin verzog das Gesicht. »Da waren fünf Handtücher drin, McGlade.«

»Das war der Jahrhundertschiss. Der reinste Horror. Der Kleine ist hier drinnen total Amok gelaufen.«

»Schau im Flurschrank nach«, sagte ich.

»Danke. Übrigens, ich schulde euch einen neuen Badteppich.«

»Sag mir, was das Problem ist, Jack«, sagte Phin. »Bitte.«

Ihm sagen, was das Problem war? Wie sollte ich das tun, wenn ich es nicht genau wusste? Schon seit Monaten machte ich mir deswegen Stress. Und der Stress verursachte Schuldgefühle, die Schuldgefühle verursachten Sorgen, und die Sorgen verursachten noch mehr Stress.

»Ist es unser Sexualleben?«

Ich antwortete nicht.

»Jack?«

»Ich werde es dir schon sagen«, sagte ich. »Ich brauche nur ein bisschen Zeit.«

Harry schrie: »Habt ihr einen Wischmopp mit langem Stiel?«

»Ist das dein Ernst?«, rief Phin zurück.

»Ein paar Spritzer sind an die Decke gelangt.«

»Ich mach das schon.« Phin stand auf. Einen Augenblick sah es so aus, als wolle er mich umarmen.

Ich nahm eine steife Haltung ein. Er ging an mir vorbei.

Ich sah Phin hinterher, wie er den Flur entlangging, und ließ mich wieder auf die Couch plumpsen. Die Situation war schlimm. Wirklich schlimm. Und ich sah keinen leichten Ausweg.

Unser Sexualleben war ein Teil davon. Aber es war nur ein Symptom, nicht das eigentliche Problem. Mir war nicht nach Sex zumute. Ich fühlte mich lustlos. Ausgesprochen unsexy. Phin war jünger als ich. Und er war ein Mann. Er würde nicht ewig warten. Irgendwann würde er fremdgehen, wie jeder Mann.

Vielleicht tat er es bereits. Ich konnte es ihm nicht verdenken.

Eigentlich hätte ich darüber erschrecken müssen. Es war kein gutes Zeichen, dass ich mich nicht darum scherte, ob Phin herumschlief. Ich hätte ihm reinen Wein einschenken müssen. Ihm von meinen Gefühlen erzählen.

Aber wie sollte ich meinem Ehemann und dem Vater meines Kindes klarmachen, dass ich mir nicht sicher war, ob ich ihn noch liebte?

Terrence Wycleaf Johnson

Der Mann, der unter dem Spitznamen T-Nail bekannt war, ließ sich nach dem dreihundertsten Klimmzug auf seine Pritsche fallen.

Sämtliche Muskeln seines Oberkörpers brannten von dem anstrengenden Training und der Milchsäure, und sein Hemd war von Schweiß durchnässt.

In seinen unteren Regionen spürte er wie immer gar nichts.

Während er verschnaufte, starrte er auf seine unbrauchbaren Beine. Er trug ein T-Shirt der Größe XXL, was er angesichts seiner muskulösen Brust auch brauchte. Trotzdem drohten die Ärmel von seinem Bizeps zu platzen.

Seine Hose dagegen hatte die Größe Medium und schlotterte um seine knochendürren Beine, deren Muskeln vor langer Zeit geschwunden waren. Es waren die Beine eines Kindes.

Die Beine eines Krüppels.

T-Nail saß nun schon seit zwanzig Jahren hinter Gittern. Im Knast ging er weiterhin seinen kriminellen Geschäften für die Folk Nation nach: Drogen. Alkohol. Illegales Glücksspiel. Obwohl er von der Hüfte abwärts gelähmt war, genoß er Respekt – mit einem großen R. Er hatte Kumpels, die ihm den Rücken freihielten, und jeder schuldete ihm einen Gefallen.

Trotz seiner körperlichen Behinderung war er gefürchtet. Dieser Furcht verdankte er es, dass sich niemand mit ihm anlegte. Weder die People Nation noch die Latino-Gangs, und auch nicht diese Arschlöcher von der Aryan Brotherhood mit ihren Nazi-Tattoos. Alle erwiesen ihm Respekt. T-Nail rauchte, wenn er Lust dazu hatte. Ließ sich volllaufen. Kümmerte sich um seine Geschäfte und führte dabei ein strenges Regiment. Er war zwar nicht frei, aber es ging ihm nicht schlecht.

Nur mit den Schlampen lief nichts. Sein Schwanz war genauso unbrauchbar wie seine Beine.

In einer Hinsicht machte es ihm die Haft leichter: Er war nicht darauf angewiesen, andere Knackis in den Arsch zu pimpern. Er hatte schon so lange nicht mehr abgespritzt, dass er nicht mehr wusste, wie es sich anfühlte.

Oder wie es sich anfühlte zu gehen.

»Was geht ab, Kumpel?«

Sein Zellengenosse, ein Mitglied der Maniac Latin Disciples, der eine lebenslängliche Haftstrafe absaß, kam mit übertrieben lässigem Gang in die Zelle.

»Du hast es besorgt.« T-Nail sprach aus, was er bereits wusste.

»Hat mich 'ne Stange Zigaretten gekostet«, sagte er grinsend, »aber ich hab die Ware bekommen. «

Er zog ein rostiges Eisenrohr aus einem seiner Hosenbeine und hielt es so, als wolle er T-Nail damit zum Ritter schlagen.

»Cool.« T-Nail wog die Stange prüfend in der Hand. Das Gewicht passte. Stabil war sie auch. Damit würde es funktionieren.

»Du … du willst das wirklich machen?«

»Willste mich dissen?«

T-Nail musterte den Mann und suchte nach Spuren von offenem Ungehorsam in dessen Gesicht. Aber er sah nur Angst.

»Nee, Mann. Niemals. Aber das ist voll hardcore.«

»Ich bin auch hardcore.«

»So isses. Soll ich … soll ich dir helfen?«

Noch mehr Angst in seinem Gesicht. Und noch etwas. Unbehagen. Dieser Mann hatte in seinem Leben schon viel Gewalt gesehen. Und Gewalt angewendet. Aber mit dem, was jetzt kommen würde, wollte er nichts zu tun haben.

T-Nail schüttelte den Kopf. »Ich komm alleine zurecht.«

»Okay. Alles klar. Machst du es jetzt gleich?«

»Was du heute kannst besorgen, das verschiebe nicht auf morgen.«

»Krass. War schön, mit dir ‘ne Zelle zu teilen, yo.«

Der Mexikaner hob eine Faust zum Gruß. T-Nail stieß mit seiner dagegen.

»Gib mir zwei Minuten, dann rufst du die Bullen«, sagte T-Nail.

»Alles klar, Kumpel.«

»Lass mich nicht hängen. Es wird ziemlich bluten.«

Der Mexikaner schlug sich auf die Brust, hob die Hand zu einem Bandengruß und ließ T-Nail allein in der Zelle zurück.

T-Nail zog das linke Hosenbein hoch und starrte auf das verkümmerte Bein, das dünn war wie ein Zahnstocher. Seine Laune verschlechterte sich deutlich.

Kann nicht gehen.

Kann nicht ficken.

Sitze seit zwanzig Jahren im Knast.

Verdammt lange.

Ein halbes Leben.

Keine Chance auf vorzeitige Entlassung.

T-Nail hob sein Bein mit den Händen auf das Bett, streckte es aus, legte den Knöchel auf den Rahmen des Bettgestells und dachte an seine Gerichtsverhandlung.

Du hast mir das angetan.

Du Bullenschlampe.

Hast mit dieser mickrigen Spielzeugpistole auf mich geschossen.

Hast nicht den Mut gehabt, mich mit 'nem Kopfschuss zu töten, mich ein für alle Mal aus der Welt zu schaffen.

Nein. Du hast diesen Nigger einfach verkrüppelt.

Hast ihn verkrüppelt, hinter Gitter gebracht und den verdammten Schlüssel weggeworfen.

Sie war verkleidet, als sie bei seinem Prozess aussagte. Mit einer Perücke und Sonnenbrille. In diesem beschissenen Gerichtssaal. Musste keinen Namen angeben. Irgend so'n Scheiß von wegen verdeckte Ermittler schützen.

Zwanzig Jahre lang hatte T-Nail Gefallen eingefordert, um herauszufinden, wer sie war.

Zwanzig Jahre lang hat er jeden, den er konnte, bezahlt, bestochen und bedroht, um einen Namen zu erfahren.

Aber die Bullenschlampe hatte sich wie ein Geist in Luft aufgelöst.

Bis letzte Woche.

Jetzt kenne ich deinen Namen, du Schlampe.

Kenne deinen Namen, deine Personalakte, deine Adresse, deine Blutgruppe, deine Familie, dein ganzes Leben. Endlich weiß ich, wer du bist.

Und ich werde dich leiden lassen.

T-Nail hob die Eisenstange.

Er zögerte nicht.

Er zögerte nie, wenn es um Gewalt ging.

Egal, ob er einen Verräter an die Wand nagelte oder sich selbst eine Verletzung zufügte.

Er tat, was getan werden musste.

Er ließ die Stange mit voller Wucht auf eine Stelle direkt unterhalb des Knies niedersausen.

WUMM!

Er hörte seinen eigenen Knochen brechen. Sah, wie er sich in einem 45-Grad-Winkel nach innen bog.

Bald mache ich dasselbe mit dir, Mädel. Aber du wirst es spüren.

WUMM!

Das Bein verbog sich noch mehr.

Ich lass mir ein paar schöne Sachen für dich einfallen.

WUMM!

Das Fleisch an seinem Schienbein platzte auf, und der gebrochene Knochen ragte ein paar Zentimeter heraus.

Du und dein Mann. Phineas.

WUMM!

Das Blut spritzte jetzt wirklich heftig und pumpte im Takt seines Herzschlags aus der Wunde. T-Nail schob die Stange unter seine Matratze. Dann langte er nach unten und fasste sich an den Knöchel.

Du und deine Tochter. Samantha.

Er zog mit aller Kraft. Der gebrochene Knochen ragte jetzt fünfzehn Zentimeter aus seinem Fleisch heraus, wie ein blutiger weißer Speer.

Ich werde dir auf mehr Arten wehtun, als du zählen kannst, Jacqueline Daniels. Du wirst Schmerzen auf Weltniveau spüren.

»Wärter!«, schrie er. »Hab mein verdammtes Bein gebrochen!«

Dann wartete er darauf, dass man ihn auf die Krankenstation brachte. Um nicht zu verbluten, hielt er das Bein über dem Knie.

In den vergangenen zwanzig Jahren hatte T-Nail oft ans Sterben gedacht.

Aber jetzt …

Jetzt hatte er endlich etwas, für das es sich zu leben lohnte.

»Hättest mich töten sollen, als du die Chance hattest, du Schlampe.«

Phin

Überall war Babyscheiße. Im Waschbecken. Auf dem Boden. An den Wänden. Die reinste Fäkalienapokalypse.

Phin verzog das Gesicht. »Um Himmels willen, McGlade. Das sieht ja aus, als wäre eine Kuh explodiert.«

Harry hatte seinen Sohn in die Toilette gesetzt. Nicht *auf* die Toilette. *In* die Schüssel, als wäre es eine Badewanne. McGlade wippte ihn auf und ab und versuchte, den Dreck am Hintern des Juniors mit dem Toilettensitz abzukratzen.

»Ein Tipp von Vater zu Vater: Pflaumensaft und Kleieflocken sollte man nicht miteinander vermischen.«

»Wer hätte das gedacht.«

Phin hatte den Mopp mitgebracht und machte sich daran, den Boden zu wischen. Alles, was er damit erreichte, war, die Scheiße in langen braunen Schlieren auf den Fliesen zu verteilen. Er wunderte sich darüber, dass es Menschen gab, die mehr als ein Kind hatten. Phin liebte Sam, aber von der Verschissene-Windeln-Phase hatte er ein für alle Mal die Schnauze voll.

»Sag mal, was läuft eigentlich zwischen dir und Jack?«

»In letzter Zeit ist sie … angespannt.«

»Ich hab's dir doch gesagt. Wenn du ihren Hintereingang benutzen willst, brauchst du Gleitgel.«

»Schluss mit diesen blöden Analwitzen. Es reicht schon, dass ich die Scheiße von deinem Kind wegmache.«

»Tut mir leid. Ich mache das nur, um Aufmerksamkeit zu erregen. Ich wurde adoptiert, weißt du.«

»Ich weiß.«

Harry betätigte die Klospülung. Dem Kleinen schien das sprudelnde Wasser zu gefallen, denn er gluckste vergnügt.

»Weißt du, was ihr beide braucht? Urlaub. Einen Tapetenwechsel. Verbringt eine schöne Zeit miteinander. Gebt euer Kind ab und fahrt weg.«

Phin hatte Jack schon mehrmals diesen Vorschlag gemacht. Sam bei ihrer Mutter lassen und irgendwohin verreisen. Wieder zueinanderfinden und die alte Leidenschaft füreinander entfachen. Spaß miteinander haben.

Aber Jack wollte Samantha nicht allein lassen. Samantha kam zuerst. Immer. Also konzentrierte Phin sich darauf, ein guter Vater, ein guter Ernährer und ein guter Beschützer zu sein – auch dann noch, als es mit ihrer Ehe bergab ging.

»Jack will Sam niemandem anvertrauen.«

»Wieso nicht?«

»Wegen Luther Kite.«

Luther war der Jüngste in einer scheinbar endlosen Reihe von Psychopathen, die es auf Jack abgesehen hatten. Niemand wusste, wo er sich momentan aufhielt.

»Ich hasse den Kerl. Aber wie lange hat er sich nicht mehr blicken lassen? Zwei Jahre? Vielleicht ist er in ein Loch gekrochen und gestorben.«

»Überzeuge meine Frau davon.«

»Okay. Soll ich das jetzt gleich machen, während du Junior fertig säuberst?«

»Nein.«

»Dann nehmt doch Sam einfach mit. Sucht euch ein Ferienresort, wo es einen von diesen Kinderclubs gibt.«

»Kinderclubs?«

McGlade nickte. »In Kasinos gibt es das. Mama und Papa geben ihren Balg in der hoteleigenen Kindertagesstätte ab, können ungestört trinken und zocken, und am Abend holen sie ihren Wonneproppen ab.«

»Sind die Betreuer in diesen Tagesstätten nicht ein Haufen zugekiffter Teenager, denen alles egal ist und die die Kinder einfach nur acht Stunden vor die Glotze setzen?«

»Das ist ein Klischee«, sagte Harry. »Die Fernseher sind manchmal kaputt.«

»Da kann also jeder kommen und einfach mein Kind mitnehmen.«

»Nein. Du und dein Kind, ihr bekommt übereinstimmende Armbänder.«

»Du glaubst doch nicht etwa, dass so ein Armband einen zu allem entschlossenen Kriminellen abschreckt?«

»Die haben auch Schlösser und so was in der Art. Glaube ich zumindest.«

»Was ist mit Schusswaffen?«

McGlade runzelte die Stirn. »Ich bin mir ziemlich sicher, dass die Babysitter in den Hotels keine Schusswaffen tragen.«

»Dann kann also jemand mit einer Schusswaffe reinkommen, diese zugekifften Teenager damit bedrohen und mein Kind fordern.«

»Du hast echt düstere Fantasien, Mann.«

»Das ist keine gute Idee, Harry.«

»Was ist mit dem Fettwanst? Vertraut ihr ihm?«

Harry meinte Herb Benedict, Jacks anderen ehemaligen Partner beim Chicago Police Department.

»Der hat gerade Urlaub.«

»Wo ist er hin?«

»Nirgendwohin. Er macht Urlaub zu Hause. Schaut sich sämtliche versäumten Folgen von *The Walking Dead* an.«

»Gibt es die neue Staffel schon auf DVD?«, fragte Harry. »Ich wollte sie aufzeichnen, aber mein digitaler Videorekorder ist voller Clownpornos.«

»Ich weiß nicht. Zombies interessieren mich nicht.«

»Dann solltest du nie mit der Mutter von Harry junior in die Kiste steigen«, sagte Harry und machte ein Geräusch wie bei einem Randschlag an einer Trommel.

»Das habe ich nicht vor.«

»Mach das bloß nicht, ich meine es ernst. Das hat nichts mit Eifersucht zu tun. Sex mit dieser Frau ist etwas ganz Furchtbares. Steck deinen Schniedel lieber in ein Mortadella-Sandwich, da bekommst du mehr Wärme und Enthusiasmus.«

»Ich habe es gebührend zur Kenntnis genommen.«

»Salami geht auch.«

»Was muss ich tun, damit du endlich aufhörst, über Sex mit Wurstbroten zu reden?«

Harry wischte sich die Nase am Ärmel ab. »Wollt ihr euch etwa die nächsten zwanzig Jahre mit eurer Tochter zu Hause verstecken?«

Zwanzig Jahre? So wie die Dinge im Augenblick standen, dachte Phin, würde die Ehe nicht einmal bis zum Frühjahr halten. Jack erstarrte jedes Mal, wenn er sie berühren wollte. Sie konnte nicht entspannen. Nicht einmal nachts. Sam hatte ein schönes Schlafzimmer, aber die Kleine schlief immer noch bei ihnen, was ihrem Sexualleben einen noch größeren Dämpfer verpasste. Jack verbrachte die Nächte damit, sich unruhig hin und her zu wälzen, und wachte morgens müde und schlecht gelaunt auf. Phin hatte keine Ahnung, wie er ihr helfen konnte.

»Liebst du die beiden?«, fragte Harry.

»Ja«, sagte Phin, ohne zu zögern.

»Bist du glücklich?«

»Ich bin glücklich darüber, dass sie sicher sind.«

»Das war nicht meine Frage.«

Phin zuckte mit den Schultern. »Im Augenblick ist das alles, was ich habe.«

»Na gut. Ich kenne ein gutes Kryoniklabor. Hab mit denen vereinbart, dass sie meinen Kopf, meinen Schwanz und meine Eier einfrieren, wenn ich sterbe. Du kannst Jack und Sam für hundert Jahre einfrieren und wieder auftauen, wenn die Welt ein besserer Ort ist.«

Harry nahm Junior aus der Kloschüssel und wickelte ihn in das letzte saubere Handtuch. Phin warf die schmutzigen Handtücher und den Wischmopp in die Badewanne, um sie später zu waschen.

»Es gibt noch eine andere Möglichkeit«, fuhr McGlade fort. »Ihr geht an einen Ort, den keiner kennt. Keine Kreditkarten. Zahlt alles in bar. Keine Kameras an jeder Ampel. Kein Internet. Ein Ort, wo euch niemand finden kann.«

»So einen Ort gibt es nicht.«

»Doch«, sagte Harry und grinste so breit wie ein Pferdehintern. »Den gibt es.«

T-Nail

»Um Himmels willen!« Der Gefängnisarzt zuckte beim Anblick von T-Nails Bein zusammen. »Das ist Ihnen bei einem Sturz passiert?«

T-Nail zuckte mit den Schultern. »Hab ein paar Klimmzüge gemacht und bin blöd gefallen.«

»Das ist … das ist einer der schlimmsten und komplizierten Knochenbrüche, die mir je begegnet sind. Ich weiß nicht, ob man das Bein überhaupt noch retten kann.«

»Dann schneiden Sie das Scheißding doch ab.«

»Dafür sind wir hier nicht ausgestattet. Ich … ich rufe das Krankenhaus an.«

»Doc, ich hab keine Schmerzen, aber mir ist irgendwie schwindelig.«

»Ich messe mal Ihren Sauerstoffpegel.« Der Arzt befestigte irgendein elektronisches Gerät an T-Nails Finger. »Sie leiden unter Sauerstoffmangel. Wir werden Ihnen welchen zuführen.« Er hielt T-Nail eine Maske vors Gesicht und befestigte sie mit Gummibändern um die Ohren. »Atmen Sie ganz normal. Wir haben die Blutung unter Kontrolle. Es wird Ihnen wieder besser gehen. In der Notaufnahme wird man sich um Sie kümmern.«

T-Nail sah zu Chalmers hinüber, dem Wärter, der ihn hierhergebracht hatte. »Wie es aussieht, machen wir 'nen kleinen Ausflug, Chalmers.«

Die Sauerstoffmaske verbarg sein Grinsen.

Jack

»Eine Hütte im Wald im Norden von Wisconsin«, wiederholte ich.

»Es ist mehr als nur eine Hütte, Jack«, sagte Harry. »Es ist das einzige Haus an einem privaten See. Weit und breit keine Menschenseele. Ich hab es vor ein paar Jahren gekauft, als ich mit ein paar zwielichtigen Typen zu tun hatte, deren Namen ich nicht nennen möchte. Damals sah es so aus, als bräuchte ich einen sicheren Zufluchtsort.«

»Du hast dich mit der Mafia eingelassen.«

»Wenn ich dir Einzelheiten über meine Geschäftsbeziehungen erzähle, könnte das dazu führen, dass du als Zeugin vor Gericht geladen wirst und/oder mit einem Betonklotz an den Füßen in einem Gewässer endest. Nennen wir sie einfach zwielichtige Typen.«

»Du hast dir also ein Versteck gekauft.«

»Dieser Ort ist total abgelegen. Stromversorgung durch Windturbinen. Kein Telefon. Eine Straße führt hin, eine weg. Tolle Sicherheitsvorkehrungen. Alles läuft unter einem falschen Namen.«

»Hört sich wie ein Gefängnis an.«

»Weit gefehlt. Es gibt Wanderwege, einen Whirlpool und einen Billardtisch. Ich habe Tausende DVDs und Computerspiele dort. Bis zum See sind es nur ein paar Hundert Meter, und man kann dort angeln. Vorräte für einen Monat. Und sämtliche Sicherheitsvorkehrungen. Überwachungskameras und Waffen. Die Hütte ist total sicher. Man kann dort eine Belagerung aushalten, wenn nötig. Aber das wird nicht nötig sein, weil niemand weiß, wo sie liegt.«

»Wieso hast du mir nie davon erzählt?«, fragte ich.

»Wegen der Abstreitbarkeit«, sagte Harry. »Falls jemand versucht, mich über dich zu finden, könntest du keine Informationen liefern. Die könnten dich wochenlang foltern, aber ich wäre in Sicherheit.«

»Du denkst immer an alles.«

»Ja, nicht wahr?«

»Was ist, wenn ich telefonieren muss?«

»Das würde irgendwie den Zweck eines sicheren Unterschlupfs verfehlen. Handyempfang ist unregelmäßig, aber es besteht zumindest eine teilweise Netzabdeckung. Falls du wirklich telefonieren musst, gibt es eine halbe Stunde weiter nördlich eine Stadt, nicht weit von der Grenze zu Minnesota. Spoonward heißt sie. Hat nicht mal fünfhundert Einwohner. Urig und idyllisch wie bei der Fernsehserie *Lassie*. Aber es gibt dort 4G und WLAN. Kauf dir ein Prepaid-Handy bei Walmart, und du bist unauffindbar.«

Ich ließ mir das Ganze durch den Kopf gehen. Ein Tapetenwechsel wäre schön. Dem Trubel entfliehen und die Waldesruhe genießen. Eine Chance, mal richtig zu entspannen.

Phin zog eine Augenbraue hoch. »Was meinst du, Jack?«

»Ich bin noch unentschieden.«

»Es gibt dort auch Porno-DVDs«, sagte Harry. »Und zwar jede Menge.«

»Deine Pornos sind nicht gerade ein Verkaufsargument.« Phin warf mir einen Blick zu. »Außerdem glaube ich nicht, dass wir so etwas brauchen.«

Ich bemühte mich um einen teilnahmslosen Gesichtsausdruck. Falls Pornos uns helfen würden, die Leidenschaft erneut anzufachen, wäre ich Feuer und Flamme. Ich fühlte mich schon sehr lange nicht mehr sexy.

»Habt ihr die Eherettungs-App auf eurem Tablet?«, fragte Harry.

»Ich will nicht wissen, was das ist«, sagte Phin.

»Aber ich erklär's dir trotzdem. Du hast ja mit den Pornos angefangen.«

»Nein, das warst *du*.«

»Die Eherettungs-App«, fuhr Harry fort, »ist ein Video, das jemanden in Großaufnahme zeigt, der einem Prominenten zum Verwechseln ähnlich sieht. Dazu hört man lautes Stöhnen. Du schnallst das Tablet beim Sex auf das Gesicht deiner Partnerin und hast das Gefühl, dass du 'ne schärfere Braut pimperst.«

»Nett«, sagte ich. »Hört sich nach der perfekten Methode an, um sich näherzukommen.«

»Hast du eine, die wie Scarlett Johansson aussieht?« Phin zwinkerte mir schelmisch zu.

»Ja, hab ich.« Harry nickte. »Sowohl mit langen als auch mit kurzen Haaren.«

Was Phin konnte, konnte ich schon lange. »Und wie wär's mit 'nem Typen, der wie Robert Downey junior aussieht?«

»Ich hab sämtliche Stars aus *The Avengers*«, sagte Harry. »Die Samuel-L.-Jackson-Simulation beschimpft dich fünf Minuten lang. Dann zieht er eine Pistole und droht, dir den Schwanz wegzuschießen. Ich stehe zwar nicht auf Männer, hab ihn aber schon ein- oder zweimal bei einer Sexpartnerin benutzt. Die Ausstrahlung von dem Typen törnt mich an.«

»Wer kümmert sich um Samantha, falls wir fahren?«, fragte ich.

»Ich passe gerne auf eure Tochter auf, während ihr weg seid«, sagte Harry.

»Nein. Wirklich nicht.«

Harry runzelte die Stirn. »Ich spüre, dass ihr mir nicht zutraut, verantwortungsvoll mit Kindern umzugehen.«

Ich deutete auf Junior, der auf dem Boden saß. »Du lässt deinen Sohn mit deiner Pistole spielen.«

»Ich hab die Kugeln rausgenommen. Glaube ich jedenfalls. Außerdem ist er nicht stark genug, um den Abzug durchzudrücken.«

»Du bist ein schrecklicher Mensch«, sagte ich.

»Ja, ich weiß. Wie wär's mit Tangi? Ich habe Junior noch diesen ganzen Monat, aber vielleicht kann ich sie überreden, eine Woche lang auf die Kinder aufzupassen.«

»Die Mutter von deinem Kind?«, fragte Phin. »Die ist genauso verantwortungslos wie du, Harry.«

»Das ist unmöglich.«

»Sie hat deinen Kleinen auf dem Rücksitz eines Taxis gelassen«, sagte ich. »Und ihn fünf Stunden lang vergessen.«

»Diese Perser haben ihn zurückgebracht.«

»Sie hat ihn eine Gabel in die Steckdose stecken lassen.«

»Das war ich. Und ich habe einen Schutzschalter. Er hat nur einen heftigen Schock bekommen.«

»Hat Junior nicht einmal Geschirrspülmittel verschluckt, als seine Mutter sich die Haare getrocknet hat?«, fragte ich.

»Ja. Aber Geschirrspülmittel ist nicht giftig. Und sie hat mir erzählt, dass seine Kotze überwiegend aus Seifenblasen bestand. Sozusagen selbstreinigend.«

»Ihr beide hättet keine Kinder bekommen dürfen.«

»Trotzdem haben wir eins bekommen, und es geht ihm gut.«

Junior hatte sich inzwischen seines Handtuchs entledigt und war mit dem Kopf unter der Couch stecken geblieben.

»Mein Kind kriegt ihr jedenfalls nicht«, sagte ich.

»Was ist mit deiner Mutter?«, fragte Harry, während er seinen Sohn aus der misslichen Lage befreite.

»Die ist gerade auf Kreuzfahrt.«

»Eins von diesen Viagra-Buffets? Wo alte Leute Sex bis zum Abwinken haben?« Harry runzelte die Stirn. »Wieso legen die überhaupt in Häfen an? Geht doch eh keiner an Land. Die bleiben alle in ihren Kabinen und ficken sich gegenseitig in ihre Falten. Das ist nichts weiter als eine einzige große Greisenorgie. Hat deine Mutter sich bei ihrer letzten Fahrt nicht die Hüfte gebrochen?«

»Wechseln wir das Thema«, sagte Phin. »Ich habe keine Lust, mir Jacks Mutter beim Sex vorzustellen.«

»Wieso nicht?«, fragte ich. »Weil eine Frau ab einem bestimmten Alter sexuell nicht mehr begehrenswert ist?«

»Das habe ich nicht gesagt.«

»Vielleicht sind es die Geräusche«, sagte Harry. »Wenn alle diese morschen alten Knochen knacken und brechen. Hört sich an, als würde man eine Chipstüte zerdrücken.« Er kniff die Augen zusammen. »Das habe ich jedenfalls gehört.«

»Wenigstens einer in unserer Familie, der auf seine Kosten kommt«, sagte ich und freute mich für meine Mutter.

»Bin ich jetzt etwa schuld daran?«, sagte Phin. »Versuch du doch mal, einen Eiswürfelbehälter zu küssen.«

»Ich sag's euch doch, Leute«, sagte Harry. »Die Eherettungs-App. Phin könnte Channing Tatum sein und Jack Natalie Portman. Oder umgekehrt. Kommt drauf an, auf was für verrückte Geschlechterrollen ihr steht.«

Phin und ich sagten zu Harry, er solle endlich den Mund halten.

»Wie wär's mit Val Ryker?«, sagte Harry.

Phin nickte. »Das könnte klappen.«

Ich kniff die Augen zusammen. »Du willst mit Val Ryker Sex haben?«

»Nein, ich meine nicht die App. Val könnte auf Sam aufpassen. Sie ist Polizistin. Sie ist eine Freundin. Sie ist verantwortungsvoll. Und wir beide vertrauen ihr. Sam wäre bei ihr sicher. Genauso sicher wie bei uns.«

»Und sie wohnt in Wisconsin«, fügte Harry hinzu. »Ihr könntet sie auf dem Weg zur Hütte dort absetzen.«

Ich ließ mir den Vorschlag durch den Kopf gehen. Vielleicht mutete ich Val ein bisschen viel zu, aber andererseits hatte ich vor einer Weile auf ihre Nichte aufgepasst, als Val Ärger hatte. Also schuldete sie mir einen Gefallen.

»Außerdem schuldet sie mir einen Gefallen«, sagte Harry. »Oder vielmehr zehn. Ich glaube, sie ist ein bisschen in mich verknallt.«

»Das sind wir doch alle«, sagte Phin. »Was meinst du, Jack?«

Ich starrte Sam an. Sie hatte zehn Bauklötze aufeinandergestapelt und warf mir einen um Anerkennung heischenden Blick zu. Ich lächelte sie an, worauf sie mit ihren dicken Fingern nach dem elften griff.

Es mag wie ein abgedroschenes Klischee klingen, aber ich liebte sie abgöttisch. Wenn ich sie ansah, sah ich mich selbst.

Aber wenn ich mich selbst ansah, sah ich überhaupt nichts. An irgendeinem Punkt innerhalb der letzten zwei Jahre war ich verschwunden. Alles, was ich jemals gewesen war, hatte sich auf eine einzige Rolle reduziert – die der fürsorglichen Mutter von Sam.

Ich beklagte mich keineswegs darüber. Es war eine Aufgabe, der ich mich gerne widmete. Nichts, was ich in der Vergangenheit vollbracht hatte, war mir so wichtig wie dieses kleine Mädchen, das auf dem Boden saß und mit Bauklötzen spielte.

Ich sah zu Phin rüber. Er betrachtete ebenfalls Sam. Mit demselben bewundernden Blick, den ich wahrscheinlich hatte.

Ich wollte die Hand nach seiner ausstrecken und sie halten.

Aber ich hatte Angst, dass ich vergessen hatte, wie das ging.

»Okay«, sagte ich.

Phin zog eine Augenbraue hoch. »Okay?«

»Ich glaube, ich könnte Val anrufen und sie fragen, ob sie Zeit hat. Ich bin mir aber noch nicht sicher. Ich muss es noch mal überschlafen.«

»Nur keine Eile«, sagte Phin. »Wir müssen ja nicht von heute auf morgen aufbrechen. Wir können es uns in Ruhe überlegen.«

T-Nail

Der Krankenwagen hatte es nicht eilig. Da das Fenster der Hecktüre zu hoch war, konnte T-Nail nicht nach draußen schauen und sehen, wie schnell sie fuhren. Aber von seinem Platz auf der Bahre fühlte es sich nicht schnell genug an.

Genau wie im Getto. Wozu die Eile? Auf ein ramponiertes Gangmitglied mehr oder weniger kam es auch nicht an. Vielleicht haben wir Glück, und er verreckt unterwegs. Dann brauchen wir seinetwegen keine Zeit zu verschwenden.

Nichts hatte sich geändert. Es gab jetzt MP3-Spieler statt Kassettenrekorder, E-Books statt Taschenbücher sowie Smartphones mit Touchscreens statt Handys so groß wie Ziegelsteine. Aber die Notrufnummer 911 war immer noch ein Witz, und Schwarze genossen keinen Respekt.

»Hey Chalmers, muss das sein?«, sagte er durch seine Sauerstoffmaske und streckte den Arm, soweit die Handschellen es zuließen.

»Das sind die Vorschriften, Terrence.«

»Müsst ihr wirklich einen Menschen ans Bett ketten? Das ist erniedrigend.«

»Vorschriften.« Chalmers schaute weg.

T-Nail sah den zweiten Wärter an, der hinten im Krankenwagen saß. »Was ist mit Ihnen, Neville? Wieso die Handschellen? Haben Sie Schiss vor mir?«

»Nee. Das ist nur zu deinem Schutz«, sagte Neville. »Wir wollen doch nicht, dass du dir wehtust.«

Die Wärter kicherten. Der Sanitäter, ein Afroamerikaner, ebenfalls.

»Auf jemanden eintreten, der schon am Boden liegt«, sagte T-Nail. »Ich verstehe.«

Chalmers wurde wieder ernst. »Hey Terrence. Ich weiß nicht, ob der Arzt was gesagt hat, aber ich finde, es ist nur fair, es dir zu sagen … sieht nicht so aus, als könntest du jemals wieder gehen.«

Noch mehr Gelächter.

»Ihr seid ja richtige Komiker. Ihr solltet im Fernsehen auftreten.«

Plötzlich platzten alle vier Reifen, und das Gelächter hörte auf.

»Schau mal nach«, sagte Chalmers zu Neville, nachdem der Krankenwagen schlitternd angehalten hatte. Der Wärter ging nach vorne und hielt in der Bewegung inne, als das *POPP POPP POPP!* der Schüsse ertönte.

»Scheiße! Das sind Schüsse! Da schießt jemand auf uns!«

»Jetzt ist euch das Lachen aber verdammt schnell vergangen«, sagte T-Nail.

Beide Männer zogen ihre Pistolen, und Chalmers tastete nach seinem Handy.

Eine halbe Sekunde später wurde das Heckfenster nach innen eingeschlagen. T-Nail sah zu, wie ein Kanister ins Wageninnere fiel, und schloss fest die Augen.

Jemand schrie: »Das ist Tränengas!«

Die Wärter husteten, fluchten, würgten und schossen wild drauflos. T-Nail atmete problemlos durch seine Sauerstoffmaske und wartete darauf, dass das Chaos sich verflüchtigte. Es dauerte nur etwa eine halbe Minute, bis jemand die Hecktüre aufstieß und nach frischer Luft schnappte.

Die Wärter und der Sanitäter stürzten ins Freie und wurden beschossen. Dem Lärm nach zu urteilen etwa hundert Mal.

Als Nächstes ertönten die vertrauten Geräusche, wenn jemand zusammengeschlagen wird, und anschließend schob jemand T-Nails Bahre hinaus. Er öffnete die Augenlider und sah um sich herum nichts als Gangmitglieder. Und es waren nicht nur Schwarze. Unter den mindestens ein Dutzend Leuten befanden sich ein paar Latinos und zwei Weiße. Die Folk Nation war heute ethnisch vielfältiger als zu T-Nails Zeiten.

Er sah jedem Mann in die Augen und sah dort Respekt. Die meisten waren noch sehr jung. Kein einziges vertrautes Gesicht aus der alten Gang. Die Straße war hart, und das Gangsterleben hatte sie nach und nach aus dem Verkehr gezogen.

Neville und der Sanitäter waren tot. Chalmers schien sich noch an sein Leben zu klammern. Er hatte mehrere Schusswunden und eine Tracht Prügel abbekommen, stöhnte aber noch.

T-Nail nahm die Sauerstoffmaske ab und genoss den ersten Atemzug in Freiheit nach zwanzig Jahren. Die Nacht war warm, und am Himmel leuchteten die Sterne. T-Nail wusste nicht mehr, wann er zuletzt welche gesehen hatte. Als er zu ihnen emporstarrte, empfand er …

Nichts.

T-Nail wusste, dass seine Emotionen lange vor seinen Beinen gefühllos geworden waren. Diese ganze Gefühlsduselei wie Liebe, Hoffnung oder Glaube, all das war ihm längst abhandengekommen. Seit dem gewaltsamen Tod seines Vaters – T-Nail war damals noch ein Kind gewesen – war er innerlich tot. Oder vielleicht wurde er schon so geboren. Er war eben so, und es hatte keinen Sinn, sich darüber den Kopf zu zerbrechen.

Die Gang hatte den Krankenwagen auf einem einsamen Straßenabschnitt irgendwo zwischen dem Gefängnis und dem Krankenhaus überfallen. Sie befanden sich im südlichen Illinois, und um sie herum erstreckten sich meilenweit nur Maisfelder. T-Nail spähte die Straße entlang und sah, wie jemand, der noch neu in der Gang war, das Nagelband einsammelte, das sie auf den Asphalt geworfen hatten. Es war ein guter Plan und eine erfolgreich durchgeführte Aktion gewesen.

T-Nail schaute sich nach Del Ray um, seinem General. Sie waren sich noch nie persönlich begegnet, sondern hatten lediglich über Dritte miteinander kommuniziert. Del hatte den gesamten Fluchtplan innerhalb weniger Stunden ausgearbeitet. Er hatte T-Nail informiert, dass sein Beinbruch schlimm genug sein musste, um eine Verlegung in die Notaufnahme zu rechtfertigen. Außerdem musste er so viel Blut verlieren, dass er eine Sauerstoffmaske brauchte. Del hatte den Plan bis ins kleinste Detail vorbereitet, und er hatte reibungslos funktioniert.

T-Nail erkannte den Mann anhand der Beschreibung. Del Ray stand neben dem Krankenwagen. Er war Mitte zwanzig und hatte eine Afro-Frisur wie der legendäre Basketballspieler Julius Erving alias Dr. J. Am Oberkörper trug er nichts weiter als eine Weste, die aussah, als wäre sie aus Tierfell.

T-Nail hatte Gerüchte über diese Weste gehört, ließ sich jedoch seine Überraschung darüber, dass Del Ray sie bei der Aktion trug, nicht anmerken.

Del trat an T-Nail heran und begrüßte ihn mit dem Handschlag der C-Notes.

»Willkommen zurück, Kriegshäuptling«, sagte Del.

Ein neues Bandenmitglied brachte T-Nail seine alte Lederweste mit dem Rang am Revers und den Gangsymbolen auf dem Rücken. T-Nail streckte die Arme aus und ließ sich hineinhelfen.

Sie saß eng, passte aber noch. Wie ein altes Paar Schuhe.

»Kanone«, sagte T-Nail.

Del Ray gab ihm eine .45er Glock. »Die lässt sich auf Dauerfeuer umschalten.«

T-Nail sah sich die Pistole an. Sie war mit einem Wählhebel ausgestattet, mit dem sich die halbautomatische in eine vollautomatische Waffe verwandeln ließ.

T-Nail zielte, feuerte in weniger als einer Sekunde fünfzehn Schüsse auf Chalmers ab und machte aus dessen Füßen Hackfleisch.

»Hey Chalmers«, sagte er so laut, dass er die Schreie des Wärters übertönte. »Es ist nur fair, es dir zu sagen … sieht nicht so aus, als könntest du jemals wieder gehen.«

Er gab Del Ray die Pistole wieder.

»Du musst wieder da hinein«, sagte Del Ray und deutete mit dem Kinn auf den Krankenwagen. »Ein Arzt wartet bereits auf dich.«

»Wisst ihr, wo die Bullenschlampe ist?«

»In den Vororten. Ich hab ein paar Jungs hingeschickt, um die Lage zu peilen. Müsste bald von ihnen hören.«

»Gut.«

»Wir entsorgen den Krankenwagen und die Leichen in Gary. Die Bullen werden 'ne Weile brauchen, bis sie checken, was da abgelaufen ist.«

T-Nail nickte. Del Ray war clever. Ein Genie. Er hatte eine neue Methode zur Herstellung von Crystal Meth entwickelt, die Kosten sparte und die Produktionsmenge erhöhte. Er war ein Meister im Umgang mit Waffen und Sprengstoffen, der den Krieg auf der Straße auf ein ganz neues Niveau gehoben hatte. Und der Typ kannte sich mit Computern und Elektronik aus wie kein Zweiter.

Aber Del Ray hatte auch ein paar, nun ja, Eigenarten. Seine Weste war nicht aus Tierfell.

Sie bestand aus menschlichen Skalps.

Es gingen Gerüchte um, dass Del Ray Sioux-Blut in sich hatte. Aber das allein erklärte es nicht. T-Nail tat anderen Menschen weh, um seine Macht zu demonstrieren, um eine Botschaft zu senden oder um zu bestrafen. Jemandem Schmerz zuzufügen, fühlte sich nicht anders an als eine Mücke zu erschlagen. Aber Del Ray sammelte Trophäen, um den Augenblick zu verewigen. Das war ziemlich abgedreht.

T-Nail wurde zurück in den Krankenwagen gebracht, zusammen mit Chalmers, der noch lebte, und den Leichen. Del Ray saß vorne.

»Du … musst …«, Chalmer hielt inne und stöhnte, »mich … in … ein … Krankenhaus … bringen.«

»Ich weiß da einen besseren Ort für dich, Chalmers. Man nennt ihn Hölle.«

T-Nail brach ihm sämtliche Finger, und der Wärter schrie wie am Spieß. Aber eigentlich machte es ihm keinen Spaß.

Er war in Gedanken zu sehr mit Jacqueline Daniels beschäftigt.

Jack

Der Schlaf wollte sich nicht einstellen.

Ich starrte Phin an, der leise neben mir im Bett schnarchte. Im Schlaf war sein Gesichtsausdruck stets entspannt, auf eine Art und Weise, wie es im Wachzustand nie der Fall war. Es ließ ihn jünger aussehen. Und noch etwas. Etwas, das ich mir nicht eingestehen wollte.

Im Schlaf sah mein Mann friedlich aus.

Wenn er wach war, strahlte er stets ein gewisses Maß an Dringlichkeit aus. Auch dann, wenn er sich ruhig und gelassen benahm. Phin war zehn Jahre jünger als ich, aber in letzter Zeit wirkte er alt und ausgelaugt.

War dies erst seit Kurzem so?

Ich dachte an die Zeit, als wir uns kennengelernt hatten. Ich, eine Polizistin. Er, ein an Krebs erkrankter Gelegenheitskrimineller, der mit diversen illegalen Aktivitäten Geld verdiente, weil er glaubte, er würde nächsten Sommer nicht mehr leben. Ich wusste, dass er Raubüberfälle beging und das Geld für Drogen ausgab, um seine Schmerzen zu lindern. Wir sprachen zwar selten darüber, aber ich vermutete, dass er sogar schlimmere Verbrechen begangen hatte – Verbrechen, bei denen Menschen ums Leben gekommen waren. Phin besaß einen moralischen Kern, und die Leute, die er getötet hatte, waren keine Unschuldslämmer, aber es belastete ihn in gleichem Maße, wie mich die Tode belasteten, die ich verantwortet hatte. Ein Menschenleben auszulöschen, selbst wenn es sich um das Leben eines Schurken handelte, verursachte Albträume.

Aber selbst damals, als er als Auftragsgangster von Tag zu Tag lebte und sich mit Bauchspeicheldrüsenkrebs im fortgeschrittenen Stadium herumschlug, hatte er nicht so gestresst gewirkt wie in den letzten zwei Jahren.

Seitdem er mit mir und Samantha zusammenlebte.

Vorsichtig, um Phin nicht zu wecken, schwang ich die Beine über die Bettkante und ging zu dem Bett, in dem Samantha schlief. Mein kleines Mädchen trug einen Schlafanzug mit einem altmodischen *She-Ra-Prinzessin-der-Macht*-Motiv. Es war ein Geschenk von Harry, der anscheinend ständig eBay nach nostalgischem Kram durchforstete. Samantha sah aus wie immer, egal, ob sie wach war oder schlief. Unschuldig. Perfekt. Wie ein Engel.

Tief in meinem Inneren wusste ich, dass ich sie liebte, wie alle Eltern ihre Kinder lieben sollten. Heiß, innig und bedingungslos.

Warum also musste ich mir dies immer wieder ins Gedächtnis rufen?

Ich betrachtete sie in der Dunkelheit des Schlafzimmers und versuchte, mich selbst in ihr zu sehen. Meine Gene. Meine Träume. Meine Zukunft.

Aber alles, was ich sah, waren meine dicken Beine und mein Doppelkinn.

Seit meinem Ausscheiden aus dem Chicago Police Department hatte ich die meiste Zeit eine ruhige Kugel geschoben und zugenommen. Harry und ich waren Partner in einer Privatdetektei, aber den Großteil meiner Arbeit erledigte ich im Sitzen

– im Auto, auf Stühlen bei Gesprächen mit Kunden, vor dem Computer bei Internetrecherchen. Ich konnte mich nicht mehr erinnern, wann ich zuletzt im Fitnessstudio trainiert hatte. Oder im *Dojang*. Phin hatte eine Matte in die Garage gelegt, und ich hatte ihm ein bisschen Taekwondo beigebracht, aber sobald wir beim Training ins Schwitzen kamen, mussten wir abbrechen, weil irgendetwas mit unserem Kind los war.

Ich legte eine Hand auf Sams Brust.

Spürte ihr Herz.

Wunderte mich, wieso ich nicht mehr spürte und empfand.

Eine postnatale Depression?

Nein. Das hatte nichts mit einem chemischen Ungleichgewicht zu tun. Es war situationsbedingt.

Früher hatte ich etwas gezählt. Verbrecher hatten Angst vor mir gehabt. Männer mich begehrt. Ich war gefährlich gewesen. Ich war sexy. Ich war eine ernst zu nehmende Persönlichkeit. Aber Fotos von untreuen Ehepartnern zu schießen, verschaffte mir weitaus weniger Befriedigung als Mörder aus dem Verkehr zu ziehen. Vor allem deshalb, weil die untreuen Ehepartner Sex hatten und ich nicht. Zwischen mir und Phin lief schon so lange nichts mehr, dass ich praktisch vergessen hatte, wie sein Schwanz aussah.

Verdammt, wann hatten wir uns eigentlich das letzte Mal geküsst?

Jeder, der mein Leben von außen betrachtete, könnte meinen, dass ich mit meiner Rolle als Hausfrau und Mutter glücklich war, einschließlich allem, was dazugehörte – von dem Gartenzaun um unser Vorstadthaus bis zu der mit Apfelmus vollgekleckerten Schürze. Aber ich war nicht glücklich. Ich fühlte mich vom wirklichen Leben abgekoppelt, beinahe wie eingesperrt. Die Unzufriedenheit löste in mir Schuldgefühle aus, was wiederum dazu führte, dass ich mich noch abgekoppelter und eingesperrter fühlte.

Ich wusste, dass ich mit Phin und Sam eine zweite Chance bekommen hatte. Eine Chance, mein Leben umzukrempeln. Die beiden waren meine Belohnung für ein Leben, das ich auf der Straße und auf der Jagd nach Schurken verbracht hatte.

Wieso empfand ich dann mein jetziges Leben nicht als Belohnung, sondern als eine Form von Hausarrest?

Plötzlich vernahm ich ein Geräusch. Es kam von dem Fenster, das hinten zum Garten hinausging. Ein dumpfer Schlag. Sofort wechselte ich vom Selbstmitleids- in den Selbsterhaltungsmodus. Mit zwei Schritten eilte ich zu meinem Nachtkästchen, riss die Schublade auf und griff nach meinem .38er Colt Detective Special. Phin schnellte sofort in eine sitzende Haltung und zog mit schlaftrunkenen Augen seinen Colt 1911 unter der Matratze hervor.

»Ein Geräusch«, flüsterte ich. »Draußen.«

Phin griff mit der freien Hand nach seinem iPad und überprüfte unser Sicherheitssystem, während ich zum Fenster schlich und durch die Lamellen der Jalousien nach draußen spähte.

Unser Garten war gut beleuchtet, fast wie ein Fußballstadion. Bewegungsmelder und Überwachungskameras deckten das gesamte Grundstück ab. Ich konnte niemanden sehen.

»Ach du Scheiße«, sagte Phin.

»Was ist?« Die Härchen auf meinen Armen richteten sich auf.

»Das ist das größte Eichhörnchen, das ich je gesehen habe.«

Er zeigte mir seinen Tablet-Computer, mit dem er das Tier herangezoomt hatte. Es hockte auf unserer Plastikmülltonne und war in der Tat riesig, maß allerdings nicht über fünfundvierzig Zentimeter – die Größe, ab der die Bewegungsmelder reagierten.

»Wow«, sagte Phin. »Schau mal, was der für große Nüsse hat.«

Unser Eindringling hielt zwei Eicheln in den Krallen.

»Witzig.«

»Diese Nüsse sind so groß, dass sie niemals in seinen Mund passen.«

Ich setzte mich aufs Bett und legte den Revolver wieder in die Schublade.

»Früher konnte ich dich noch zum Schmunzeln bringen«, sagte Phin.

Er berührte mich nicht. Anscheinend spürte er, dass dafür jetzt nicht der richtige Moment war.

»Ich fühle mich nicht gut«, sagte ich zu ihm.

»Ich will dir helfen, dass du dich wieder besser fühlst.«

Ich antwortete nicht.

»Vorausgesetzt, du willst, dass ich dir helfe.«

Es war ein dezenter Wink, dass ich mich an ihn kuscheln sollte. Aber ich wollte ihm keine falschen Hoffnungen machen.

Scheiße! Wie war es nur so weit gekommen?

Eine Minute verstrich. Das Schweigen fühlte sich laut an.

»Warst du die ganze Nacht wach, Jack?«, fragte er schließlich.

Mir fiel auf, dass er mich mit meinem Vornamen anredete. Als unsere Ehe noch funktionierte, nannte er mich *Liebling* oder *Süße* – Kosenamen, auf die ich nicht wirklich geachtet hatte.

Bis er damit aufhörte.

Phin nannte mich seit Monaten nicht mehr so.

»Fast die ganze Nacht«, antwortete ich.

Noch mehr lautes Schweigen.

»Hast du dir das mit Harrys Angebot überlegt? Die Hütte in Wisconsin?«

Ich nickte.

»Fahren wir dorthin?«

Eigentlich wollte ich Sam nicht alleine lassen. Aber ich wollte auch nicht, dass es zwischen mir und Phin so blieb wie in letzter Zeit. Oder dass es schlimmer wurde. Etwas musste geschehen. Untätigkeit hatte unsere Situation nicht verbessert, also musste ich entweder etwas tun oder aufgeben.

Ich war ziemlich gut darin, mit meinem Leben zu hadern. Aber aufgeben war nicht mein Stil.

»Ich glaube, ich rufe morgen früh Val an und frage, ob sie für uns babysitten kann.«

Del Ray

Sie hatten die Sanitäter und Gefängniswärter ihrer Kleidung entledigt und die Leichen in einer alten Lagerhalle entsorgt. Zuvor hatten sie ihnen Zähne und Fingerkuppen entfernt, um die Identifizierung zu erschweren. Den Krankenwagen brachten sie zu einer illegalen Autowerkstatt in Joliet, wo gestohlene Fahrzeuge ausgeschlachtet und die Teile weiterverkauft wurden. Del Ray hörte auf einer App den Polizeifunk mit, aber bisher hatte es noch kein Wort über die Flucht gegeben.

Perfekter Plan, perfekte Durchführung.

T-Nail war im Aufenthaltsraum des Clubhauses, wo der Gang-Doktor sein Bein verarztete. Del Ray freute sich, dass er einem Bandenmitglied helfen konnte. T-Nail gehörte zur alten Garde und verdiente Respekt. Wobei sich noch zeigen würde, inwieweit er zu der neuen Gang passte. Während seiner Zeit im Gefängnis hatte man bei wichtigen Themen seinen Rat gesucht, aber in den letzten paar Jahren hatte Del Ray sich um das Tagesgeschäft gekümmert. Wenn T-Nail sein Territorium zurückhaben wollte, stand ihm dies satzungsgemäß zu. Er konnte sich für eine weniger aktive Rolle entscheiden, was wahrscheinlich für alle am besten war. Aber falls T-Nail wieder als Kriegshäuptling herrschen wollte, müsste Del Ray ihn zurück ins Fahrwasser steuern.

Am besten wäre jedoch T-Nails Rücktritt. Die Dinge hatten sich geändert. Es war Zeit, dass ein neuer Steuermann das Ruder übernahm.

Del Rays Handy klingelte. Er ging dran, ohne etwas zu sagen.

»Sie ist spät aufgestanden und hat mit ihrem Mann gesprochen.«

»Das Gerät funktioniert?«

Del Ray hatte das Lasermikrofon selbst zusammengebaut. Es war ein Abhörgerät mit großer Reichweite, mit dem man von Schallwellen verursachte Schwingungen messen konnte, wenn man es auf Glas richtete. Wenn Menschen in einem Gebäude redeten, konnte ein solches Gerät die Schallwellen, die von der Fensterscheibe abprallten, in Worte umwandeln. Del hatte sein Team angewiesen, es vor dem Fenster der Polizistin aufzustellen.

»Es lief wie geschmiert. Willst du's hören?«

»Ja.«

Del Ray musste sich zunächst albernes Geschwätz über ein Eichhörnchen anhören, bevor das Gespräch sich um Harry, Val und eine Hütte in Wisconsin drehte.

Plante die glückliche Familie einen Urlaub? Wenn ja, wäre das gut. Laut einem früheren Bericht hatte die Polizistin ein Sicherheitssystem auf dem neuesten Stand der Technik installieren lassen. Überwachungskameras. Bewegungsmelder. Alarmanlagen überall. Die Schlampe litt ernsthaft unter Verfolgungswahn. Wenn sie jedoch außer Haus ging, wäre es leichter, sie zu entführen.

»Haltet mich auf dem Laufenden«, wies er seine Männer an.

Del Ray steckte das Handy weg und ging in den Aufenthaltsraum. Der Arzt war inzwischen mit T-Nail fertig. Der saß jetzt auf einem Fernsehsessel aus Leder, in der linken Hand eine Flasche Hennessy XO, in der rechten eine Kurzhantel, mit der er Armbeugen machte. Der Typ hatte Brust und Arme wie der Ex-Footballspieler Terry Crews.

»Die Bullenschlampe fährt vielleicht in Urlaub. Wir können sie uns unterwegs vorknöpfen. Is ‘n Kinderspiel, auch wenn sie bewaffnet ist.«

T-Nail hielt die Cognacflasche an den Mund und leerte ein Viertel davon mit ein paar kräftigen Schlucken. »Bring mir meinen Rollstuhl.«

»Ich hab was Besseres. Könnte glatt von Tony Stark sein.«

»Tony wer?«

Del Ray riss sich zusammen. Wahrscheinlich gab es im Knast keine Filme zu sehen.

»Ich zeig's dir.«

Er trabte zum Garagentor und ging in seine Werkstatt. Mit dem Projekt, an dem er während der letzten paar Wochen gearbeitet hatte, war er erst wenige Stunden vor der Flucht fertig geworden. Del Ray hielt es für eine seiner besten Erfindungen. Er setzte sich in das Gerät, schnallte sich fest und betätigte den Schalter. Dann flitzte er zur Tür hinüber, fuhr seitlich hindurch und rollte in den Aufenthaltsraum.

»Ich nenne das Ding den Kreisel«, sagte er zu T-Nail.

»Das ist ein elektrischer Rollstuhl.«

»Bruder, das ist kein Rollstuhl. Das ist ein aufgemotztes Geländefahrzeug. Titanrahmen. Kevlarfaserschlinge. Höchstgeschwindigkeit fünfzig Kilometer pro Stunde auf gerader Fahrbahn.«

Del Ray demonstrierte die Handhabung des Geräts. Als Erstes ließ er es wie einen Kreisel um die eigene Achse drehen.

»Mecanum-Räder. Damit man das Ding in jede Richtung bewegen kann. Seitlich.« Er führte das Fahrmanöver vor. »Diagonal. Sogar ‘ne Achterschlaufe, falls du Lust drauf hast.«

Der Kreisel-Rollstuhl glitt über den Boden wie Butter in einer heißen Bratpfanne und fuhr in jede Richtung, die Del Ray mit dem Joystick vorgab.

»Und falls du mal durch einen schmalen Eingang fahren oder ein bisschen Basketball spielen möchtest …«

Del Ray drückte auf den Konvertierungsknopf, woraufhin der Rollstuhl die Hinterräder einzog und sich vertikal in die Höhe streckte.

»Jetzt weißt du, warum ich es den Kreisel nenne«, sagte er. »Ohne den Kreiselstabilisator könnte man damit nicht auf zwei Rädern balancieren. Aber die Beschleunigungssensoren sorgen dafür, dass das Ding nicht umkippt. Wie eins von diesen Segway-Zweiradfahrzeugen für Touristen.«

»Lass mich mal probieren.«

Del Ray schaltete wieder auf Sitzposition, fuhr zu T-Nail und blieb neben ihm stehen. Dann löste er die Gurte.

»Griffe sind hier oben«, sagte er. »Du kannst dich selbst reinheben.«

T-Nail wuchtete sich mit Leichtigkeit in den Kreisel-Rollstuhl. Seine Muskeln wogten. Er rückte seinen massiven Körper zurecht.

»Die Gurte halten dich fest, wenn du in der Stehposition bist. Hinten ist ein zweites Paar Räder. Die sind für Treppen und unebenes Gelände, zum Beispiel Sand und Erde.«

T-Nail kreiste im Zimmer herum und machte sich mit der Steuerung vertraut.

»Der Akku reicht für acht Stunden. Das Halfter habe ich auf der rechten Seite angebracht. Darin steckt eine umgebaute Glock mit Wählhebel und zweihundert Schuss im Magazin. Und auf der linken Seite hab ich was Besonderes.«

T-Nail tastete unter der Armlehne und zog die Nagelpistole aus dem maßangefertigten Halfter.

»Pneumatisch«, sagte Del Ray. »Der Schlauch ist mit einem Druckluftkompressor hinten verbunden. Das Ding funktioniert auch, wenn die Stromversorgung ausgeschaltet ist. Probier's mal.«

T-Nail drückte den Abzug durch, und ein zehn Zentimeter langer Nagel bohrte sich in den Fliesenboden.

Del Ray erwartete kein Dankeschön. Männer bedankten sich nicht untereinander. Aber von T-Nail kam weder ein Händedruck noch ein Nicken. Er schaute Del Ray nicht einmal an.

Alles, was er sagte, war: »Wo ist mein Zimmer?«

»Den Flur entlang und die erste Tür rechts.«

T-Nail rollte dorthin, wo er die Flasche Hennessy stehen gelassen hatte, nahm sie an sich und verschwand.

Del Ray runzelte die Stirn. Sicher waren zwanzig Jahre Knast zum Kotzen, aber das war kein Grund, so ein undankbares Arschloch zu sein. Immerhin hatte Del Ray viele Stunden Arbeit in den Kreisel-Rollstuhl investiert. Er wollte dafür keine Umarmung, aber was ist das für ein Kumpel, der nicht einmal mit der Faust anstößt?

Er ging zurück in die Werkstatt und machte sich daran, den neuen Skalp, den er letzte Woche genommen hatte, mit Gerbsäure zu präparieren. Im unbehandelten Zustand würde er verwesen und stinken. Man musste ihn wie Leder gerben.

T-Nail hatte auch kein Wort über die Weste verschwendet. Del Ray trug sie nur äußerst selten in der Öffentlichkeit. Immerhin enthielt das Kleidungsstück DNA-Spuren von über zwei Dutzend Morden. Wenn er sich damit schnappen ließ, würde er womöglich lebenslang bekommen. Heute trug er sie aus besonderem Anlass für T-Nail, bekam aber kein Lob dafür.

»Da kommt man sich nicht respektiert vor«, sagte er zu sich selbst, während er die Kopfhaut mit Gerbsäure bearbeitete.

Aber zunächst war Del Ray gewillt, T-Nail einen Vertrauensbonus zu gewähren. Der Mann hatte schließlich einen harten Tag hinter sich. Verdammt, nicht nur einen, sondern siebentausend. Zwanzig Jahre Knast waren eine lange Zeit.

Vielleicht würde T-Nail es etwas mehr zu schätzen wissen, wenn Del Ray ihm die Polizistin und ihre Familie brachte.

Del Ray strich mit den Fingern über seine Weste. Eine Menge Toter, die auf sein Konto gingen. Aber es waren keine weißen Frauen darunter.

Das brachte ihn auf eine Idee.

»Vielleicht ist es Zeit für ein bisschen Vielfalt.«

Schließlich wollte Del Ray nicht, dass man ihn für einen Rassisten hielt.

Phin

Endlich war Jack eingeschlafen. Phin schälte sich unter der Decke hervor, ging leise an seiner Tochter vorbei und verließ das Schlafzimmer.

Jacks Kater, Mr Friskers, saß im Flur. Seine Augen reflektierten das wenige Licht, das durch das Küchenfenster fiel. Er starrte Phin an, und Phin starrte zurück. Der Kater war berüchtigt dafür, dass er niemanden mochte und andere Lebewesen ohne die geringste Provokation angriff. Phin und Sam hatte er bisher verschont, dafür aber seine Wut an Duffy ausgelassen, ihrem ehemaligen Basset. Der Hund befand sich jetzt für längere Zeit bei Jacks Mutter in Florida. Phin hätte ihn gerne behalten und dafür Mr Friskers weggegeben, aber Jacks Mutter wollte den Kater nicht.

Ein weiteres Zugeständnis.

Er ging am Wohnzimmer vorbei in die Garage und dort zu dem roten Werkzeugschrank. Mit seiner Höhe von einem Meter und seinen zwanzig Schubladen war er einer der wenigen Dinge im Haus, die Phin allein gehörten. Nicht aus eigener Wahl – Phin war handwerklich nicht geschickter als der Durchschnittsbürger. Aber seitdem er Jack geheiratet hatte und bei ihr eingezogen war, fielen häusliche Reparaturen und Instandhaltung in seinen Aufgabenbereich.

In der Garage war es dunkel, aber seine Augen hatten sich ausreichend daran gewöhnt, um nicht über irgendwelche Gegenstände zu stolpern. Er stapfte zu dem Schrank, tastete nach der taktischen Taschenlampe, die darauf lag, und schaltete die niedrige Leuchtstufe ein. Dann zog er die dritte Schublade heraus, entnahm ihr eine Schachtel mit Holzschrauben und stellte sie auf den Schrank.

Er öffnete die Schachtel und leuchtete auf das Glasfläschchen. Es war nicht größer als sein Daumen und enthielt ein weißes Pulver.

Kokain.

Phin nahm schon seit Jahren kein Kokain mehr. Seit einer gefühlten Ewigkeit. Dennoch konnte er sich lebhaft an den Kick erinnern, den es ihm gab. An das Gefühl der Unüberwindlichkeit. Daran, wie die Droge sämtliche Sorgen und Ängste zu bloßem Hintergrundgeräusch reduzierte. Damals hatte Phin sich eingeredet, der Stoff wäre krankheitsmildernd. Er war mit Bauchspeicheldrüsenkrebs im fortgeschrittenen Stadium dahingesiecht und litt unter ständigen körperlichen und seelischen Schmerzen. Drei Dinge halfen ihm bei der Bewältigung: Gefahr, Sex und Drogen.

Seit Jahren hatte er schon nichts mehr richtig Gefährliches getan.

Seit Monaten hatte er keinen Sex mehr.

Und er konnte sich nicht einmal mehr erinnern, wann er sich zum letzten Mal Kokain durch die Nase gezogen hatte.

Doch dann war er vor einem Monat nach einem dummen Streit mit Jack losgefahren, um sich zu beruhigen, und war schließlich in einer Gegend von Chicago gelandet, in der er sich früher regelmäßig herumgetrieben hatte. Dort lief er zufällig einem Drogenhändler über den Weg, den er kannte. Phin kaufte ihm das Kokain ab, konsumierte es jedoch nicht. Als er wieder nach Hause kam, versteckte er es im Werkzeugschrank. Seitdem hatte er es nicht angerührt.

Aber er hatte es nicht vergessen.

Vor zwei Wochen war er in die Garage gegangen und hatte die Schublade angestarrt, in der es sich befand.

Letzte Woche war er um vier Uhr morgens in die Garage geschlichen, um es anzusehen.

Jetzt streckte er die Hand danach aus und hielt es zwischen den Fingern.

Es war nicht angenehm gewesen, sich das Koksen abzugewöhnen. Kokain war eine Droge, von der man leicht abhängig wurde. Damit aufzuhören, war dagegen schwierig.

Ich bin jetzt ein Ehemann und Familienvater. Keine Anzeichen von Krebs. Ich wohne in der Vorstadt. Mag ja sein, dass ich Eheprobleme habe, aber Koks ist keine Lösung.

Warum habe ich es dann gekauft?

Warum habe ich es versteckt?

Und warum bin ich jetzt hier und schaue es an?

Phin war sich nicht sicher, ob es eine Erinnerung an seine Vergangenheit oder eine Vorahnung auf seine Zukunft war.

Er schloss die Augen und dachte an Samantha, wie sie in ihrem Kinderbettchen schlief. Dachte an die Mutter seiner Tochter, die Frau, die er liebte und immer lieben würde, obwohl sie ihm zu entgleiten drohte.

Phin fragte sich, ob Luther Kite daran schuld war. Seit dem Vorfall in Michigan war Jack nicht mehr sie selbst gewesen. Phin, Harry und Herb hatten auch einiges abbekommen, aber Jack hatte es am schlimmsten erwischt. Die Vorstellung, dass Luther frei herumlief, machte Jack zweifellos zu schaffen. Er war der Grund für all die Sicherheitsvorkehrungen an ihrem Haus. Und dafür, dass Sam bei ihnen im Schlafzimmer schlief. Vielleicht war Luther auch der Grund, warum Jack emotional abgeschaltet hatte.

Die Vergangenheit war ein übler Bursche, der sein Bestes tat, um einem die Gegenwart zu versauen.

Das Kokain in Phins Hand war das beste Beispiel dafür.

Er legte das Glasfläschchen wieder in die Schachtel mit den Schrauben, schloss die Schublade und ging zurück ins Haus.

Zurück ins Schlafzimmer.

Küsste seine schlafende Tochter.

Küsste seine schlafende Frau.

Kroch ins Bett.

Schloss die Augen.

Zwanzig Minuten später war er wieder in der Garage und schnitt mit einem Teppichmesser eine Line Kokain auf dem Karton einer Packung Frühstückscerealien. Anschließend zog er sie sich mit einem der Strohhalme in die Nase, mit denen Samantha aus ihrer Schnabeltasse trank.

Der Kick war heftig.

Phin zitterte vor Vergnügen am ganzen Körper, und er lachte zum ersten Mal seit langer Zeit.

Jack

Ich sah auf die Uhr. Kurz nach acht Uhr morgens. Sam saß aufrecht im Bett und hielt einen Spielzeughubschrauber in der Hand, eines von diesen Fisher-Price-Modellen, bei denen jedes Teil groß, rund und kinderfreundlich war. Sie starrte mich an und ließ das Spielzeug auf den Boden fallen.

»Flieg«, sagte sie.

Ich ging zu ihr und legte ihr eine Hand auf den Kopf. »Der fliegt nicht, mein Schatz. Es ist nur ein Spielzeug. «

»Hebbi-kob-der.«

»Ja. Ein Helikopter.« Ich hob ihn auf und drehte den Plastikpropeller. »Aber er kann nicht wirklich fliegen. Er tut nur so.«

Ich machte ein *Wupp-wupp-wupp*-Geräusch wie bei sich drehenden Rotorblättern und ließ das Spielzeug um Sams Kopf kreisen.

Sie wirkte nicht beeindruckt. Ich konnte ihr deswegen keinen Vorwurf machen.

»Es ist wie im wirklichen Leben«, sagte ich. »Etwas sieht so aus, als würde es etwas Bestimmtes tun. Du freust dich riesig darüber, aber dann enttäuscht es dich.«

»Trix«, sagte Sam.

»Gute Idee.«

Ich trug die Kleine in die Küche. Eigentlich hatte ich damit gerechnet, Phin dort zu sehen, aber er war nicht da. Stattdessen vernahm ich Geräusche aus der Garage. Ich setzte Sam in ihren Kindersitz, der am Küchentisch stand, und holte ihr eine Plastikschüssel. Die Schachtel Trix-Frühstückscerealien war nicht im Schrank.

»Wie wär's mit Haferflocken, Samantha? Wir haben kein Trix mehr.«

»Neues«, sagte sie.

»Da hast du recht. Ich besorge später Neues. Möchtest du Haferflocken?«

»Speck.«

Ich ging zum Kühlschrank und fand dort eine Portion gebratenen Speck in einer Tupperwaredose.

»Soll ich ihn aufwärmen?«

»Nein.«

»Kalt?«

Sie nickte und lächelte.

»Möchtest du auch einen Dinosaurier zum Frühstück?«

Sam lachte. »Mama, Dinosaurier kann man nicht essen.«

»Stimmt. Dann also keinen Dinosaurier.«

Ich fragte mich, ob jede Mutter das Gefühl hatte, dass ihr Kind das klügste und liebenswerteste auf der ganzen Welt war. Wahrscheinlich. Aber die anderen Mütter irrten sich, denn das klügste und liebenswerteste Kind der Welt war *meines*.

Da ich im Spülbecken den Strohhalm für Sams Schnabeltasse nicht fand, nahm ich einen sauberen aus der Geschirrspülmaschine, stellte Sam die Portion kalten Speck und grünen Hi-C-Fruchtsaft hin – das Frühstück der Champions – und schenkte mir selbst einen Becher ein. Dann ging ich in die Garage, um Phin zu suchen.

Er stand mit freiem, verschwitztem Oberkörper auf der Judomatte und drosch auf den schweren Sandsack ein, der von dem Deckenbalken hing. Seine Hände steckten in meinen Trainingsboxhandschuhen, und er schlug so schnell zu, dass seine Bewegungen verschwommen wirkten.

Mein Mann war immer noch beeindruckend gut in Form. V-förmiger Oberkörper mit breiten Schultern und Waschbrettbauch. Gut definierte Brust- und Armmuskeln. Im Gegensatz zu seiner »besseren Hälfte« hatte er kein Fett angesetzt.

Ich schaute ihm einen Augenblick lang zu, ohne dass er es bemerkte, und kam mir dabei ein bisschen wie ein Voyeur vor. Phin war jünger als ich, attraktiv, und strahlte immer noch diese Aura des bösen Jungen aus, die mich von vornherein zu ihm hingezogen hatte. In letzter Zeit hatte ich mich jedoch so sehr daran gewöhnt, ihn mit Sam im Arm oder beim Wechseln ihrer Windeln zu sehen, dass ich diese Seite von ihm schon fast vergessen hatte.

Er trat einen Schritt von dem Sandsack zurück und versetzte ihm einen schulterhohen Tritt. Als sein nackter Fuß gegen die Außenhaut klatschte, hinterließ er eine rote Schliere.

Ich blickte auf seinen Fuß und stellte fest, dass er blutete.

Auf der Matte war ebenfalls Blut.

»Dein Zeh«, sagte ich. Phin wirbelte blitzschnell herum und starrte mich grimmig an. Ich ging reflexartig in Verteidigungsstellung.

Als er sah, dass ich es war, enthärteten sich seine Gesichtszüge.

»Morgen, Jack.«

»Du hast dir den Zehnagel abgebrochen.«

Phin blickte nach unten und sah das Blut, das aus seinem großen Zeh rann. »Scheiße. Hab es nicht einmal bemerkt.«

Vor Schweiß glänzend und einen männlichen Geruch verströmend, ging er an mir vorbei zum Kleiderspind. Er entnahm ihm eine Rolle Verbandsmull, stellte den Fuß auf die Ablage und verband den Zeh. Da fiel mir die Schachtel Trix auf seinem Werkzeugschrank auf.

»Hunger gehabt?«

»Die sind nicht nur für Kinder, weißt du.«

»Das habe ich gehört.«

Phin verknotete die Enden des provisorischen Verbands, kam zu mir und starrte mich grimmig an. Er nahm mir den Hi-C-Fruchtsaft aus der Hand und leerte den Becher in drei großen Schlucken. Dann pfiff er ein paar Takte eines Liedes von Helen Reddy, von dem er wusste, dass ich es hasste.

You and Me Against the World.

Wann war das das letzte Mal so gewesen?

»Hast du Lust auf ein paar Runden?«, fragte er. Sein Atem wehte über meinen Kopf.

»Sam isst gerade Speck.«

»Ausreden, nichts als Ausreden.«

»Sie könnte daran ersticken.«

Seine Augen funkelten. »An Speck, den du auf Briefmarkengröße zerkleinerst?«

»Machst du dich über meine Elternkompetenz lustig?«

»Weißt du überhaupt noch, wie man einen Gegner zu Boden wirft?«

Ich packte Phin am Handgelenk, drehte es um und legte ihn mit einem Hüftschwung flach. Er landete auf der Matte. Ich kniete mich auf ihn und klemmte seinen Kopf zwischen meine Beine. Mein Puls schlug doppelt so schnell, und ich spürte, wie mein Gesicht rot anlief.

»Und was jetzt?«, sagte Phin grinsend. »Soll das Sparring sein? Oder was anderes?«

Ich starrte auf ihn herab und dachte aus irgendeinem Grund an Sams Spielzeughubschrauber.

»Mama, wieso sitzt du auf Papa?«

Sam stand im Türrahmen und hielt ihren Becher in der Hand.

»Mama und Papa machen einen Ringkampf«, sagte Phin. »Das haben wir früher öfter gemacht, aber in letzter Zeit nicht mehr. Stimmt's, Mama?«

Sein Ton klang verspielt, aber ich spürte den Sarkasmus dahinter. Das tat weh.

Ich stand auf, und Phin schnellte mit einer geschmeidigen Bewegung auf die Beine. Er hob Sam auf, gab ihr einen Lippenpups auf den Hals und trug sie zurück ins Haus.

Ich hob den Plastikbecher auf, den Phin fallen gelassen hatte, als ich ihn flachlegte. Dann ging ich zu dem Werkzeugschrank, nahm die Trix-Schachtel und einen von Sams Plastikstrohhalmen und folgte den beiden nach drinnen.

Phin hatte Sam wieder auf den Kindersitz gesetzt, und sie teilten sich den Speck. Ich schüttete etwas Trix in ihren Teller, stellte die Schachtel in den Schrank und sah den beiden beim Essen zu.

Das war das Leben, für das ich mich entschieden hatte. Und es war ein gutes Leben. Es lief nicht ganz so, wie ich erwartet hatte, aber tat es das jemals?

Ich hatte drei Möglichkeiten.

Nichts tun.

Die Dinge in Ordnung bringen, die im Argen lagen.

Oder mich scheiden lassen.

Ich griff zum Telefon und rief Val an. Ich wollte herausfinden, ob sie für ein paar Tage auf Sam aufpassen konnte.

Sie konnte.

Das hieß, dass Phin und ich ein bisschen Zeit für uns in Harrys Hütte in Wisconsin haben würden.

Wir würden entweder einen Weg finden, unsere Ehe zu retten, oder uns überlegen, wie wir uns das Sorgerecht für unsere Tochter teilen würden.

Ich rieb die Fingerspitzen aneinander, starrte auf die kaum sichtbaren Rückstände weißen Pulvers auf der Trix-Schachtel und runzelte die Stirn.

Ich war gewillt, uns beiden eine Chance zu geben. Aber allzu optimistisch war ich nicht.

Und falls Phin positiv auf Kokain testete, konnte er sich sein Besuchsrecht abschminken.

T-Nail

Er hatte eine harte Nacht hinter sich.

Da die Matratze auf seinem neuen Bett zu weich war, hatte T-Nail auf einer Decke auf dem Boden geschlafen. Er war an das Schnarchen seines Zellengenossen gewöhnt, aber im Clubhaus herrschte eine unheimliche Stille. Sein Zimmer war zu groß und roch irgendwie anders. Der Brandy, den er getrunken hatte, schmeckte nicht im Entferntesten wie der schwarzgebrannte Knastfusel, mit dem er sich während seiner Haft hatte begnügen müssen. In Kombination mit dem schweren Essen, das er zu sich genommen hatte – Burger und Kuchen –, sorgte er dafür, dass T-Nail an ziemlich üblen Bauchschmerzen litt.

An das Leben draußen musste man sich erst einmal gewöhnen.

Der neue Rollstuhl allerdings war eine coole Sache. Fast zu gut, um wahr zu sein. Del Ray war weit über seine Pflicht hinausgegangen. T-Nail wusste, dass er tief in seiner Schuld stand. Und Del wusste es auch. Er zeigte totalen Respekt, aber hinter der Fassade sah T-Nail Missgunst, Misstrauen und Mitleid.

T-Nail mochte es nicht, wenn ihn jemand bemitleidete. In seinem zweiten Jahr im Knast hatte er einen Mithäftling mit einem improvisierten Messer abgemurkst, weil der Mann sich bei den Wärtern beschwert hatte, dass es keine behindertengerechten Toiletten gab. T-Nail wollte keine Spezialbehandlung. Er mochte gelähmt sein, aber er war nicht schwach. Und er wollte schon gar nicht diesen Besondere-Bedürfnisse-Schwachsinn hören.

T-Nail würde sich lieber grün und blau schlagen lassen, als eine Spezialbehandlung zu empfangen. Die Menschen waren Schweine, und es gab nichts Grausameres als Mitleid.

Im Leben kam es auf zwei Dinge an.

Man musste mehr einstecken können als der Gegner.

Und man musste mehr austeilen können.

Er musste wieder an sein Aufnahmeritual bei den C-Notes denken; die Prügel, die er über sich ergehen lassen musste, um Mitglied werden zu können. Dreizehn war er damals gewesen, als er den Spießrutenlauf durch eine Gasse von acht Kerlen machte, die sich größte Mühe gaben, ihn zu Boden zu schlagen. Das Ritual hieß »Rum Runner«, wie der gleichnamige Cocktail, und zwar deshalb, weil man hinterher nicht mehr aufrecht stehen konnte, sondern wie ein Besoffener herumtorkelte. Aber T-Nail war nicht zu Boden gegangen. Er nahm sämtliche Schläge und Tritte auf sich und weigerte sich, umzufallen, auch dann nicht, als die Bandenmitglieder ihm die Nase und vier Rippen brachen und drei Zähne ausschlugen. Es war der blutigste »Rum Runner«, den das Viertel je erlebt hatte, und T-Nail erwarb sich dadurch einen legendären Ruf wie kein anderer Anwärter auf Mitgliedschaft, der vor oder nach ihm kam.

Scheiß auf Mitleid. T-Nail forderte Respekt.

Er setzte sich auf dem Boden auf, zog sich zu seinem neuen Rollstuhl und streckte die Hände nach den Armstützen aus.

Jawohl, Del Ray hatte verdammt gute Arbeit geleistet.

Der Rollstuhl war stabil. T-Nail klappte den Sitz zurück und machte hundert Barrenstützen, bis seine Arme zitterten.

Anschließend setzte er sich in den Rollstuhl, gurtete sich daran fest und rollte in Richtung Bad. Gestern Abend hatte er es sich nicht angesehen. Er hatte sich um genug anderen Kram kümmern müssen, da brauchte er sich nicht noch zusätzlich über seine Körperfunktionen Gedanken machen. Aber da er wie jeder andere Mensch aß und trank, produzierte er körperliche Abfallprodukte – ein Umstand, den er nicht ignorieren konnte.

Er rollte durch die Tür ins Bad und war beeindruckt, wie die Mecanum-Räder es ihm ermöglichten, seitlich hineinzufahren.

Als er sich im Bad umsah, war er gleich nicht mehr beeindruckt.

Die Dusche war normal, bis auf die Kette, an der man ziehen musste, damit Wasser aus dem Duschkopf kam, und den wasserfesten Stuhl. Über die Toilette konnte er hinwegsehen. Sie war auf beiden Seiten mit Handgriffen ausgestattet, aber viele Toiletten hatten diese. Daneben befand sich ein Rutschbrett, und T-Nail wusste, was es damit auf sich hatte: Querschnittsgelähmte mussten vom Rollstuhl auf den Toilettensitz rutschen.

Aber was er dann sah, verschlug ihm die Sprache.

Da war ein ganzes Regal voller Behindertenzubehör. Latexhandschuhe. Gläser mit Vaseline. Katheter in sämtlichen Größen, von klein bis riesig. Kolostomiebeutel. Schachteln mit Zäpfchen, Einläufen und anderen verrückten Dingen, die man sich in den Arsch schob. Vieles davon hatte T-Nail noch nie gesehen.

Er spürte, wie in ihm die Wut hochkochte. All dieses peinliche Zeug, das offen herumlag, sodass alle es sehen konnten. Wenn es wenigstens in einem Schrank vor neugierigen Blicken verborgen gewesen wäre. Aber so bekam jeder mit, wie schwach und gebrechlich ihr Kriegshäuptling war. Das ließ ihn geringer erscheinen als das Fußvolk.

Zum Teufel damit! T-Nail zog sein Handy hervor und rief Del Ray an.

»Ins Bad. Sofort.«

Dann zog er Leggings und Unterhose aus und wartete auf seine rechte Hand.

»Ich bin hier, Boss.«

»Dann schlepp deinen schwarzen Arsch ins Scheißhaus.«

Del Ray kam herein. Seine Haltung war entspannt, die Hände hinter dem Rücken. Er blickte T-Nail fest in die Augen.

»Die ganze Wand ist voll mit Hilfsmitteln zum Pissen und Scheißen. Du hast wohl ein ungesundes Interesse an meinen Körperfunktionen.«

»Hab ein wenig recherchiert. Wusste nicht, was du brauchst.«

»Ich zeig dir, was ich brauche.«

Ohne die Handgriffe oder das Rutschbrett zu benutzen, hievte T-Nail sich vom Rollstuhl auf die Toilette und ließ sich darauf herab, bis er sein Gleichgewicht fand.

»Man nennt das den Credé-Handgriff«, sagte er und drückte mit der Hand auf die Harnblase, worauf diese sich in die Kloschüssel entleerte. »Und das«, sagte er und hob einen Finger, »ist alles, was ich für den Rest brauche.«

Er massierte damit den Enddarm, hielt den Atem an und drückte, bis die Scheiße herauskam.

Del Ray sah zu, ohne mit der Wimper zu zucken.

»Habe ich deine Neugier zufriedengestellt?«, fragte T-Nail.

Del wirkte weder peinlich berührt noch aus der Ruhe gebracht. »Die Bullenschlampe hat ihr Haus verlassen.«

»Wann?«

»Heute Morgen. Sie fährt zu einer Hütte in Wisconsin. Die Ortschaft heißt Spoonward. Winziges Kaff mit vierhundertsechzig Einwohnern, voll in der Pampa. Ein Polizeichef und zwei Polizisten. Sie bringt die Kleine zu Freunden. Will mit ihrem Mann allein sein.«

»Du hast die Adresse?«

»Adresse, GPS-Koordinaten und Satellitenbilder. Sie ist vor einer Stunde los. Hab ihr ein Team hinterhergeschickt. Was ist dein Plan?«

T-Nail holte tief Atem und blies ihn langsam aus. »Ich will dieser Schlampe den Krieg erklären.«

»Den totalen Krieg?«

»Den totalen Krieg. Wie viele Männer können wir losschicken?«

»Ungefähr fünfzig, wenn wir unsere anderen Geschäfte nicht vernachlässigen wollen.«

»Und wenn wir ein paar Geschäfte vernachlässigen?«

Del Ray zögerte einen Augenblick und sagte: »Hundert.«

T-Nail nickte. »Ich will mehr als hundert. Ich will, dass Spoonward total von der Außenwelt abgeschnitten wird. Ich will sie und ihren Mann einkreisen lassen. Ich will die Gegend unter Kontrolle haben wie unser eigenes Revier.«

»Das wird uns einiges kosten.«

T-Nail packte Del Ray am Genick und zerrte ihn zu sich hinunter.

»Sag mir eins, General: Wie viel haben zwanzig Jahre meines Lebens gekostet?«

Del Ray bewahrte die Fassung. »Wir schaffen das.«

»Das weiß ich.«

»Und ihr Kind? Sollen wir uns die Kleine auch vornehmen?«

T-Nail überlegte und gab eine Antwort.

»Sonst noch was?«, fragte Del.

»Schaff mir diesen ganzen Krempel aus meinem Bad. Ich will davon nichts mehr sehen. Und jetzt hau ab.«

Er entließ Del, und der Mann verschwand.

T-Nail fragte sich, wie lange es dauern würde, bis Del Ray gegen ihn aufbegehrte. Früher oder später würde er den jüngeren Mann umbringen müssen. Zu viel Stolz. Zu viel Ehrgeiz. Mit ein bisschen Glück würde dies nicht nötig sein, bevor sie mit der Polizistin fertig waren. T-Nail war sehr lange aus dem Geschäft gewesen und brauchte Del Ray, um wieder auf den neuesten Stand zu kommen. Es wäre nervtötend, wieder bei null anfangen zu müssen. Bald würde er auch die Loyalität seiner Leute testen müssen. Aber das war nichts, was er nicht bereits zuvor getan hatte. Jeder gute Führer musste hin und wieder dem Fußvolk auf den Zahn fühlen.

T-Nail schloss die Augen. Ein innerer Friede, wie er ihn noch nie gekannt hatte, machte sich in ihm breit. Nur sehr wenige Kriegshäuptlinge vor ihm hatten jemals den totalen Krieg erklärt.

Es fühlte sich gut an. Sehr gut sogar.

Für Jacqueline Daniels würde es sich allerdings nicht gut anfühlen.

Jack

Phin saß am Steuer. Wir hatten erst vor Kurzem einen Mitsubishi Outlander gekauft, und Phin sah nicht so aus, als mache es ihm Spaß, die Karre zu fahren. Er sah aus wie jemand, der das Gefühl hat, Kompromisse machen zu müssen.

Ich war diejenige, die ihn zu diesem Kompromiss gezwungen hatte. Unter den SUVs in unserer Preisklasse hatte der Outlander die beste Sicherheitsbewertung. Und aus einem Grund, den wahrscheinlich nur scharfsinnige Psychologen verstanden, hasste ich Phin dafür, dass er meinem Drängen so leicht nachgegeben hatte.

War das vielleicht ein Teil des Problems? Seit wir Sam hatten, fasste er mich mit Samthandschuhen an, und ich wollte nun mal keinen Schwächling als Partner.

Vielleicht war das der Grund, warum ich das Kokain nicht erwähnte. Vielleicht war ich sogar froh, dass er wieder ganz der Alte war.

Trotzdem war es inakzeptabel, dass er im Beisein unserer Tochter Drogen nahm.

Scheiße! Wieso war das Leben nur so kompliziert? Da war es fast einfacher, Serienmörder zu jagen.

Sam war auf dem Rücksitz eingeschlafen. Das tat sie immer, wenn sie im Auto mitfuhr. Phin nervte mich mit seiner ständigen Fummelei an seinem iPod, während er fuhr. Ich versuchte, ein E-Book zu lesen, konnte mich jedoch nicht richtig konzentrieren, da die Musik mich zum Wahnsinn trieb. Irgendwann gab ich auf und begnügte mich damit, auf die eintönige Landschaft zu starren, die an uns vorbeizog. Das südliche Wisconsin bestand wie der Großteil von Illinois aus flacher Prärie und war ungefähr so interessant, wie wenn man Wasser beim Kochen oder Klebstoff beim Trocknen zusah. Sobald eine Tankstelle in Sicht kam, bat ich Phin anzuhalten, damit ich auf die Toilette gehen konnte. Aber als er es tat, ging ich absichtlich nicht, einfach nur um zu sehen, ob er es bemerkte.

Er tankte, holte Kaffee und bemerkte es nicht. Oder er bemerkte es, aber es war ihm egal.

Wir fuhren weiter. Die schlechte Musik und die eintönige Landschaft nahmen kein Ende. Phin machte das Ganze noch schlimmer, indem er falsch mitsummte. Ich musste mich praktisch auf meine Hände setzen, um ihm nicht in die Fresse zu hauen.

Er warf mir einen Blick zu. Vielleicht missdeutete er den Unmut in meinen Augen als Leidenschaft. Schließlich sagte er: »Ya'aburnee.«

»Was?«

»Hab ich im Internet gesehen. Es ist Arabisch.«

»Und was heißt es?«

Er lächelte. »Es heißt: Ich möchte, dass du mich beerdigst.«

»Was soll das jetzt heißen?«

»Es heißt: Meine liebe Frau, ich liebe dich so sehr, dass ich vor dir sterben möchte. Denn wenn du vor mir stirbst, würde ich es nicht aushalten.«

Ein blöder Spruch. Ich überlegte, ob er womöglich noch zugedröhnt war.

Ein paar Minuten bevor wir bei Val ankamen, wachte Sam auf. Wie immer ausgeruht und fröhlich – was ich von mir in letzter Zeit nicht behaupten konnte. Sie bat um etwas Salzgebäck und ihren Becher und knabberte und trank, während wir an einer Scheune vorbei auf Vals zweigeschössiges Haus im Wald außerhalb von Lake Loyal, Wisconsin, zufuhren. Phin parkte den Wagen und schnallte Sam los. Ich stieg aus, ging zur Tür und klopfte laut an.

»Val!«

Ich rang mir ein Grinsen ab. Es war schön, Val zu sehen, aber wir waren nicht hier, um sie zu besuchen. Wir umarmten uns kurz, und dann kam Phin und schüttelte Vals Hand.

»Sam, erinnerst du dich noch an Val?«, fragte ich meine Tochter.

Sam vergrub ihr Gesicht an der Brust ihres Vaters.

»Sprich nicht mit Fremden!«, schrie Sam. »Die sind gefährlich!«

»Schon in Ordnung, Sam.« Phin ließ Sam herunter. »Das ist keine Fremde. Das ist eine Freundin.«

Val ging vor Sam in die Hocke. »Als ich dich das letzte Mal gesehen habe, warst du erst ein Jahr alt.«

Die beiden machten sich erneut miteinander bekannt. Sam akzeptierte Val schnell und bettelte darum, auf einem ihrer Pferde reiten zu dürfen. Während der darauffolgenden Diskussion fuhr ein Umzugslaster auf den Rasen vor dem Haus. David Lund, Vals Freund, stieg aus dem Führerhaus. Er trug eine abgewetzte Lederjacke und eine Baseballkappe mit dem Logo der Feuerwehr von Lake Loyal.

»Schön, dich wiederzusehen, Jack«, sagte er mit einem Lächeln.

»Gleichfalls, Lund. Das ist Phin, mein Mann.«

Lund reichte Phin die Hand, und er nahm sie. Ich fragte mich unangemessenerweise, ob Phin einen Kampf gegen ihn gewinnen könnte. Wahrscheinlich. Auch ein gezähmter Stier war gefährlich.

»Freut mich«, sagte Lund.

»Danke, dass ihr auf meine Kleine aufpasst.«

»Sie ist in guten Händen.« Lund ging vor Sam auf die Knie, als wäre es die natürlichste Sache der Welt. »Hey Sam, ich bin David. Hast du schon gewusst, dass es hier Bären gibt?«

Sam bekam große Augen und schüttelte den Kopf.

»Augenblick. Ich zeig dir einen.« Er griff ins Führerhaus des Lastwagens und holte den größten Teddybär heraus, den ich je gesehen hatte. Das Stofftier war praktisch so groß wie Sam und trug eine rot karierte Schleife um den Hals. »Der ist für dich. Wie soll er heißen?«

»Harry.«

»Wieso Harry?«

»Weil er wie das Arschloch aussieht.«

Lund zog eine Augenbraue hoch. »Hat sie *Arschloch* gesagt?«

»Sie nennt Harry so. Wahrscheinlich habe ich das Wort ein paar Mal zu Hause benutzt, und es ist hängen geblieben.« Ich sah mir den Teddy genauer an. »Weißt du, der Bär sieht McGlade tatsächlich ein bisschen ähnlich. «

Val warf einen Blick auf den Teddy und zog eine Augenbraue hoch. Dann fragte sie: »Habt ihr auch alle Regeln aufgeschrieben?«

»Regeln?«

»Na, du weißt schon. Was sie isst. Wann sie ins Bett muss. Wie oft sie badet. Irgendwelche Allergien? Alles, was ich wissen muss.«

Ich zuckte mit den Schultern. »Sie ist hochentzündlich, also lasst sie nicht an offenes Feuer ran.«

»Hä?«

»Und gebt ihr kein Helium«, sagte Phin. »Sonst schwebt sie womöglich davon.«

»Kein Helium.« Lund tat so, als mache er sich Notizen. »Abgehakt.«

Val blickte verwirrt drein, und ich klopfte ihr auf die Schulter. »Im Ernst, Val. Frag Sam einfach, was sie braucht. Kinder sind nicht so zerbrechlich, dass Kleinigkeiten sie gleich umwerfen.«

»Das weiß ich.«

»Möchtet ihr auf einen Kaffee reinkommen?«, fragte Lund.

»Klar. Kommt rein«, fügte Val hinzu. »Ich setze eine Kanne auf. Das dauert nicht lange.«

Ich schüttelte den Kopf. »Wir müssen weiter. Vor uns liegen noch viele Stunden Fahrt.«

»Wohin geht's denn?«, fragte Lund.

»Nach Spoonward. Nahe der Grenze zu Minnesota.«

»Weit draußen in den Wäldern. Schöne Gegend. Aber seid vorsichtig. Die Jagdsaison hat gerade begonnen. Da sind viele Vollidioten unterwegs, die auf alles schießen, was nach 'nem Hirsch aussieht. Und nach ein paar Bier sieht alles wie ein Hirsch aus.« Er legte den Kopf schief. »Habt ihr das gehört?«

Gewehrschüsse, nur ein paar Kilometer entfernt.

»Also keine Geweihmütze aufsetzen, junge Dame«, sagte Phin und kitzelte Sam. »Versprichst du mir das?«

»Ich versprech's dir, Daddy.«

Phin umarmte die Kleine und sagte ihr, dass er sie lieb hatte. »Tschüss, mein Schnuckelchen. Sei lieb zu Val und David.«

»Mach ich. Hab dich lieb, Daddy.«

»Val.« Phin nickte ihr zu. »Lund.« Sie gaben sich die Hand. Dann ging Phin zurück zum Wagen.

»Sie ist bei uns in guten Händen«, sagte Val.

»Ich weiß. Um sie mache ich mir auch keine Sorgen.« Ich blickte zurück zu Phin.

»Das wird schon wieder.«

Lund hob Sam und ihren kleinen Koffer auf. »Was hältst du davon, wenn wir reingehen und ich dir das Haus zeige?«

Ich sah ihr nach. Seit ich Sam nach Hause gebracht hatte, war sie gelegentlich für kurze Zeit ohne mich gewesen. Aber das war das erste Mal, dass ich sie anderen Leuten als Phin oder meiner Mutter anvertraute.

Aus irgendeinem Grund blickte Val so besorgt drein, wie ich mich fühlte. Ich fragte mich, ob das etwas mit Lund zu tun hatte.

»Du hast auch Zweifel?«, fragte ich.

»Vielleicht gibt es immer Zweifel.«

»Vielleicht. Das wäre irgendwie schade.«

Val lachte. »Ja, das stimmt. Bring deine Sachen in Ordnung, Jack. Du wirst schon das Richtige tun.«

»Du auch. Und danke, dass du auf Sam aufpasst.«

»Gern geschehen. Du warst weiß Gott auch immer für mich da.«

»Ich weiß nicht, wie dort oben der Handyempfang ist, aber ich werde jeden Tag in die Stadt fahren und anrufen. Entweder holen wir sie am Mittwoch ab«, seufzte ich, »oder *ich* hole sie am Mittwoch ab.«

Ohne meinen Mann.

Sergeant Herb Benedict

Herb war ein langjähriger Fan von Zombiefilmen, und zwar von Anbeginn, seit der Filmemacher George A. Romero dieses Genre geschaffen hatte. Als Jugendlicher hatte er *Die Nacht der lebenden Toten* in einem Autokino angesehen. Später folgten sämtliche Fortsetzungen und Neuverfilmungen, einschließlich Dutzender italienischer Plagiate. Er erzählte niemandem, nicht einmal seiner besten Freundin Jack und seiner Frau Bernice, dass er einmal die DragonCon, einen Fantasy- und Science-Fiction-Kongress, besucht und sich als Ed aus der Zombie-Parodie *Shaun of the Dead* verkleidet hatte.

Na ja, nicht wirklich. Aber er hatte mit dem Gedanken gespielt.

Als schließlich die Fernsehserie *The Walking Dead* in ihrer ganzen blutigen Pracht ausgestrahlt wurde, war Herb im siebten Zombiefan-Himmel. Vielleicht kam seine Begeisterung daher, dass er als Mordermittler ständig mit richtigen Leichen zu tun hatte. Die lebenden Toten, ein harmloses Fantasieprodukt, dienten gleichsam als willkommenes Ventil, um Stress abzubauen. Oder vielleicht war die Vorstellung, von einer Übermacht blutrünstiger Monster umzingelt zu werden und ums nackte Überleben zu kämpfen, einfach eine coole Sache.

Wie auch immer, Herb war jedenfalls süchtig. Deshalb verbrannte er jedes Jahr eine Woche Urlaub und zog sich bis zum Exzess Zombiefilme rein.

Deshalb war sein Handy ausgeschaltet.

Deshalb empfing er nicht die Nachricht, dass Terrence Wycleaf Johnson, den sie auf der Straße T-Nail nannten, gestern Nacht aus einem Hochsicherheitsgefängnis entkommen war.

Und deshalb konnte er seine beste Freundin Jack Daniels nicht warnen, dass die Hölle auf dem Weg zu ihr war.

Phin

Unterwegs auf der Interstate-Autobahn.

Schöne Landschaft? Fehlanzeige.

Nichts zu sehen außer kilometerweite Straße, andere Autos und hin und wieder eine Reklametafel.

Seit sie von Vals Haus losgefahren waren, hatte Jack nichts gesagt. Entweder war sie in Gedanken versunken, oder er langweilte sie.

Oder beides.

Als er kapierte, dass die Musik sie nervte, stellte er sie ab. Stattdessen lauschte er dem Brummen des Motors und dem Rauschen des Verkehrs. Zählte die Hinweisschilder zum nächsten McDonald's-Restaurant, das anscheinend immer bei der nächsten Ausfahrt war. Nach acht gab er auf.

Warf einen Blick auf das Navi. Noch dreihundert Kilometer.

Dreihundert Kilometer unangenehmen Schweigens.

Er dachte an das Kokain in seiner Tasche.

Warf einen Blick auf die Tankanzeige.

Sie mussten bald tanken.

Fing erneut damit an, Straßenschilder zu zählen.

***

Die Erinnerung an etwas, das über zwei Jahre zurücklag, legte sich beim Fahren wie ein Schleier über ihn.

Phin hatte die Schachtel in ihrer Hand gesehen. Den Verlobungsring, den er ihr gekauft hatte und den sie nicht hatte annehmen wollen. Er hatte sie gefragt, sie hatte abgelehnt, und Phin hatte gedacht, dass dies das Ende war.

War es aber nicht.

Sie hatte zu ihm gesagt: »Du musst mich wohin fahren.«

Er hatte eine Augenbraue hochgezogen. »Wohin?«

»Aufs Standesamt. Wenn wir die Heiratsurkunde heute holen, können wir morgen heiraten.«

Phin war sich nicht sicher, ob er jemals wahres Glück gekannt hatte. Aber in diesem Augenblick wusste er es. Er fühlte sich gleichzeitig schwer und leicht. Als ob er jetzt mehr war als je zuvor.

»Ich lege dir Samantha in die Babytrage.«

»Warte. Erst musst du mir den hier anlegen.« Jack hatte die linke Hand ausgestreckt. »Bitte.«

Phin war zu ihr gegangen. Hatte überlegt, ob er auf ein Knie gehen sollte, beschloss dann aber, dass er ihr von Angesicht zu Angesicht gegenüberstehen wollte. Auge in Auge. Nahe genug, um ihren Atem zu riechen und jede Kurve und Furche ihres Gesichts im Gedächtnis zu behalten. Um ihr Bild auf seiner Netzhaut abzuspeichern und es immer bei sich zu tragen.

»Jacqueline Daniels, möchtest du mich zu dem glücklichsten Menschen auf der ganzen Welt machen?«

»Nein«, hatte sie gesagt.

»Nein?«

»Ich werde dich heiraten, Phineas Troutt. Aber ich werde dich nicht zu dem glücklichsten Menschen auf der ganzen Welt machen.« Ihre Augen füllten sich mit Tränen. »Du musst dich mit der Position des zweitglücklichsten Menschen begnügen.«

Phin war damit einverstanden gewesen. Hatte ihr den Ring auf den Finger gestreift. Hatte sie geküsst, als wäre es das erste und das letzte Mal.

Er wusste, dass sie für immer und ewig zusammenbleiben würden. Wusste es sicherer, als er jemals zuvor etwas gewusst hatte.

Wahres Glück. *Was für ein glücklicher Scheißkerl ich doch bin.*

***

»Was ist mit uns passiert?«, fragte er.

Jack antwortete nicht. Sah ihn nicht an.

»Falls Schluss ist, sag es mir. Dann ziehe ich aus und lasse mich in gegenseitigem Einvernehmen scheiden. Und ich werde dir Sam nicht wegnehmen. Ich besuche sie am Wochenende.«

Die Worte taten zutiefst weh, aber er sprach weiterhin mit gleichmäßiger Stimme.

Herbstimpressionen überall um sie herum. Stoppelfelder, hier und da ein Wäldchen mit kahlen Bäumen, Schäfchenwolken am blauen Himmel. Ein Kilometer verstrich. Zwei.

»Ich weiß nicht, was es ist«, antwortete Jack schließlich.

»Ich war geduldig.«

»Ich weiß.«

»Was empfindest du?«

»Ich weiß nicht.«

»Liebst du mich noch?«

Endlich sah sie ihn an. Ihr Blick war traurig.

»Ich weiß nicht.«

***

Phin pfiff das Lied von Helen Reddy, von dem er wusste, dass Jack es nicht mochte. *You and Me Against the World.*

Jack beachtete ihn nicht.

Er pfiff lauter und beobachtete sie aus dem Augenwinkel.

Sie zeigte ihm die kalte Schulter.

Nach ein paar Takten gab Phin auf.

***

Phin dachte erneut an das Kokain.

Jack würde es nicht probieren. Niemals. Seit Sams Geburt war sie nicht ein einziges Mal betrunken gewesen.

Ihre Depression könnte von einem chemischen Ungleichgewicht herrühren. Aber sie weigerte sich, die Symptome mit Chemie zu bekämpfen. Sie hatte das Thema bei ihren Hausarztbesuchen nie angesprochen. Hatte nie eine Therapie erwogen. Nie mit Phin darüber diskutiert.

Sie war nur noch eine äußere Hülle, die von der einstigen Jack übrig geblieben war. Oder ein Roboter, der vorgab, Jack zu sein, und seine gesamte Energie in die Mutterrolle steckte, sodass das Privatleben völlig zu kurz kam.

Phin war auf Kurs geblieben. Schließlich liebte er Jack und Sam. Und er war gerne Vater und war gut darin. Momentan fühlte er sich einsam, aber das hatte er auch getan, bevor er Jack kennenlernte. Der Zustand war ihm also nicht fremd.

Er konnte Jack nicht in Ordnung bringen.

Das musste Jack schon selbst tun.

Aber Phin zweifelte langsam daran, ob sie das jemals schaffen würde.

***

Die Gegend war eine richtige Wildnis. Endlose Wälder, deren immergrüne Bäume so dicht standen, dass sie den Blick in den Himmel verbargen, und in denen wilde Truthähne, Maultierhirsche, Berglöwen und Bären lebten.

Die unbefestigte Privatstraße, auf der sie gekommen waren, war mit Unkraut überwuchert und so holprig, dass man Allradantrieb brauchte. Sie fuhren nicht schneller als fünfzehn Stundenkilometer und wurden ordentlich durchgeschüttelt, bis sie schließlich nach fast einem Kilometer bei McGlades Hütte am Lake Niboowin ankamen.

Zunächst hätte Phin sie beinahe übersehen. Der Wald war düster, die Hütte war aus braunen Baumstämmen und fügte sich fast nahtlos in das Blattwerk der umstehenden Bäume ein. Doch dann erfassten seine Augen die geraden Linien und rechten Winkel, und auf einmal erschien das Bauwerk wie aus dem Nichts. Ein großes fensterloses Ranchgebäude mit grob behauenen Stämmen und abblätternder brauner Farbe an der Eingangstür und dem Garagentor. Eine Auffahrt suchte man vergeblich, und das Grundstück war zugewachsen. Die Hütte sah alt, verlassen und überhaupt nicht einladend aus.

»Igitt!«, sagte Jack und brach damit ihr zweistündiges Schweigen.

»Vielleicht sieht es drinnen besser aus.«

»Gibt es in Spoonward Motels?«

Sie waren vor zwanzig Minuten an der Ortschaft vorbeigefahren, aber Phin hatte keine gesehen. Allerdings hatte die Begegnung mit der Kleinstadt nur ein paar Sekunden gedauert. In einem Ort mit fünfhundert Einwohnern gab es wahrscheinlich nicht viel zu sehen. Phin waren eine Leihbücherei, ein Laden für Anglerzubehör, eine kleine Polizeistation und ein Hinweisschild auf eine Walmart-Filiale aufgefallen.

»Wahrscheinlich«, sagte er verhalten optimistisch.

Er parkte den Wagen und stellte den Motor ab. Sie stiegen aus. Die Luft roch frisch, nicht wie aus einer Spraydose, mit der man den Duft von geschlossenen Räumen oder Kleidern verbesserte, sondern wie in der unberührten Natur: kühl und sauber, mit einem Hauch von Kiefern und See.

Auf dem Haus befand sich ein Stahlgerüst mit einer riesigen Windturbine, die über die Baumwipfel ragte. Die Rotorenblätter drehten sich lautlos im Wind.

Totes Laub und Tannenzweige knirschten unter seinen Füßen, als Phin zur Tür ging. Er musterte sie und erkannte Edelstahl unter dem abblätternden Anstrich. Das Schloss und die Angeln waren stabil und glänzten noch ein bisschen. Die Hütte war also keineswegs baufällig, sondern sah nur so aus. Wahrscheinlich steckte Absicht dahinter.

Phin holte McGlades Schlüssel aus der Tasche. Er ließ sich leicht im Bolzenschloss drehen. Die Tür war massiv und erstaunlich schwer. Als er sie öffnete, schlug ihm muffige und abgestandene Luft entgegen, jenes unverkennbare Aroma, das auf längere Abwesenheit von Bewohnern hindeutete. Er spähte in die Dunkelheit und tastete an der Innenwand nach einem Lichtschalter.

Er funktionierte nicht.

Phin drehte sich um und wollte Jack sagen, dass die Stromversorgung womöglich ausgefallen war, konnte sie jedoch nirgends sehen.

Seine Frau war verschwunden.

In diesem Augenblick hörte er den Schuss.

Del Ray

»Hier anhalten«, befahl Del Ray dem Fahrer.

Der Bus fuhr auf den Seitenstreifen und rollte aus, bis er neben einer Walmart-Reklametafel zum Halten kam. Del Ray drückte auf die Walkie-Talkie-App seines Smartphones.

»Team Alpha, los.«

Durch die getönten Scheiben sah er, wie seine Leute den Van verließen, der hinter ihm parkte. Alle trugen orangefarbene Sicherheitswesten mit dem absichtlich ausgebleichten Logo der staatlichen Straßenbaubehörde von Wisconsin. Einer fing an, den Straßenbelag mit dem Presslufthammer aufzubrechen, während drei weitere Männer Leitkegel und Umleitungsschilder aufstellten.

Del Ray klappte seinen Laptop auf und benutzte den WiFi-Hotspot seines Handys. Auf Google Maps suchte er die einzige andere Straße, die nach Spoonward führte, und schickte eine SMS an Team Beta.

WANN DA?

Die Antwort kam nach wenigen Sekunden.

5 MIN.

Del Ray spürte T-Nails Blick in seinem Rücken. Er beachtete den Krüppel, der ganz hinten im Bus saß, absichtlich nicht.

Auf prüfende Blicke oder belehrende Kommentare konnte er gerne verzichten, zumal er diese Mission bis ins kleinste Detail geplant hatte. Sie hatten genügend Waffen und Munition dabei, um ein kleines Land zu erobern. Zwei Busse, fünf Vans, ein Dutzend Autos. Dazu Lebensmittel, Toilettenartikel und Zelte für den Fall, dass es länger als einen Tag dauerte. Del Ray hatte sogar einen Alternativplan auf Lager, falls die Aktion völlig den Bach runterging.

Er schickte eine SMS an Kangol, seine rechte Hand. Der Mann war bereits mit Team Beta vorausgefahren, um sich um die Bullen in Spoonward zu kümmern.

ALLES NACH PLAN – kam als Antwort zurück.

Dann verfasste er eine aus nur zwei Worten bestehende Nachricht an Team Gamma: FEUER STARTEN.

Sie hatten genug Brennstoffe, um halb Wisconsin in Flammen aufgehen zu lassen. Und genau das war der Plan – einen Waldbrand als Ablenkungsmanöver zu benutzen. Viele große Generäle hatten im Laufe der Geschichte Ablenkungsmanöver durchgeführt. Damit verschleierte man nicht nur das eigentliche Ziel, sondern band auch wichtige Kräfte des Gegners anderswo.

Die nächste SMS ging an Hackqueem, den Anführer von Team Zeta und zweifellos das schwächste Glied in der Kette. Es dauerte über eine Minute, bis der Mann antwortete.

HABEN UNS VERSPÄTET. SIND AN DER SACHE DRAN.

Del Ray runzelte die Stirn und überlegte, ob er anrufen sollte, um Näheres zu erfahren. Aber da er sich vor T-Nail keine Blöße geben wollte, ließ er es bleiben. Er würde sich später darum kümmern.

Schließlich schrieb er an seine Späher, die Jack und ihrem Mann zu der Hütte gefolgt waren.

SITZEN FEST – lautete die Antwort.

»Wieso halten wir?«, fragte T-Nail. Laut genug, dass alle im Bus es hören konnten.

Del wählte seine Worte mit Bedacht. Er konnte einen General nicht vor versammelter Mannschaft respektlos behandeln. Das wäre Meuterei und würde T-Nail auf der Stelle Anlass zu einer Vergeltungsmaßnahme geben. Andererseits waren die Anwesenden genau genommen Del Rays Männer. Zumindest waren sie das bis gestern Nacht gewesen, als sie bei T-Nails Befreiungsaktion geholfen hatten. Del wollte vor ihnen nicht als Schwächling dastehen.

»Weiterfahren«, wies er den Fahrer an und wandte sich T-Nail zu. »Probleme mit dem LTE-Empfang bei der Hotspot-Verbindung. Funktioniert besser, wenn wir stehen bleiben.«

Er dachte sich, dass T-Nail keinen blassen Schimmer von Handys oder Signalstärke hatte. So konnte er seinen Männern auf subtile Weise klarmachen, was für ein Dinosaurier T-Nail war. Okay, er gehörte zur alten Garde. Aber es hatte auch seinen Grund, warum nur noch wenige »Original Gangstas« übrig waren: Sie starben aus.

Der Bus fuhr wieder auf die Landstraße, und Del Ray und T-Nail starrten sich an.

Keiner von beiden zuckte auch nur ein einziges Mal mit der Wimper.

Jack

Der Überschallknall von Gewehrschüssen schreckte mich auf, und ich duckte mich reflexartig. Wer auch immer geschossen hatte, war in der Nähe. Ich hörte, wie Phin meinen Namen rief. Dann sprintete er auf mich zu, die .45er in der Hand und das Gesicht zu einer Grimasse verzerrt.

Ich hob eine Hand und schüttelte den Kopf, bevor er bei mir ankam.

»Ist in Ordnung«, sagte ich, als er vor mir stehen blieb.

Im Westen erklangen drei weitere Schüsse, gefolgt von einem im Osten. Phin starrte mich an, als hätte ich ihm gesagt, zwei plus zwei sei gleich acht.

»Es ist Jagdsaison. Hast du das schon wieder vergessen?«

Seine Wangen blähten sich, als er ausatmete. Er sicherte die Pistole und steckte sie hinter dem Rücken in den Bund seiner Jeans.

»Schauen wir uns die Hütte an«, sagte Phin.

Ich verschränkte die Arme. »Ich will nach Hause.«

»Wir haben doch gesagt, dass wir es wenigstens versuchen wollen.«

»Ich hab's mir anders überlegt.«

Phin blickte teilnahmslos drein. Wut stieg in mir auf, Wut auf Phin, weil er nicht wütend wurde. Ich wusste, dass ich mich wie ein Arschloch benahm. Er wusste, dass ich mich wie ein Arschloch benahm. Und trotzdem zeigte er keinerlei Reaktion, was bei mir dazu führte, dass ich mich wie ein noch größeres Arschloch benehmen wollte. Ich wusste, was in mir ablief, konnte aber nichts dagegen tun.

»Die Heimfahrt dauert lange«, sagte er sanft. »Bleiben wir heute Nacht hier und fahren morgen früh.«

»Wir fahren jetzt.«

Wieso tickte er nicht aus? War er aus Stein?

»Ich weiß, dass du dich nicht gut fühlst«, sagte Phin. »Die Sache in Michigan. Dein Ausscheiden aus dem Polizeidienst. Du bist nicht glücklich und gibst dir selbst die Schuld. Aber ich mache dir keine Vorwürfe. Du bist verletzt. Ich bleibe bei dir, bis es dir wieder besser geht.«

»Was, wenn es mir nicht besser geht?«

»Ich kann dich nicht wieder in Ordnung bringen. Das kannst nur du. Ich kann lediglich für dich da sein und dich dabei unterstützen.«

»Seit wann bist du ein solches Weichei?«

Phin schüttelte den Kopf. »Auf dieses Spiel lasse ich mich nicht ein, Jack.« Er wandte sich ab.

»Ja, genau. Lauf davon. Warum etwas zu Ende bringen, das du angefangen hast? Du warst ja nicht einmal dabei, als deine Tochter zur Welt kam.«

Als er mich wieder anschaute, sah ich die stahlharte Entschlossenheit in seinen Augen. Phin, wie ich ihn früher gekannt hatte. Eiskalt und zu allem fähig. Ich wusste, dass ich auf den richtigen Knopf gedrückt hatte. Mit so einem Kerl wollte ich mich fetzen, nicht mit Mister Frauenversteher.

»Ich war nicht dabei«, sagte Phin mit gesenkter Stimme, »weil Harry und ich uns in der Gewalt eines Psychopathen befanden, der uns abwechselnd gefoltert hat. Und das war nicht das erste Mal, dass deine Vergangenheit mich heimgesucht hat.

Die Scheiße, die ich ertragen musste, um mit dir zusammen zu sein …«

»Du willst also damit sagen, dass ich es nicht wert bin.«

»Ich will damit sagen, dass dein alter Job, der anscheinend das Einzige war, was dir Selbstwertgefühl gab, allen in deinem Umfeld geschadet hat.«

»Vielleicht solltest du einfach abhauen, Phin. Du bist nicht Manns genug, um mit mir zusammen zu sein.«

»Nicht Manns genug? War Latham Manns genug? Oder Alan? Bis jetzt bin ich der Einzige, der eine Beziehung mit dir überlebt hat. Und als Belohnung dafür, dass ich bei dir geblieben und noch am Leben bin, benimmst du dich wie eine Zicke.«

»Dann geh doch, wenn ich so eine Zicke bin.«

Phin trat näher an mich heran. Er biss die Zähne zusammen, und alles, woran ich in diesem Augenblick dachte, war Sex. Wie kaputt war das denn? Ich trieb den Mann, den ich liebte, von mir weg, und aus irgendeinem perversen Grund törnte mich das an.

»Ich werde dich nicht verlassen, Jack. Ich will nämlich unsere Tochter nicht allein mit jemandem lassen, der psychisch derart labil ist.«

Das ließ meine Leidenschaft blitzschnell abkühlen. Was sich zu einem reinigenden Streit hätte entwickeln können, nahm plötzlich hässliche Züge an.

»Du hältst mich also für eine Rabenmutter? Du bist ein koksender Bankräuber, und ich bin auf einmal eine schlechte Mutter?«

Phin ballte eine Hand zur Faust und schlug damit gegen eine Birke hinter mir. Ein dumpfes Geräusch, und gelbe Blätter rieselten auf uns herab.

»Du warst mal ein guter Mensch«, sagte er mit gleichmäßiger Stimme, obwohl Blut von seinen Knöcheln tropfte. »Ich weiß, dass Michigan dich kaputtgemacht hat und dass die letzten paar Jahre nicht leicht waren. Aber du willst keine Therapie machen, keine Medikamente nehmen, und dein Zustand wird nicht besser.«

»Dann hau doch ab«, zischte ich ihn an.

»Ich verlasse dich nicht.«

»Aber darin bist du doch gut, oder? Sobald das Leben schwierig wird, machst du dich vom Acker. Geh doch und klau, hur herum und nimm Koks. So machst du es doch immer, wenn du nicht mehr weiterweißt, stimmt's?«

»Na ja, vielleicht habe ich ja noch eine Chance, wenn ich dich verlasse. Jeder, der sich mit dir auf eine Beziehung einlässt, ist nämlich irgendwann tot.«

Ich blinzelte.

Scheiße. Er hatte recht.

Vielleicht trieb ich ihn nur deshalb von mir weg, weil ich ein schlechtes Gewissen hatte.

Vielleicht trieb ich ihn weg, um ihn zu schützen.

Ich überlegte, was ich als Nächstes sagen sollte, aber Phin stürmte bereits zurück zur Hütte.

Eine Eule schrie.

In der Ferne erklangen Gewehrschüsse.

Ich hätte am liebsten losgeheult, wusste aber nicht mehr, wie das ging.

Polizeichef Schuyler

John Schuyler runzelte die Stirn, als er sah, wie spät es war. Officer Kinsel hätte schon vor zwanzig Minuten hier sein müssen, und je später es wurde, desto weniger Zeit blieb ihm, um am See zu angeln, bevor die Sonne unterging. Sein bevorzugter Fisch, die Muskellunge, hatte in letzter Zeit gut angebissen, obwohl diese Hechtart als schwer zu fangen galt. Muskys, wie man sie häufig nannte, fraßen sich manchmal voll, bevor die Gewässer im Winter zufroren, und Schuyler hatte in der vergangenen Woche zwei Exemplare gefangen – beide unter der vorgeschriebenen Größe. Er hoffte, noch ein letztes fettes Exemplar an Land zu ziehen, solange es noch warm genug war. Es war bisher ein schöner Herbst gewesen, und der erste Schnee ließ noch auf sich warten. Jede Minute, die Kinsel zu spät kam, war eine Minute, in der Schuyler keinen Köder auswerfen und einen dicken Hecht an Land ziehen konnte.

Er versuchte es noch einmal mit dem Funkgerät, hörte nur Rauschen und spuckte eine Portion Kautabak in eine leere Coladose auf seinem Schreibtisch. Seine Sekretärin, eine uralte Frau namens Mabel, die schon hier gearbeitet hatte, bevor Schuyler geboren war, hatte vor einer Stunde Feierabend gemacht. Jetzt war das Revier leer und still. Die Touristensaison, wenn man sie so nennen konnte, war vor ein paar Monaten zu Ende gegangen. Während des restlichen Jahres blieb die einzige Zelle meistens leer, außer wenn hin und wieder ein Einheimischer wegen Trunkenheit am Steuer festgenommen wurde. Die Staatspolizei von Wisconsin kümmerte sich um schwerere Unfälle und Probleme auf den Landstraßen, das Department of Natural Resources regelte Jagd und Fischfang, die Bezirksverwaltung erledigte die Dinge, die sonst noch anfielen, und Schuyler und seine Leute schlugen die Zeit mit Filmen und Serien auf Netflix tot, was ihnen nur recht war. Spoonward war eine friedliche Kleinstadt, wo jeder jeden kannte. Das letzte Gewaltverbrechen hatte sich 1953 während eines besonders strengen Winters ereignet, als Michele Sewell ihren Ehemann Robert im Schlaf mit einer Schrotflinte erschoss. Hinterher gab sie an, dass sie es nicht eine Nacht länger in einer winzigen, eingeschneiten Hütte mit einem Menschen ausgehalten hätte, der, um die Mörderin zu zitieren, schnarchte wie »eine Kettensäge, mit der man Asphalt zersägt«. Sie wurde in eine psychiatrische Klinik eingeliefert, wo sie Gerüchten zufolge den Rest ihres Lebens damit verbrachte, Zierdeckchen zu häkeln.

Das war typisch für Spoonward. Selbst ein Mord hatte etwas Heimeliges und Gemütliches an sich. Deshalb war Polizeichef Schuyler äußerst überrascht, als drei afroamerikanische Jugendliche sein Büro betraten und mit Schusswaffen herumfuchtelten.

»Was auch immer euer Problem ist, ich bin sicher, wir können es in bestem Einvernehmen lösen«, sagte Schuyler und hob die Hände über den Kopf. Die Eindringlinge brauchten ihn nicht zu entwaffnen, denn er trug keine Pistole. Er fragte sich, ob sie betrunken waren oder unter Drogen standen. Auf ihren Kleidern erkannte er Gangabzeichen. Wahrscheinlich kamen sie aus Duluth.

»Wie viele Bullen gibt es in diesem Hinterwäldlerkaff?«

»Drei. Und dann ist da noch Mabel, die Sekretärin.«

»So ‘ne alte Schlampe mit Brille?«

»Sie trägt eine Zweistärkenbrille«, sagte Schuyler. »Aber sie ist erst sechzig. Und sie ist keine Schlampe.«

»Hab sie schon«, sagte der Typ. »Und den Fettwanst.«

»Officer Kinsel?«

»Anscheinend braucht man hier keinen körperlichen Eignungstest, um Bulle zu werden.«

»Was meinen Sie mit ›Hab sie schon‹?«

Der junge Mann antwortete nicht. Dem Aussehen nach war er noch im Teenageralter, aber seine Augen wirkten alt. Schuylers Bruder David hatte solche Augen gehabt, als er aus dem Golfkrieg heimgekehrt war. Dave hatte Dinge gesehen und getan, die er nicht verkraftet hatte. Eines Tages hielt er es nicht länger aus, ging in die Garage und ließ den Motor seines Chevrolets bei geschlossenem Tor laufen.

»Wo ist der andere Bulle?«, fragte der junge Mann. »Sie haben gesagt, es sind drei.«

Schuyler dachte an seine zweite Mitarbeiterin, Officer Barbara Knowles. Sie wohnte mit ihrem behinderten Bruder zusammen, der Angelköder bastelte, die wie schwimmende Bisamratten aussahen.

»Wir sind nur zu dritt«, sagte Schuyler. »Ich, Mabel und Kinsel. Was ist mit ihnen passiert?«

Der junge Mann nickte, worauf die beiden anderen Schuyler an den Armen packten und festhielten. Dann griff er in eine Tasche seiner schlabberigen Hose und holte eine Blechschere hervor.

»Wollen wir doch mal sehen, wie viele Finger ich Ihnen abschneiden muss, bis Sie die Wahrheit sagen.«

Es waren acht Finger.

»Sie haben länger durchgehalten, als ich Ihnen zugetraut hätte«, sagte der Bursche. »Ich werde Officer Knowles ausrichten, dass Sie es versucht haben.«

Dann schoss er Schuyler eine Kugel in den Kopf.

Phin

Phin stieß die lächerlich schwere Tür auf, wagte sich in die Dunkelheit der Hütte und suchte mit der taktischen Stiftleuchte an seinem Schlüsselanhänger nach einem Sicherungskasten. Schließlich fand er ihn an der Wand in der Küche und schaltete den Strom an.

Ohne auf Jack zu warten, machte er einen Rundgang.

Die Ausstattung der Hütte war übertrieben und typisch Harry McGlade. Obwohl die Außenfassade auf clevere Weise den Anschein eines alten, leer stehenden Hauses erweckte, war das Innere übertrieben aufwendig und opulent eingerichtet, mit Technik und Sicherheitsvorkehrungen im Überfluss.

Vier Schlafzimmer und dreieinhalb Bäder, jedes mit einem Pissoir.

Eine Sprinkleranlage, um Brände zu löschen.

Eine Vorratskammer mit ausreichend unverderblichen Lebensmitteln, um zwei Menschen ein Jahr lang zu ernähren.

Ein Videoüberwachungsraum mit zwölf Monitoren. Die damit verbundenen Kameras deckten alle Zugangswege und die gesamte Grundstücksgrenze ab.

Ein Mini-Lazarett mit gepolstertem Untersuchungstisch und genügend Medikamenten für ein ganzes Regiment.

Ein Billard- und Fußballtisch, ein Playboy-Flippergerät, fünf riesige Fernseher, eine umfangreiche Blu-ray-Sammlung, ein Bier- und Weinkeller, eine voll ausgestattete Bar und ein Whirlpool.

»Schau dir das an«, sagte Jack.

Phin ging in die Richtung, aus der ihre Stimme kam, und gelangte in ein Zimmer am Ende des Flurs. Er pfiff, als er die Feuerwaffen sah, die an sämtlichen Wänden vom Boden bis zur Decke hingen. Revolver, halbautomatische Pistolen, Gewehre, Schrotflinten, Maschinenpistolen. Dazu stapelweise Kisten mit Munition.

»Ist das ein Flammenwerfer?«, fragte Phin. Auf der Seite des Tanks stand X15.

»Ja.«

»Ist so was überhaupt legal?«

»Flammenwerfer gelten nicht als Feuerwaffen und unterliegen deshalb nicht dem Waffengesetz. Man benötigt dafür keine Lizenz oder Erlaubnis.«

»So was ist nützlich, wenn man Marshmallows aus fünfzehn Metern Entfernung rösten will.«

»Ich glaube nicht, dass das Harrys Absicht war, als er das Ding gekauft hat.«

»Und was zum Teufel ist das hier?« Phin deutete auf etwas, das einer Schrotflinte ähnlich sah. Allerdings war sie über drei Meter lang. »Das gibt's doch nicht.«

»Das ist eine Entenkanone«, sagte Jack. »Die hat man um die Wende vom neunzehnten zum zwanzigsten Jahrhundert bei der Entenjagd verwendet. Mit einem Schuss kann man einen ganzen Schwarm erlegen.«

»Womit schießt das Ding? Kanonenkugeln?«

»Flintenmunition Kaliber 2.« Jack deutete mit dem Kinn auf eine Munitionsschachtel. Phin hatte ursprünglich gedacht, es handele sich dabei um antike Taschenlampen. Die silbernen

Patronen, dreißig Zentimeter lang und mit dem Durchmesser einer Coladose, sahen so alt aus, dass er sich nicht sicher war, ob sie überhaupt noch funktionierten. Phin fragte sich, ob Harry womöglich für etwas überkompensierte.

»Abendessen?«, fragte er.

»Wenn du meinst.«

Phin wollte sie bei der Hand nehmen, aber sie wich zurück.

»Jack …«

»Lass das.«

»Deswegen sind wir doch hier. Um uns klar darüber zu werden, wie es mit uns weitergehen soll.«

»Ich bin müde. Essen wir und schauen wir uns hinterher einen Film an.«

Phin sah ihr tief in die Augen. »Mir kommt es vor, als ob ich dabei zusehe, wie du ertrinkst, und dir nicht helfen kann.«

Jack erwiderte seinen Blick. »Dann lass mich einfach ertrinken.«

»Du machst die Frau kaputt, die ich liebe.«

»Mal ganz ehrlich, Phin. Ich bin mir nicht sicher, ob die Frau, die du liebst, überhaupt noch existiert.«

»Was ist aus *You and Me Against the World* geworden? Wir beide gegen den Rest der Welt.«

»Das Lied hat mir noch nie gefallen.«

»Es geht nicht um das Lied, Jack. Es geht um uns.«

»Lass uns einfach nur essen und morgen reden, okay?«

Phin widerstand dem Impuls, sie erneut anzufassen, und sagte: »Okay. Ich hol mal eben was aus der Vorratskammer. Ich glaube, von dem, was ich da drinnen gesehen habe, kann ich uns ein ordentliches Chili zaubern.«

Phin verschwand.

Zog sich eine Line Kokain in die Nase.

Holte gedörrtes Fleisch, Bohnen, Tomatenkonserven, Sellerie, ein Stück Velveeta-Käse und eine Tüte Maischips.

Er fragte sich, wie man auf die Idee kommen konnte, vierhundert Konservendosen Lasagne zu kaufen – selbst wenn man der fanatischste Weltuntergangsprophet war. Phin hatte Lasagne schon als Kind nicht gemocht, sie erinnerte ihn an Hirnmasse. Und wozu diese zwei Kisten Ketchup?

Wie er Harry kannte, schüttete der Kerl das Zeug wahrscheinlich in die Badewanne für irgendwelche perversen Sexspiele.

Phin schnupfte noch mehr Kokain und begab sich dann in die Küche, wo er nach Gewürzen suchte und sich vergeblich Mühe gab, das Arschloch, das er geheiratet hatte, zu vergessen.

Sie aßen in eisigem Schweigen.

Schauten sich einen Film mit Sandra Bullock auf DVD an.

Gingen ins Bett.

Als Jack um zwei Uhr morgens endlich einschlief, stand Phin auf und zog sich eine weitere Line Kokain rein. Er bekam davon Nasenbluten und ging in die Küche, um nach einer Küchenrolle zu suchen. Im Schrank unter dem Spülbecken fand er welche neben einer alten Polaroidkamera und einer Schachtel voller Sofortbilder. Phin wischte das Blut weg und steckte sich zwei Fetzen Papier in die Nasenlöcher. Wider bessere Einsicht durchblätterte er ein paar von Harrys Fotos. Wie zu erwarten, zeigten sie sexuelle Motive. Eine Menge verrücktes Zeug, darunter ein paar Selfies, auf denen Harry nackt zu sehen war. Phin fand seinen Verdacht bestätigt: McGlade hatte die Entenkanone gekauft, um seinen kleinen Penis zu kompensieren. Aber wenigstens hatte der Typ Sex.

Phin verließ die Küche und durchsuchte McGlades umfangreiche Porno-Sammlung. Er fand eine DVD mit halbwegs »normalem« Material, sah sie sich zehn Minuten lang an und holte sich einen runter. Anschließend überlegte er, ein bisschen zu flippern, verwarf den Gedanken jedoch, da er Jack nicht aufwecken wollte. Stattdessen kokste er noch einmal, machte hundert Liegestützen, aß ein bisschen übrig gebliebenes Chili und baute die Kugeln auf dem Billardtisch auf, um eine Partie 9-Ball zu spielen.

Nach dem Eröffnungsstoß kam Jack ins Spielzimmer. Sie trug eins von Phins alten T-Shirts und sah total verschlafen aus.

»Ich bin aufgestanden, um nach Sam zu sehen«, sagte sie.

»Sam ist nicht hier.« Phin versenkte die Kugel mit der Nummer eins.

Jack gähnte. »Wie lange spielst du schon?«

»Hab gerade erst angefangen.«

»Und was hast du sonst so gemacht?«

»Gegessen«, sagte Phin und nahm Kugel Nummer zwei ins Visier. »Liegestützen gemacht. Porno geguckt. Mir einen runtergeholt.«

»Ist das alles?«

Phin schniefte und wischte sich die Nase, um sich zu vergewissern, ob das Nasenbluten aufgehört hatte. »Ja, das ist alles. Hast du Lust auf ein Spiel?«

»Nein.«

»Früher konnten wir von Billard nicht genug kriegen.«

»Ich weiß.«

»Wir hatten früher Spaß miteinander.«

»Ich weiß.«

Phin verfehlte die Nummer zwei und versenkte stattdessen die weiße Kugel. Er rieb die Queue-Spitze mit Kreide ein und sagte, ohne seine Frau dabei anzusehen: »Ich gebe mir wirklich viel Mühe, Jack. Aber in letzter Zeit mag ich dich nicht besonders.«

»Ich mag mich in letzter Zeit auch nicht besonders.«

Er stützte das Queue auf den Rand und versenkte die Nummer zwei in der Ecke. »Wenn du dich nicht am Riemen reißen willst, wieso bist du dann überhaupt hierher mitgekommen?«

»Das weiß ich nicht, Phin. Wenn du mich nicht magst, wieso bleibst du dann bei mir?«

»Weil ich dich liebe.«

»Ich bin … kaputt. Und ich weiß nicht, ob ich mich wieder in Ordnung bringen kann. Mir kommt es so vor, als hätte ich meine Gefühle auf Eis gelegt, und jetzt holt mich plötzlich der Horror der Vergangenheit ein. Momentan ist in meinem Leben nur für meine Tochter Platz.«

»Sie ist unsere Tochter. Ich gehöre auch zu euch.«

»Wie soll ich etwas für dich empfinden, wenn ich das nicht mal für mich selbst tue?«

»Fang klein an.« Phin hielt ihr das Queue hin. »Spiel eine Partie mit mir.«

Einen Augenblick lang sah es so aus, als würde Jack auf das Angebot eingehen. Die Andeutung war da. In ihren Augen. In ihrer Haltung. Aber stattdessen sagte sie: »Du hast Nasenbluten« und verließ das Spielzimmer.

Phin schnäuzte in sein T-Shirt, schnupfte noch mehr Kokain, schoss die nächsten vier Mal daneben und zerbrach frustriert das Queue über seinem Knie.

Dann ging er ins Schlafzimmer.

»Ich weiß, dass du im Augenblick einiges durchmachst. Ich habe auch einiges durchgemacht. Und jetzt ziehst du mich wieder rein in die Scheiße. Du kannst nicht mal eine Partie Billard spielen? Ist das dein Ernst, Jack? War das etwa zu viel verlangt, nach all dem, was wir zusammen durchgemacht haben?«

Jack drehte sich im Bett um, antwortete aber nicht.

»Ich gehe jetzt zu Fuß in die Stadt. Und ich bleibe so lange dort, bis du dich entschieden hast, ob dir unsere Ehe noch was bedeutet oder ob du bereits dermaßen durchgedreht bist, dass du alles wegschmeißen willst.«

Jack blieb still.

»Ich gehe jetzt. Hast du denn überhaupt nichts zu sagen?«

Phin hörte sie atmen. Nach ein paar Sekunden, die wie eine Ewigkeit erschienen, flüsterte sie: »Ich wollte dir nicht wehtun.«

»Das hast du nicht«, sagte Phin. »Die Frau, in die ich mich verliebt habe, hat mich vor über einem Jahr verlassen. Und sie hat nicht hart genug gekämpft, um wieder zu mir zu kommen.«

Phin fand seine Jacke, steckte das Handy ein, verließ das Haus und machte sich auf den Weg nach Spoonward. Er lief zur Hauptstraße, sah ein Schild, das auf ein Motel dreizehn Kilometer weiter nördlich hinwies, zog sich noch eine Line Kokain rein, wischte die Tränen von den Wangen, spuckte auf den Boden und ging los, um sich ein Zimmer für die Nacht zu suchen.

Er war wütend, und das Kokain hatte ihn impulsiv gemacht. Deshalb hatte er völlig vergessen, seine .45er mitzunehmen.

T-Nail

Spoonward gehörte ihm.

Die zwei Straßen, die in die Stadt hinein- und hinausführten, waren unter Kontrolle. Die Polizei hatte man ausgeschaltet. Del Rays Leute hatten die Hütte der Polizistin weiträumig umzingelt, beobachteten sie mit Nachtsichtgeräten und planten die letzten Details.

Um vier Uhr morgens war T-Nail bereit gewesen, den Befehl zum Angriff zu erteilen. Doch dann kam der Ehemann der Polizistin, Phineas, zur Tür heraus.

SOLLEN WIR IHN ELIMINIEREN?, fragte Del Ray per SMS.

T-Nail verachtete diese Form der Kommunikation. Er gab zu, dass er während seiner Zeit im Gefängnis den technologischen Anschluss verpasst hatte. Aber die Zeit, die diese jungen Leute mit ihren Mobiltelefonen verbrachten, brachte ihn zur Weißglut. T-Nail war überzeugt, dass er sein halbes Team eigenhändig umbringen konnte, bevor einer von ihnen von seinem Handy aufschaute, um zu sehen, was los war.

Andererseits machte eine SMS keinen Lärm. Sie befanden sich in einer abgeschiedenen Gegend, wo es weit und breit keine anderen Menschen gab, aber klingelnde Telefone und lautes

Gerede konnten dem Gegner ihre Anwesenheit verraten. Also schrieb T-Nail eine SMS, so sehr er dies auch hasste.

NEIN. FOLGT IHM.

Del Rays Antwort traf so schnell ein, dass T-Nail sich fragte, ob er sie bereits geschrieben und bloß einen Augenblick gewartet hatte, bis er auf die Sendetaste drückte. SCHNAPPEN WIR UNS DIE POLIZISTIN?

T-Nail starrte in die Dunkelheit. Er war sich nicht sicher, wo Del Ray sich befand, aber der General überschritt seine Befugnisse. Nur T-Nail gab Befehle, und niemand hatte das Recht, sie zu hinterfragen. Hätte Del Ray diese Frage gestellt, während sie sich im selben Zimmer aufhielten, hätte T-Nail ihm die Nase gebrochen.

WIR SCHAUEN ERST MAL, WOHIN DER MANN GEHT, schrieb T-Nail. Seine Finger waren für den Touchscreen zu groß, und er hasste es, wie lange es dauerte, fehlerfrei zu schreiben.

HABE EIN TEAM AUF IHN ANGESETZT. WIR WARTEN AUF DEIN SIGNAL.

Aufsässiger Idiot. Natürlich warteten sie auf sein Signal.

T-Nail holte tief Atem. Die Luft fühlte sich ungewohnt an. Er vermisste die Gerüche von Chicago: Abgase, den Lake Michigan, den Müll in den Seitengassen. Schießpulver. Crackrauch. Den herben Ölgeruch der Hochbahn, wenn sie vorbeifuhr. Wisconsin roch falsch. Zu sauber. Zu fremd.

T-Nail drückte auf einen Knopf an seinem Rollstuhl und richtete sich zu einer stehenden Position auf. Die Männer um ihn herum warfen ihm verstohlene Blicke zu und bemühten sich, nicht zu starren. Er setzte sich in Bewegung, und die Räder rollten problemlos über den mit Kiefernnadeln, Steinen und toten Ästen bedeckten Waldboden. Als er ungehinderte Sicht auf das Haus der Polizistin hatte, blieb er stehen, hob sein Nachtsichtgerät an die Augen und zoomte das Zielobjekt heran.

Das Haus war still.

Er schaltete auf Wärmeerkennung um. Sie funktionierte nicht so gut, wie Del Ray geprahlt hatte, aber schließlich entdeckte er eine kleine rosafarbene Linie in der östlichen Ecke des Hauses.

Jacqueline Daniels lag im Bett.

Es war zwanzig Jahre her, seit er sie zuletzt gesehen hatte. Eine lange Zeit. Sie musste inzwischen eine alte Frau sein.

Das bedeutete, dass T-Nail ein alter Mann war. Ein alter Mann, der kurz davorstand, eine alte Rechnung zu begleichen.

Zwei Jahrzehnte lang hatte sie ihr Leben gelebt, während dies ihm verweigert worden war. Sie konnte sich frei bewegen. Tun und lassen, was sie wollte. Essen, was sie wollte. Ficken, mit wem sie wollte.

Gehen, wohin sie wollte.

Freu dich, dass du Beine hast, Bullenschlampe. Die werde ich dir als Erstes wegnehmen.

Aber das wird nicht das Letzte sein.

Wie viel Leid konnte T-Nail Jacqueline und ihren Angehörigen zufügen, um sie für all das büßen zu lassen, was ihm widerfahren war?

T-Nail hatte keine Ahnung.

Aber er brannte darauf, es herauszufinden.

Del Ray

Sein Daumen huschte so schnell über den Touchscreen, dass man ihn nur verschwommen wahrnahm.

ER IST IN DIE STADT GEGANGEN.

Del wartete auf T-Nails Antwort.

LEG IHN UM.

Del Ray schrieb eine SMS an das Team, das dem Ehemann folgte, und gab ihnen grünes Licht.

UND DIE POLIZISTIN?, schrieb er an T-Nail.

BLOCKIERE DIE FUNKSIGNALE. WIR SCHNAPPEN SIE UNS. JETZT.

Jack

Das Telefon weckte mich.

Da Phin nicht neben mir im Bett lag, griff ich nach meinem Handy und hoffte, dass sein Name auf dem Display erschien. Aber es war nicht Phin, sondern Tom Mankowski, ein Detective im Sechsundzwanzigsten Revier, der früher für mich gearbeitet hatte. Ich blinzelte und sah auf die Uhr. 7:16 Uhr morgens.

Ein Notfall?

»Hier ist Jack.«

»Tut mir leid, dass ich dich so früh anrufe. Hier ist Tom Mankowski.«

»Tom. Was gibt's?«

»Ich hab's erst jetzt erfahren und konnte Sergeant Benedict nicht erreichen. Hat er dich schon angerufen?«

»Herb macht Urlaub zu Hause. Er hat sein Telefon ausgeschaltet. Was hast du erfahren?«

»Terrence Wycleaf Johnson ist gestern Nacht aus dem Gefängnis ausgebrochen.«

Ein Name, den ich lange nicht gehört hatte. »T-Nail.«

»Zwei Wärter und drei Sanitäter werden vermisst.«

»Was ist passiert?«

Tom erklärte es mir.

»Hört sich an, als hätte ihm jemand dabei geholfen. Hat man den Krankenwagen gefunden?«

»Nein.«

Panik ergriff von mir Besitz, und es lief mir eiskalt den Rücken hinunter. Ich war so besessen von dem Gedanken an einen möglichen Besuch von Luther Kite gewesen, dass ich kaum an andere Monster aus meiner Vergangenheit gedacht hatte. T-Nail war ein äußerst übler Bursche. Er hatte kein Gewissen, kannte keine Grenzen, und war so skrupellos, wie ein Mensch nur sein konnte. Aber im Unterschied zu den anderen Serienmördern, mit denen ich es während meiner Polizeilaufbahn zu tun gehabt hatte, war T-Nail ein führendes Mitglied einer der größten Gangs im ganzen Land. Wenn er es auf mich und meine Familie abgesehen hatte, standen ihm unbegrenzte Hilfsmittel zur Verfügung.

»Hast du mit jemandem in der Abteilung für Bandenkriminalität gesprochen? Haben T-Nails Leute etwas geplant?«

»Ich hab lediglich im Polizei-Nachrichtenticker davon erfahren und sofort angerufen. Soll ich einen Streifenwagen zu dir schicken?«

»Nicht nötig. Wir sind im Norden. Harry hat eine Hütte an einem See. Ich bin mir ziemlich sicher, dass uns hier nichts passieren kann. T-Nail kennt ja nicht mal meinen Namen. Ich habe damals als verdeckte Ermittlerin gegen ihn ausgesagt.«

»Wo bist du? Halt, sag's mir nicht. Ich arbeite gerade an einem Fall. Und auch mit elektronischer Sicherheit ist es längst nicht so sicher, wie ich gedacht hatte.«

»Der Schnippler?«, fragte ich. Ich hatte den Fall in den Medien verfolgt.

»Ja. Der führt mich und meinen Partner ganz schön an der Nase herum. Ich weiß nicht, ob du es schon gehört hast, aber es gab einen zweiten Mord.«

»Beschreib mir den Tatort«, sagte ich.

Tom fasste die Höhepunkte zusammen. Oder genauer gesagt, die Tiefpunkte.

»Klingt nach einem Sexualverbrechen«, sagte ich.

»Kein Sperma. Kein Hinweis auf Vergewaltigung.«

»Waren die Brüste verstümmelt wie ihr Mund und ihre Vagina?«

»Nein. Die ließ der Täter unberührt. Wie beim letzten Opfer.«

»Hatte sie den BH noch an?«

»Ja.«

Ich dachte nach. »Männer machen aus weiblichen Brüsten ein Sexualobjekt. Also ist es ungewöhnlich, dass der Mörder die des Opfers verschont ließ.«

»Glaubst du, der Täter könnte eine Frau sein?«

»Ich glaube, dass der Mörder eine Agenda verfolgt, die nicht sexuell ist, obwohl es oberflächlich nach einem Sexualverbrechen aussieht. Hast du den Namen des Opfers durch die ViCAT-Datenbank laufen lassen? Du kannst dich auch automatisch benachrichtigen lassen, sobald jemand neue Daten eingibt. Wahrscheinlich sucht der Mörder ein neues Opfer. Wenn er sich an sein Strickmuster hält, wird er es zunächst belästigen. Vielleicht hast du bald einen Durchbruch.«

»Gute Idee. Hast du einen Moment Zeit für ein bisschen Brainstorming?«

»Sicher.« Das war wesentlich einfacher, als über Beziehungen zu reden.

Tom erklärte mir seine Theorie, wer der Mörder sein könnte. Ich bewunderte seine Einblicke. Er war ein guter Polizist.

»Identität ist mehr als das, wie wir uns selbst sehen«, fügte ich hinzu. »Sie beeinflusst auch, wie wir andere Menschen wahrnehmen. Wir sind Herdentiere und neigen dazu, die Gesellschaft von Leuten zu suchen, die so sind wie wir selbst.«

»Und was ist, wenn wir niemanden finden, der so ist wie wir?«

»Dann versuchen wir, die Menschen um uns dahingehend zu ändern.«

Es fühlte sich gut an, mit einem ehemaligen Kollegen über Polizeiarbeit zu fachsimpeln, aber als ich diese letzten Worte aussprach, fiel es mir wie Schuppen von den Augen.

Genau das hatte ich nämlich mit Phin gemacht. Ich war unglücklich, also versuchte ich, ihn ebenfalls unglücklich zu machen. Indem ich ihn von mir wegstieß und ihm demonstrierte, dass ich seiner Liebe nicht würdig war, konnte ich meinen Selbsthass vor mir rechtfertigen.

Vielleicht litt ich an einer posttraumatischen Belastungsstörung. Oder an einer postpartalen Depression. Oder ich durchlief eine Midlife-Crisis, die von einem Baby und einem drastischen Berufswechsel verschärft wurde.

Vielleicht litt ich an all diesen Dingen und noch viel mehr.

Aber Phin so weit zu bringen, dass er mich hasste, war keine Lösung. Ich hätte das Gegenteil tun sollen.

Wenn ich nur meine Sturheit aufgab und zuließ, dass er mich liebte, konnte ich vielleicht lernen, mich selbst wieder zu lieben.

Ich musste Phin anrufen. Mich bei ihm entschuldigen. Ihn um Verzeihung bitten.

Ich hoffte nur, dass es nicht zu spät war.

»Tom, ich muss Schluss machen. Danke für den Anruf.«

Ich wartete auf eine Antwort, erhielt aber keine.

»Tom? Bist du noch dran?«

Ich blickte auf mein Handy und stellte fest, dass der Anruf beendet war. Hatte Tom aufgehängt? War die Verbindung unterbrochen worden?

Ich wählte Phins Nummer.

Nichts geschah. Ich kniff die Augen zusammen und schaute genauer auf das Display.

Kein Dienst.

Ich stand auf, lief im Zimmer herum, hielt das Handy vor mir und suchte nach einem Signal.

Egal, wohin ich ging, die Signalbalken blieben verschwunden.

Plötzlich hörte ich ein Piepsen. Es kam nicht von meinem Handy.

Es kam aus dem Kontrollraum, wo sich Harrys Sicherheits- und Überwachungsgeräte befanden. Ich eilte dorthin und ging hinein. Meine Aufmerksamkeit konzentrierte sich auf die leuchtenden Monitore.

Ich zählte dreißig bewaffnete Männer, die sich dem Haus näherten. Harrys Kameras waren hochauflösend, und in der Morgendämmerung konnte ich die Farben erkennen, die sie trugen.

Lila. Orange. Grün. Käppis und Kopftücher schief auf den Köpfen.

Eternal Black C-Notes – T-Nails Gang.

Er hatte mich gefunden. Und eine ganze Armee mitgebracht.

Die Angst schnürte mir die Kehle zu und erschwerte das Atmen. Meine oberste Sorge galt jedoch nicht meiner eigenen Sicherheit, sondern Phin. Warum hatte ich ihn gehen lassen? Befand er sich in ihrer Gewalt?

Oder war er bereits tot?

Ich sah noch einmal auf mein Handy. Immer noch kein Empfang. Es war nicht das erste Mal, dass ich mit einem Handy-Störsender Bekanntschaft machte, und ich wusste, dass ich von der Außenwelt abgeschnitten war. Und Harry, der in seiner grenzenlosen Weisheit sein geheimes Versteck auch weiterhin geheim halten wollte, hatte weder Festnetz- noch Internetanschluss installieren lassen. Ich hatte also keine Möglichkeit, meinen Ehemann zu erreichen.

Aber Phin war ein zäher Bursche. Abgesehen von Tequila, einem alten Knochenbrecher, der früher mal für die Mafia gearbeitet hatte, und Chandler, einer Geheimagentin, war Phin der härteste Kerl, den ich kannte. Er würde sich nicht so leicht unterkriegen lassen.

Ich verdrängte ihn aus meinen Gedanken und redete mir ein, dass es ihm gut ging, bis ich das Gegenteil erfuhr.

Dann schluckte ich die Angst tief hinunter und machte mich auf die Suche nach Waffen.

Ich wusste, was T-Nail wollte.

Er wollte mich.

Aber ohne einen Kampf würde er mich nicht kriegen.

Phin

Er hatte zwei Stunden gebraucht, um in die Ortschaft zu gelangen, und weniger als fünf Minuten, um sie zu durchqueren. Spoonwards Hauptstraße hätte locker in ein Football-Stadion gepasst. Es gab dort einen Laden für Anglerzubehör, eine winzige Polizeistation, eine Leihbücherei, ein Restaurant, eine Tankstelle, ein Postamt und ein kleines Gebäude, das nur donnerstags und samstags geöffnet hatte und in dem sich eine Anwaltskanzlei, zwei Arztpraxen und eine Zahnarztpraxis befanden.

Phin versuchte, mit Google Maps auf seinem Smartphone ein Motel zu finden, empfing aber kein GPS-Signal. Also folgte er einem Straßenschild, das den Weg zu einer rund um die Uhr geöffneten Walmart-Filiale zeigte, in der Hoffnung, dort ein Münztelefon zu finden.

Dabei kam ihm der nicht gerade tiefgründige Gedanke, warum zum Teufel diese kleine Ortschaft überhaupt einen Walmart brauchte. Vielleicht war es hier nach dem Strickmuster verlaufen, von dem man immer wieder in den Medien las: Walmart war in den Ort gekommen und hatte sämtliche lokale Geschäfte vertrieben, sodass man jetzt nur noch bei Walmart einkaufen konnte. Phin war überrascht, als er fast ein Dutzend Autos auf dem Parkplatz sah. Einige gehörten bestimmt Angestellten, aber die Anwesenheit von Kunden um fünf Uhr morgens in dieser winzigen Ortschaft, auch wenn es nur wenige waren, legte die Vermutung nahe, dass Sam Walton, der Gründer von Walmart, vielleicht doch den richtigen Riecher gehabt hatte.

Als er durch die Eingangstür trat, sah Phin einen Getränkeautomaten, eine Redbox-Automatenvideothek und eines von diesen Greifer-Spielen, wo man fünfzig Cent verschwendete, um ein Stofftier zu erwischen, das lediglich fünfundzwanzig Cent kostete.

Keine Münztelefone.

Anscheinend wollte das Universum nicht, dass er ein Motel fand.

Phin glaubte nicht an Schicksal. Er lehnte dieses Konzept genauso ab, wie er Religion ablehnte. Seiner Meinung nach war das alles nichts weiter als haltloser Aberglaube, der sich nicht empirisch beweisen ließ. Aber aus einem unerklärlichen Grund plagte ihn die Furcht, dass Jack schon bald etwas Schreckliches zustoßen würde.

Und es wäre seine Schuld, denn er hatte sie allein zurückgelassen.

Phin haderte mit diesem Gefühl und versuchte, sich darauf einen Reim zu machen. Was eigentlich ganz einfach war.

Es war nicht irgendeine unbegründete Vorahnung.

Es war ein Schuldgefühl.

Seit dem Verlassen von Harrys Hütte und während seiner langen Wanderung auf dunklen und einsamen Straßen hatte Phin sich und das, was er getan hatte, gehasst. Sein Temperament war mit ihm durchgegangen, und er hatte es zugelassen.

Nein, das stimmte eigentlich nicht. Phin war schon seit einigen Monaten wütend auf Jack, hatte jedoch stets die Fassung gewahrt.

Die Wut war nicht das Problem. Das Problem war das Kokain.

Er hatte es aus Frust genommen, und es hatte ihm ein falsches Gefühl von Draufgängertum vermittelt. Dies wiederum hatte ihn veranlasst, die Frau, die er liebte, allein zu lassen. Und das ausgerechnet zu dem Zeitpunkt, wo sie ihn am meisten brauchte.

Ja, Jack war kaputt. Und vielleicht würde sie nie wieder die Alte werden.

Aber Phin war der König der Arschlöcher, weil er sie aufgegeben hatte. Jack mochte ein paar persönliche Probleme haben, was ein Zusammenleben manchmal schwierig machte, aber Phin hatte mehr als nur ein paar Probleme – er hatte einen ganzen Berg davon. Sein Leben lang hatte er nur Scheiße gebaut und eine falsche Entscheidung nach der anderen getroffen. Trotzdem liebte Jack ihn. Vertraute ihm. Stand an seiner Seite. Hatte ein Kind mit ihm.

Und er hatte sich zugekokst und war einfach abgehauen.

Warum? Weil sie sich abweisend verhalten hatte? Weil im Bett nichts mehr lief? Weil sie nicht mehr die Jack war, die er früher gekannt hatte?

Natürlich stimmte das alles. Aber es war leicht, jemanden zu lieben, wenn alles im grünen Bereich war.

Eine starke Beziehung von der Art, wie Phin sie wollte, bedeutete, dass man den anderen auch dann noch liebte, wenn es nicht so gut lief.

Er musste ihr das sagen. Sich entschuldigen. Um Verzeihung bitten. Seit Sams Geburt war Jack nicht mehr die Alte gewesen. Aber solange Jack ihn hatte, würde er sie unterstützen, für sie da sein und sie lieben.

Phin fischte das Glasfläschchen mit dem Kokain aus der Tasche und warf es in den nächsten Abfalleimer.

Ich werde der Mann sein, den Jack geheiratet hat.

Ich gehe nach Hause.

Er machte kehrt und ging in Richtung Parkplatz. Dabei war er dermaßen in Gedanken versunken, dass er nicht sofort die sieben bewaffneten Männer bemerkte, die auf den Eingang zusteuerten. Fünf Afroamerikaner, ein Weißer und ein Latino, jeder mit einem Halstuch vor dem Gesicht und einer automatischen Waffe in der Hand.

Ein Raubüberfall?

Plötzlich hob der Typ, der am nächsten war, seine Waffe und feuerte aus zwanzig Metern Entfernung auf Phin.

Bevor die Salve losging, machte Phin einen Hechtsprung, rollte in den Laden, kam auf die Beine und sprintete den Gang mit den Lebensmitteln entlang. Beim Rennen langte er reflexartig hinter sich und tastete nach der Pistole, die er in der Hütte vergessen hatte.

Irgendwie war es ziemlich witzig. Phin besaß keine Berechtigung zum verdeckten Tragen von Schusswaffen, nicht mal einen Waffenschein, aber er hatte stets eine Waffe bei sich, wenn er aus dem Haus ging, für den Fall, dass es Ärger gab. Und jetzt, da es wirklich passierte, jetzt, als der geheime feuchte Traum eines jeden Mannes mit National-Rifle-Association-Aufkleber am Auto Wirklichkeit wurde und ein bewaffneter Angreifer auf einem öffentlichen Platz das Feuer eröffnete, hatte Phin vor lauter Wut und Kokainrausch seine Pistole vergessen!

Fehler.

Mehr Schüsse hinter ihm. Phin brach nach links aus und rannte beinahe eine verwirrt dreinblickende Teenagerin über den Haufen. Das Mädchen hatte ein Piercing in jedem Nasenloch und trug zu viel Make-up um die Augen. In der Hand hielt sie – wie nicht anders zu erwarten – Lidschatten.

»Was ist los?« Ihre Augen standen weit offen, und man sah ihr deutlich an, dass sie Angst hatte.

»Raubüberfall. Sieben Männer mit Schusswaffen. Du musst dich verstecken.«

Phin versuchte ihr auszuweichen, aber sie packte ihn am Handgelenk.

»Helfen Sie mir. Bitte!«

Phin riss sich los, aber die Teenagerin folgte ihm dicht auf den Fersen durch den Gang mit den Spielwaren. Phin blickte zu den Hinweisschildern empor und suchte nach der Sportartikelabteilung. In der Nähe des Eingangs schrie jemand: »Nicht! Bitte nicht …« Er konnte den Satz nicht beenden, weil ein Schuss fiel.

Hatten sie den Mann getötet?

Das ergab keinen Sinn.

Im Laufe seiner kriminellen Karriere hatte Phin eine beträchtliche Anzahl von Menschen ausgeraubt. Die meisten waren Drogenhändler gewesen. Phin hatte bei diesen Raubüberfällen eine Waffe getragen, weil seine Opfer ebenfalls bewaffnet waren. Diese Aktionen waren lebensgefährlich, aber man war sicher vor einer Festnahme durch die Polizei, da solche Verbrechen nie zur Anzeige kamen. Die Wahrscheinlichkeit, dass ein Dealer zur Polizei ging und sie aufforderte, den Mann zu fangen, der ihren gesamten Heroinvorrat geklaut hatte, war gleich null. Aber hin und wieder war Phin verzweifelt genug gewesen, um einen Bankraub zu begehen. Das lief in der Regel so ab, dass er sich mit Signalraketen und einem Digitalwecker, der wie eine Zeitbombe aussah, vor den Autoschalter stellte. Schusswaffen hatte er dabei jedoch nie getragen, denn bei bewaffneten Raubüberfällen legte die Polizei mehr Ehrgeiz an den Tag, den Täter zu finden. Bei Mord war das sogar noch mehr der Fall. Wenn man eine Garantie wollte, dass die Strafverfolgungsbehörden einen ein Leben lang jagten, brauchte man nur jemanden umzubringen.

Wenn das hier also nur ein Raubüberfall war, würde kein halbwegs intelligenter Räuber Menschen erschießen. Das wäre der Gipfel der Dummheit.

Wenn es nur ein Raubüberfall war.

Aber was, wenn nicht?

Die Angreifer waren alle wie Gangmitglieder gekleidet. Phins Opfer waren über sämtliche Gangs verteilt gewesen, und so hatte er sich viele von ihnen zu Feinden gemacht. Diese Jungs hier trugen die Farben der Folk Nation.

Waren sie wegen ihm hier? Hatten sie ihn in Wisconsin aufgespürt?

Was, wenn das ein Anschlag auf ihn war?

Eine Bewegung vor ihm und zu seiner Linken. Phin sah einen roten Laserpunkt auf dem Boden, nur einem Meter vor ihm. Er kam rutschend zum Stehen und ging hinter einer Auslage mit Star-Wars-T-Shirts in Deckung. Im selben Augenblick kam ein Bandenmitglied in den Gang. Phin kroch unter das metallene Kleiderregal und stieß kräftig dagegen, sodass es auf den Mann fiel und ihn mit Droiden- und Wookie-T-Shirts bedeckte.

Ratternde Schüsse aus einer Maschinenpistole zerfetzten die T-Shirts und schlugen in die Decke ein. Phin machte einen Rückzieher und zerrte das Mädchen, das sich an seinem Gürtel festhielt, mit sich fort wie eine Lokomotive den Zug.

Ich brauche eine Waffe.

Phins alltägliche Standardbewaffnung – abgesehen von der Pistole, die er in der Hütte vergessen hatte – bestand aus einem Klappmesser mit einer acht Zentimeter langen Tantoklinge, einer taktischen Olight-Taschenlampe mit einer Lichtstärke von zwölfhundert Lumen, einem Zippo-Sturmfeuerzeug, einem taktischen Stift mit Glasbrecher und verstecktem Handschellenschlüssel und einem Bowen-Gürtelmesser. Alles nützliche Gegenstände zur Selbstverteidigung in unterschiedlichen Situationen, allerdings nur für den Nahkampf. Gegen Scorpion-Maschinenpistolen, die neunhundert Patronen pro Minute verschossen, konnte man damit nicht viel ausrichten.

Aber das hier war ein Walmart in Wisconsin, und die Wahrscheinlichkeit, dass es hier Feuerwaffen zu kaufen gab, war hoch. Ein Gewehr oder eine Schrotflinte würde das Kräfteverhältnis ein wenig ausgleichen. Phin ließ den Blick über die oben angebrachten Hinweisschilder gleiten und suchte nach dem Gang mit den Sportartikeln.

Im selben Augenblick stolperte das Mädchen, das er mit sich zerrte.

Sie ließ seinen Gürtel nicht los und brachte Phin beinahe zu Fall, als sie auf die Knie stürzte.

Dann fing sie an zu heulen.

Laut.

Phin blickte sich schnell in alle Richtungen um und sah in der Mitte des Ladens eine Umkleidekabine. Ein schlechtes Versteck – zu offensichtlich, nur ein Eingang, null Deckung. Aber daneben hing ein nützlicher Gegenstand an einer Säule: ein Feuerlöscher.

Er half dem Mädchen auf die Beine, zerrte sie zur Umkleidekabine, ließ ihr Handgelenk los und nahm den Feuerlöscher aus der Wandhalterung. Phin zog den Sicherungsring heraus, zerrte das Zopfband vom Pferdeschwanz des Mädchens und versprühte ringsherum Kohlendioxid. Große weiße Wolken bauschten sich bis auf Schulterhöhe auf. Phin zog das Mädchen hinter sich her und flüchtete in den hinteren Bereich des

Ladens. Dabei versprühte er Gaswolken, um sich vor den Blicken der Angreifer abzuschirmen. Dann spannte er das Zopfband um den Griff des Feuerlöschers, damit er durchgedrückt blieb und weitersprühte, und schleuderte das Gerät so weit er konnte.

Phin sah, wie in der Elektronikabteilung eine Mitarbeiterin hinter der Kasse in Deckung ging. Die ältere dicke Frau hielt sich die Hände schützend über den Kopf, als stürze das Dach ein.

»Verkauft dieser Laden Gewehre?«, flüsterte Phin.

Die Frau rührte sich nicht und blickte geistesabwesend drein.

Aus der Richtung, in die er den Feuerlöscher geworfen hatte, erklangen weitere Schüsse aus mindestens zwei Feuerwaffen, möglicherweise drei. Phin konnte sie nicht sehen, aber sie waren nicht weit weg.

Als er sich nach einem Notausgang umsah, blieb sein Blick an einem aufklappbaren überdimensionalen Pappschild hängen, mit einem Bild des Schauspielers Matt Dillon, das für irgendeine Serie namens *Wayward Pines* auf Blu-ray warb. Phin drängte die Teenagerin hinter die Theke neben die Angestellte und verbarg die beiden unter dem Pappschild, indem er dieses wie ein Zelt über ihre Köpfe stülpte. Es dämpfte das Schluchzen des Mädchens ein wenig, aber jeder, der daran vorbeiging, würde es hören und sie entdecken.

Matt Dillon konnte diese Leute nicht retten. Phin auch nicht. Aber er war ja auch nicht für sie verantwortlich.

»Sportartikel sind dort drüben«, sagte die Angestellte und deutete mit der Hand hinter dem Pappschild hervor. Dann sagte sie: »Bitte helfen Sie uns.«

Er probierte das Telefon auf der Theke, hörte aber kein Freizeichen.

»Wie telefoniere ich damit nach draußen?«

»Es ist kaputt.«

»Bleiben Sie versteckt und seien Sie still. Vielleicht finden die Sie nicht.«

Einen besseren Rat konnte Phin ihr im Augenblick nicht geben.

Dann rannte er den hinteren Gang entlang, vorbei an DVDs, Videospielen, Fernsehgeräten, Campingausrüstung und Angelruten, und gelangte an sein Ziel: die Gewehrvitrine. Er verschwendete ein paar Sekunden damit, die Langfeuerwaffen zu betrachten, bis ihm einfiel, dass nicht Waffen, sondern Kugeln Menschen töteten. Also suchte er nach Munition. Die Wahl eines Gewehrs würde er von den vorrätigen Patronen abhängig machen.

Alles, was er sah, waren Schachteln mit Patronen vom Kaliber .22 long rifle.

Phins Meinung nach war das Schießbudenmunition. Gut genug zum Üben, weil sie klein genug war, um über einen längeren Zeitraum hinweg zu schießen, ohne dass die Hand sonderlich ermüdete oder die Ohren klingelten. Außerdem war sie spottbillig. Die Patronen dieses Kalibers waren zwar überaus populär, aber eben auch ziemlich klein, ungefähr so lang wie vier Tic-Tac-Lutschdragées und nur etwas breiter. Phin hatte sie nie zur Verteidigung verwendet. Wenn er Munition vom Kaliber .45 ACP kaufte, zahlte er für fünfundzwanzig Patronen von Hornady etwa fünfundzwanzig Dollar. Die Schachtel mit fünfzig .22 lr Remington Thunderbolts, auf die er gerade starrte, kostete $ 2.79.

Er verschwendete zehn kostbare Sekunden mit der Suche nach einem größeren Kaliber, fand nichts und griff nach den Thunderbolts. Die vier Schachteln passten locker in seine Vordertasche. Dann ging er wieder zu der Gewehrvitrine und überlegte, welches Modell die meisten Patronen halten konnte. Phins Erfahrung mit Langwaffen vom Kaliber .22 war begrenzt, aber er kannte die vier gängigen Ladeeinrichtungen: Vorderschaftrepetierer, wie bei einer Schrotflinte. Unterhebelrepetierer, wie sie Chuck Connors in der alten Fernsehserie *Westlich von Santa Fe* verwendete. Gewehre mit Kammerverschluss, wie sie Scharfschützen bevorzugten. Und schließlich Selbstladebüchsen, bei denen die nächste Patrone in die Kammer geschoben wurde, ohne dass der Schütze manuell etwas tun musste.

Phins Blick blieb an einer Marlin 795 haften, einer Selbstladebüchse mit einem Zehn-Schuss-Magazin. Er zerbrach die Glasscheibe mit dem spitzen Griff seines taktischen Stifts, riss die Feuerwaffe an sich und rannte zu einer Säule, wo ebenfalls ein Feuerlöscher hing. Phin sprühte den Sportartikelbereich mit einer weißen Kohlendioxidwolke ein, kauerte neben ein paar Plastikschlitten nieder und lud das Magazin. Das Gewehr war klein und leicht und fühlte sich in seinen Händen wie ein Kinderspielzeug an. Er schob das volle Magazin hinein, zog den Bolzen durch, um die erste Patrone in die Kammer gleiten zu lassen, und spähte auf der Suche nach Bösewichten in den Nebel.

Der Nebel machte es ihm leicht, sie zu finden.

Phin hatte noch nie verstanden, wozu Laserzielvorrichtungen gut waren. Wenn jemand schlecht zielte, sollte er so lange üben, bis er gut genug war, anstatt sich auf einen Punkt zu verlassen. Laserstrahlen warnten die Zielperson und verrieten die eigene Position. Phin brauchte nur den langen roten Linien zu folgen, die den Kohlendioxidnebel durchschnitten und zugleich wie Pfeile waren, die in Richtung der Angreifer zeigten. Er hob das Gewehr, presste den Kolben fest an die Schulter und zielte auf den Gegner, der ihm am nächsten war. Dann zögerte er.

Phin hatte die letzten zwei Jahre damit verbracht, ein Kind großzuziehen, was selbst den härtesten Mann weich machen konnte. Wenn man ein Leben auf die Welt brachte und wusste, was damit einherging, tat man sich schwerer damit, ein Leben zu beenden. Töten war nie leicht. Nicht einmal, wenn das eigene Leben davon abhing. Phin hatte schon so lange Gewalt gemieden, dass er nicht mehr wusste, ob er noch dazu fähig war.

Das Bandenmitglied war ungefähr fünfzig Meter entfernt. Gerade Sichtlinie.

Phin dachte an Samantha.

Er wollte sie wiedersehen.

Er *musste* sie wiedersehen.

Er schoss zweimal.

Das Marlin-Gewehr hatte kaum Rückstoß, und die Schüsse waren ungefähr so laut wie Händeklatschen. Phin hatte das Ziel nicht genau sehen können, aber seine Vermutung, wo der Kopf des Mannes sich befand, erwies sich als korrekt. Der Mann ließ seine Waffe fallen und hob sie nicht wieder auf.

Einer weniger, mindestens fünf übrig.

Phin beobachtete die roten Strahlen, aber sie verschwanden immer wieder aus seinem Blick, da Waren im Weg standen. Er huschte in geduckter Haltung zu einem anderen und größeren Gang, wo er auf ein Knie gestützt in Deckung ging und wartete, bis die nächste Zielperson um die Ecke kam. Aber anstatt weiterzugehen, machte der Typ einen hastigen Rückzieher. Es dauerte einen Sekundenbruchteil, bis Phin sich für eine Verfolgung entschied und dem Kerl mit gesenktem Kopf hinterherlief und auf den langen Gang zuhielt, wo sich die Gelegenheit zu einem direkten Schuss bot. Er fiel auf die Knie, schlitterte über den gefliesten Boden, brachte Kimme und Korn in Einklang und gab in schneller Reihenfolge zwei Schüsse auf den Fliehenden ab.

Doch der ging nicht zu Boden, sondern drehte sich um und feuerte sein Magazin in Phins Richtung leer. Er verfehlte sein Ziel, legte aber in wenigen Sekunden ein neues Magazin ein. Phin starrte lange genug über Kimme und Korn der Marlin, um zu erkennen, dass der Gegner eine Splitterschutzweste trug.

Mit einem Hochleistungsgewehr mit passender Munition konnte man vielleicht durch Körperpanzerung schießen.

Mit einem .22er Gewehr ging das nicht.

Phin korrigierte sein Ziel und konzentrierte sich darauf, das Gewehr ruhig zu halten. Auf eine nahezu abgeklärte und losgelöste Art sah er zu, wie der Laserstrahl seines Gegners auf dem Boden entlang auf ihn zuraste. Genau in dem Augenblick, als der rote Punkt seine Füße erreichte, atmete Phin aus und drückte ab.

Für eine so winzige Kugel riss die .22 lr dem Mann ein ziemlich großes Loch in die Kehle.

Die Gesellschaft hatte ein Problem weniger. Phin hatte immer noch vier.

Er stand auf und hielt nach weiteren roten Lichtern Ausschau. Plötzlich hörte er Schreie – zwei weibliche Schreie. Sie kamen aus der Elektronikabteilung.

Phin rief sich ins Gedächtnis, dass er nicht für sie verantwortlich war. Jack und Samantha kamen an erster Stelle. Er schuldete diesen Fremden nichts, seiner Familie dafür alles. Den beiden Frauen zu helfen, war riskant und egoistisch.

»Bitte tun Sie mir nichts!«

Ein klatschendes Geräusch.

Ein Schmerzschrei.

Phin wandte seine Aufmerksamkeit von den Problemen der Frauen ab und starrte den Gang hinunter. Zwischen ihm und dem Ausgang lag eine Sprintstrecke von etwa vierzig Metern. Ein Bandenmitglied befand sich offensichtlich noch in der

Elektronikabteilung, und einer bei den Lebensmitteln auf der anderen Seite des Ladens. Die anderen beiden, die noch übrig waren, sah er nirgendwo. Aber seine Fluchtchance gefiel ihm.

Ich bin kein Held.

Ich kann ohne Weiteres rechtfertigen, dass ich meine eigene Haut retten will.

Ich habe ein paar schlimme Dinge getan und kann trotzdem damit leben.

Wenn diese Frauen sterben, sterben sie. Es liegt nicht in meiner Hand.

Ich muss an meine Familie denken.

Er rannte auf den Ausgang zu. Rannte mit vollem Tempo gegen die Tür, stürzte hindurch, dann durch die zweite hinaus auf den Parkplatz und auf die Straße zu. Er konzentrierte sich in Gedanken auf eine idealisierte Vorstellung von Jack, wie sie Sam in den Armen hielt. Beide lächelten ihn an und drängten ihn, zu ihnen nach Hause zu kommen. Die Erleichterung darüber, aus dem Walmart entwischt zu sein, fühlte sich so an, als wäre er aus der Gefangenschaft entkommen, und die kühle Brise, die seine Wangen streifte, war magisch.

Plötzlich spuckte ihm die Nacht einen Kugelhagel entgegen, der links von ihm den Asphaltbelag des Parkplatzes aufriss. Die Schüsse kamen von hinten. Phin hechtete nach rechts, drückte das Gewehr an die Brust, scheuerte beim Fallen die Schulter seiner Lederjacke ab und kroch schnell hinter einem geparkten Honda in Deckung. Als er einen Blick um die Stoßstange herum riskierte, sah er, wie das Bandenmitglied vor dem Laden ein neues Magazin in seine Maschinenpistole schob.

Die Kerle hatten einen siebten Mann draußen gelassen, um den Ausgang zu bewachen. Phin hatte eine Dummheit begangen. Er war so erpicht darauf gewesen, den Angreifern zu entkommen, dass er nicht nachgedacht hatte. Und dieser Fehler hätte ihn beinahe das Leben gekostet.

Er hob das Gewehr, feuerte zweimal und schoss beide Male daneben. Der Wind machte ihm einen Strich durch die Rechnung.

Weitere Schüsse prasselten auf den Honda. Phin ging hinter dem Reifen in Deckung, lud nach und dachte über seine Optionen nach. Der Mann, der auf ihn schoss, sah nicht älter als zwanzig aus. Wahrscheinlich war das seine erste Schießerei. Das galt wohl auch für seine Kumpane – wie sonst ließ sich erklären, dass sie Laserzielfernrohre benötigten? Wer wie diese Typen gewöhnlich Mord aus einem vorbeifahrenden Auto praktizierte, dem kam es lediglich darauf an, möglichst viel Blei zu verschießen – mit dem Gedanken, dass ein paar Kugeln schon ihr Ziel treffen würden. So etwas funktionierte im Getto, wenn die Opfer unbewaffnet waren, nicht jedoch, wenn die Gegner ebenfalls Waffen trugen. Dieser Vollidiot war immer noch nicht in Deckung gegangen. Wahrscheinlich hielt er sich mit seiner schusssicheren Weste für unbesiegbar.

Phin erhob sich, zielte nach links, um den Wind auszugleichen, und feuerte einen Schuss pro Sekunde. Der Ziegelstaub, der an der Mauer hinter seinem Gegenspieler aufgewirbelt wurde, diente ihm als Zielhilfe. Der siebte Schuss traf den Mann in die Nase, worauf er zusammenbrach wie eine Marionette, der man die Fäden durchgeschnitten hatte.

Wäre er bloß in Deckung gegangen.

Phin setzte seine Flucht fort, indem er den Parkplatz verließ und in Richtung Straße lief. Der Adrenalinschub beschleunigte seine Schritte.

Es fühlte sich gut an, mit dem Leben davonzukommen. Phin kannte die Euphorie, die einsetzte, wenn man dem Tod nur knapp von der Schippe sprang, denn er hatte bereits einige schreckliche Erlebnisse hinter sich. Noch immer plagten ihn deswegen Albträume. Er war jetzt entschlossener denn je, seine Familie wiederzusehen.

Phin dachte nicht an die Leute, die er zurückgelassen hatte.

Bis er es doch tat.

Das Mädchen im Teenageralter, das zu viel Make-up trug, um älter zu wirken.

Die dicke Frau an der Kasse, die wahrscheinlich dankbar war, dass Walmart in ihrer Stadt eine Filiale eröffnet und ihr Arbeit gegeben hatte.

Ich bin nicht für sie verantwortlich.

Phin ging es ums Überleben. Seine risikofreudige Zeit hatte geendet, als seine Krebserkrankung sich zurückgebildet hatte. Die sicherste Methode, eine Krise zu überstehen, war, sich von ihr zu entfernen. So weit wie möglich. Die Friedhöfe waren voll von Helden.

Ich bin kein Held.

Jack ist der Held in der Familie.

Jack ist diejenige, die sich in Gefahr begibt, um anderen Menschen zu helfen.

Ich bin nicht Jack.

Ich bin nicht anders als die drei Männer, die ich vorhin getötet habe.

Phin hielt inne.

Weil das eine Lüge war. Er *war* anders als diese Männer. Er musste es einfach sein. Sonst hätte Jack sich nicht in ihn verliebt.

Phin fehlte es nicht an Empathie. Er verwendete seinen fragwürdigen moralischen Kompass als Entschuldigung für den wahren Grund, warum er nicht versuchen wollte, diesen Leuten zu helfen.

Ich habe Angst.

Phin hatte bis jetzt noch nie richtig Angst gehabt. Er hatte eiskalten Mördern ins Auge geblickt. Er hatte dem Krebs ins Gesicht gespuckt. Er hatte Dinge getan, vor denen jeder vernünftige Mensch zurückgeschreckt wäre, und dabei nicht einmal mit der Wimper gezuckt.

Aber jetzt lebte er nicht mehr nur für sich selbst. Er war jetzt Teil von etwas Größerem.

Er war Teil einer Familie.

Und das war zugleich absolut erschreckend und absolut erstaunlich.

Erst die wundervolle Tatsache, dass man so viel zu verlieren hat, macht das Leben lebenswert.

Phin wollte ein Mann sein, auf den seine Frau und seine Tochter stolz sein konnten.

Und so ein Mann würde niemals Menschen, die Hilfe brauchten, im Stich lassen.

So ein Mann würde ihnen helfen.

Phin machte auf dem Absatz kehrt und starrte in Richtung Walmart. Die Angst war noch da und fühlte sich an wie eine Faust, die ihm den Magen zusammendrückte.

Er sagte der Angst, sie solle sich gefälligst zum Teufel scheren. Schließlich gab es Menschen, die er retten musste.

Phin sprintete zu dem jungen Mann, den er getötet hatte, und tauschte das Marlin-Gewehr gegen eine Scorpion-Maschinenpistole und zwei volle Magazine. Dann eilte er zurück in den Laden.

Ein Schütze, der sich in unmittelbarer Nähe der Kassen aufhielt, hob seine Waffe.

Er war schnell.

Doch Phin war schneller. Seine neue Scorpion-Maschinenpistole hatte einen Schalter für Einzel- und Dauerfeuer, aber anders als ein M16-Gewehr keinen Feuerstoßmodus zur Abgabe von drei Schuss. Phin schaltete also auf Dauerfeuer und zielte mit der Laservorrichtung anstatt mit Kimme und Korn. Die Waffe zuckte in seinen Händen wie eine wütende streunende Katze und zerfetzte den Kopf des Mannes in einer Sprühnebelwolke aus Blut und Knochen, noch bevor sein Herz zum letzten Mal schlug.

Phin warf das leere Magazin weg, legte ein neues ein, machte die Waffe wieder feuerbereit und überlegte, ob er seine Meinung über Laserzielvorrichtungen revidieren sollte. Er lief zu dem Mann, den er getötet hatte, und nahm ihm drei Magazine und die blutige Splitterschutzweste ab. Dann zog er seine Lederjacke aus, schloss den Klettverschluss der Weste und rannte durch das sich verflüchtigende Kohlendioxidgas, wobei er auf rote Laserstrahlen achtete. Als er die Theke erreichte, wo die Frauen sich versteckt hatten, lag der Pappaufsteller mit dem Matt-Dillon-Motiv nach unten auf dem Boden, und sie waren verschwunden.

Auf dem Boden befand sich eine kleine Blutspur.

Phin hielt den Atem an und versuchte, den Umgebungsgeräuschen zu lauschen, was angesichts seines laut pochenden Herzschlags nicht leicht war.

Da! Irgendwo hinter ihm. Ein weinendes Mädchen.

Er blickte in die Richtung, aus der das Geräusch kam, und hielt gleichzeitig nach Gegnern Ausschau. Sechs von ihnen waren in den Laden gekommen und einer war draußen geblieben. Drei waren also noch übrig.

Phin bemerkte den Schützen erst, nachdem ihn sechs Schüsse in den Rücken getroffen hatten.

In einem seiner unglücklicheren Augenblicke hatte Phin Prügel mit einem Baseballschläger bekommen. Das tat weh. Sehr weh.

Angeschossen zu werden, wenn man eine schusssichere Weste trug, tat fast genauso weh.

Phin fiel aufs Gesicht, und es verschlug ihm den Atem. Der Schmerz war so heftig, dass er sich nicht sicher war, ob die Kevlarweste die Kugeln gestoppt hatte oder nicht. Er biss die Zähne zusammen, wälzte sich auf den Rücken und hob die Maschinenpistole, als er den Schützen auf sich zurennen sah. Trotz der unerträglichen Schmerzen konnte er nicht schreien, da seine Lunge leer war.

Phin leerte das volle Magazin in weniger als zwei Sekunden und zerschoss dem Angreifer die Knie.

Das Bandenmitglied fiel hin, und seine Waffe schlitterte vor ihm über den Boden.

Helle Punkte flimmerten an den Rändern von Phins Gesichtsfeld, weil er immer noch nicht richtig atmen konnte. Er stieß das leere Magazin aus und versuchte krampfhaft, ein neues einzulegen, aber es passte nicht richtig.

Das Bandenmitglied kroch auf seine fallen gelassene Waffe zu und schleifte die blutenden Beine hinter sich her.

Phin wälzte sich auf die Seite und schaffte es endlich, Atem zu holen, wenn auch nur stoßweise und unter Schmerzen. Er wusste immer noch nicht, ob er blutete, und verschwendete keine Zeit, es herauszufinden. Stattdessen mühte er sich weiter mit dem Magazin ab, bis er feststellte, dass er versucht hatte, es verkehrt herum einzulegen.

Das Bandenmitglied erreichte seine Scorpion-Maschinenpistole und hob sie an.

Phin legte das Magazin richtig ein, lud die Waffe durch und schoss im gleichen Augenblick wie sein Gegner.

Die Kugeln trafen das Bandenmitglied ins Gesicht.

Phin erwischte es an der Brust.

Vor seinen Augen wurde es zuerst hell, dann dunkel. Phin landete auf dem Rücken und starrte zur Decke empor. Dann setzte der Schmerz ein. Am ganzen Körper – als hätte man ihn zusammen mit einer Palette Ziegelsteine in einen Betonmischer geworfen. Ohne aufzuschauen, fuhr er mit beiden Händen sanft über den Oberkörper und schaute nach, ob an seinen Fingern Blut klebte.

Zu seiner Verwunderung sah er keins. Obwohl es sich nicht so anfühlte, hatte die Weste sämtliche Kugeln gestoppt. Phin wandte den Kopf zur Seite und spuckte aus. Auch im Mund befand sich kein Blut. Vielleicht würde er tatsächlich überleben.

Ein weiterer Schrei, diesmal von weiter hinten im Laden. Phin wälzte sich auf den Bauch, verzog vor Schmerz das Gesicht und kam stöhnend auf die Beine. Dann nahm er die ihm am nächsten liegende Scorpion-Maschinenpistole an sich, legte ein neues Magazin ein und lief in die Richtung, aus der der Schrei gekommen war. Als er die Autoabteilung erreichte, blieb er abrupt stehen und musste erst einmal verarbeiten, was er da sah.

Die ältere Kassiererin lag mit verzerrtem und aufgerissenem Mund auf dem Boden. Aus den Lücken, wo sich einst ihre Zähne befunden hatten, strömte Blut.

Das Mädchen saß neben ihr, die Augen mit schwarzem Make-up verschmiert.

Die beiden übrig gebliebenen Bandenmitglieder zogen sich die Hosen aus.

Phin machte nicht auf sich aufmerksam und gab den Kerlen keinerlei Chance, sich zu ergeben.

Er streckte sie einfach mit zwei Schüssen in den Hinterkopf nieder.

Sie brachen zusammen, und Phin ging zu den Frauen. Sie standen unter Schock, lebten aber noch. Er bat sie um ihre Handys, doch sie reagierten nicht. Schließlich durchsuchte er die Handtasche des Mädchens. Ihr Handy empfing kein Signal. Dafür hatte sie Autoschlüssel zu einem Chevy.

Als Nächstes tastete Phin die beiden Bandenmitglieder ab und förderte Folgendes zutage: zwei Handys, ebenfalls ohne Signalbalken. Eine Ersatzpistole, Modell SIG Sauer P238, Kaliber .380. Drei volle Magazine für eine Scorpion-Maschinenpistole. Ein Schnappmesser von Krieger. Zwei Schlagringe. Zigaretten, Marihuana, Kondome. Während er die Typen durchsuchte, fragte er die Frauen, wieso die Polizei noch nicht erschienen war.

Sie hielten sich umklammert und antworteten nicht.

Phin half ihnen auf die Beine. Sie brauchten ein Krankenhaus. Er konnte sie mit dem Chevy des Mädchens hinfahren und sich anschließend den Wagen leihen, um zu Jack zurückzukehren.

Sie schleppten sich humpelnd und stöhnend durch die Gänge wie ein verletztes Tier mit sechs Beinen.

Phin stieß auf drei weitere tote Angestellte und ein totes Bandenmitglied, eines, das er zuvor erschossen hatte. Er nahm ihm ein Magazin für die Maschinenpistole und ein Handy ab. Es empfing ebenfalls kein Signal.

Vielleicht war es Zufall, dass keines der Handys funktionierte. Vielleicht war diese Gegend ein einziges Funkloch.

Aber Harry hatte ihnen erzählt, in der Ortschaft gäbe es Mobilfunkempfang. Das gab Phin Anlass zur Verwunderung.

Blockierte jemand die Handytelefonate? War das der Grund, weshalb die Polizei noch nicht hereingestürmt war?

Phin wusste über Handy-Störsender Bescheid. So eine Situation hatte er schon einmal erlebt. War das die Ursache für …

Plötzlich drückte das Mädchen, das sich an Phins Schulter festhielt, kräftig zu. Er wandte sich ihr zu und sah das Entsetzen in ihren Augen, als sie in die Ferne starrte, kurz bevor die Kugeln ihren Körper zerfetzten und ihren Kopf zurückschleuderten.

Sie fiel hin. Phin hob die Scorpion-Maschinenpistole, blickte sich nach dem Schützen um und sah ihn in dem Moment, als der rote Punkt auf Phins rechtem Auge stehen blieb. Bevor er sich ducken konnte, feuerte der Mann die Waffe ab.

Aber Phin wurde nicht getroffen, denn genau in diesem Augenblick lief die verängstigte Kassiererin direkt in die Schusslinie. Ihr Körper drehte sich um die eigene Achse – eine vollständige Pirouette, die beinahe anmutig wirkte, wenn nicht das Blut gewesen wäre, das in alle Richtungen spritzte. Als die Frau zusammenbrach, ließ Phin sich auf ein Knie fallen und mähte den Schützen nieder. Die Schüsse rissen ihm einen Teil seines Kopfes weg.

Phin blickte sich blitzschnell in alle Richtungen nach weiteren Angreifern um, sah aber keine. Dann wandte er seine Aufmerksamkeit dem Mädchen zu.

Sie bewegte sich nicht.

Für Wiederbelebungsversuche war es wohl zu spät.

Phin sah nach der Kassiererin. Bei ihr war es nicht anders.

Er betrachtete seine eigenen Hände. Sie zitterten und waren mit Blut bespritzt, das nicht von ihm kam. Ein abgehackter Klang, fast wie das Wimmern eines Hundes, entwich seiner Kehle. Phin atmete stoßweise durch zusammengepresste Zähne und verharrte eine Weile unbeweglich, um seine innere Mitte zu finden. Wenn er jetzt versuchte zu gehen, würden seine Beine den Dienst versagen. Sobald er sich wieder unter Kontrolle hatte, kniete er sich neben das Mädchen und schloss sanft ihre verschmierten Augen.

Immer noch keine Polizei. Keine Sanitäter. Keine Krankenwagen. Keine Nationalgarde oder Armee oder Küstenwache oder Fremdenlegion. Keiner, der ihm zu Hilfe kam.

Phin war völlig auf sich allein gestellt.

Er schlenderte zu dem achten Mann und fragte sich, wie er ihn hatte übersehen können. Aber das war jetzt egal. Phin hatte sich verzählt, und Menschen waren ums Leben gekommen. Daran konnte er jetzt nichts mehr ändern. Phin überprüfte das Handy des Bandenmitglieds, sah keinen Signalbalken und wollte es schon wegwerfen, als er die Kurzmitteilung darauf sah. Als er den Nachrichtenverlauf las, wurde ihm eiskalt.

ER IST IN DIE STADT GEGANGEN.

LEG IHN UM.

UND DIE POLIZISTIN?

BLOCKIERE DIE FUNKSIGNALE. WIR SCHNAPPEN SIE UNS. JETZT.

Phin scrollte bis zu einem Foto. Es zeigte ihn, Jack und Samantha, wie sie vor ihrem Haus in den SUV stiegen, bevor sie nach Wisconsin aufbrachen.

Phin überlegte nicht lange.

Er rannte los.

Jack

Die Gebrauchsanweisung für den X15-Flammenwerfer war erstaunlich dünn. Aus einer spontanen Laune heraus blätterte ich darin herum. Anscheinend hatte McGlade die Anweisungen nicht gelesen, denn er hätte den Tank nicht voll mit Benzin und das CO_2 nicht unter Druck stehen lassen dürfen. Doch er hatte beides getan. Ich hatte noch nie einen Flammenwerfer abgefeuert und würde es auch nie tun. Also legte ich das Gerät beiseite und packte ein paar andere Dinge in einen Seesack.

Ich brachte den Seesack in den Kontrollraum und sortierte die Waffen, während ich die Monitore der Überwachungskameras beobachtete. Das Haus war umzingelt – ich zählte mindestens drei Dutzend Männer –, aber bisher hatte keiner einzudringen versucht. Ich fand einen Lautstärkeregler, drehte ihn höher und lauschte einer Mischung aus Waldgeräuschen und Stimmen, die zu weit weg waren, um sie auszumachen.

Ich lud gerade eine 12-kalibrige Mossberg 590, zu der praktischerweise ein voller Patronengurt gehörte, als ich T-Nail sah.

Zunächst war ich überrascht, da es so aussah, als gehe er, obwohl ich gehört hatte, dass er von der Hüfte abwärts gelähmt war. Doch dann fiel mir auf, dass er an eine Art aufrechten motorisierten Rollstuhl geschnallt war. Mit einem Joystick auf dem Bedienfeld konnte ich sein Gesicht heranzoomen.

Er war alt geworden.

Aber dasselbe konnte man von mir sagen.

Sein Blick war immer noch derselbe, genauso intensiv wie vor zwanzig Jahren im Gericht, als ich ihn das letzte Mal gesehen hatte. Das Gefängnis hatte ihn anscheinend nicht verändert.

Ich schnallte mir eine Hüfttasche aus Nylon mit einer vollen Hundert-Patronen-Schachtel vom Kaliber .38 um. Außerdem packte ich einen Teleskopschlagstock, einen Schlagring und eine Kimber-Pfefferspraypistole ein. Die Tasche war schwer, aber meine Hüften waren breit genug, dass sie nicht herunterrutschte.

Danke, Samantha.

Ich behielt mit einem Auge die Monitore im Blick und stellte fest, dass T-Nail nicht der Einzige war, der Befehle erteilte. Ich konzentrierte mich auf einen jüngeren und schmächtigeren Mann in einer Pelzweste, der anscheinend die erste Geige spielte.

Interessant. Ich fragte mich, was T-Nail davon hielt. Zwanzig Jahre hinter Gittern, und nun musste er sich von einem Typen etwas sagen lassen, der nur halb so alt war wie er.

Ich schnallte mir ein Knöchelhalfter um, in dem eine kleine Hellcat 389 steckte, und zog das Hosenbein meiner Jeans darüber. Am anderen Knöchel befestigte ich mit Klettverschluss ein fünfzehn Zentimeter langes Klappmesser. Harry hatte eine große Auswahl an Gewehren in seinem Waffenschrank, und ich nahm mir ein Bushmaster Predator mit Nightforce-NXS-Zielfernrohr. Dazu fünf extra Magazine mit je dreißig Schuss, die ich in einem Rucksack verstaute. Als Letztes legte ich mir mein Schulterhalfter mit dem Colt Detective Special um. Selbst mit der Kevlarweste darunter fühlte es sich an wie in alten Zeiten.

Als ich in voller Montur aufstand, wog ich fast fünfzehn Kilo mehr.

Ein winziger Teil meines Gehirns fragte sich, ob ich es so wollte. Anscheinend hatte ich die letzten zwei Jahre nur darauf gewartet, dass der Tod bei mir anklopfte. Jetzt war es schließlich so weit.

Warten war nicht mein Ding.

Aber kämpfen hasste ich noch mehr.

Das Chili von gestern Abend rumorte wütend in meinem Magen und suchte sich einen Weg ins Freie. Meine Handflächen waren schweißnass, meine Kehle so trocken, dass ich kaum schlucken konnte, und meine Atmung konnte man nur als Keuchen bezeichnen. Die Vorstellung, Sam und Phin nicht wiederzusehen, hatte sich von einem abstrakten, unfassbaren Gedanken in ein echtes Problem verwandelt, um das ich mich sofort kümmern musste. Und ich hatte keine Ahnung, wie es ausgehen würde.

McGlade hatte eine Festung gebaut. Aber T-Nail hatte eine Armee mitgebracht.

Und ich starrte auf die Monitore, als die Armee mit dem Angriff begann.

Die erste Handlung bestand darin, dass sie mein Auto fahruntüchtig machten. Genauer gesagt: Sie schlitzten die Reifen auf, schlugen die Fensterscheiben ein und steckten es in Brand.

Dann machten sie sich über die Haustür her. Erst Tritte, dann Schulterstöße. Als sie damit keinen Erfolg hatten, versuchten sie es mit einer Ramme. Ich konnte die Schläge durch die Monitorlautsprecher hören, doch als ich die Lautstärke runterdrehte, hörte ich im Haus nichts mehr. Die Angreifer schwangen das schwere Metallstück mit voller Wucht, aber McGlades Tür war aufgrund ihrer Dicke praktisch schalldicht.

Anscheinend war sie auch kugelsicher. Ich sah mit einigem Erstaunen zu, wie ein Bandenmitglied herantrat und das Magazin einer 9-mm-Pistole leer schoss.

Die Tür hielt.

Ein weiterer Typ kam mit einem großen Revolver, der nach einer .357 Magnum aussah.

Nach sechs Schüssen hielt die Tür immer noch. Der Lack war abgeblättert, aber wie es aussah, hatte der Stahl darunter nicht einmal einen Kratzer.

Der nächste Kandidat, ein Weißer – es war beruhigend zu wissen, dass die C-Notes sich inzwischen zur Rassengleichheit bekannten –, hatte eine Schrotflinte und ballerte damit gegen die Tür. Als diese nicht einmal eine Delle davontrug, war er so wütend, dass er sie anspuckte.

Gegenwärtiger Stand: Bandenmitglieder, null. McGlades privilegierte Reiche-Leute-Paranoia, fünf.

Beim nächsten Versuch beugte ich mich zu dem Bildschirm vor und hielt den Schreibtisch mit beiden Händen fest.

Sie hatten eine Granate.

Ich lud die Schrotflinte durch und machte mich auf den Durchbruch gefasst.

Doch der kam nicht. Als die Explosion vorüber war und der Rauch sich verzogen hatte, wies McGlades Tür unten eine Delle auf, blieb aber verschlossen und versiegelt.

Die Verzögerung schien T-Nail zu irritieren, während der Typ mit der Pelzweste nachdenklich dreinblickte. Als die Angreifer eine Pause einlegten, machte ich mich mit McGlades Sicherheitsbedienfeld vertraut. Ich fand eine Taste mit der Aufschrift BAUPLÄNE und drückte darauf. Auf einem der Monitore erschien der Grundriss des Hauses, überlagert von einer Architektenzeichnung. Ungefähr so wie eine Google-Karte, die neben der Straßen- auch eine Satellitenansicht zeigt. Dieses Schaubild zeigte Linien, die zu Beschreibungen von Ausrüstung und Bewaffnung führten. Gemäß den Plänen war die Haustür feuerfest, kugelsicher bis zu einer Energie von fünfzehntausend Foot-Pounds, und konnte einen Hurrikan der Kategorie 5 überstehen.

Ich hätte dies alles als lächerliche Übertreibung angesehen, wenn ich nicht gerade einer Straßengang dabei zugesehen hätte, wie sie versuchte, mithilfe von Granaten einzudringen. Noch eine Minute zuvor hätte ich McGlade unerbittlich für seine extravagante Geldverschwendung kritisiert. Aber jetzt hätte ich ihm am liebsten vor Dankbarkeit die Füße geküsst.

Ich überflog die technischen Daten für das Garagentor. Es war genauso stabil wie die Vorder- und Hintertür. Fenster gab es keine, dafür aber Schießscharten. Ich machte mir im Hinterkopf eine Notiz, sie mir später genauer anzusehen, und zoomte eine Liste mit der Aufschrift ANGRIFF heran.

Anscheinend wollte Harry sich nicht damit begnügen, herumzusitzen und darauf zu warten, bis der Feind eine Möglichkeit entdeckte, ins Haus einzudringen. Vielmehr hatte er ein paar Gegenmaßnahmen ausgetüftelt. Ich sah eine Taste mit der Aufschrift SPRINKLERANLAGE und daneben ein LED-Digitalthermometer, das eine Temperatur von 70° C anzeigte.

Ich drückte auf die Taste und beobachtete die Monitore. Plötzlich sprangen alle auf, als hätte man ihnen gleichzeitig einen Stromstoß verpasst. Gleich darauf schrien sie, fuchtelten mit den Armen und flüchteten Hals über Kopf von dem Grundstück. Als die Kameralinse sich beschlug, begriff ich, was soeben passiert war. Harry hatte auf dem Gelände Sprinklerköpfe installiert. Aber anstatt den Rasen zu bewässern, versprühten sie heißes Wasser.

Es war nicht so brutal wie im Mittelalter, wo man flüssiges Blei vom Burgwall auf die Angreifer gegossen hatte – aber genauso wirksam. T-Nails Rollstuhl war an einem umgestürzten Baumstamm hängen geblieben, sodass er als Letzter davonkam.

Da ich selbst schon ein paar Mal verbrüht worden war, schaltete sich mein Mutterinstinkt ein, und ich drehte das Wasser ab, bevor er halb gekocht wurde. Mit einem Mann, der mich umbringen wollte, Mitleid zu empfinden, war nicht gerade klug, aber ich war nicht der Typ, der einen Behinderten bei lebendigem Leib dünstete und dies live auf dem Videomonitor verfolgte.

Ich stellte die Außenlautsprecher lauter und hörte ein wildes Stimmengewirr, das überwiegend aus Flüchen bestand, und im Hintergrund typische Naturklänge wie Vogelgezwitscher und Wind.

Als die Bande sich neu formierte, verließ ich den Kontrollraum und ging zur Vordertür, um sie auf ihren Zustand zu prüfen. Wie ich gehofft hatte, war sie stabil in der Laibung verankert. Ich musste mich vergewissern, ob sie sich noch öffnen ließ, für den Fall, dass Phin zurückkam. Ich wusste, dass er zurückkommen würde. Das Einzige, was ihn aufhalten würde, war der Tod.

Genau darin lag das Problem. Anstatt einen Rettungsversuch zu unternehmen, bestünde die bessere Strategie darin, die Lage zu peilen und anschließend Hilfe zu holen. Aber wie ich Phin kannte, würde er der Versuchung nicht widerstehen können nachzusehen, ob bei mir alles in Ordnung war. Er würde keine Hilfe holen, sondern sich zusammen mit mir im Haus verbarrikadieren.

Seltsamerweise wollte ich das mehr als alles andere. Ihn halten. Ihn küssen. Selbst wenn wir uns beide damit in Gefahr brachten.

Das Herz war dumm. In den letzten sechs Monaten hätte ich jederzeit mit Phin Sex haben können, hatte es aber nicht getan. Und jetzt, wo ich von einer mordlustigen Bande umzingelt war, sehnte ich mich danach, seine Lippen auf meinem Körper zu spüren.

Vielleicht war nicht mein Herz dumm, sondern ich selbst.

Ich schloss die Tür auf und gab ihr einen schnellen Ruck.

Sie ging auf.

Draußen war niemand.

Ich schloss sie wieder ab. Dann ging ich zurück in den Kontrollraum und beobachtete die Monitore.

Mein Mann würde zurückkommen.

Wenn er nicht schon tot war.

Bitte. BITTE! Lass ihn nicht tot sein.

Herb

Sergeant Herb Benedict saß in seinem Fernsehsessel und schaute sich Netflix an. Gerade als er sich fragte, ob es etwas Schlimmeres gab als Zombies, die die Welt eroberten, kam etwas Schlimmeres in sein Wohnzimmer.

»Wenn ich dich so rumfläzen sehe, muss ich unwillkürlich an Jabba the Hutt denken, wie er Prinzessin Leia an der Kette hält.«

Herb runzelte die Stirn. Seine Frau Bernice hatte das heilige Gelübde eines Urlaubs zu Hause gebrochen: keine Telefonanrufe entgegennehmen und keine Besucher reinlassen. Und dann musste der Besucher ausgerechnet Harry McGlade sein.

»Wo ist meine Frau?«, fragte Herb. »Ich werde ihr sagen, sie soll sich einen guten Scheidungsanwalt besorgen.«

»Ich glaube, sie ist nicht zu Hause. Ich hab mich selbst reingelassen. Dein Türschloss ist wie Kinderspielzeug. Du hast nicht mal einen Riegel. Ich will ja keine schlechten Nachrichten überbringen, Jabba, aber dieses Viertel ist nicht die beste Wohngegend.« Harry senkte die Stimme auf die Lautstärke eines Einflüsterers beim Theater. »Ich glaube, ich habe draußen eine ethnische Minderheit gesehen.«

»Rassismus ist nicht witzig, McGlade.«

»Irgendwie schon, wenn man damit das Unwissen und die Ängste des Durchschnittsbürgers bloßstellt. Abgesehen davon ist unser Misstrauen gegenüber Leuten, die anders aussehen, genetisch bedingt, und das betrifft uns alle. Die politisch korrekten Gutmenschen fordern Rassengleichheit, aber wenn sie bei Starbucks jemanden mit anderer Hautfarbe sehen, stecken sie den Geldbeutel in die Vordertasche. Im Grunde genommen sind alle Menschen Scheiße.«

»Wieso bist du in meinem Haus?«

»Weil du nicht ans Telefon gehst.«

»Ich habe Urlaub und will nicht gestört werden. Vor allem nicht von dir.«

»Was, wenn ich dir Eclairs mitbringe?«

Herbs Empörung ließ ein wenig nach. »Hast du welche mitgebracht?«

»Nein. Weil ich weiß, dass du nicht die Willenskraft hast, um etwas gegen deine Zuckerkrankheit zu tun.«

Die Empörung flammte wieder auf. »Ich hab keine Zuckerkrankheit.«

»Sagt die Zuckerkrankheit. Ich kann deinen Blutzucker von hier aus riechen. Riecht wie ein Riegel Butterfinger.«

Je mehr Herb sich auf eine Diskussion einließ, desto mehr machte Harry sich über sein Übergewicht lustig. Also beschloss er, gar nichts zu sagen, und wartete darauf, dass dieser Idiot ihm erklärte, warum er vorbeigekommen war. Dann konnte er ihn hinauswerfen und sich wieder *The Walking Dead* ansehen.

»Du hast was an deinem Schnurrbart«, sagte McGlade und rieb sich die Oberlippe. »Sieht aus wie 'ne ganze Truthahnkeule.«

Herb ließ sich nicht provozieren.

»Und ein Maiskolben.«

Ich bin ein Fels, sagte Herb zu sich selbst. *An einem Fels prallen Beleidigungen ab.*

»Okay, Schluss mit den Witzen«, sagte Harry. »Ich hab neben der Tür ein Paar Damenschuhe gesehen, aber Bernice ist nicht hier. Mal ganz ehrlich … hast du deine Frau gefressen?«

Felsen reagieren nicht.

»Da waren Knochen auf dem Küchentisch. Könnten von 'nem Schwein sein, aber auch von 'nem Menschen. Ich glaube, du schaust dir zu viele Zombiefilme an.«

Felsen sind stabil. Geduldig und unbeweglich.

»Ich kann dich nicht hören«, sagte Harry. »Ich würde ja gerne näher kommen, aber ich habe Angst, dass deine Schwerkraft mich anzieht.«

Selbst Felsen haben irgendwann genug. »Sag mir endlich, warum du hier bist, oder ich stehe auf und hole meine Knarre.«

»Brauchst du Hilfe beim Aufstehen? Ich habe einen Wagenheber und eine Brechstange dabei. Außerdem kenne ich 'nen Laden, wo man Flaschenzüge mieten kann.«

Herb wuchtete seine beträchtliche Leibesfülle aus dem Sessel und machte zwei drohende Schritte auf Harry zu. Der hob beschwichtigend die Hände.

»Es geht um Jack! Sie schwebt womöglich in Gefahr.«

Herb blieb stehen. »Schieß los.«

»Sie ist zusammen mit Phin zu meinem Versteck in der Nähe vom Lake Niboowin im nördlichen Wisconsin gefahren. Die beiden haben Eheprobleme. Ich glaube, es hat irgendwas mit Analsex zu tun. Na ja, jedenfalls hat heute Morgen Tom Mankowski bei mir angerufen. Terrence Johnson alias T-Nail ist gestern Nacht aus dem Gefängnis entkommen.«

Herb verarbeitete die Information schnell. Seine automatische Reaktion war: »Ach du Scheiße!«

»Ich konnte weder Jack noch Phin erreichen. Hab versucht, sie auf dem Handy anzurufen, und SMS und E-Mails geschickt. Keine Antwort.«

»Hast du's auf dem Festnetz versucht?«

»Gibt es dort nicht. Das Haus ist vom Versorgungsnetz abgekoppelt. Hat ‘nen eigenen Brunnen und Windenergie.«

»Internet?«

»Hast du nicht gehört, was ich gesagt habe? Vom Versorgungsnetz abgekoppelt. Es ist ein Versteck. Ist doch logo, dass es vom Rest der Welt abgeschnitten ist.«

»Gibt es in der Nähe einen Sheriff?«

»Polizeichef. Hab bereits dort angerufen. Die haben gesagt, sie schauen nach. Das war vor einer Stunde. Haben noch nicht zurückgerufen.«

»Die Staatspolizei?«

»Herb, ich bin Privatschnüffler. So weit reichen meine Verbindungen nicht. Kann ja auch sein, dass sie einfach nur ihre Handys ausgeschaltet haben. Vielleicht versucht Phin gerade, durch den Hintereingang reinzukommen, und will beim Kackeschubsen nicht gestört werden …«

»Wie konntest du nur so alt werden? Ist ein Wunder, dass dich noch niemand erschossen hat.«

»… oder vielleicht schweben sie in Gefahr. Wir können es unterwegs rausfinden.«

»Unterwegs?«

Harry grinste. »Nimm dir was zu Essen mit, Dicker. Wir machen einen Ausflug nach Wisconsin.«

T-Nail

Wut.

Wut war schon so lange ein zentraler Aspekt in T-Nails Leben, dass er sie in Treibstoff verwandelt hatte. Die Wut loderte in ihm, trieb ihn vorwärts, motivierte ihn, einen weiteren Tag zu leben, nur um sie abzureagieren. Aber die Wut reagierte sich nicht ab.

Das heiße Wasser hatte aufgehört, aber jeder Zentimeter seines Oberkörpers pochte von den Schmerzen, die die Verbrennungen ersten und zweiten Grades verursachten. Überall um ihn herum waberten Dampfwolken in der kalten Novemberluft. Er starrte auf die Brandblasen auf seinem Handrücken, als er den Joystick nach vorne schob. Die Räder drehten sich weiterhin im Schlamm, und er kam nicht vom Fleck. Da der Rollstuhl keinen Nothandbetrieb hatte, saß er fest, bis jemand kam und ihn aus der misslichen Lage befreite.

Verletzung.

Kränkung.

Wut.

T-Nail schloss die Augen. Seine Lider schwollen an. Er stellte sich vor, wie er Del Ray an eine Wand nagelte und ihn anschließend mit einem Teppichmesser und einem Kugelhammer bearbeitete. Der Mann würde schreien und um Gnade flehen. Aber die würde T-Nail ihm nicht gewähren.

Er war so in diese Fantasie vertieft, dass er nicht einmal merkte, wie ein paar von seinen Männern vorbeikamen und ihn aus dem Schlamm schoben, wo die drehenden Räder sich festgefahren hatten. Als er die brennenden Augen öffnete und feststellte, dass er sich wieder vorwärtsbewegte, steigerte sich seine Wut. Die Männer schoben ihn zu Del, der ihn mit einem leisen Anflug von Belustigung betrachtete. Er wies ein paar geschwollene Stellen an seinem Körper auf, sah aber größtenteils nicht so aus, als wäre er verbrüht worden.

»Erklär mir, was soeben passiert ist«, sagte T-Nail leise.

Del Ray wich seinem Blick nicht aus. »Jedes Rad kann im Schlamm stecken bleiben, T-Nail. Selbst Geländefahrzeuge. Aber wenn du den Rollstuhl auf Sitzposition umgestellt hättest, wärst du wahrscheinlich rausgekommen.«

T-Nail spürte, wie sämtliche Blicke sich auf ihn richteten. Seine Männer betrachteten das Schauspiel und warteten ab, wer aus der Begegnung als Leitwolf hervorgehen würde. Obwohl es ihn mächtig wurmte, dass er mit dem Rollstuhl stecken geblieben war, ließ er die Angelegenheit bis auf Weiteres auf sich beruhen. Jetzt kam es vor allem darauf an, die Oberhand zu gewinnen, nachdem er wie ein Volltrottel ausgesehen hatte, der buchstäblich auf der Stelle trat.

»Deine Leute waren hier, um die Lage zu peilen«, sagte T-Nail. »Und jetzt wurden alle meine Männer verbrüht, weil du das hier nicht vorausgesehen hast.«

»Ich hab die Sprinklerköpfe gesehen. Ich wusste nicht, dass sie zur Verteidigung dienen.«

»Wofür sind sie dann da? Um das tote Laub zu bewässern?«

Die Männer lachten. T-Nail legte nach.

»Du solltest die Polizistin im Auge behalten. Wir hätten sie uns in Chicago schnappen können. Aber stattdessen ist sie jetzt hier in dieser verdammten Festung. Hast du sie irgendwie aufgeschreckt?«

»Nein. Sie macht nur Urlaub.«

»Sie macht Urlaub in einem Haus ohne Fenster, mit Stahltüren und heißem Wasser, das aus dem Boden schießt? Sie versteckt sich vor uns. Wie hat sie es rausgefunden?«

»Ich weiß nicht.«

»Du hast die Überwachung durchgeführt und den Angriff geplant. Du hast versagt, Del Ray. Du hast mich und meine Leute auflaufen lassen. Ist dir das klar?«

Del Ray antwortete nicht.

»Früher wärst du für die Scheiße, die du da gebaut hast, mit einem Rum Runner bestraft worden. Heb deine Hand.«

T-Nail hob die Hand, als wolle er einen Eid schwören. Del zögerte, und T-Nail sah Furcht in seinen Augen. Aber auch Rebellion.

T-Nail wusste, wie man mit Ungehorsam umging. In dem Moment, als Del die Hand hob, zog T-Nail die Nagelpistole und schoss ihm blitzschnell wie eine Kobra einen Nagel durch die Handfläche. Der jüngere Mann heulte und krümmte sich vor Schmerz, riss den Nagel heraus und ließ ihn auf den Boden fallen.

T-Nail hatte ihm gezeigt, wer der Leitwolf war.

»Du hast genau zwei Stunden, um dir zu überlegen, wie wir in dieses Haus kommen«, sagte er. »Und jetzt bringt mir jemand eine verdammte Brandsalbe.«

HERB

»Willkommen im Krimibago Deux«, sagte Harry.

Der Name war eine Anspielung auf die Firma Winnebago, Hersteller von Wohnmobilen. Denn nichts anderes war dieses Gefährt – ein Wohnmobil, das Harry auf seine typische Art und Weise ausgerüstet hatte. Will heißen: protzig, unpraktisch und teuer.

»Ein kriminaltechnisches Labor auf Rädern«, prahlte McGlade. »Und dazu voll gepanzert, ohne Abstriche in Sachen Luxus oder Fahrverhalten.«

»Es ist rot«, sagte Herb.

Das gesamte Wohnmobil war rot lackiert wie ein kandierter Apfel.

»Ich werde älter und vergesse manchmal, wo ich geparkt habe. So kann ich es leichter finden.«

Herb musterte die Länge, die mindestens sechs Meter betrug. »Ja. Ich kann mir vorstellen, dass du dieses Gefährt ständig verlierst.«

»Willst du dir den Motor anschauen?«

»Nicht wirklich.«

»Es ist ein Hybridfahrzeug. Der Krimibago Uno hatte einen Verbrauch von 940 Litern auf hundert Kilometer. Aber dieser hier verbraucht nur die Hälfte, selbst dann, wenn sämtliche Unterhaltungsgeräte, die Geschirrspülmaschine und der vibrierende Massagestuhl laufen. Du solltest dich allerdings nicht auf den Massagestuhl setzen. Der hält nämlich nur maximal hundertfünfzig Kilo aus.«

Herb wollte McGlade gerade sagen, wohin er sich seinen vibrierenden Massagestuhl stecken konnte, als jemand schrie: »HOMEBOY!«

Herb spähte in den hinteren Bereich des Krimibagos und sah ein Gummihuhn in einem Käfig.

Aber es war kein Gummihuhn. Es bewegte sich.

»Das ist mein neues Haustier«, sagte Harry. »Er heißt Homeboy.«

»HOMEBOY!«, kreischte der Vogel.

Was Herb ursprünglich für ein Gummihuhn gehalten hatte, entpuppte sich als Papagei. Zumindest sah das Tier vom Hals aufwärts wie einer aus. Der Kopf wies einen schwarzen Krummschnabel sowie Federn in tuntenhaften Grün-, Gelb- und Blautönen auf. Aber der restliche Körper – Brust, Rücken, Beine, Flügel – war kahl gerupft. Das Ding sah aus wie ein unterernährter Truthahn mit verschrumpelter, rosafarbener Haut und einer Papageienmaske.

»Hübscher Vogel«, sagte Herb.

»Homeboy wurde bei einer Drogenrazzia konfisziert. Seine früheren Besitzer haben Crystal Meth gekocht, und ich glaube, er ist süchtig geworden nach dem Zeug. Jetzt rupft er sich die eigenen Federn aus. So 'ne Art Nervenleiden.«

»Kannst du ihm nicht einen kleinen Pullover oder etwas Ähnliches kaufen?«, fragte Herb und betrachtete das kahle Tier.

»Hab ich gemacht. Er wollte ihn nicht. Er ist am liebsten nackt. Ich hab ihn angeschafft, weil ich dachte, dass es lustig wäre, ein sprechendes Haustier zu haben.«

»HOMEBOY!«, schrie Homeboy.

»Sagt er sonst noch was?«

»METH!«, sagte Homeboy.

»Das ist alles«, sagte Harry achselzuckend. »Ich glaube, das Meth hat sein kleines Vogelhirn ruiniert.«

»METH! METH! METH! HOMEBOY! METH!«

»Er ist süß«, sagte Herb.

Homeboy schrie so laut, dass sich Herb die Nackenhaare sträubten.

»Er spricht nicht nur, sondern schreit auch«, sagte Harry.

»METH! AAAAAAAAAAAAAAAAARR! METH!«

»Ich hab kein Meth, Kleiner.« Herb wollte einen Finger an den Käfig halten, aber McGlade schob seine Hand beiseite.

»Er beißt«, sagte Harry und zeigte Herb die schwarzen Nähte an drei seiner Finger. »Er mag es nicht, wenn man ihn anfasst. Schnelle Bewegungen auch nicht. Direkten Blickkontakt solltest du auch vermeiden.«

»AAAAAAAAAARR! HOMEBOY! AAAAAAAAAAAARR!«

»Haustiere sind wichtig«, sagte McGlade. »Sie bereichern unser Leben.«

»AAAAAAAAAAAAAAAAAAAAAARR!«

»Meins hat er schon jetzt bereichert«, sagte Herb.

»Wenn du willst, kannst du ihm Erdnüsse füttern. Aber steck deine Finger nicht in den Käfig.«

McGlade fischte eine Nuss aus einer Plastiktüte auf dem Tisch und hielt sie an die Gitter. Homeboy beugte sich nach ihr vor, fiel kopfüber von der Stange und landete mit einem lauten *WUMM* auf dem Käfigboden.

»Hast du die Quittung aufbewahrt?«, fragte Herb.

»Ich hab's versucht, aber sie wollen ihn nicht zurücknehmen. Er hat dem Typen, der ihn gepflegt hat, ein Stück vom Ohr abgebissen.«

»METH! METH! METH! AAAAAAAAAAAAAAAARR!«

»Wie alt werden Papageien?«, wollte Herb wissen.

»Fünfzig bis sechzig Jahre.«

»Und wie alt ist Homeboy?«

»Drei.«

»HOMEBOY! AAAAAAAAAAAAAAAARR! HOMEBOY!«

»Das freut mich sehr«, sagte Herb.

Homeboy rappelte sich auf und kletterte mithilfe seines Schnabels und seiner Krallen an der Innenseite des Käfigs hoch. Er nahm McGlades Erdnuss an sich, hielt sie mit einem Fuß fest und knabberte daran.

»Das sieht irgendwie süß aus«, gab Herb zu.

Homeboy hob seinen Schwanz und ungefähr ein halber Liter Scheiße spritzte aus seinem Arsch. Sie platschte auf das Zeitungspapier, mit dem der Käfig ausgelegt war. Herb bekam ein paar Spritzer ab.

»Du solltest das abwaschen«, sagte McGlade. »Papageien strotzen nur so vor Bakterien.«

Herb ging ins Bad und entfernte die Vogelscheiße mit flüssiger Seife von seinem Hemd. Dann wusch und desinfizierte er sorgfältig die Hände.

»Hast du das Bidet ausprobiert?«, sagte McGlade, als Herb aus dem Bad kam.

»Welches Bidet?«

»Ich habe eine von diesen japanischen Toiletten mit sämtlichen Funktionen. Sie spritzt einem Wasser in den Arsch. Es ist praktisch eine religiöse Erfahrung.«

»Welcher Kirche gehörst du an?«

»Ich meine es ernst. Du fühlst dich so sauber wie nie zuvor im Leben.«

»Ich probiere es mal aus«, sagte Herb und nahm sich vor, es nie zu tun.

»Das solltest du tun. Du weißt ja, wie es ist, wenn man ein Glas Erdnussbutter fast leer gekratzt hat und an den letzten Rest nur mit dem Finger rankommt? Das Bidet ist sogar noch besser als ein Finger. Es schießt dir einen Wasserstrahl in den Arsch und verpasst dir eine Totalreinigung. Mein Dickdarm ist so sauber, dass man daraus essen kann.«

»AAAAAAAAAAAAAAAAAAAAAAAAARR!«

»Ich rufe jetzt bei der Abteilung für Bandenkriminalität an«, sagte Herb. »Vielleicht können die mir sagen, ob etwas im Gang ist.«

»Okay. Wenn du damit fertig bist, zeig ich dir den Rest vom Krimibago. Aber ich möchte dich auf den Defibrillator an der hinteren Wand hinweisen. Ich hab ihn extra für dich angeschafft.«

Harry hielt Homeboy eine weitere Erdnuss hin, worauf der danach griff und prompt wieder auf den Kopf fiel. Herb holte sein Handy hervor und begab sich in den hinteren Bereich des Wohnmobils. Er verbrachte fünf Minuten in der Warteschleife, bevor man ihn zu Detective Alanzo in der Abteilung für Bandenkriminalität durchstellte. Alanzo war Polizist in der dritten Generation, einer von der Sorte, der sich den Arsch aufriss, damit sein Vater und Großvater stolz auf ihn sein konnten.

»Die Folk Nation ist ganz schön in Bewegung«, teilte er Herb mit. »Beobachter haben gesehen, wie zwei Busse die Stadt verließen.«

»Wie viele?«

»Fast hundert. Auf der Straße munkelt man, dass es Krieg gibt, aber niemand weiß, gegen wen. Die People Nation hält eine Zusammenkunft ab, aber ihre Abgesandten sagen, es sei eine auswärtige Veranstaltung.«

Herb hatte das Gefühl, als drehe sich ihm der Magen um. Hundert? Konnte das stimmen?

»Wenn Sie herausfinden, gegen wen sich die Aktion richtet, rufen Sie mich an.«

»Mach ich, Boss.«

»Danke, Detective.« Herb versuchte erneut, Jack zu erreichen, aber es sprang nur die Mailbox an. Dann wandte er sich Harry zu, der gerade mit bloßen Händen Vogelscheiße von seiner Hose wischte. »Ist dein Versteck wirklich sicher?«

»Es ist völlig inkognito und steht nicht einmal mit meinem Namen in Verbindung. Ausgeschlossen, dass jemand es finden könnte.«

»Gut.«

»Es sei denn, sie sind Jack dorthin gefolgt«, fügte Harry hinzu.

Nicht gut. Gar nicht gut.

»Aber ist das Haus sicher?«

»Es ist ein geheimer Unterschlupf, Dickerchen. Ich habe dabei an nichts gespart. Man kann dort eine Belagerung durch fünfzig Mann überstehen.«

»Und was ist mit hundert Mann?«

McGlade blinzelte. »Ist das dein Ernst?«

Herb nickte, worauf Harry nachdenklich dreinblickte. Das passte gar nicht zu ihm.

»Vielleicht«, sagte Harry schließlich. »Kommt drauf an, über wie viel Feuerkraft die Angreifer verfügen. Ich meine, nichts ist wirklich zu hundert Prozent unüberwindlich. Frag die Überlebenden der Schlacht von Alamo.«

Gutes Argument. »Na dann, worauf warten wir noch? Machen wir uns auf den Weg.«

»Das werden wir. Aber erst müssen wir ein paar Zwischenstopps einlegen.«

»Was für Zwischenstopps?«

Harry zwinkerte ihm zu. »Glaubst du etwa, dass ich nur mit dir an meiner Seite in die Schlacht ziehe, Dickerchen? Wir nehmen Verstärkung mit. Aber erst müssen wir zu meinem Lagerraum.«

»Wozu?«, fragte Herb.

»Krawalleindämmung.« McGlade grinste so breit, dass es aussah, als würde sein Gesicht zerreißen. »Ich habe eine Idee, wie wir das Kräfteverhältnis ausgleichen.«

Phin

Ein paar Hundert Meter vor der Abzweigung zu Harrys Hütte hielt Phin auf der Kuppe eines Hügels am Straßenrand an. Nachdem er die Panik, die im Walmart von ihm Besitz ergriffen hatte, unter Kontrolle gebracht hatte, konnte er wieder klar denken und zwang sich dazu, einen Plan auszuarbeiten. Dazu gehörten ein Fernglas, das er aus der Sportartikelabteilung entwendet hatte, so viel Munition für die Scorpion-Maschinenpistole, wie er hatte aufsammeln können, verschiedene Hüte und Kopftücher, extra Kevlarwesten sowie ein Pick-up der Marke Dodge, den er einem toten Bandenmitglied verdankte.

Phin hob das Fernglas an die Augen und spähte auf die Fahrzeuge, die weiter unten auf der linken Straßenseite parkten – ein aufgemotzter Toyota Supra und ein alter Ford Mustang. Daneben standen vier Männer mit Gangfarben und Maschinenpistolen.

Späher. Sie warteten vor der Schotterstraße, die zu Harrys Hütte führte, auf die Rückkehr der Mannschaft vom Walmart. Der Himmel über ihnen war so bewölkt, dass es fast wie Rauch aussah.

Phin holte das Handy des toten Bandenmitglieds hervor und schrieb eine SMS mit den Worten ER IST TOT. Er fragte sich, wie sie darauf reagieren würden. Vielleicht würden sie ihren Posten verlassen.

Die SMS ließ sich nicht abschicken. Entweder verfügte die Gang über Störsender, oder sie hatten den nächstgelegenen Funkmasten lahmgelegt. Vielleicht auch beides. Im Walmart hatte Phin mehrere Festnetzanschlüsse probiert, war aber nicht zur Polizei durchgekommen. Bei der Notrufnummer 911 hatte er drei Minuten in der Warteschleife verbracht, bis er schließlich aufgegeben hatte.

Phin fragte sich, wie umfangreich diese Gang-Aktion eigentlich war.

Er blickte erneut auf die vier Männer. Das Kräfteverhältnis gefiel ihm nicht. Zwei könnte er vielleicht aus der Entfernung treffen. Oder einen erschießen und den anderen überfahren. Bei dreien hätte er vielleicht eine Chance, sich anzuschleichen und sie auszuschalten. Oder vielleicht könnte er den Pick-up in Brand stecken, den Hügel hinunterrollen lassen und die Typen erschießen, wenn sie nachschauten, was los war.

Aber bei vier Kerlen würde es einer schaffen, einen Schuss abzufeuern. Phin war heute bereits unter Schnellfeuerbeschuss geraten, und der Schreck saß ihm noch immer in den Knochen. Er hatte keine Lust, ein zweites Mal diese Erfahrung zu machen.

Phin versuchte, an den Typen vorbeizuschauen, aber die Bäume waren zu dicht. Vielleicht hätte er eine Chance, durch den Wald einen Bogen um sie zu machen, ohne sich darin zu verirren, aber das würde einige Zeit in Anspruch nehmen – Zeit, die Jack womöglich nicht hatte. Er musste dringend zu seiner Frau.

Die Frage war nur, wie er das schaffen konnte, ohne dabei ums Leben zu kommen.

Phineas Troutt hatte nie in den Streitkräften gedient und kannte daher keine Taktik, die in der gegebenen Situation anwendbar gewesen wäre. Außerdem konnte er nicht besonders gut schießen – Jack war der Meisterschütze in der Familie, und mit ihrem schwarzen Gürtel in Taekwondo auch eine erfahrene Kampfsportlerin. Phin konnte sich prügeln, wenn er musste, und war vor allem gut darin, harte Schläge wegzustecken. Das war zwar hin und wieder nützlich, aber man konnte damit keine Kämpfe gewinnen.

Dafür war er einigermaßen gewieft, was das Leben auf der Straße anging, und diese Eigenschaft half ihm zu erkennen, was er in dieser Situation tun musste.

Phin besaß vier extra schusssichere Westen, die von den Männern stammten, die er im Walmart getötet hatte. Eine davon klemmte er zwischen die Tür und seine linke Seite, eine andere hängte er an seine Kopfstütze, sodass sie den Sitz hinter ihm abdeckte. Er öffnete das Fenster, positionierte die dritte Weste darüber und ließ genügend Platz frei, um den Lauf seiner Scorpion-Maschinenpistole hindurchzustecken. Die vierte Weste legte er auf das Armaturenbrett, sodass sie einen Großteil der Windschutzscheibe bedeckte. Die Straße konnte er durch das Armloch sehen. Auf dem Beifahrersitz befanden sich eine weitere geladene Scorpion, fünf volle Magazine und die SIG. Dann fuhr er wieder auf die Straße und wurde immer schneller, als der Wagen die Steigung hinunterrollte.

Phin verstand nichts von militärischer Strategie und hatte nicht den Klassiker *Die Kunst des Krieges* von Sun Tzu gelesen. Aber er bezweifelte, dass der Autor jemals darüber geschrieben hatte, wie man am besten Menschen aus einem vorbeifahrenden Auto erschoss.

Die Bandenmitglieder bemerkten Phins Fahrzeug, sobald es in Sicht kam, aber sie hoben nicht ihre Waffen. Bestimmt erkannten sie den Wagen und dachten, dass einer der ihren zurückkehrte.

Als ihnen die Kevlarwesten an den Stellen auffielen, wo sie sich normalerweise nicht befanden, hatte Phin bereits das

Feuer eröffnet. Er traf den ersten Typen in die Beine, tippte das Bremspedal an und schoss dem Nächsten in den Kopf, als der sich duckte. Die anderen beiden gingen hinter dem Mustang in Deckung und erwiderten das Feuer, als Phin vorbeifuhr. Die Heckscheibe zersplitterte, und Phin spürte, wie Kugeln in die Weste einschlugen, die über seiner Sitzlehne hing.

Phin wendete nicht, sondern hielt an, legte den Rückwärtsgang ein und gab Vollgas. Er tauschte die leere Scorpion gegen eine geladene, riss das Lenkrad nach links, trat auf die Bremse und hielt neben dem Mustang, hinter dem die beiden anderen kauerten.

Sie eröffneten das Feuer, und die schusssichere Weste, die Phin in das Fenster geklemmt hatte, flog nach innen. Phin duckte sich und vergrub den Kopf unter der Weste. Als die Kugeln in das Kevlar einschlugen, kam es ihm vor, als verstecke er sich unter einer Decke, während jemand auf ihn einprügelte.

Plötzlich hörten die Schüsse auf. Das war das Problem mit Maschinenpistolen: Man schoss sie schnell leer.

Als die Bandenmitglieder nachluden, stieß Phin die Weste zur Seite, zielte sorgfältig und traf einen der Typen aus einer Entfernung von ein paar Schritten in den Hals. Den Rest des Magazins feuerte er in den Unterleib des anderen Mannes. Anschließend packte er die SIG, kroch durch die Beifahrertür aus dem Fahrzeug und kauerte sich hinter den Vorderreifen.

Er zählte bis zehn und wartete darauf, dass jemand etwas unternahm.

Dann zählte er noch mal bis zehn.

Phin spähte unter dem Pick-up hervor. Die beiden Männer, auf die er gerade geschossen hatte, lagen reglos auf dem Boden. Er schlich in gebückter Haltung zum vorderen Ende des Fahrzeugs und erblickte den dritten Toten – den mit dem Kopfschuss.

Der vierte war verschwunden.

Phin rannte in geduckter Haltung zu dem Toyota und sah die Blutspur auf dem Asphalt. Mit der SIG im Anschlag schlug er einen weiten Bogen und erblickte schließlich das vierte Bandenmitglied. Der Mann kroch auf den Ellenbogen auf den Waldrand zu und schleifte die blutenden Beine hinter sich her.

Phin blickte sich schnell in alle Richtungen um. Als er keine weiteren Bedrohungen wahrnahm, ging er langsam zu dem Mann und trat ihm auf den Fußknöchel. Der Typ schrie und schnellte herum. Phin stieß ihm den Lauf der SIG in den Nacken.

»Sei still«, sagte Phin. »Ich bin momentan äußerst nervös.«

Phin tastete den Mann ab. Eigentlich war er noch ein Junge, bestimmt nicht älter als achtzehn. Phin fand ein Schnappmesser, eine Brieftasche und einen improvisierten Marihuanabehälter.

»Wie viele sind beim Haus?«, fragte Phin.

»Von mir erfährst du nichts. Erschieß mich doch, du Arschloch.«

Phin stand auf und steckte die SIG in die Weste. »Das hab ich schon. Ich hab deine Oberschenkelschlagader getroffen.«

Der Junge wirkte, als hätte er die Botschaft nicht verstanden.

»Du verblutest«, sagte Phin.

»Ich … sterbe?«

»Ja.«

»Echt?«

»Echt.«

»Was ist mit 'nem Druckverband oder so was?«

»Zu hoch.« Phin beugte sich über den Jungen, nahm dessen Hand und presste sie fest auf die Wunde im Schritt. »Drück dadrauf. Das gibt dir vielleicht ein paar Minuten extra.«

Die Erkenntnis im Gesicht des jungen Mannes bot einen schrecklichen Anblick. Binnen weniger Sekunden hatte er sich von einem hartgesottenen Verbrecher in einen ängstlichen kleinen Jungen verwandelt.

»Ich will nicht sterben, Mann.«

»Du hättest in deinem Leben bessere Entscheidungen treffen sollen.«

»Ich habe ein Baby.«

»Wie viele Männer sind bei dem Haus?«

Der Junge fing an zu weinen. Phin spielte mit dem Marihuanabehälter herum. Es war ein ausgehöhltes Stück Holz, das wie ein Feuerzeug aussah und zwei Löcher enthielt – eins für eine kleine Pfeife aus Metall in der Form einer Zigarette, eins für das Gras. Phin stopfte ein Klümpchen in die Pfeife, hielt sie hoch und stieß den Jungen mit dem Fuß an.

»Ist das Zeug gut?«

Der Junge nickte.

Phin ging in die Hocke, hielt die Pfeife an die Lippen des Jungen und zündete sie mit seinem Zippo-Feuerzeug an. Der Junge sog daran und inhalierte tief.

»Ich habe auch ein kleines Kind«, sagte Phin. »Wie viele Männer?«

Der Junge blinzelte. Das Gras musste wirklich gut sein, denn er lächelte.

»Hundertzwanzig.«

»Hundertzwanzig?«

Der Junge nickte.

Phin hatte zwölf beseitigt. Also blieben noch hundertacht übrig.

Gegen eine solche Übermacht hatte er keine Chance.

»Hau ab, Mann. Bring dich in Sicherheit. T-Nail will bloß die Bullentussi.«

»Sie ist meine Frau und die Mutter von meinem Kind.«

»Sie ist so gut wie tot, Mann. Die lassen sie auf gar keinen Fall laufen. Gib mir noch ‘nen Zug.«

Phin ließ erneut das Feuerzeug aufflammen. Der Junge inhalierte tief und blies den süßen Rauch langsam aus.

»Meine Mutter hat gesagt, dass das Gangsterleben mich noch umbringt«, sagte er.

»Wem gehört der Toyota?«

»Dave.«

»Wer von denen ist Dave?«

»Der Weiße mit dem Bart.«

Phin wandte sich ab, um nach Dave zu suchen. Der Junge rief ihm hinterher: »Hey Alter. Noch einen Zug?«

Phin warf ihm das Feuerzeug zu, ging zu Dave und durchsuchte die Leiche, bis er die Autoschlüssel fand. Dann ging er zu dem Toyota zurück.

Der Junge war tot und lag mit weit aufgerissenen Augen da. Eine Rauchfahne stieg von seinen geöffneten Lippen empor.

Phin nahm sein Feuerzeug wieder an sich, stieg in den Toyota und fragte sich, wie zum Teufel er es anstellen sollte, seine Frau zu retten.

Jack

Ich war wieder im Kontrollraum, starrte auf die Monitore der Überwachungskameras und hoffte inständig, dass mein Mann in Sicherheit war. Keine Nachricht war eine gute Nachricht, redete ich mir ein. Wenn T-Nail und seine Leute wussten, dass ich hier war, wussten sie auch über Phin Bescheid. Wenn sie ihn bereits in ihrer Gewalt hätten, würden sie ihn benutzen, um Druck auf mich auszuüben. Dass ich ihn nicht sah, war ein gutes Zeichen.

Das Problem war, dass ich nur zu gut wusste, wie Phin tickte – er war treu wie ein Schäferhund. Wenn er von der Belagerung erfuhr, würde er mir zu Hilfe eilen.

Im besten Fall würde er Verstärkung dabeihaben. Das wäre die vernünftigste Lösung.

Aber Phin war nicht vernünftig.

Ich schob den Gedanken beiseite und konzentrierte mich auf das Bedienfeld. Die Sprinklerköpfe, die heißes Wasser versprühten, waren eine tolle Sache, wirkten aber nur so lange als effektive Abschreckung, wie das Wasser heiß war. Harry hatte seinen geheimen Unterschlupf gut ausgerüstet, aber für heißes Wasser benötigte man einen Boiler, und die brauchten lange, um das Wasser zu erhitzen. T-Nail würde früher oder später daran denken und einen erneuten Angriff starten.

Ich lehnte mich in dem Bürostuhl zurück und sah ein Kindle Fire, das sich an einer Steckdose auflud. Ich schaltete es ein, und das Gerät erwachte augenblicklich zum Leben.

Harry hatte auf dem Tablet eine Menge Pornos gespeichert. Seit wann waren Clown-Pornos in? Aus rein wissenschaftlicher Neugier drückte ich auf eine Videodatei und ließ sie ein paar Sekunden lang abspielen.

So viel Gestöhne. Und so viel Gehupe. Als die Darsteller anfingen, nicht jugendfreie Dinge mit Ballontieren anzustellen, drückte ich auf Stopp. Außer den Pornos hatte Harry auf dem Gerät auch die Eherettungs-App, von der er mir und Phin erzählt hatte, sowie eine große Anzahl Spiele mit Namen wie *Zirkus der herumhüpfenden Ballons* und *Krümel-Ninjas in der Keksfabrik*. Ich klickte auf ein buntes Symbol, das irgendetwas mit einer Lollyfabrik zu tun hatte, und verbrachte dreißig Sekunden damit, virtuelle Luftpolster zum Platzen zu bringen, um mir Silbersterne zu verdienen, mit denen ich Feenstaub kaufen konnte. Schließlich beendete ich die App und war zutiefst verstört bei dem Gedanken daran, womit die Menschen der westlichen Welt sich die Zeit vertrieben. Ich persönlich zog zu jeder Zeit ein gutes Buch vor.

Ich öffnete die Bibliothek.

Nichts als erotische Märchen. Wie krank musste man sein, um aus *Alice im Wunderland* eine Abenteuergeschichte mit pornografischem Inhalt zu machen? Da es hier kein WLAN oder 3G gab, konnte ich keine neuen Bücher herunterladen.

Ich legte das Kindle weg und wandte mich wieder dem Grundriss des Hauses zu. Mein Blick fiel erneut auf das Wort *Schießscharten.*

Wo befanden die sich nur? Mehrere Wände auf dem Grundriss waren mit dem Wort versehen.

Ich fotografierte den Bauplan mit meinem Handy und verließ den Kontrollraum, um nach den Schießscharten zu suchen.

Eine davon befand sich angeblich im Wohnzimmer hinter dem Flachbildfernseher. Ich sah dort aber nur ein schlechtes Ölgemälde, das eine vage Ähnlichkeit mit Michelangelos berühmter David-Skulptur aufwies. Bis auf zwei Ausnahmen: Erstens war es McGlades Gesicht, nicht das von David. Zweitens war der Penis im Verhältnis zum restlichen Körper extrem überproportional. Wenn McGlade wirklich ein so riesiges Geschlechtsorgan besaß, mussten seine Sexpartnerinnen sich Sorgen machen, dass er ihnen während des schmutzigen Akts die Lunge durchbohrte. Ich bezweifelte jedoch stark, dass dies der Fall war.

Obwohl ich keine Lust hatte, dieses schlechte Kunstwerk anzufassen, entfernte ich das Gemälde und stellte es gegenüber vom Sofa ab. Auf der Rückseite befand sich eine Kopie des Bildes. Wie im wirklichen Leben weigerte sich Harry auch hier, ignoriert zu werden.

Ich wandte meine Aufmerksamkeit der Wand zu und fand …

Eine Wand.

Eine ganz gewöhnliche Holzvertäfelung. Ich klopfte mit den Knöcheln dagegen und suchte nach Hohlräumen, aber es klang überall solide.

Seltsam.

Ich sah mir die Holzvertäfelung genauer an. Diesmal drückte ich gegen die Nahtstellen zwischen den Paneelen und wurde fündig, als ein Brett an einem verborgenen Schanier nach außen schwang.

Und schon hatte ich die Schießscharte gefunden.

Ich sah auf dem Foto auf meinem Handy nach. Im Haus gab es acht solche Stellen.

»Schön.«

Ich kehrte in den Kontrollraum zurück, um nachzusehen, ob es weitere Verteidigungsmaßnahmen gab, die ich vielleicht übersehen hatte. Plötzlich nahm ich Bewegung auf den Monitoren wahr.

Rauch. Und Feuer.

Und mindestens dreißig Männer, die mit brennenden Molotow-Cocktails angerannt kamen. Bevor ich reagieren konnte, schleuderten sie die Wurfgeschosse auf das Haus.

Das Dach, die Außenwände, das Garagentor – sie brannten schon bald lichterloh. Auf fast jedem Monitor loderten orange Flammen.

Ich schaltete die Sprinkleranlage ein. Die Angreifer zogen sich schreiend und fluchend zurück und brachten sich vor dem kochend heißen Wasser in Sicherheit. Mir ging es jedoch weniger darum, sie zu vertreiben, als vielmehr darum, nicht bei lebendigem Leib zu verbrennen.

Zum Glück hatte McGlade Vorkehrungen für einen solchen Angriff getroffen. Einige der Sprinklerköpfe waren auf das Haus gerichtet und löschten bereits einen Teil der Flammen.

Einige der Sprinklerköpfe, aber nicht alle. Und der Löschvorgang nahm viel Zeit in Anspruch. Ich vermutete, dass das Haus aus feuergeschütztem Material bestand, aber an manchen Stellen brannte es weiter.

Und je länger es brannte, desto länger musste ich die Sprinkleranlage anlassen.

Und umso mehr heißes Wasser verbrauchte ich.

Ich sah mir erneut die Baupläne an und suchte nach Informationen über den Boiler und dessen Größe. Harry hatte bei diesem geheimen Unterschlupf keine Kosten gescheut. Aber irgendwann würde das heiße Wasser ausgehen.

Ich beobachtete die Monitore und hielt den Atem an.

Del Ray

»Das Feuer geht aus.«

Del Ray sah einen seiner Männer an. Älterer Typ, Latino, mit dreieckigem Unterlippenbärtchen, der so dick war wie ein Teppich. Er wusste nicht, wie der Mann hieß. Bei dieser Aktion machten eine Menge Leute mit, viele davon aus verbündeten Gangs. Del warf einen Blick auf das Abzeichen auf der Weste. Der Typ gehörte zu den Hermanos Locos aus Milwaukee. Cool. Das bedeutete, dass die Nachricht von der Aktion die Runde machte und zusätzliche Verstärkung anrückte.

»Und die Bullentussi verschwendet beim Löschen ihr heißes Wasser.«

Das Gesicht des Mannes zog nachdenkliche Falten. Dann grinste er und entblößte einen Goldzahn. »Gut erkannt, Alter.«

Er ging weg, und Del Ray wandte sich wieder dem Haus zu. Er hatte mit Schwierigkeiten gerechnet, aber nicht in dieser Größenordnung. Mit über hundert Mann könnte er locker ein zehnstöckiges Mietshaus einnehmen. Aber eine alte Polizistin in den Wäldern Wisconsins bot ihm und seinen Leuten die Stirn.

Er vernahm das Surren eines Elektromotors, wandte sich aber nicht zu T-Nail um, als dieser heranfuhr. Obwohl Del einen Becher »Sizzurp« – eine Mischung aus Hustensaft,

Codein und Dextromethorphan – getrunken und einen Joint zur Hälfte geraucht hatte, pochte seine Hand immer noch von der Verletzung durch die Nagelpistole. T-Nail hatte zwar keinen Knochen getroffen, aber die Wunde schmerzte trotzdem so stark, dass Del Ray die Hand nicht zur Faust ballen konnte. Er hasste seinen Kriegshäuptling nicht wegen dieser körperlichen Züchtigung. Wer in der Gang einen höheren Rang bekleidete, durfte nicht zimperlich sein, wenn es darum ging, Rivalen in ihre Schranken zu weisen. Aber Del war enttäuscht von der Art und Weise, wie der Mann sich benahm. Schon als frischgebackenes Bandenmitglied hatte er Geschichten über den großen T-Nail gehört – epische Erzählungen voller Gewalt und hartem Drama. Bis jetzt war T-Nail jedoch seinem Ruf nicht gerecht geworden.

Er war eine herbe Enttäuschung.

»Hast du eine Lösung gefunden, wie wir da reinkommen?«, fragte T-Nail. Ein drohender Unterton schwang in seiner Stimme mit.

»Ich arbeite daran.«

»Du musst mehr tun, als nur daran arbeiten.«

»Die Schlampe ist clever. Das weißt du selbst.« Del Ray erinnerte T-Nail nicht daran, dass die Polizistin ihn damals ausgetrickst hatte und dass er deswegen für zwanzig Jahre hinter Gittern gekommen war. Ihm das unter die Nase zu reiben, wäre respektlos gewesen. »Aber meine Verstärkung ist unterwegs. Wir räuchern sie aus oder machen ihre Hütte platt.«

»Ich will sie lebend. Hast du 'nen Kokser in deinem Team?«

»Einen oder zwei.«

»Wie wär's, wenn wir einen oder zwei in ein Auto setzen und mit Vollgas gegen die Tür fahren lassen? Schauen wir mal, ob sie das aushält.«

Del Ray nickte. »Ich kümmere mich darum.«

Bei so einer Aktion würden sie nur ein Auto verschwenden. Aber es würde ihnen Zeit verschaffen, bis das richtig schwere Geschütz eintraf.

»Du denkst wohl, dass es hier nur darum geht, das Haus zu stürmen, stimmt's?«

Del Ray sah seinen Kriegshäuptling an. »Was meinst du damit?«

»Es geht hier nicht um Rache«, sagte T-Nail. »Wir verschwenden nicht unser ganzes Kapital wegen einer offenen Rechnung.«

Warum zum Teufel sind wir dann alle hier?, dachte Del.

T-Nail starrte auf einen Punkt in der Ferne. »Das hier ist eine bewusste Machtdemonstration. Es geht einzig und allein um Macht. Wenn dich eine kleine Bullenschlampe in den Knast bringt, hat sie Macht über dich. Wenn du sie unter die Erde bringst, hast du Macht über sie. In einer Gang läuft nichts ohne Macht. Kennst du deine Wurzeln, Mann? Weißt du, wo du herkommst?«

»Chi-Raq, geboren und aufgezogen, Alter.« Dass er im Getto von Chicago aufgewachsen war, entsprach nicht der Wahrheit, aber Del hatte noch nie jemandem seine wirkliche Geschichte erzählt.

»Ich bin Kakwa. Mein Vater kam aus einem kleinen Dorf in Ostafrika. Er hat unter Idi Amin gekämpft. Du weißt, wer das war?«

Del Ray nickte. Idi Amin war ein Soldat in Uganda während der Siebzigerjahre. Er stürzte die Regierung und regierte das Land als Diktator. Gerüchten zufolge verspeiste er seine Feinde.

»Amin wusste, was Macht bedeutet«, sagte T-Nail. »Er wusste, wie man sie ausübt. Er kannte keine Gnade. Wer es wagte, sich ihm in den Weg zu stellen, wurde getötet. Amin hat über dreihunderttausend seiner Feinde gefoltert und getötet. So macht es ein großer Mann und echter Führer. Sein offizieller Titel lautete *Seine Exzellenz, Präsident auf Lebenszeit, Feldmarschall Al Hadschi Doktor Idi Amin Dada, VC, DSO, MC, Herr aller Tiere der Erde und aller Fische der Meere und Bezwinger des Britischen Empires in Afrika im Allgemeinen und Uganda im Speziellen.*«

Das klang wirklich krass. So wie T-Nail redete, bestand kein Zweifel, dass er den Mann verehrte. »Und dein Vater hat an seiner Seite gekämpft?«

»Mein Vater war im Staatlichen Forschungsamt. Er und Amin waren gute Freunde. Mein Vater hat auf Befehl Seiner Exzellenz über tausend Gefangene in Nakasero kastriert. Aber 1977, als ich geboren wurde, fiel er bei Amin in Ungnade. Er hat in einer Bar Witze über Amins Gewicht gemacht. Der Präsident auf Lebenszeit hat dann meinen Vater gezwungen, sich selbst zu kastrieren. Anschließend ließ er ihn an eine Betonwand nageln und bei lebendigem Leib häuten. Ich weiß das, weil meine Mutter dabei zusehen musste.«

T-Nail drehte sich um und sah Del Ray an. »Meine Mutter kam mit mir nach Chicago, als ich noch ein Baby war. Ich musste mir von ihr ständig anhören, wie schlimm Amin war. Sie hat die Reinheit und Logik seines Regimes nicht verstanden. Echte Macht kennt keine Kompromisse. Ein richtiger Führer beseitigt alle, die ihm im Weg stehen.«

Das mit T-Nails Vater hatte Del nicht gewusst. Aber es war allgemein bekannt, dass T-Nail seine Mutter umgebracht hatte, als er zwölf Jahre alt war. Er warf sie vom Balkon ihrer Mietwohnung im vierten Stock in den Robert Taylor Homes. Das war, bevor man dort Sicherheitszäune anbrachte.

Anscheinend hatte sie ihm im Weg gestanden.

T-Nail schob den Joystick an seinem Rollstuhl nach vorne und rollte davon. »Jacqueline Daniels stirbt heute«, rief er Del zu. »Ich toleriere keine Fehler.«

Und ich toleriere keine Drohungen, dachte Del. Langsam hatte er von T-Nail die Schnauze voll. Dem »Original Gangsta« ging es nur um Macht und Kontrolle, er vergaß dabei jedoch, dass dies in beide Richtungen gelten musste. Der Mann war entweder zu dämlich oder zu arrogant, um zu kapieren, dass *er* ebenfalls im Weg stand.

Del Ray schob den Gedanken für den Augenblick beiseite und sah auf seine Weste herab. An dem Kleidungsstück hingen über zwanzig Skalps. Weit entfernt von den Tausend, die T-Nails Vater kastriert hatte.

Er lächelte. Man stelle sich nur vor, was das für eine krasse Weste abgeben würde.

Del Ray hatte noch nie zugesehen, wie jemand kastriert wurde.

Er fragte sich, wie das wohl war.

Herb

»HOMEBOY!«, kreischte Homeboy.

Herb starrte den Vogel an. Zu seiner Verlegenheit knurrte ihm der Magen. Es spielte keine Rolle, dass der Papagei das widerlichste Tier war, das Herb je gesehen hatte. Mit seinem gerupften Körper sah er wie ein Brathähnchen aus. Und beim Anblick von Brathähnchen bekam Herb Hunger.

»Hast du ihm eine Nuss gegeben?«, schrie McGlade vom Fahrersitz des Krimibagos.

Herb blickte auf seine Fingerknöchel. Sie bluteten immer noch. »Ja. Tolles Haustier, McGlade.«

»Ich weiß, er ist ein bisschen ungehobelt, aber ich glaube, wir verstehen uns. Schau dir das mal an.«

McGlade schaltete die Stereoanlage ein. Was da aus den Lautsprechern drang, war etwas lauter als der Lärm einer Boeing 737 beim Start. Herb hielt sich krampfhaft beide Ohren zu, als Gangsta Rap das gesamte Fahrzeug zittern ließ. Der Bass dröhnte so laut, dass Herbs Schnurrbart vibrierte.

Homeboy riss den Schnabel auf – Herb vermutete, dass er schrie, konnte es aber wegen der Hip-Hop-Musik nicht hören –, fiel von der Stange und zuckte auf dem Boden des mit Zeitungspapier ausgelegten Käfigs.

»Tanzt er?«, fragte McGlade. Er hielt sich ein CB-Mikrofon vor den Mund, das er offenbar an die Lautsprecher angeschlossen hatte.

»Ich glaube, er hat einen epileptischen Anfall«, sagte Herb.

»Er mag Rap«, sagte Harry. »Und er tanzt gerne, jetzt macht er gerade einen Chestpop. Schau dir nur diesen irren Rhythmus an.«

Was Harry für Tanzbewegungen hielt, wirkte auf Herb eher wie Schüttelkrämpfe. Homeboy zuckte und zitterte am ganzen Körper, flatterte wie wild mit den nackten Flügeln und verdrehte die Augen.

Sobald McGlade die Musik ausschaltete, hörte Homeboy augenblicklich mit seinem Veitstanz auf und kletterte an den Gitterstäben zu seiner Stange empor.

»Alles in Ordnung mit dir?«, fragte Herb den Vogel.

»METH! METH!«

»Das könnten wir jetzt beide vertragen«, seufzte Herb.

Herb schaute durch eine der getönten Fensterscheiben nach draußen und suchte nach Straßenschildern oder anderen Orientierungshilfen, die einen Hinweis darauf gaben, wo sie sich gerade befanden. Sie waren schon eine halbe Stunde unterwegs, und Herb vermutete, dass sie irgendwo in der Nähe des Flughafens O'Hare sein mussten. Er versuchte erneut, Jack auf ihrem Handy zu erreichen. Als niemand antwortete, wählte der die Nummer der Polizei von Spoonward. Es klingelte und klingelte, aber niemand ging dran. Also suchte er auf seinem Smartphone die Telefonnummer des Stützpunkts der Wisconsin State Patrol in Sawyer County und rief Lieutenant Josh Bickford an.

»Bickford.« Der Mann hatte eine leise, krächzende Stimme, als würde er regelmäßig mit Kaffeesatz gurgeln.

»Sergeant Herb Benedict vom Chicago Police Department. Ich versuche vergeblich, eine Polizistin in einem Haus in der Nähe von Spoonward zu erreichen. Wahrscheinlich haben ein paar schwere Jungs die Finger mit im Spiel. Und in der örtlichen Polizeistation geht niemand ans Telefon.«

»Verdammt, Benedict, dort oben erreicht man im Augenblick niemanden. Das Feuer.«

»Feuer?«

»Sie wissen es nicht? Wir haben es mit dem größten Waldbrand zu tun, den Burnett County je erlebt hat. Alle meine Leute sind dort. Polizeichef Schuyler hat wahrscheinlich alle Hände voll damit zu tun, die Bevölkerung zu evakuieren. Ich wette, er hat bei seinem Diensttelefon die Rufumleitung auf sein Handy aktiviert. Aber das Feuer hat einige Funkmasten ausgeschaltet.«

»Ist der Waldbrand in der Nähe vom Lake Niboowin?«

»Mein Bezirk umfasst fünfunddreißigtausend Quadratkilometer, und die Hälfte davon brennt gerade nieder. Wenn Ihre Polizistin auch nur einen Funken Verstand hat, ist sie schon längst weg. Ich muss Schluss machen.«

»Lieutenant ...«

Herb sprach mit dem Freizeichen.

Der Krimibago kam abrupt zum Stehen, und Homeboy schrie: »AAAAAARR!«

»Wo sind wir, McGlade?«

McGlade stieg aus dem Cockpit und ging an Herb vorbei. »Bei einem von meinen Lagerräumen. Steig aus und hilf mir. Ich weiß nicht, wie fit ich bin. Wenn ich so schlecht in Form bin wie du, haben wir ein Problem.«

Herb verengte die Augen zu Schlitzen. »Kannst du nicht mal fünf Minuten kein Arschloch sein?«

»Ich weiß nicht. Kannst du nicht mal fünf Minuten kein Fettarsch sein?« McGlade wandte sich Homeboy zu und sprach mit Babystimme zu ihm: »Hat der Dicke versucht, dich zu fressen? Er hat dich angeschaut, als wärst du ein Huhn, stimmt's?«

Herb dachte darüber nach, Harry zu erschießen. Es war nicht das erste Mal, dass er einen solchen Gedanken hegte. Er hatte sogar schon einen Ort ausgewählt, wo er die Leiche verscharren würde. Aber da McGlade als Einziger Jacks Aufenthaltsort kannte, musste seine Ermordung warten, bis sie Jack gefunden hatten.

Trotzdem war es eine schöne Fantasie.

Herb fand den Türgriff, stieg aus dem Wohnmobil und starrte auf Reihen von Lagerräumen, alle mit hellgrünen Garagentoren. McGlade folgte ihm. Homeboy saß auf seiner rechten Schulter, wie in einem Piratenfilm. Herb konnte sich eine spitze Bemerkung nicht verkneifen.

»Vielleicht sollest du deine Handprothese mit einem Haken ersetzen, Long John Silver.«

»Vielleicht solltest du die Jenny-Craig-Diät machen. Ich werde Jenny Craig warnen, dass du sie auffressen willst.«

McGlade öffnete das Garagentor und schaltete das Licht an. Ein riesiges, mit Planen verhülltes Fahrzeug nahm den Großteil des Lagerraums in Beschlag.

»Was zum Teufel ist das? Ein Tankfahrzeug?«

»Lass dich überraschen …«

McGlade zog an einer der Planen, und zum Vorschein kam …

Ein Tankfahrzeug.

Herb pfiff. »Krawalleindämmung, hm?«

»Fürs Militär reicht's, also müsste es auch für unsere Zwecke taugen. Wir müssen das Ding an der Anhängerkupplung befestigen.«

»Ist er voll?«

»Ja. Zehn Tonnen schwer.« McGlade zerrte die restlichen Planen herunter und runzelte die Stirn. »Scheiße. Die Reifen brauchen Luft.«

»Woher hast du das Ding überhaupt?«

»Hab ihn gebraucht gekauft. Neben anderen Dingen sammle ich auch verrückte Fahrzeuge. Wusstest du, dass ich ein Original-Amphibienfahrzeug aus dem Zweiten Weltkrieg besitze?« McGlade trat gegen einen Reifen. »Ich habe einen Druckluftkompressor im Krimibago Deux. Bin gleich wieder da. Rühr meine Dildosammlung nicht an.«

Harry deutete auf mehrere große Pappkartons, die sich in der Ecke der Garage stapelten. Auf jedem stand mit schwarzem Filzstift DILDOSAMMLUNG.

»Ich versuche mich zurückzuhalten«, sagte Herb.

Er gab die Suchbegriffe *Wisconsin* und *Feuer* in sein Smartphone ein und erzielte über fünfhundert Treffer, alle innerhalb der letzten halben Stunde. Der Gouverneur hatte den Notstand ausgerufen. Bis jetzt wurden keine Toten gemeldet, aber die Brände waren außer Kontrolle geraten, und ein Ende war nicht in Sicht. Die Ursache war unbekannt. Herb fand eine Meldung zum neuesten Stand der brennenden Gebiete und stellte erleichtert fest, dass Lake Niboowin außerhalb der Gefahrenzone lag.

Doch die Erleichterung hielt nicht lange an.

Die meisten Polizisten sind zynisch und misstrauisch, und Herb Benedict war keine Ausnahme. Vielleicht waren die Waldbrände Zufall. Oder jemand hatte sie absichtlich gelegt, als Ablenkungsmanöver. Eine über hundert Mann starke Gang, die in eine abgelegene Kleinstadt einfiel, würde auffallen. Es sei denn, etwas Größeres geschah in der Nähe.

Herb rief sich Terrence Wycleaf Johnsons Gerichtsverfahren in Erinnerung. Jack durfte damals als verdeckte Ermittlerin anonym aussagen, aber er hatte sie noch nie so verängstigt gesehen. Der Vorfall in den Robert Taylor Homes hatte sie ziemlich mitgenommen, und es dauerte ein paar Monate, bis Herbs Partnerin ihr Selbstbewusstsein wieder zurückgewann. Nach dieser Episode beendete sie praktisch jegliche Undercover-Tätigkeit, und die Schlaflosigkeit, die sie schon immer geplagt hatte, wurde noch schlimmer. Einmal hatte sie Herb sogar im Vertrauen mitgeteilt, sie wolle den Job an den Nagel hängen, und er hatte es ihr in einer durchzechten Kneipennacht ausgeredet.

Herb konnte ihre Angst nachvollziehen. Polizisten nahmen Übeltäter fest, und solche Leute waren in der Regel nachtragend. Aber Herb hatte Jack versichert, ihre Anonymität würde sie schützen.

Und jetzt stellte es sich zwanzig Jahre später heraus, dass Herb sich höchstwahrscheinlich geirrt hatte.

Diese Erkenntnis versetzte Herb in Angst und Schrecken. Er berührte geistesabwesend die Narbe unter seinen Augen – ein Andenken an einen alten Fall, der ihn nicht losließ –, und es dämmerte ihm, dass sie selbst mit Harrys Geheimwaffe keine Chance gegen eine ganze Bande hatten.

»HOMEBOY! HOMEBOY! METH!«

Harry war wieder da und schob einen kleinen Druckluftkompressor auf einer Sackkarre vor sich her. Homeboy saß obendrauf und spreizte die federlosen Flügel. Vielleicht tat er so, als würde er fliegen.

»Du hast gesagt, du könntest Verstärkung herbeiholen«, sagte Herb. »Wen?«

»Tom Mankowski wollte mich zurückrufen.«

»Sonst noch jemand?«

»Ja.«

»Wer?«

»Wenn ich es dir sage, würde sie dich wahrscheinlich umbringen.«

»Im Ernst, McGlade. Wer kommt noch?«

»Ich meine es ernst«, sagte Harry. »Ich habe ein paar zwielichtige Freunde und habe einer davon Bescheid gesagt. Eine Spezialistin. Je weniger du weißt, desto besser.«

Das gefiel Herb ganz und gar nicht.

»Wir haben also mich, Tom und deine mysteriöse, zwielichtige Freundin.«

»Tom hat noch nicht fest zugesagt. Er hat momentan eine andere Sache am Laufen.«

»Also haben wir mich, dich und deine mysteriöse, zwielichtige Freundin.«

»Und Homeboy.«

»HOMEBOY!«, kreischte der Papagei.

»Gegen hundert«, sagte Herb.

»Wenn du es so siehst, klingt es wie ein Himmelfahrtskommando. Und ehrlich gesagt hat meine mysteriöse zwielichtige Freundin sich auch noch nicht bei mir zurückgemeldet.«

»Also sind wir zwei gegen hundert.«

»Du hast Homeboy vergessen.«

»HOMEBOY!«, kreischte Homeboy.

»Also drei gegen hundert.«

»Aber potenziell sind es fünf. Wir können es schaffen. Kennst du den Western *Die glorreichen Sieben*? Phin und ich haben ihn uns erst kürzlich wieder angeschaut. Die sind gegen eine Übermacht von mehr als hundert angetreten.«

Herb zählte seine Argumente an den Fingern ab. »Die Dorfbewohner haben ihnen geholfen. Und sie waren sieben. Und keiner von ihnen war ein gerupfter Papagei. Und sie waren sieben. Und die meisten von ihnen sind umgekommen. Und sie waren sieben. Und außerdem war es nur ein Film.«

»Danke für die Aufmunterung, du Miesepeter. Übrigens gibt es hier in der Nähe ein Restaurant mit den besten Käsepfannkuchen. Vielleicht trägt das dazu bei, deine Laune zu verbessern, du Fettarsch.«

Herb sagte nichts, aber der Gedanke an einen leckeren Käsepfannkuchen verbesserte seine Laune in der Tat.

Wenigstens ein Pluspunkt. Trotzdem hielt Herb nicht viel von McGlades Plan. Zugegeben, er selbst hatte keinen besseren, aber das unausgewogene Kräfteverhältnis gefiel ihm nicht. T-Nail verfügte über eine kampferprobte und bestens ausgerüstete Truppe, während sie nichts weiter hatten als ein Wohnmobil mit schweren Waffen, ein gebrauchtes Tankfahrzeug, einen kahlen Papagei, zwei Bullen und irgendeine halbseidene Unterwelt-Tussi, die womöglich gar nicht erscheinen würde.

Aber das mit den Käsepfannkuchen klang immerhin verlockend. Herb nahm sich vor, zwei Portionen zu bestellen – eine für sofort und die andere für unterwegs.

Wenn er schon sterben musste, dann wenigstens mit vollem Bauch.

Deckname: Hammett

Früher hatte sie Menschen im Auftrag der Regierung umgebracht.

Heute tat sie es nur noch, wenn sie Lust dazu hatte.

In letzter Zeit hatte sie es ruhig angehen lassen. Sich um ihre Hunde gekümmert. Hin und wieder einen Liebhaber gehabt. Die Beseitigung der Menschheit in Erwägung gezogen. Wochen waren vergangen, seit sie das letzte Mal jemanden getötet hatte. Plötzlich erhielt sie eine Benachrichtigung per E-Mail, dass ihr jemand auf Twitter eine Mitteilung geschickt hatte.

Nur wenige Leute kannten ihr Twitter-Profil, und Hammett las die Nachricht aus purer Langeweile.

ARBEIT, WEITE ENTFERNUNG. BALDMÖGLICHST. IATA: HYR. LAKE NIBOOWIN. 100+ OGs. BRING EIGENE WAFFEN.

Die Mitteilung stammte von @TheRealHarryMcGlade.

McGlade.

Ein Idiot. Aber unterhaltsam.

Aus Langeweile sah sie auf der Liste der IATA-Codes nach. HYR bezog sich auf den Flughafen von Sawyer County. Die Luftlinienentfernung zum Lake Niboowin betrug etwas über achthundert Kilometer. Mit ihrer Beechcraft Baron 58 würde sie es in ungefähr vier Stunden nach Spoonward schaffen, vorausgesetzt, dass sie auf dem Weg zum Flughafen nicht in einen Stau geriet.

Wenn sie eine Stunde für die Vorbereitung veranschlagte sowie eine weitere, um die Hunde in Pflege zu geben, könnte sie vor Sonnenuntergang dort ankommen.

Das mit den eigenen Waffen war kein Problem. Hammett verfügte über eine große Auswahl.

Aber das mit den über hundert Original Gangsters klang vollkommen verrückt.

Sie loggte sich unter ihrem Usernamen @NeoMastiffLvr17 auf Twitter ein und antwortete Harry.

HONORAR?

McGlades Antwort kam in weniger als einer Minute.

KEIN HONORAR. RETTUNGSAKTION. ABER ICH KÜMMERE MICH ANSCHLIESSEND UM DEINEN SÜSSEN ARSCH.

Harrys nächster Tweet enthielt die Längen- und Breitengradkoordinaten sowie eine vulgäre Bemerkung über Oralsex, die wahrscheinlich gegen die Nutzungsregeln von Twitter verstieß.

Der Kerl war wirklich ein Idiot.

Hammett tippte »VERPISS DICH«, schickte die Nachricht ab und rief ihre Hunde. Kurz darauf war sie von fünf Doggen und einer Promenadenmischung namens Kirk umringt.

»Wollt ihr Gassi gehen?«

Über fünfhundert Kilo Hund jaulten freudig. Die Frage war rein rhetorisch.

Hammett loggte sich aus dem Tor-Netzwerk aus, streckte die langen Beine, stand vom Computer auf und stapfte mit den Hunden im Schlepptau in die Diele. Während sie die Tiere anleinte, fragte sie sich, was McGlade im nördlichen Wisconsin beabsichtigte und wen er vor einer Gang retten wollte.

Hammett schob den Gedanken schnell beiseite, denn es war ihr scheißegal.

Phin

Genau wie in *Die glorreichen Sieben*, dachte er.

Phins Lieblingsszene aus diesem Film, der viele tolle Szenen enthielt, war die, wo Chico als Bandit verkleidet in das Lager des Feindes marschierte. Indem er sich vor aller Augen versteckte, konnte er sie belauschen, wie sie über ihre Pläne sprachen. Und weil es so viele waren, fiel er niemandem auf.

Genauso lief es ab, als Phin in Gangklamotten Harrys Grundstück betrat. Keiner würdigte ihn eines Blickes.

Aber als er sich mitten im Getümmel befand, fiel ihm ein, dass Chico nur ein fiktiver Filmheld war und dass dies das Dümmste war, was er je getan hatte.

Phin war buchstäblich von Bandenmitgliedern umzingelt. In jeder Richtung, in die er blickte, wimmelte es nur so von ihnen. Bei achtzig hörte er auf zu zählen. Sie waren alle bewaffnet und richteten ihre Aufmerksamkeit auf das Haus, in dem Jack sich versteckt hielt.

Phin hatte keine Ahnung, wie er zu ihr gelangen sollte, ohne getötet zu werden.

Und für sie gab es keine Möglichkeit, herauszukommen.

Zumindest nicht lebend.

Während er sich den Kopf darüber zerbrach, knirschte totes Laub unter seinen Füßen. Selbst wenn Jack ihn auf den Überwachungskameras sah und er ihr ein Zeichen geben konnte, was dann? Er rennt zum Haus, sie reißt die Tür auf und sperrt sie wieder zu, bevor noch jemand hineingelangt oder sie beide erschießt? Falls das durch ein Wunder gelingen sollte, was dann?

Dann sitzen wir beide in der Falle.

Die Tatsache, dass die Bandenmitglieder es noch nicht geschafft hatten, ins Haus einzudringen, bedeutete immerhin, dass Harrys kleines Versteck anscheinend nicht so leicht zu knacken war.

Was nun? Sollte er hierbleiben und warten, bis die Gang eine Lösung fand, um reinzukommen? Oder sollte er versuchen, Hilfe zu holen?

Phin dachte daran, was im Walmart passiert war. Es war keine Polizei gekommen. Keine Hilfe. Und irgendjemand musste doch auf den Alarmknopf gedrückt und die Behörden benachrichtigt haben.

Keine Polizei, keine Telefonverbindung – das war kein Zufall, sondern Teil eines groß angelegten Plans. Vielleicht könnte er es bis in die nächste Stadt schaffen und die örtliche Polizei überreden, ihm ein paar Leute mitzugeben. Aber wie viele? Was konnten selbst zwanzig bewaffnete Männer gegen diese Armee ausrichten? Und würden sie rechtzeitig ankommen?

Was Phin jetzt brauchte, war die Nationalgarde. Oder einen Luftangriff.

Er spähte das Haus aus zwanzig Metern Entfernung durch eine Schneise zwischen den Bäumen aus. Aus irgendeinem Grund hatte die Gang diese Distanz für den Belagerungsring gewählt. Die Haustür sah ziemlich ramponiert aus, und die Außenwand und das Dach wiesen Brandspuren auf. Die

Angreifer hatten also versucht, sich den Weg nach drinnen freizuschießen und freizubrennen. Wie es aussah, vergebens.

Gut gemacht, McGlade.

Aber wie viel würde das Haus noch aushalten? Diese Typen meinten es ernst und waren gut ausgerüstet. Irgendwann würden sie einen Weg finden, hineinzugelangen.

Sein Blick fiel auf den Mitsubishi Outlander, mit dem er und Jack angereist waren. Oder vielmehr auf das, was davon noch übrig war. Wenn die Kerle ihn wenigstens gestohlen hätten. Die Karre abzufackeln, war reine Verschwendung.

Phin schnupperte und roch Rauch. Dann wanderte sein Blick am Haus vorbei in den ungewöhnlich bedeckten Himmel. Waren das Wolken? Oder Qualm?

Diese gesamte Situation war doch wirklich beschissen.

Phin schlenderte scheinbar ziellos durch die Menschenmenge, wobei er aufmerksam lauschte und beobachtete. Viele Bandenmitglieder hatten feuchte Klamotten, und einige bekamen Verbände angelegt, weil sie Verbrennungen unterschiedlichen Grades erlitten hatten. Phin stieß auf einen jungen Burschen, der seinen Farben nach zu urteilen zu einer Gang namens »Six Corner Hustlers« gehörte, oder vielleicht auch zu den »Vicegods«. Es gab so viele Gruppierungen und Untergruppierungen, dass man sie leicht verwechseln konnte. Der Bursche hatte Blasen am Hals und zuckte zusammen, als er Salbe aus einer Tube auftrug.

»Bin gerade angekommen. Was geht ab?«

Der Junge schnitt eine Grimasse und entblößte einen Frontzahnaufsatz aus Gold. Anscheinend war das in diesen Kreisen immer noch angesagt. »Die Bullenschlampe hat die Sprinklerköpfe aufgedreht und uns verbrüht. Tut höllisch weh, Mann.«

»Scheiße«, sagte Phin und musste sich Mühe geben, unbeteiligt dreinzuschauen. Bravo, Jack! »Hier riecht's nach Rauch.«

»Wir haben versucht, die Bude abzufackeln. Die Sprinkler haben den Brand gelöscht. Wenn du mich fragst, sollten wir einfach warten, bis das große Feuer hier ist. Dann wird sie bei lebendigem Leib gegrillt. Die Sprinkler nützen ihr dann auch nichts.«

»Das große Feuer?«

»Du weißt das nicht?« Er grinste. »Wir haben halb Wisconsin in Brand gesteckt, Mann. Solange die Bullen damit alle Hände voll zu tun haben, können wir hier unser Ding durchziehen. Aber es ist nur noch eine Frage der Zeit, bis das Feuer hier ist. Bevor wir die Funkverbindung lahmgelegt haben, hab ich gehört, dass der Wind sich gedreht hat. Das große Feuer ist fünfzig Kilometer entfernt, aber es kommt auf uns zu.«

Auch das noch. Als ob die Dinge nicht schon schlimm genug waren.

»Was ist der Plan?«, fragte Phin. »Einfach hierbleiben, bis wir alle verbrennen?«

»Woher soll ich das wissen? Frag Del Ray.«

»Wo ist er?«

»Weiß nicht, Mann. Halt einfach nach dem krassen Typen mit den Skalps auf seiner Weste Ausschau.«

Phin hatte keine Ahnung, was der Bursche damit meinte, ließ es sich jedoch nicht anmerken. Er bewegte sich weiter durch die Menge und hielt einmal inne, um auf eine Gestalt zu starren, die wie ein Schurke aus einem Film von James Cameron aussah: ein riesiger Schwarzer, der mit Gurten an einer Art elektrischem Rollstuhl befestigt war. Obwohl der Erdboden uneben und mit Zweigen, totem Laub und Geröll bedeckt war, drehten die ovalen Räder sich wie Bohrschrauben und glitten wie geschmiert über den Boden – vorwärts, rückwärts und sogar seitwärts.

Phin wandte den Blick ab, bevor der Mann in seine Richtung schaute, erkannte jedoch die Symbole auf der Lederweste.

Der Typ war Kriegshäuptling und Anführer der Eternal Black C-Notes, einer der schlimmsten Gangs in Chicago.

Anscheinend hatte Jack ein paar wirklich schwere Jungs verärgert.

Da Phin an der Kleidung des Riesen keine Skalps sah, ging er an ihm vorbei und suchte weiter. Schließlich entdeckte er neben einem älteren Chrysler-Van einen dünnen jungen Mann mit Afro-Frisur und Pelzweste. Der Typ blickte in Phins Richtung. Er hatte Augen wie eine Ratte: rund, schwarz, starr. Als Phin näher kam, wurde ihm klar, was der Bursche vorhin gemeint hatte. Die Weste des Mannes war mit den Skalps von Toten bestickt.

Was zum Teufel war heutzutage nur mit den jungen Leuten los? Reichte es ihnen nicht, sich die Zeit mit YouTube und Xbox zu vertreiben?

»General«, sagte Phin, als er das Tattoo auf dem Handrücken des Mannes sah. »Was geht ab?«

Einen Höhergestellten einfach so mir nichts, dir nichts zu befragen, war riskant, aber Phin dachte sich, dass das Rangabzeichen auf seiner erbeuteten Weste bedeutend genug war, um einen Versuch zu wagen.

»Gerade erst angekommen?«, fragte Del.

Phin nickte.

»Was läuft in Joliet?«

Phin blickte in Richtung Wald und spuckte aus. »Aurora.«

»Aurora. Richtig. Crazy Ks.«

Phin starrte den Jungen grimmig an. »Crazy Js.« Er hatte sich die Weste eines Leutnants der Crazy Js angezogen, weil das eine Gang war, deren Symbole er kannte. »Willst du mich verarschen, General? Oder ist das so 'n schwachsinniger Test?«

Del Ray blies Luft durch die Lippen und sagte: »Verdammte Scheiße, Alter. Wie heißt du?«

Phin überlegte schnell. »Mick.«

»Und wie noch?«

»Glade.«

»Du hast Eier aus Stahl, Mick Glade. Ich hab sie scheppern gehört, als du gekommen bist. Ich brauche einen Mann mit Eiern aus Stahl.«

»Was habt ihr vor?«

»Wir werden das Garagentor kamikazemäßig rammen.« Del Ray hob eine Hand und klatschte mit der anderen dagegen. »Wumm! Die Schlampe gehört uns.«

»Mit dem da?« Phin trat gegen einen Reifen des Vans.

»Hast du Lust?«

Phin sagte: »Verdammte Scheiße.« Er rieb sich die Nase und schniefte übertrieben.

»Du machst das nicht nur um des Ruhmes willen, Mick. Wenn du das Tor knackst, gibt's Crystal dafür.«

»Wie viel?«

»Wie viel kannst du dir in die Nase ziehen, Alter?«

»Viel.«

»Dann lautet die Antwort: viel.«

Phin grinste. »Gegen 'ne Spritztour ist nichts einzuwenden. Hat die Schrottkarre Airbags?«

»Klar doch.«

»Wann?«

»Wie wär's jetzt gleich?«

Phin überlegte. Das könnte eine Chance sein, nahe an Jack heranzukommen. Mit genügend Vorsprung könnte er es schaffen, sie ins Auto zu setzen und abzuhauen, bevor irgendjemand kapierte, was los war.

Vorausgesetzt, Jack behielt die Monitore im Blick.

Vorausgesetzt, Jack erkannte ihn durch die Windschutzscheibe und in den Gangklamotten.

Vorausgesetzt, Jack schaltete nicht die Sprinkleranlage mit dem kochend heißen Wasser ein oder versuchte sonst wie, ihn aufzuhalten.

Viele Unwägbarkeiten.

Und wenn er es ins Haus schaffte, was dann? Was, wenn sie nicht fliehen konnten? Dann säße nicht nur Jack in der Falle, sondern sie beide. Sie wären leichte Beute und würden entweder von den Bandenmitgliedern abgeschlachtet oder von dem nahenden Feuer lebend verbrannt werden.

Wenn sie beide ums Leben kamen, würde Sam ohne Eltern dastehen. Phin wollte sich nicht ausmalen, was aus seiner kleinen Tochter werden würde, wenn Harry McGlade sie großzog.

Die vernünftigere Lösung wäre, abzuhauen und Hilfe zu holen. Jack würde das von ihm erwarten. Selbst wenn Phin es schaffte, zu ihr zu gelangen, wäre sie zweifellos stinksauer auf ihn, weil er dieses Risiko eingegangen war.

»Du willst es also machen?«

Wollte er seine Frau sehen, vielleicht zum letzten Mal, selbst wenn es einen Riesenstreit geben und sie ihn anschreien würde, bevor sie beide starben?

Phin blickte in Richtung Haus und stellte sich Jacks Gesicht vor. Dann sagte er zu sich selbst: »Ja, verdammt noch mal.«

Jack

Ich starrte auf die Monitore und lauschte den Hintergrundgeräuschen durch die Lautsprecher auf dem Bedienfeld. Es war wie die Live-Übertragung einer Naturkatastrophe auf CNN.

Natürlich hatte ich Angst. Um mich. Um Phin. Und um Sam, denn falls Phin und ich starben, wollte ich auf keinen Fall, dass Harry McGlade sie großzog. Natürlich würde Sam zuerst zu meiner Mutter kommen. Aber Mom war alt, und außerdem existierte eine komplizierte Beziehung zwischen ihr und Harry, die möglicherweise dazu führen konnte, dass Samantha und Harry Junior Stiefgeschwister wurden. Und diese Vorstellung war fast so schrecklich wie der Affenzirkus dort draußen.

Wenn man die Furcht und den Schrecken beiseiteließ, lieferte meine gegenwärtige Situation ausreichend Stoff für eine schwarze Komödie. Vor lauter Angst, dass ein einzelner Serienmörder namens Luther Kite auf der Bildfläche erscheinen könnte, hatte ich mich die letzten zwei Jahre in meinem Haus verschanzt. Und sobald ich das Haus verließ, war ich von hundert Mördern umzingelt, die nicht Luther Kite waren. Das Ganze erinnerte mich an das Lied *Ironic* von Alanis Morissette.

Seit dem Feuer, das Harrys Sprinkleranlage inzwischen gelöscht hatte, waren keine weiteren Angriffe erfolgt. Die Temperaturanzeige stand bei fünfzig Grad Celsius – nur ein Grad mehr, seitdem ich das Wasser abgestellt hatte. Ich wusste nicht, ob das heiß genug war, um weitere Angreifer abzuwehren.

Flucht schien unmöglich. Sie hatten unseren SUV abgefackelt. Das Haus war umzingelt. Und die Tatsache, dass ich keine Mobilfunksignale empfing, bedeutete, dass sie mich erfolgreich von der Außenwelt abgeschnitten hatten.

Irgendwann würde jemand kommen. Phin. Harry. Val. Die örtliche Polizei. Theoretisch war meine Überlebenschance umso besser, je länger ich der Belagerung standhielt. Es sei denn, T-Nails Plan sah vor, dass jemand versuchen sollte, mich zu retten.

Ich rief mir mehrere Situationen aus meiner Vergangenheit ins Gedächtnis, bei denen ich mit Geiselnahmen zu tun gehabt hatte. Keine dieser Erinnerungen war angenehm.

Was, wenn sie Phin in ihrer Gewalt hatten und ihm eine Zehe nach der anderen abschnitten, bis ich sie hereinließ?

Das würde ich nicht verkraften.

Auf einem der Monitore bewegte sich etwas. Ich sah mit zusammengebissenen Zähnen zu, wie ein Van sich dem Haus näherte und auf dem Rasen erst langsam und dann schneller im Kreis fuhr.

Ich erriet die Absicht dahinter und runzelte die Stirn.

Harrys Haustür hatte dem Gewehrfeuer und einer Granate standgehalten, aber ich bezweifelte, dass sie den frontalen Aufprall eines Drei-Tonnen-Fahrzeugs überstehen konnte.

Der Van fing an zu hupen. Bestimmt versuchte der Fahrer, sich Mut zu machen. In meiner Polizeilaufbahn hatte ich eine nicht unbeträchtliche Anzahl von Autounfällen und deren Folgen gesehen. Airbags halfen nur bis zu einem gewissen Grad. Der Idiot hinter dem Steuer litt entweder unter Todessehnsucht oder war sich der Gefahr nicht bewusst. Ich war mir nicht sicher, wem ich die Schuld an seinem Verhalten geben sollte:

seinen Eltern, der Gesellschaft oder dem schlechten Beispiel unzähliger Fernsehsendungen, in denen Menschen Unfälle heil überstanden, die im wirklichen Leben fast immer tödlich enden würden.

Ich hörte auf, mir über die Beweggründe des Fahrers Gedanken zu machen, und konzentrierte mich auf meine eigenen. Wollte ich einfach nur untätig herumsitzen, während jemand ein Fahrzeug als Rammbock zweckentfremdete und ins Haus eindrang?

Nein.

Ich eilte zu der Schießscharte im Wohnzimmer.

Jede gute Burg hatte eine, und Harrys Haus bildete keine Ausnahme.

Ich schwang die Platte zur Seite, legte die kreuzförmige Öffnung in der Wand frei und spähte nach draußen. Es war eine Art Fenster in der Form des Buchstaben T, knapp zehn Zentimeter breit und etwas über einen halben Meter hoch. Im Mittelalter hatten Bogenschützen ihre Pfeile durch diese winzigen Öffnungen geschossen, die gerade groß genug waren, um genau zielen zu können, für feindliche Truppen jedoch praktisch undurchdringlich.

Ich hatte keinen Bogen und keine Pfeile, dafür aber ein Bushmaster Predator mit einem Magazin voller Patronen vom Typ 5.56 x 45mm NATO.

Ich presste die Waffe gegen meine Schulter, entsicherte sie und zielte durch die Schießscharte auf den heranfahrenden Van.

Phin

Phin hielt den Fuß auf dem Gaspedal, fuhr weiter im Kreis und drückte mit der freien Hand auf die Hupe.

TUUT TUUT TUUUUUUT … TUUT TUUT TUUT TUUUUUUUUT!

Er fuhr am Waldrand vorbei und erhaschte einen kurzen Blick auf Del Ray.

TUUT TUUT TUUUUUUT … TUUT TUUT TUUT TUUUUUUUUT!

Erneut auf das Haus zu. Schaute Jack überhaupt auf ihn?

Wichtiger: Hörte sie überhaupt zu?

TUUT TUUT TUUUUUUT … TUUT TUUT TUUT TUUUUUUUUT!

Phin wendete erneut. Del Ray blickte beunruhigt drein. Vielleicht dachte er, dass Phin sich doch nicht traute. Das war in Ordnung. Sollte er Phin ruhig für einen Feigling halten. Immer noch besser, als wenn er erkannte, dass Phin versuchte, seiner Frau ein Signal zu geben.

TUUT TUUT TUUUUUUT … TUUT TUUT TUUT TUUUUUUUUT!

Komm schon, Jack. Ich weiß, es ist eine monotone Melodie, aber du kennst sie.

Hör endlich zu, Jack.

Hör zu.

Jack

Ich konnte den Fahrer in meinem Zielfernrohr nicht ausmachen. Er fuhr so schnell, dass ich ihn nur verschwommen sah und ihm nicht folgen konnte.

Ich hatte nur zwei Optionen: Entweder feuerte ich wahllos auf den Van, in der Hoffnung, die Reifen oder den Motorblock zu treffen und das Fahrzeug damit zum Halten zu bringen. Oder ich zielte auf den Fahrer.

Die Vorstellung, einen Menschen zu erschießen, auch wenn es in eindeutiger Notwehr geschah, gefiel mir nicht. Aber ich sah keine andere Möglichkeit, den Van zu stoppen. Selbst wenn ich die Reifen zerschoss oder den Motor außer Gefecht setzte, hätte das Fahrzeug noch ausreichend Fahrt, um die Haustür zu rammen. In diesem Fall müsste ich jeden erschießen, der hereinkam.

Erschoss ich jedoch den Fahrer, würde ich damit nicht nur verhindern, dass die Angreifer das Haus stürmten, sondern würde ihnen auch zu denken geben. Der Wald, in dem sie sich versteckten, war nicht so leicht zu verteidigen wie das Haus. Wenn sie wussten, dass ich ein Gewehr besaß und damit umgehen konnte, wären sie weniger geneigt, die Belagerung fortzusetzen.

Wenn ich also diesen einen Kerl tötete, würde ich damit womöglich Dutzende andere Leben retten.

Trotzdem gefiel es mir nicht. Mord kotzte mich an. Notwehr hin oder her, ich hatte keine Lust, einen anderen Menschen zu töten. Aber ich sah keine andere Wahl.

Und außerdem ging mir dieses Hupkonzert auf die Nerven.

Phin

Er drehte eine weitere Runde und hörte einen Augenblick mit dem Hupen auf, um das Fenster auf der Fahrerseite herunterzulassen. Ihr etwas zuzurufen, kam nicht infrage, denn dann wüsste die Gang Bescheid. Aber vielleicht würde Jack ihn sehen. Das war der erste Teil seines Plans.

Der zweite Teil war noch vage. Wenn Jack ihn sah, konnte Phin sie vielleicht ins Fahrzeug verfrachten und mit ihr das Weite suchen. Man würde sie natürlich jagen, aber sie hätten zumindest eine Chance zu entkommen.

TUUT TUUT TUUUUUUT … TUUT TUUT TUUT TUUUUUUUUT!

»Komm schon, Jack«, sagte Phin leise zu sich selbst. »Hör endlich genau hin.«

Del Ray

Da stimmte etwas nicht.

Dieser Typ namens Mick fuhr hupend durch die Gegend wie ein Clown im Zirkus. Zuerst nahm Del an, dass er Anlauf nehmen wollte. Dann vermutete er, dass Mick Schiss bekam und es sich anders überlegte. Aber jetzt hatte Del keinen blassen Schimmer, was da ablief.

Er wusste, dass der Mann Kokain nahm – das getrocknete Blut um die Nasenlöcher war ein eindeutiges Zeichen. Hatte Mick sich das Hirn zugekokst? War er so zugedröhnt, dass er nicht wusste, was er tat?

Und wieso hupte er ständig denselben Rhythmus?

Es sei denn …

Es sei denn, der Mann war in Wirklichkeit gar kein Crazy J.

Plötzlich fiel es Del Ray wie Schuppen von den Augen. Hastig holte er sein Handy hervor und ging noch einmal die Mitteilungen durch, die ihm seine Späher geschickt hatten. Sie enthielten Fotos vom Haus der Polizistin in der Vorstadt und Fotos von Jack.

Und ein verschwommenes Foto von Phineas Troutt.

Del starrte auf das Bild und bekam heiße Ohren. Der General der Eternal Black C-Notes hatte doch tatsächlich dem verdammten Ehemann der Zielperson die Schlüssel für den Van ausgehändigt.

Jack

Anstatt dem fahrenden Van mit dem Lauf meines Gewehrs zu folgen, zielte ich auf einen feststehenden Punkt auf dem Grundstück. Während der Van seine Runde drehte, justierte ich mein Ziel. Aus irgendeinem Grund hatte der Fahrer das Fenster auf seiner Seite heruntergelassen.

Das erleichterte mir die Arbeit. Bei seiner nächsten Runde würde ich schießen.

TUUT TUUT TUUUUUUT … TUUT TUUT TUUT TUUUUUUUUT!

Verdammt, wie das nervte! Und es war immer wieder dieselbe Melodie. Als wollte er mir absichtlich auf die Nerven gehen. Genau wie Phin, wenn er *You and Me Against the World* sang.

Der Van wendete zu einer neuen Runde. Ich atmete aus, übte einen gleichmäßigen Druck auf den Abzug aus und krümmte langsam den Finger …

Phin

Er sah, wie Del Ray seine Waffe zog und etwas schrie, konnte ihn jedoch vor lauter Hupen nicht hören.

»Jack, verdammt noch mal!«, knurrte Phin. »Warum erkennst du die Melodie nicht?«

Jack

You and Me Against the World – wir beide gegen den Rest der Welt. Endlich kapierte ich es.

Das war die Melodie, die der Fahrer des Vans hupte.

Phin saß am Steuer.

Ich korrigierte unmittelbar vor dem Abdrücken mein Ziel und schoss in den Wald.

Der Wald schoss zurück.

Aber das Gewehrfeuer konzentrierte sich nicht auf das Haus, sondern auf den Van. Das Fahrzeug kam ins Schleudern, als die Reifen der Hinterräder platzten. Phin steuerte dagegen und fuhr auf die Garage zu. Die Fensterscheiben zersplitterten und die Seitenverkleidung des Vans wurde von Kugeln durchsiebt.

Ich musste in die Garage gelangen, bevor er dort ankam.

Ich rannte um die Ecke, hielt direkt auf die Tür zu, riss sie auf und suchte hektisch nach dem Garagentoröffner.

Da! An der Wand.

Ich drückte auf den Knopf, presste den Gewehrkolben fest an meine Schulter und zielte, während das schwere Stahltor sich mithilfe pneumatischer Kolben langsam öffnete und den Blick auf ein Schlachtfeld freigab.

Der Lärm war nicht von dieser Welt. Selbst auf einem Schießstand bei Hochbetrieb hatte ich noch nie so viel Gewehrfeuer auf einmal gehört – wie eine ununterbrochene Schießpulverexplosion. Der Van sah nicht mehr wie ein Van aus, sondern wie ein roboterhaftes Skelett, das sich vor meinen Augen in Funken und Rauchschwaden auflöste.

Das Fahrzeug war zehn Meter von mir entfernt und wurde immer langsamer.

Phin würde es nicht schaffen.

Querschläger prallten von dem Betonboden der Garage ab. Ich presste mich mit dem Rücken gegen die Seitenwand, duckte mich und erwiderte das Feuer. Der Van schlingerte nach rechts, nach links und wieder nach rechts. Die Reifen waren zerfetzt und die Felgen wirbelten Erde und totes Laub auf. Ich konnte Phin durch die von spinnennetzförmigen Rissen durchzogene Windschutzscheibe nicht sehen, aber falls er versuchte, durch eine der beiden Türen auszusteigen, würde der Kugelhagel Hackfleisch aus ihm machen.

Plötzlich wölbte die Frontscheibe sich nach außen und sprang aus der Fassung. Phin kroch über die Motorhaube, nutzte den Van als Deckung und sprintete auf die Garage zu.

Ich drückte erneut auf den Öffner. Das schwere Garagentor senkte sich wieder, während ich Phin Feuerschutz gab.

Als er bis auf fünf Meter herangekommen war, dachte ich, dass er es vielleicht sogar schaffen könnte.

Doch dann traf ihn automatisches Gewehrfeuer, und er stürzte seitwärts, schlug auf dem Boden auf und schlitterte auf den Handballen.

Unsere Blicke trafen sich und die Zeit blieb stehen.

Ich hörte die Schüsse nicht.

Ich sah die Kugeln nicht, die um ihn herum einschlugen und Erde aufwirbelten.

Ich sah nur noch Phins Gesicht und las darin Entschlossenheit, Resignation, Schmerz und Trauer. Den Anblick würde ich nie vergessen.

Aber was mir am meisten auffiel, war der Blick in seinen Augen. Der Blick, den er immer gehabt hatte, seit wir zusammen waren. Egal, was wir durchgemacht hatten. Egal, wie schlimm es um uns stand.

Dieser Blick, der mir mehr als Worte und Taten sagte, wie sehr er mich liebte.

Auch als noch mehr Kugeln in Zeitlupe in seinen Rücken einschlugen, blieben unsere Blicke aneinander haften, bis das Garagentor sich schloss.

Phin

Er konnte kaum noch atmen, und die Kugeln prasselten weiterhin auf ihn ein. Hatte er unter der Weste noch eine einzige Rippe, die nicht gebrochen war?

Aber er spürte keinen Schmerz.

Sein lahmer Rettungsversuch war kläglich gescheitert. Mit einer Ausnahme.

Er hatte Jack ein letztes Mal gesehen.

Auch wenn es seltsam anmutete: Das war es wert gewesen. Als die Bandenmitglieder näher kamen, musste Phin lächeln.

»Leb wohl, Jack. Ya'aburnee.«

Dann öffnete sich das Garagentor erneut.

Jack

Sobald sich das Garagentor einen halben Meter geöffnet hatte, drückte ich auf *Stopp* und kroch in Seitenlage darunter hindurch, damit ich nicht mit dem Tank des Flammenwerfers auf meinem Rücken hängen blieb. Dann krabbelte ich durch offenes Gelände, während Kugeln links und rechts von mir einschlugen und Erde aufwirbelten.

Phin war zwei Meter von mir entfernt.

Er grinste kopfschüttelnd und formte mit seinen Lippen die Worte: »Du Idiotin.«

Ich ging in den Kniestand. Laut Gebrauchsanweisung musste ich nur zielen und abdrücken.

Ich richtete den X15-Flammenwerfer auf den Wald und drückte ab. Das Gerät spuckte eine fünfzehn Meter lange Flamme aus und zischte dabei wie ein Drache, der sich räuspert. Ich sprühte in einem weiten Bogen und schlug die Bandenmitglieder in die Flucht. Das Gewehrfeuer hörte auf. Überall, wohin ich hinzielte, brach helle Panik aus.

Die Kerle hatten wohl noch nie einen Flammenwerfer in Aktion gesehen.

Phin hatte ein dämliches Grinsen im Gesicht, als er die Hand nach mir ausstreckte.

Ich ergriff sie.

Die Berührung war wie Elektrizität.

Ich zerrte Phin Zentimeter um Zentimeter zurück zur Garage und spie dabei weiterhin Feuer.

Ein Schuss verfehlte so knapp meinen Kopf, dass ich den Windhauch spürte.

Ein anderer streifte mich am Oberschenkel.

Zwei trafen meine schusssichere Weste mit solcher Wucht, dass mir die Luft wegblieb.

Ich erreichte das Garagentor.

Löschte die Flamme.

Quetschte mich unter dem Tor hindurch.

Zog Phin hinter mir her.

Und dann schlug ich mit dem letzten Rest meiner Kraft auf den Toröffner, und das Tor ging zu.

Für einen Augenblick lagen wir beide einfach nur auf dem Betonboden. Wir bewegten uns nicht und sprachen kein Wort. Plötzlich machte Phin ein Geräusch. Es klang wie eine Mischung aus Krächzen und Bellen. Wie Todesröcheln.

Das Geräusch, das ein Mann von sich gab, bevor sein Herz versagte.

Doch das hier war kein Todesröcheln.

Mein Mann hatte einen Lachkrampf.

»Ich kann immer noch nicht glauben, was du da gemacht hast«, sagte er prustend.

»Ich? Du bist wie ein Idiot im Kreis herumgefahren.«

»Ich hab versucht, dich zu retten.«

Jetzt musste ich lachen. »Ja, das hast du toll gemacht.«

Meine Hand fand die seine, und wir drückten beide so fest, dass unser Fleisch praktisch verschmolz.

»Hat's dich erwischt?«, fragte er.

»An der Weste. Und dich?«

»Ein oder zwei Mal.«

»Kannst du laufen?«

»Das weiß ich erst, wenn ich es versuche.«

Ich schaffte es, mich auf ein Knie zu stützen und aufzustehen. Ich stützte mich an der Wand ab, damit Phin sich an mir festhalten und hochziehen konnte. Er hatte auf dem Betonboden eine Blutspur hinterlassen. Ich zog die Trageriemen des Flammenwerfers von meinen Schultern und stellte das Gerät auf den Boden. Dann humpelten wir ins Haus und weiter ins Lazarett. Ich schaltete die Deckenbeleuchtung ein und tauchte meinen Mann in grelles Neonlicht.

Er sah aus, als wäre er durch die Hölle gekrochen. Das Gesicht, der Hals und die Hände waren von den Scherben der Windschutzscheibe zerkratzt und zerschrammt. Das Hemd hing ihm in Fetzen vom Körper.

»Um Himmels willen, Phin.«

»Hatte einen harten Tag im Büro.«

Ich half ihm vorsichtig aus der Kevlarweste und hörte nach zwei Dutzend Kugeln im Gewebe mit dem Zählen auf.

Seine Brust war lila, als hätte sie jemand mit der Farbsprühdose bearbeitet.

»Oh … Baby.«

Eigentlich hatte ich Angst, ihn zu berühren, aber dann streckte ich die Hand aus und fuhr mit dem Finger zärtlich über seinen rechten Arm.

»Sind welche eingedrungen, durch die Weste?«

»Ich weiß nicht. Aber ich mag es, wenn du *eingedrungen* sagst.«

Ich griff nach seiner Gürtelschnalle und öffnete behutsam den Reißverschluss seiner Jeans. Seine Reaktion überraschte mich.

»Ich fasse es nicht«, sagte ich und nahm sein Ding in die Hand.

»Du mit diesem Flammenwerfer. Das war das Schärfste, was ich je gesehen habe.«

»Das geht nicht«, sagte ich, obwohl mir bewusst war, wie sehr ich ihn in diesem Augenblick begehrte. »Du bist ein einziger blauer Fleck.«

»Der da ist unversehrt.«

»Phin …«

»Hat es dich irgendwo erwischt?«

Er fuhr mit den Fingern über meine Arme und öffnete den Klettverschluss meiner Weste. Plötzlich waren seine Hände unter meinem Hemd und umschlossen meine Brüste.

»Die sind in Ordnung«, sagte ich so leise, dass es wie gehaucht klang. Das hatte ich eigentlich nicht beabsichtigt.

»Ja, das sind sie.«

»Das wäre jetzt dumm.«

»Dann lass uns dumm sein.«

Er beugte sich vor und rieb seine Wange an meiner, die Lippen dicht an meinem Ohr. Mit beiden Händen umfasste er mein Hohlkreuz und zog mich an sich heran.

»Ich hab dich so sehr vermisst«, flüsterte er.

Von da an gab es kein Zurück mehr. Der Damm, der mich während der letzten paar Monate zurückgehalten hatte, zerbarst endlich in tausend Stücke. Ich liebte diesen Mann nicht nur, ich begehrte ihn, und zwar so intensiv, dass ich am ganzen Körper zitterte. Ich wollte ihn verschlingen. Ich wollte ihn besitzen. Von mir aus hätte die Welt um uns herum explodieren können – und womöglich tat sie das auch. Alles, was ich im Augenblick wollte, war Sex.

Auf einmal war meine Hose unten – keine Ahnung, ob er sie runtergezogen hatte oder ich. Phin hob mich auf den Untersuchungstisch, und ich legte die Beine auf seine Schultern, griff mit beiden Händen in seine Haare und zog sein Gesicht zwischen meine Schenkel. Dabei fragte ich mich, warum ich ihm so lange sexuell die kalte Schulter gezeigt hatte. Wie idiotisch von mir. Wie hatte er das nur aushalten können? Als Nächstes war mein Höschen weg, und seine Lippen und seine Zunge fanden die richtige Stelle, und es war zu intensiv und zu wild. Da es mir viel zu schnell ging, schrie ich ihn an, er solle aufhören, denn ich wollte nicht auf diese Weise kommen, sondern ihn in mir spüren. Aber er hörte nicht auf mich, und mein Orgasmus war so heftig, dass ich zitterte und schrie, bis mir die Kehle brannte.

Irgendwie schaffte er es auf den Tisch, drang hart in mich ein und nahm mich so richtig ran. Ich wusste, dass er sich nicht lange würde zurückhalten können, und wollte es auch nicht. Die Vorstellung, dass er bald kommen würde, machte mich unheimlich an.

Phin hielt zwanzig Sekunden durch.

Bei mir dauerte es nur zehn.

Ich presste mein Gesicht gegen seine Schulter und schlang die Beine um seinen Rücken, während er meinen Kopf festhielt. Wir schrien zusammen, und ich presste mich weiterhin gegen ihn und ließ mein Becken kreisen. Dann wurde er langsamer und hörte schließlich auf.

Ich sah meinem Mann in die Augen und sagte: »Der Flammenwerfer hat dich angemacht, oder?«

Phin lachte und verzog gleich darauf vor Schmerz das Gesicht. Schließlich nahm seine Miene sanftere Züge an, und er bekam feuchte Augen.

»Alles in Ordnung mit dir?«, fragte ich. Ich meinte es auf verschiedene Arten.

»Es tut mir so leid, Jack. Ich hätte dich nicht allein lassen sollen.«

»Du hast einen Orden verdient dafür, dass du es mit mir ausgehalten hast. Ich war furchtbar.«

»Wir waren beide furchtbar.«

»Du hattest eine Engelsgeduld. Ich war eine Zicke. Du hattest recht, Phin. Wir beide gegen den Rest der Welt. Ich weiß nicht, wie ich das nur vergessen konnte. Aber ich werde es nie wieder tun, das verspreche ich dir.«

Phin verlagerte sein Gewicht und schnitt erneut eine Grimasse.

»Wir müssen deine Rippen mit elastischen Klebestreifen behandeln. Sind welche gebrochen?«

Er nickte.

»Wie viele?«

»Wie viele gibt es?«

Ich schaltete vom Luder- in den Fürsorge-Modus, schlüpfte unter seinem Körper hervor und durchsuchte McGlades Erste-Hilfe-Ausrüstung. Ich fand eine Reihe von Injektionsfläschchen und nahm mir eins mit Morphinsulfat. Dann suchte ich nach einer Spritze.

»Was ist das?«

»Morphium.«

Phin schüttelte den Kopf. »Das will ich nicht.«

»Es wird den Schmerz stoppen.«

»Aber es wird auch meine Sinne benebeln.«

»Phin, du siehst aus wie eine von diesen computeranimierten Rosinenfiguren, den California Raisins.«

»Es ist nur Schmerz.«

»Hast du noch was von dem Kokain übrig?«

Phin zog eine Augenbraue hoch. »Ich habe es weggeworfen, bevor ich heimgekommen bin.«

»Das war wirklich dumm.«

»Ich habe das ganz bewusst getan. Dir zuliebe.«

»Und jetzt hast du fünfzehn gebrochene Rippen …«

»Wahrscheinlich eher zwanzig.«

»… und ich weiß nicht, was ich machen soll.«

»Ibuprofen. Und schau nach, ob Harry Demerol hat.«

Ich machte mich auf die Suche nach Schmerztabletten und spürte Phins Hand auf meinem Oberschenkel. Als er eine Wunde berührte, zuckte ich zusammen.

»Du hast einen Schuss abbekommen.«

»Nur ein Kratzer«, sagte ich.

»Es blutet.«

Phin stieg von der Bank herunter und stand neben mir. Er fand eine Mullbinde und versuchte, sie um meinen nackten Oberschenkel zu wickeln.

»Mach die Beine auseinander«, sagte er.

Ich folgte seiner Anweisung. Plötzlich rieben seine Finger an einer Stelle, an der sich die Wunde definitiv nicht befand.

»Phin! Ich versuche, das Demerol zu finden.«

»Jetzt hab dich doch nicht so! Ich hatte ewig keinen Sex mehr.«

Ich beendete, was ich gerade tat, drehte mich um und sah ihn an. »Wie lange nicht mehr?«

»Ungefähr vier Minuten.«

Er tat etwas, das mich veranlasste, mich gegen seine Hand zu pressen. »Und wie lange davor?«, hauchte ich.

»Das letzte Mal war mit dir, Jack.«

»Du bist nie fremdgegangen?«

»Natürlich nicht.«

»Wirklich?«

»Jack, du bist meine Frau und die Mutter meiner Tochter. Ich hätte auf dich gewartet, auch wenn es eine Ewigkeit gedauert hätte.«

Ich bekam Rehaugen, mein Herz schmolz dahin, und ich konnte ihn nicht schnell genug in meinen Mund nehmen.

Dieses Mal hielt er länger durch als zwanzig Sekunden.

Ich nicht.

T-Nail

Ein Flammenwerfer.

Als T-Nail sah, wie Jacqueline Daniels nach draußen rannte und Feuer versprühte, fing er an zu lachen.

Es war kein fröhliches Lachen. Terrence Wycleaf Johnson hatte seit seiner Kindheit nichts mehr lustig gefunden. Sein Lachen war die Folge von Stress, der sich in ihm aufgestaut hatte, und glich daher eher einem unfreiwilligen Schrei als einem Ausdruck der Heiterkeit.

Es klang wie das Bellen eines Rottweilers. Und wahrscheinlich sah er auch wie einer aus – kein Lächeln, keine Lachfalten um die Augen, sondern nur ein Zähnefletschen.

Das Lachen dauerte nur ein paar Sekunden und wich einem ausdruckslosen Starren, als die Polizistin den Kerl, der offensichtlich ihr Ehemann war, in die Garage zerrte.

Wäre dies im Revier der C-Notes passiert, hätte er Del Ray an Ort und Stelle hingerichtet. Er hätte ihn an eine Wand genagelt und sein Gesicht gehäutet, während seine Leute zusahen. Aber das musste warten. Del Ray war aufsässig und unzuverlässig, aber mit ihm zusammen hatte T-Nail immer noch die größte Chance, diese verdammte Festung zu knacken. Der Typ hatte etwas von einem Plan gefaselt.

Es war Zeit herauszufinden, was genau dieser Plan war.

T-Nail steuerte den Rollstuhl über holpriges Gelände und fand Del Ray. Der Mann saß auf der Motorhaube eines Lexus und starrte in den Wald.

»Das Dynamit ist unterwegs«, sagte Del. »Vier Kisten. Kommt aus Minneapolis-St. Paul.«

»Wann wird es hier sein?«

»Schwer zu sagen. Da wir die Funkfrequenzen lahmgelegt haben, kann ich nicht anrufen, und ich weiß nicht, wie weit die Waldbrände sich ausgebreitet haben. Vielleicht ist die direkte Route blockiert.«

»Grobe Schätzung?«, sagte T-Nail.

»Vielleicht zwei Stunden. Vielleicht auch zehn. Aber es wird auf jeden Fall hier sein.«

»Und reicht die Menge aus, um ins Haus zu kommen?«

»Es ist genug, um das ganze verdammte Haus in die Luft zu sprengen. Entweder kommen wir rein, oder wir bringen das Dach zum Einstürzen.«

»Ich will sie lebend. Alle beide.«

Del Ray hielt T-Nails Blick stand. T-Nail entdeckte darin keine Furcht. Das war ein schlechtes Zeichen. Del Ray war zäh und gewalttätig. Aber jetzt fragte T-Nail sich zum ersten Mal, ob Del Ray wahnsinnig war.

T-Nail hatte auf der Straße und im Knast einige Verrückte gekannt. Vor solchen Typen musste man Angst haben. Sie waren unberechenbar und ließen nicht mit sich verhandeln. Die einzig sichere Methode, um mit ihnen fertigzuwerden, bestand darin, sie bei der erstbesten Gelegenheit zu töten.

Aber bevor T-Nail zu dieser drastischen Maßnahme greifen konnte, brauchte er das Dynamit.

»Das Haus mit dem Van zu rammen, das war deine Idee?«

Del Ray nickte.

»Versuch's noch mal«, sagte T-Nail. »Nimm den Bus.«

Er wartete darauf, dass Del protestierte. Sich über die Kosten beschwerte oder darüber, dass sie nicht heimkommen würden, wenn der Bus Schrott war. Aber der Typ nickte nur erneut. Machte einen auf cool.

»Wenn diese Scheiße vorbei ist«, sagte T-Nail, »hab ich 'ne neue Aufgabe für dich. Die China Town Mavericks suchen einen Kriegshäuptling. Große Truppe, achttausend Leute. Du bist der Richtige für den Job. Interessiert?«

Del zögerte nicht. »Na klar bin ich das.«

T-Nail hob die Hand, und sie schlugen ein.

»Machen wir die Bullenschlampe kalt, und dann nichts wie heim.« T-Nail wendete mit dem Rollstuhl und fuhr davon.

Vielleicht würde dieses Angebot den Verrückten ruhigstellen, bis die Polizistin tot war.

Herb

Nachdem sie Harrys Geheimwaffe an den Krimibago angehängt hatten, stellte Herb zu seiner Überraschung fest, dass sie auf der Autobahn in die falsche Richtung fuhren – zurück nach Chicago.

»Ich bin mir ziemlich sicher, dass Wisconsin nördlich von hier liegt.«

»Tut es auch. Aber wir müssen Tom Mankowski abholen. Ich habe gerade eine SMS erhalten. Er hat es sich anders überlegt und kommt mit.«

»Großartig. Dann sind wir jetzt also drei gegen hundert.«

»Du vergisst andauernd Homeboy.«

»HOMEBOY!«, krächzte der Papagei.

»Und wie genau soll Homeboy uns helfen?«

»Ach, warten wir's ab. Ihm wird schon etwas einfallen.«

(Spoiler-Warnung des Autors: Homeboy wird überhaupt nicht helfen.)

»Was ist mit diesen tollen Käsepfannkuchen, die du mir versprochen hast?«, fragte Herb.

»Keine Zeit. Jack schlägt sich womöglich gerade mit einer ganzen Gang herum. Willst du ihr wirklich erzählen, dass sie eine halbe Stunde länger die Hucke vollgekriegt hat, nur weil du dir deinen Gierschlund mit leckeren Crêpes voller Laktose vollgestopft hast?«

Natürlich wollte Herb das nicht. Aber er hatte wirklich einen Heißhunger auf diese leckeren, mit Laktose gefüllten Crêpes.

Als Harry die Musik voll aufdrehte, ging Herb zum Kühlschrank und sah nach, was Harry an Lebensmitteln vorrätig hatte. Die bittere Erkenntnis: fast nichts. Der Kühlschrank war voll mit ungefähr fünfzig Fläschchen Jägermeister und einem halben Glas Traubenmarmelade.

»Lass die Finger von der Marmelade«, sagte McGlade. »Die brauche ich, um meine weiblichen Gäste zu unterhalten.«

Herb machte den Kühlschrank zu und versuchte erneut, Jack auf dem Handy anzurufen.

Keine Antwort.

Er schrieb eine SMS an seine Frau, in der er ihr vage erklärte, wohin er unterwegs war, und die Tatsache herunterspielte, dass es sich wahrscheinlich um ein Himmelfahrtskommando handelte. Dann griff er zu der Tüte Erdnüsse. Als Homeboy sie sah, bewegte er aufgeregt den Kopf auf und ab und schrie, als hätte er Feuer gefangen.

Herb legte die Tüte weg.

Vorne auf dem Fahrersitz trällerte Harry die verunstaltete Version eines Rock-Songs. Sein Gesangstalent ließ sehr zu wünschen übrig – wie alles an Harry.

»Diese Band ist ziemlich gut«, sagte Herb. »Wäre schön, den Song zu hören, ohne dass du ihn verhunzt.«

»Das sind *The Rainmakers*. Die sind einsame Spitze.«

»Gibt es die noch?«

»Ich habe sie letztes Jahr in Kansas City gesehen. Der Leadsänger ist einfach umwerfend. Hör dir nur diese liebliche Stimme an.«

»Das würde ich gerne. Aber du hinderst mich daran.«

»Ich hab den Namen von dem Typen vergessen. Bob Irgendwas. Bob Walkenstick. Bob Leberwurst. Bob Rockinghorse. Wird mir schon wieder einfallen.«

»Wäre schön, ihn zu hören, und nicht dich.«

Harry hörte auf zu singen.

Für ganze zwei Minuten.

Herb dachte an Jack. Wenn es ihnen gelingen sollte, ihr das Leben zu retten, stünde sie tief in seiner Schuld. Sehr tief.

»Es gibt nichts, wofür es sich zu kämpfen lohnt, du kannst es drehen und wenden, wie du willst«, trällerte McGlade.

Herb hoffte, dass das nicht stimmte. Dann seufzte er das Seufzen eines unglücklichen, gefangenen Menschen und versuchte, es sich auf der langen Fahrt, die vor ihnen lag, so bequem wie möglich zu machen.

Phin

Es tat so weh, die schusssichere Weste anzulegen, dass Phin seiner Frau beinahe sagte: Vergiss es.

Aber der Umstand, dass er sie lebend wiedergesehen hatte, trug mehr als alles andere zu seiner Entschlossenheit bei, heil aus diesem Schlamassel rauszukommen. Also biss er die Zähne zusammen und ließ es zu, dass Jack die Klettverschlüsse der Weste festzog. Das Einzige, was den Schmerz ein wenig linderte, waren vier Ibuprofen und ein paar Bandagen.

»Dass du zu mir zurückgekommen bist, war wirklich dumm von dir«, sagte Jack, während sie ihm in ein Schulterholster half.

»Ich hab mir schon gedacht, dass du das sagen wirst.«

Nach dem Sex hatte jeder den anderen über die neuesten Ereignisse unterrichtet. Phin verschwieg jedoch, wie viele Menschen er ins Jenseits befördert hatte, und Jack fragte nicht gezielt danach. Sie besaß ein Empathie-Gen, das ihm fehlte, und Geschichten über das Töten – selbst heldenhaftes Töten in Notwehr – fand sie abstoßend.

»Du hättest Hilfe holen können«, sagte sie.

»Wenn in dem Kaff auch nur ein einziger Polizist gewesen wäre, wäre er zum Walmart gekommen. Und die nächste Stadt ist mehrere Stunden entfernt. Außerdem haben die Behörden mit den Waldbränden alle Hände voll zu tun. Selbst wenn ich Hilfe gefunden hätte, wäre ich womöglich nicht rechtzeitig zurückgekehrt. Ich hab mich einfach von meinem Bauchgefühl leiten lassen.«

»Und jetzt sitzen wir beide in der Falle. Und Samantha …«

Phin umarmte sie, obwohl es höllisch wehtat. »Wir werden uns wehren. Wir können nicht gewinnen, aber wir können es denen so schwer machen, dass sie aufgeben. Und wenn das Feuer hierherkommt, bin ich lieber hier drinnen als da draußen.«

Jack rückte von ihm ab. »Ich sehe kein glückliches Ende, Phin. Auch nicht, wenn wir das hier überstehen. Wir werden für den Rest unseres Lebens Gejagte sein. Die Folk Nation ist riesig.«

»Wir sind nicht im Krieg mit der Folk Nation, sondern mit einem alten Bandenmitglied, das einen Groll gegen dich hegt. Wenn wir ihn loswerden, müsste das Problem aus der Welt sein.«

»Ihn loswerden?« Jack verengte die Augen zu Schlitzen. »Du meinst, ihn ermorden.«

»Das hier ist Krieg, Jack. Es ist also kein Mord.«

»Ich könnte jetzt gute Argumente dafür anführen, dass alle Kriege Mord sind.«

»Hättest du ihn vor zwanzig Jahren kaltgemacht, säßen wir jetzt nicht in der Scheiße.«

»Ich bringe keine Menschen um, Phin.«

Phin überlegte, ob er jemand anderen aus Jacks Vergangenheit erwähnen sollte, ließ es aber bleiben. Wir alle müssen mit den Dingen leben, die wir getan haben, und Jack war da keine Ausnahme.

Aber falls Phin eine Chance bekäme, T-Nail abzuknallen, würde er es tun.

Verdammt noch mal, wenn er die gesamte Brut ausrotten könnte, würde er mit keiner Wimper zucken. Er würde nahezu alles tun, um seine Familie zu beschützen.

»Während ich tapfer hierhergeeilt bin …«

»Tapfer? Ich würde eher sagen, dumm«, fiel Jack ihm ins Wort.

»… um dir das Leben zu retten und geilen Sex mit dir zu haben …«

»Der Sex war in der Tat ziemlich geil.«

»… hast du dir irgendeinen Plan einfallen lassen?«

»Ja, ich habe einen Plan.« Jack zwinkerte ihm zu. »Die Schießscharten sind der Schlüssel dazu.«

»Echt? Dieses Haus hat Schießscharten? Wie viele?«

»Acht.«

»Wir können sie also durch die Löcher töten.«

»Nein, nicht töten. Verwunden.«

Jetzt war Phin derjenige, der grimmig dreinblickte. »Jack, wir kämpfen ums nackte Überleben.«

»Ich weiß. Wenn du einen Mann tötest, hast du einen Gegner weniger. Aber wenn du einen Mann verwundest …«

Phin wusste, worauf sie hinauswollte. »Dann hast du zwei Gegner weniger. Den Verwundeten und den, der ihm hilft.«

»Anstatt hundert zu töten, verwunden wir fünfzig. Damit retten wir uns nicht nur, sondern können nachts ruhig schlafen.«

Phin zuckte die Schultern. »Ich schlafe gut. Du bist diejenige, die an Schlaflosigkeit leidet.«

Jack legte die Hände auf Phins Schultern. »Versprich mir, dass du keines von diesen Kindern tötest.«

»Gib einem Kind ein Gewehr, und es ist kein Kind mehr.«

»Phin!« Jack sprach in dem Ton, den sie benutzte, wenn sie mit Sam schimpfte.

»Ich versuche mein Bestes. Nicht jeder von uns ist ein Meisterschütze.«

»Pass einfach auf.«

Phin legte die Hände auf Jacks Hüften und zog sie dicht an sich. Sie hob das Kinn in Erwartung eines Kusses.

Eine vollkommen natürliche Haltung für Ehepaare. Aber Jack hatte Phin so lange auf Armlänge Abstand gehalten, dass ihn diese Geste überraschte. Er presste seine Lippen sanft und zärtlich auf ihre, und ehe er sich versah, war ihre Zunge in seinem Mund.

Schließlich löste Phin sich von ihr und grinste. »Wo bist du gewesen?«

»Ich glaube, vor lauter Angst, dich zu verlieren, habe ich dich von mir gestoßen. Aber als es wirklich so schien, dass ich dich verlieren könnte, war das wie ein Tritt in den Hintern.«

»Oder vielleicht hast du einfach nur einen ordentlichen Fick gebraucht.«

Jacks Grinsen stand seinem in nichts nach. »Da widerspreche ich dir nicht. Aber jetzt besorgen wir dir erst mal ein Gewehr.«

Sie gingen zu Harrys Waffenschrank, und Phin entschied sich für ein Armalite AR-10 mit fünfzig Zentimeter langem Lauf und einem Magazin mit fünfundzwanzig Patronen. Jack suchte ein Vortex-Zielfernrohr aus, montierte es auf die Schiene und begab sich zusammen mit Phin zu einer der Schießscharten. Er sah ihr zu, wie sie auf einen Baum schoss und ungefähr dreißig Sekunden damit verbrachte, das Gewehr zu nullen.

»Du bist startklar«, sagte sie und reichte ihm die Waffe.

Phin machte sich mit der Position des Sicherungshebels, des Magazinauslösers und des Durchladehebels vertraut und passte den Kolben für einen bequemen Sitz an. Als Nächstes zielte er durch die Schießscharte auf ein Astloch an einer großen Kiefer. Phin hatte nie gelernt, wie man mit einem Zielfernrohr Entfernungen berechnet, aber er war bei seinem Spaziergang inmitten der Gang an diesem Baum vorbeigekommen und schätzte die

Distanz auf sechzig Meter. Er presste den Kolben fest an seine Schulter, atmete langsam durch den Mund aus und krümmte den Finger am Abzug.

Die Kugel riss ein großes Stück aus dem Astloch.

»Schön«, sagte Jack. Sie stand dicht hinter ihm und spähte über seine Schulter hinweg mit einem Fernglas durch die Schießscharte. »Du bist ziemlich gut, Schatz.«

Phin gestattete sich ein schwaches Grinsen. Auf eine perverse Art war Jacks Kompliment sogar intimer als der Sex, den sie gerade hinter sich hatten. Vielleicht lag er mit seiner Einschätzung doch nicht so falsch: Jack war ein Adrenalinjunkie, und ihr fehlte seit einigen Jahren der richtige Kick. Sie würde es zwar nie zugeben, aber sie vermisste die Aufregung.

Phin nahm sich vor, mit seiner Frau Fallschirmspringen zu gehen, wenn sie dieses Abenteuer heil überstanden. Oder mit Haien zu schwimmen. Oder vielleicht würde er mit ihr in der Stadt ein paar Drogenhändler ausrauben. Was auch immer nötig war, um den Funken am Leben zu halten.

Phin balancierte das Gewehr auf der Unterkante der Schießscharte, spähte durch das Zielfernrohr und schwenkte den Lauf nach rechts, allerdings nur einen Zentimeter, da die Vergrößerung so hoch war. Als er ein vertrautes Gesicht sah, hielt er inne.

Der General.

Nicht der Riese auf dem Segway, sondern der jüngere Bursche mit den Skalps an seiner Weste.

Phin zielte auf den Kopf des Mannes.

Obwohl Jack darauf bestanden hatte, die Gegner nur zu verwunden, hatte Phin nicht vor, sich diesen Todesschuss entgehen zu lassen.

Del Ray

Gewehrfeuer. Ein einzelner Schuss. Del wusste nicht, woher er kam, aber seit ihrer Ankunft waren wahllose Schüsse zur Gewohnheit geworden. Manche Typen hatten einfach einen nervösen Finger am Abzug.

Er ignorierte den Schuss und konzentrierte sich auf die ihm übertragene Aufgabe. T-Nail wollte den Bus als Rammbock benutzen und zu Schrott fahren lassen. Anscheinend hatte der Kerl im Knast vergessen, was Geld wert war. Die ganze Aktion kostete bereits ein Vermögen, und mit dem Bus würden es vierzig Riesen mehr sein. Dabei brauchte er nur zu warten, bis das Dynamit hier war. Dann kämen sie in das Haus und hätten immer noch ein Transportmittel für die Heimreise.

Aber Del wusste, dass es nicht wirklich um Geld oder Zeit ging.

Das Ganze war ein verrückter Machtmissbrauch im Stil von Idi Amin. T-Nail tat es einzig und allein, weil er es konnte.

T-Nails nächster logischer Schritt wäre der Versuch, ihn zu beseitigen. Del wusste, dass die Ernennung zum Kriegshäuptling vorhin nicht ernst gemeint gewesen war. Sobald die Polizistin tot war, würde T-Nail ihn erschießen.

Del Ray musste ihm zuvorkommen.

Noch ein Schuss. Klang wie eine Langfeuerwaffe.

Wirklich? Konnten seine Jungs es nicht mehr erwarten?

Er stapfte durch den Wald, bis er den Mann gefunden hatte: ein Bandenmitglied namens Spread. Der Typ war immer scharf auf Action. Im Gegensatz zu T-Nail betrachtete Del zwar seine Leute nicht als Kanonenfutter, aber er wusste, dass Spread sich heimlich etwas von Dels Einnahmen abzweigte.

»Yo Alter, was geht ab?« Spread vollführte den typischen Handschlag der C-Notes.

»T-Nail geht langsam die Geduld aus. Wir müssen da reinkommen.«

»Das Haus ist wie Fort Knox, Alter. Wir brauchen 'ne Atombombe oder so was.«

»Wir brauchen jemanden, der mit Vollgas gegen die Tür fährt.«

»Womit? Mit 'nem Panzer?«

Del Ray hielt die Autoschlüssel hoch. »Mit dem Bus. Und du bist genau der richtige Mann dafür.«

»Ich? Scheiße, Del. Da mach ich nicht mit.«

»Hast du Lust auf 'nen Rum Runner?«

Spread bekam große Augen.

»Ich weiß, dass du mich abzockst, Spread. Glaubst du wirklich, du kannst mich verarschen?«

Wenn es ums Stehlen ging, wusste Spread es anscheinend nicht besser. Aber er wusste, dass lügen in dieser Situation fehl am Platz war. »Del, Alter, ich zahl dir das Geld zurück. Ich …«

Del Ray brachte den Mann mit erhobenem Finger zum Schweigen. »Bei den Jungs hat sich 'ne Menge Wut aufgestaut. Die hätten jetzt bestimmt Lust, dich windelweich zu prügeln. Bin mir nicht mal sicher, ob du es überleben würdest. Also was ist? Fährst du gegen das Haus? Oder sollen wir einen Kreis bilden und dich aus der Gang rausprügeln?«

»Rausprügeln?«

»Wie kann ich dir noch vertrauen, Spread? Du bist ein Dieb. Bei den C-Notes gehen Familie und Ehre über alles. Wenn du das jetzt nicht machst, bist du draußen.«

»Und wenn ich es mache?«

»Dann sag ich, Schwamm drüber. Wir sind quitt. Muss dir zwar dein Revier wegnehmen, aber du bleibst in der Gang.«

»Und kein Rum Runner?«

»Kein Rum Runner.«

Spread nickte und nahm die Autoschlüssel. »Danke, General.«

Del Ray sah ihm nach, wie er in Richtung Bus ging. T-Nail irrte sich, was Macht anging. Wahre Macht bedeutete nicht, dass die Leute einen fürchteten. Das Ganze beruhte auf Geben und Nehmen. Ein guter Führer wusste, was seine Leute brauchten. Spread würde von jetzt an alles dransetzen, um Del zu beweisen, dass er es verdiente, bei den C-Notes zu bleiben.

Das war die Art von Loyalität, die Del Ray wollte.

Er war ziemlich zufrieden mit sich selbst. In diesem Augenblick traf ihn die Kugel am Kopf.

Herb

»Ich dachte, Tom wohnt in einem Apartment in Portage Park«, sagte Herb.

Er schaute durch eines der bullaugenartigen Fenster im hinteren Bereich des Krimibagos nach draußen. Sie waren nicht in Portage Park. Sie waren nicht einmal in Chicago.

»Muss nur noch schnell einen Zwischenstopp machen«, sagte Harry.

Herb schluckte seine hochkochende Wut herunter. Wenn man sich auf McGlades Niveau begab und mit ihm stritt, brachte das nur Stress und Aufregung, aber keine Ergebnisse. Eine lange Fahrt lag noch vor ihnen, und ein höfliches Miteinander war wichtig, falls Herb eine Verurteilung wegen Mordes vermeiden wollte.

»Jack braucht uns.« Herb behielt einen ruhigen Ton bei und beschwor seinen inneren buddhistischen Mönch herauf.

»Ich weiß, Dickerchen. Ich bin derjenige, der dir davon erzählt hat. Hast du das schon wieder vergessen? Oder leidest du unter Gehirnverfettung?«

Mönche besaßen eine unerschütterliche innere Ruhe. Zen. Nichts brachte sie aus der Fassung. Sie waren eins mit dem Gleichmut und der Gelassenheit des Universums. »Wieso hast du deine Besorgungen nicht gemacht, bevor du mich abgeholt hast?«, fragte Herb.

»Ja, das hätte ich tun können. Aber dann wäre uns der ganze Spaß entgangen, den wir jetzt haben.«

»Wo sind wir, Harry?«

»Wir sind im Krimibago, du Depp. Pass auf Homeboy auf. Bin gleich wieder da.«

McGlade hatte vor einem Gebäude geparkt, das wie eine teure Wohnanlage mit Apartments und Eigentumswohnungen aussah. Herb stieß einen Seufzer aus und ermittelte den Standort mithilfe des GPS auf seinem Handy. Sie befanden sich in Skokie, einem Vorort von Chicago.

Konnte ein Mönch jemanden hassen? Oder verstieß das gegen irgendeine Innerer-Frieden-Regel?

»Ich hasse ihn«, sagte Herb zu Homeboy.

Homeboy saß einfach nur auf seiner Stange und gab keinen Laut von sich. Er hatte ein Auge geschlossen und starrte mit dem anderen teilnahmslos ins Leere.

»Schläfst du?«

Keine Reaktion. Seine federlose Brust bewegte sich, also war er nicht tot.

»Willst du Meth?«, flüsterte Herb.

Homeboy riss sofort das andere Auge auf, kreischte und flatterte wie verrückt mit den kahlen Flügeln.

»METH! METH! AAAAAAAAAAAARR! METH! METH!«

Herb versuchte, den wild gewordenen Vogel mit sanfter Stimme zu beruhigen. Als das nichts fruchtete, hob er die Erdnusstüte hoch und schüttelte sie verführerisch. Der Papagei flatterte und kreischte weiter. Die Augen traten ihm aus den Höhlen, und er trat von einem Fuß auf den anderen, als vollführe er eine Art Junkie-Tanz.

Der arme Kerl brauchte wirklich dringend Meth. Herb hatte Angst, das Tier könnte einen Herzinfarkt erleiden. Und wie er McGlade kannte, hatte dieser dämliche exotische Vogel wahrscheinlich mehrere Tausend Dollar gekostet. Herb verbrachte seinen Urlaub zu Hause, weil er knapp bei Kasse war. Da konnte er es sich unmöglich leisten, Harry einen neuen Papagei zu kaufen.

»METH! AAAAAAAAAAAAAAAAAARR! METH!«

In einem letzten verzweifelten Versuch, den Schreihals zum Schweigen zu bringen, warf Herb eine Handvoll Erdnüsse auf ihn. Doch das brachte Homeboy nur noch mehr in Fahrt. Er schrie zwar nicht mehr »METH!«, kreischte dafür aber so laut, als würde er von Hunden zerfleischt werden.

Anscheinend beruhigten Vögel sich nicht, wenn man etwas auf sie warf.

Herb öffnete verzweifelt den Käfig und langte hinein. Vielleicht half es, wenn er das Tier streichelte oder hielt. Wenn auch das nichts nützte, musste Herb wohl versuchen, irgendwo auf der Straße Meth aufzutreiben.

Anstatt zurückzuscheuen, sprang Homeboy auf Herbs Arm. Da Herb nicht damit gerechnet hatte, erschrak er, wich mehrere Schritte zurück und nahm den kreischenden Papagei mit. Als er hinfiel, sprang Homeboy ihm ins Gesicht und klammerte sich mit den Krallen an seiner Nase fest. Dort blieb er sitzen, spreizte die Flügel und kreischte so laut, dass Herb es in seinem ganzen Körper spürte.

In diesem Augenblick ging die Tür auf. Herb und Homeboy beendeten ihren Panikanfall und blickten in die Richtung, aus der das Geräusch kam. Harry McGlade stand dort und hielt ein Kleinkind an seine Hüfte gepresst.

»Hab ich's doch geahnt. Kaum bin ich mal zwei Minuten weg, versuchst du, meinen Vogel zu verspeisen.«

Als Herb nach oben sah, blickte er direkt auf Homeboys gerupften Arsch. Keine gute Lage.

»Nimm sofort das Viech von meinem Gesicht, McGlade.«

Harry machte keine Anstalten, Herb zu Hilfe zu eilen. Stattdessen holte er sein Handy hervor und machte Fotos.

»Harry …«, sagte Herb drohend.

»Du hast gefragt, warum ich dich abgeholt habe, bevor ich meine Besorgungen mache. Jetzt weißt du es. Sag was Witziges für YouTube.«

»Harry, wenn mir dieser Vogel ins Gesicht scheißt …«

»Das Video würde sich wie ein Virus verbreiten. Siehst du das Vögelchen, Harry junior?«

Harry jr. sagte: »Geil!«

Herb langte nach oben und packte Homeboy. Dabei musste er an das unangenehme Gefühl denken, als er einmal einen Chinesischen Schopfhundwelpen gestreichelt hatte –eine haarlose Kreatur, die nur aus schlaffer, warmer Haut und Knochen bestand. Erstaunlicherweise ließ Homeboy sich widerstandslos anfassen und in den Käfig zurückbringen.

»Jetzt bin ich aber enttäuscht«, sagte Harry und steckte das Handy weg.

Herb wartete ein paar Sekunden, bis sein Blutdruck sich wieder normalisiert hatte, und fragte: »Wieso ist dein Sohn hier?«

»Weil ich mit seiner Mama Sex hatte. Hast du sie schon mal gesehen? Sie ist eine heiße Yogalehrerin. Hat 'n tolles Fahrgestell, ist aber 'ne Zicke. Mit ihr ist es, als wenn man sich den Finger ableckt und in eine Glühbirnenfassung steckt.«

»Ich meinte, wieso ist Junior hier im Wohnmobil, McGlade?«

»Weil heute mein gerichtlich festgelegter Besuchstag ist. Keine Angst, wir bringen ihn zu einer Babysitterin. Aber sag das bitte nicht dem Richter.« Harry setzte das mit einer Windel bekleidete Kind auf den Boden, wo es prompt aufs Gesicht fiel. »Behalte ihn im Auge, während ich fahre. Und pass auf, dass er nicht Homeboy anfasst. Vögel übertragen haufenweise schlimme Krankheiten.«

Herb runzelte die Stirn. Dieses Abenteuer wurde immer besser.

Harry junior schaffte es, auf alle viere zu kommen, und krabbelte an Herb vorbei in Richtung Kochnische.

»Ist dieses Fahrzeug babysicher?«, fragte Herb, als er sah, wie Junior versuchte, einen Schrank zu öffnen. »Haben die Türen eine Kindersicherung?«

McGlade antwortete nicht, sondern schaltete die Musik an.

Harry junior bekam schließlich den Schrank auf – so viel zu Herbs Frage nach Kindersicherungen –, langte hinein und zerrte eine Plastikschublade voller Messer heraus.

Herb hob den Kleinen hoch. Der Geruch einer vollen Windel stieg ihm in die Nase.

»Bei deinem Kind muss die Windel gewechselt werden!«, schrie Herb gegen die laute Musik an.

»Wechsel gleich das ganze Kind aus. Tausch ihn gegen eine Stripperin. Das wäre geil. Oder gegen einen Kasten Bier. Am besten wäre Grain Belt. Das hab ich seit Jahren nicht mehr getrunken.«

»METH!«, kreischte Homeboy.

Herb starrte Junior an. »Ich will ja kein Überbringer schlechter Nachrichten sein, Kleiner. Aber du wirst wahrscheinlich für den Rest deines Lebens eine Therapie benötigen.«

Juniors Unterlippe zitterte, und er fing an zu heulen.

Das Kind plärrte sogar lauter als Homeboy. Anscheinend betrachtete der Papagei dies als eine Herausforderung, denn sein Gekreische stieg um mehrere Dezibel an.

McGlade reagierte darauf, indem er die Musik aufdrehte. Bald fing er selbst an zu singen, irgendwas mit jaulenden Hunden und heulenden Babys und Männern, denen es hundeelend ging.

Mit Letzterem konnte Herb sich voll identifizieren.

Jack

»Du hast auf den Kopf von dem Typen gezielt«, sagte ich zu Phin. Ich setzte das Fernglas ab und schaute ihn böse an.

»Das muss wohl der Wind gewesen sein«, sagte Phin mit vollkommen ausdrucksloser Miene.

»Der Wald schirmt gegen den Wind ab. Du hast bewusst auf den Kopf gezielt.«

»Na ja, ich hab danebengeschossen.«

»Du hast ihm das Ohr weggeschossen.«

»Ich hab ihn verwundet. Das wolltest du doch.«

Ich wusste nicht, wie ich es Phin beibringen sollte, weil ich mir selbst nicht sicher war, ob ich es hundertprozentig verstand.

»Schatz«, sagte ich und benutzte bewusst seinen Lieblingskosenamen für mich. Er hatte mich seit Monaten nicht mehr so angeredet. »Das Einzige, was die Guten von den Bösen unterscheidet, sind die Entscheidungen, die wir treffen.«

»Der Typ trägt eine Weste aus Skalps. Menschlichen Skalps.«

»Das ist furchtbar. Aber das beweist nur, dass ich recht habe. Wir dürfen nicht so sein wie diese Leute.«

»Sie wollen uns umbringen, Jack. Sie sind unsere Feinde.«

»Und wir müssen besser sein als unsere Feinde. Wir haben eine gemeinsame Tochter. Eine hübsche, wunderbare Tochter mit unbegrenztem Potenzial. Ist das das Beispiel, das du ihr vorleben willst? Töten oder getötet werden?«

»Wenn wir das hier nicht heil überstehen, können wir ihr überhaupt kein Beispiel vorleben.«

»Ich will ihr jedenfalls ein Vorbild sein. Stell dir vor, Sam kommt eines Tages zu dir und fragt dich, ob du in deinem Leben schlimme Dinge getan hast. Würdest du es ihr erzählen?«

»Ja.«

»Alles? Auch das mit den Drogen? Den Raubüberfällen? Den Toten?«

Phin antwortete nicht. Aber sein Gesicht nahm weichere Züge an.

»Phin, glaubst du wirklich, dass unsere Tochter diese Dinge wissen will? Ich will es nicht einmal wissen. Ist dir aufgefallen, dass ich dich nicht gefragt habe, wie viele Tote es im Walmart gegeben hat?«

»Ja, das ist mir nicht entgangen. Ich habe eine Ermessensentscheidung getroffen.«

»Das hier ist ebenfalls eine Ermessensentscheidung. Und wir entscheiden uns, dass wir verwunden und nicht töten. Okay?«

Phin schloss die Augen und nickte schließlich. »Okay.«

»Wir zielen auf Arme und Beine.«

»Okay.«

»Versprichst du es mir?«

Er sah mich an. Machte keinerlei Anstalten, meinem Blick auszuweichen. Ich sah Akzeptanz in seinen Augen. Und Entschlossenheit. Und vor allem Liebe.

Hoffentlich sah er dasselbe in meinem Gesicht.

»Ich verspreche es«, sagte mein Mann.

»Besiegele es mit einem Kuss.«

Phin küsste mich sanft auf die Lippen. Immerhin bedeutete ich ihm so viel, dass er mir zuhörte, selbst auf die Gefahr hin, dass ich falschlag.

Ich hoffte inständig, dass ich nicht falschlag.

»Wir werden heil aus dieser Sache herauskommen«, sagte ich. »Aber ich möchte mir trotzdem weiterhin in die Augen sehen können, wenn ich in den Spiegel schaue, und dir auch, wenn das hier vorbei ist.«

»Ich werde darauf achten, dass meine Schüsse nur verwunden. Ehrenwort, Lieutenant.«

Er kehrte zu der Schießscharte zurück. Ich nahm mein Bushmaster-Gewehr und stellte mich an die Scharte daneben.

Die Gang befand sich im Panikzustand. Menschen rannten kopflos durch die Gegend. Viele suchten hinter Bäumen Deckung, die nicht breit genug waren.

Es gab jede Menge Arme und Beine.

Schießen auf längere Distanzen erforderte viele Fähigkeiten, die man auch für meine Spezialität, den Umgang mit Handfeuerwaffen, benötigte. Eine ruhige Hand war wichtig, aber auch Konzentrationsfähigkeit und Geduld. Ich hatte schon Männer gesehen, die auf eine Entfernung von nur ein paar Metern ein ganzes Magazin leer ballerten und bei jedem Schuss das Ziel verfehlten, weil sie zu aufgeregt oder emotional waren. Je ruhiger man war, desto besser zielte man.

Ich visierte eine ungeschützte Schulter in ungefähr hundertfünfzig Metern Entfernung an, entspannte mich und behandelte das Gewehr wie eine Verlängerung meiner Hand. Auf diese Weise war Zielen nichts anderes, als mit dem Finger zu zeigen.

Phin gab zu meiner Linken einen Schuss ab.

»Treffer!«, rief er.

Ich behielt das Ziel im Fokus und krümmte den Finger so sanft am Abzug, dass ich exakt den Haltepunkt spürte. Der

Schlagbolzen traf auf die Patronenkammer und die Kugel ging dorthin, wo sie sollte. Der Mann drehte sich um die eigene Achse, fiel hin und hielt sich die Wunde.

»Ich hab zwei Treffer«, sagte Phin.

»Das ist kein Wettbewerb. Das sind Menschen.«

Phin schoss erneut. »Drei.«

Ich fand eine rennende Zielscheibe. Legte auf sie an. Drückte ab. Traf den Mann am Knie. Er brach zusammen.

Phin feuerte, sagte aber diesmal nichts.

»Daneben?«, fragte ich.

»Was zählt als verwundet?«

»Ein Mann, der zu Boden geht.«

»Na ja, der liegt am Boden.«

»Phin …«

»Vielleicht überlebt er's ja. Mit sofortiger ärztlicher Hilfe. Und einer Herztransplantation.«

Ich sah ihn an. »Das ist kein Witz.«

»Ich tue mein Bestes.«

»Mach es noch besser.«

»Ja, Ma'am.«

Ich fand ein weiteres Ziel. Der arme Trottel wusste nicht, dass der Baum, hinter dem er sich versteckte, zu schmal war. Die Entfernung betrug zweihundert Meter. Wahrscheinlich dachte er, das sei weit genug.

War es nicht. Ich traf ihn in die Hüfte.

Das Ganze ging zehn Minuten lang so weiter. Die Kerle rannten davon. Wir schossen auf Arme und Beine.

»Sie sind dreihundert Meter weit weg«, sagte ich zu Phin. »Weißt du noch, wie Mildot-Absehen mit einem Fadenkreuz funktioniert?«

»Nein.«

»Ziele eineinhalb Punkte unter die Mitte, so kalkulierst du den Geschossfall mit ein.«

Wenn man direkt auf Schulterhöhe zielte und der Geschossfall Schulterhöhe betrug, traf die Kugel den Boden. Schwerkraft ist stärker als Masse, egal, wie schnell die Masse nach vorn fliegt. Das Prinzip lässt sich anhand einer Parabel veranschaulichen. Wenn man einen Ball wirft, schleudert man ihn nicht in einer Geraden, sondern nach oben, sodass die Flugbahn einen Bogen beschreibt. Genauso verhält es sich mit einer Kugel. Hebt man den Gewehrlauf an, bedeutet dies, dass die Kugel erst nach oben, dann nach unten fliegt. Dabei verliert sie ein wenig an Geschwindigkeit, fliegt aber weiter.

»Schauen wir mal nach, wie es an den Seiten aussieht«, sagte Phin.

Wir begaben uns zu den gegenüberliegenden Schießscharten im Wohnzimmer. Hier waren die Bandenmitglieder nicht so weit zurückgewichen. Ich traf drei in schneller Reihenfolge, Phin einen.

Wir wechselten wieder zurück und trafen noch fünf weitere Ziele.

Inzwischen hatten sämtliche Angreifer kapiert, was Sache war, und waren entweder außer Schussweite geflüchtet oder in Deckung gegangen. Von meiner ursprünglichen Schießscharte aus sah ich nur Männer, die ich bereits getroffen hatte.

»Lass ihnen Zeit, um sich um die Verwundeten zu kümmern«, sagte ich und stützte den Gewehrkolben auf den Boden.

»Du bist viel zu anständig, Jack.«

»Und wenn sie kommen, um die Verwundeten abzutransportieren«, fuhr ich fort, »schießt du auf sie.«

Er sah mich an und grinste. »Ich liebe dich.«

Ich war nicht stolz darauf, dass wir uns wieder näherkamen, indem wir auf Menschen schossen. Aber ich hatte mich in der Tat seit Monaten nicht mehr so lebendig gefühlt. Oder seit Jahren.

Scheiße! Vielleicht war ich ja auch eine von den Bösen.

Ich holte ein volles Magazin aus dem Seesack und schob es in mein Gewehr. Phin feuerte so schnell, wie er abdrücken konnte. Ich eilte zu ihm.

»Was ist los?«

»Es gibt Ärger.«

Ich schaute durch das Fernglas.

Ein Bus fuhr geradewegs auf das Haus zu. Er war nur zweihundert Meter entfernt und wurde immer schneller. Den Fahrer konnte ich nicht sehen, da er sich hinter schusssicheren Westen verbarg, die er auf dem Armaturenbrett aufgetürmt hatte.

Ich ließ das Fernglas fallen und hob das Gewehr. »Ziel auf den Motorblock«, sagte ich zu Phin.

Aber Phin war verschwunden.

Del Ray

Del Ray presste ein blutiges Tuch auf das, was von seinem rechten Ohr noch übrig war. In seiner gesamten Gangkarriere hatte er noch nie eine Schusswunde davongetragen.

Es tat weh. Höllisch weh.

Die Polizistin und ihr Mann hatten ein Dutzend seiner Männer kampfunfähig gemacht, aber Tote hatte es keine gegeben. Entweder waren die beiden schlechte Schützen oder sie nahmen die Sache nicht ernst.

Interessant.

Interessant war auch, wie sie geschossen hatten. Anscheinend befanden sich in den Wänden Schießscharten anstelle von Fenstern.

Del fragte sich, wem zum Teufel dieses Grundstück mitsamt dem Haus gehörte.

Jemandem mit Verbindungen zum organisierten Verbrechen?

Das wäre schlimm.

Abgesehen von gelegentlichen Kurzzeitbündnissen hatten die C-Notes mit der Mafia nichts am Hut. Mafiosi beschränkten ihre Geschäfte auf die gut betuchten Stadtviertel, und die

Folk Nation blieb in den Gettos. Die beiden Gruppen gingen sich aus dem Weg.

Was, wenn die Polizistin unter dem Schutz der Mafia stand? Hatten die C-Notes womöglich einen Krieg vom Zaun gebrochen?

So einen Krieg konnten sie gewinnen. Die C-Notes waren zahlreicher und besser bewaffnet als die Mafia. Aber es würde hohe Verluste geben.

Wie viele Leute würde T-Nail opfern, nur um seinen persönlichen Rachedurst zu stillen? Das waren Del Rays Jungs. Viele von ihnen kannte er, seit er der Gang beigetreten war. Manche davon waren noch nicht einmal geboren gewesen, als T-Nail in den Bau gewandert war. Sie sollten nicht für ihn sterben müssen.

Del Ray sah zu, wie Spread den Bus startete, und rief einen seiner Leutnants zu sich, einen Mann namens LeBron.

»Schnapp dir fünf Leute und fahr mit ihnen zum Walmart. Ihr müsst für mich ein paar Einkäufe machen.«

Phin

Die Entenkanone war über drei Meter lang, und als Phin sie in die Hände nahm, schrien seine Rippen förmlich vor Schmerz. Die Waffe wog fast fünfzig Kilo.

Phin wuchtete das Ungetüm auf seine Schulter, was so wehtat, dass ihm die Tränen kamen. Dann starrte er auf die Schachtel mit den Patronen, von denen jede über vier Zentimeter dick war und so lang wie drei D-Batterien. Um nach ihnen zu greifen, musste er eine unbequeme Kniebeuge machen, schaffte es aber nicht, die ganze Schachtel aufzuheben. Er konnte zwei Patronen mit der Hand fassen und nur mit Mühe wieder aufstehen.

Gewehrschüsse hallten durch das ganze Haus. Das war Jack, die auf den Bus schoss.

Phin quetschte sich seitlich durch den Türrahmen und schleppte die Entenkanone ins Wohnzimmer. Jeder einzelne Schritt war eine Qual.

»Hilf mir!«, rief er seiner Frau zu.

Sie gab einen weiteren Schuss ab, wandte sich zu ihm um und sah ihn mit weit aufgerissenen Augen an. »Ist das dein Ernst?«

Trotzdem kam sie ihm sofort zu Hilfe und wuchtete gemeinsam mit Phin das gigantische Rohr in die Schießscharte, wo es nur knapp hineinpasste.

»Noch hundert Meter«, sagte Jack, als sie einen Blick nach draußen warf.

Phin eilte zurück zum Gewehrkolben und kniete sich hin. Die Bruchenden seiner verletzten Rippen rieben aneinander. Er starrte auf den Hahn und den Abzug und wusste nicht, wie man die Waffe lud.

»Du musst den Verschluss öffnen«, sagte Jack. »Da müsste ein Hebel oder ein Knopf sein.«

Da war aber nichts. Phin konnte eine Nahtstelle und ein Scharniergelenk erkennen, wusste aber nicht, wie man den Mechanismus aufbekam.

»Noch achtzig Meter. Lade endlich, Phin!«

»Ich arbeite daran.«

Phin fuhr mit den Händen über die Unterseite des Griffs, bis er den Abzugbügel berührte und feststellte, dass dieser wackelte. Er zog daran, und das Gewehr sprang auf.

»Noch siebzig Meter, und er wird immer schneller.«

Phin legte eine der riesigen Patronen ein, schloss den Verschluss und hob die Waffe an seine Schulter.

»Noch fünfzig Meter. Nicht an der Schulter! Du brichst dir das Schlüsselbein.«

Phin klemmte den Kolben unter die Achselhöhle, sodass der Rückstoß ihn nicht an der Schulter treffen würde.

»Nach rechts!«

Phin rutschte auf den Knien.

»Weiter … weiter … halt! Feuer!«

Phin drückte ab.

Nichts geschah. Er hatte vergessen, den Hahn zu spannen.

»Noch dreißig Meter! Schieß endlich!«

Hahn spannen. Abzug drücken.

Nichts.

»Schlechte Patrone!«, schrie Jack.

Phin öffnete erneut den Verschluss, zog die Patrone heraus, legte eine neue ein, schloss die Waffe und spannte den Hahn.

»Noch zehn M…«

Phin drückte ab. Das Entengewehr ging mit der Wucht einer Kanone los, wurde aus Phins Händen gerissen und schlitterte nach hinten über den Holzboden.

Kurz darauf bebte das Haus. Phin konnte den Aufprall nicht hören, da er von dem Donnerschlag der Entenkanone völlig taub war. Aber der Bus musste gegen das Haus gefahren sein. Jack half ihm auf die Beine, und sie eilten im Laufschritt in den Kontrollraum, wo sie auf die Monitore starrten.

Das, was vom Bus noch übrig war – die Entenkanone hatte das gesamte Vorderteil zerfetzt –, hatte das Garagentor knapp verfehlt und war stattdessen gegen die Wand gekracht. Phin und Jack sahen zu, wie ein Mann das Fahrzeug durch die abgerissene Seitentür verließ und zurück in den Wald torkelte.

Jack sagte etwas, doch Phin konnte sie nicht hören, so laut war das Klingeln in seinen Ohren. Gewehre waren laut wie ein Rockkonzert, aber diese Entenkanone stellte alles in den Schatten. Es war, als explodierte ein Böller neben dem Ohr. Er sah Jack angestrengt an und versuchte, ihre Lippen zu lesen. Sie fuhr mit den Händen über seinen Arm, bis sie seinen Zeigefinger erreichte.

Der sah ganz und gar nicht wie ein Zeigefinger aus. Finger sollten eigentlich nicht in einem so unnatürlichen Winkel abstehen. Und auch nicht in die falsche Richtung zeigen.

Der Rückstoß der Entenkanone hatte den Zeigefinger ausgerenkt und gebrochen, und nun ringelte er sich wie ein Regenwurm.

Phin erlebte einen Augenblick schrecklicher Erkenntnis: Die Schnelligkeit des Vorfalls und der Adrenalinschock bewirkten, dass sein Körper die Verletzung nicht sofort registrierte. Aber der Schmerz würde bald einsetzen, und zwar ziemlich heftig.

Was auch geschah. Und es tat schlimmer weh, als er vermutet hätte.

Das Positive daran: Er vergaß völlig die gebrochenen Rippen.

Das Negative: Seine Knie gaben unter ihm nach und der Raum drehte sich um ihn. Als er auf den Hintern fiel, hoffte er, nicht kotzen zu müssen, denn er wollte vor Jack nicht schwach aussehen.

Stattdessen tat er etwas, das noch schlimmer war.

Er fiel in Ohnmacht.

Herb

Detective Tom Mankowski vom Morddezernat des Chicago Police Departments kleidete sich nicht gut genug, um als metrosexuell durchzugehen, aber seine langen rotblonden Haare, die er zu einem Knoten zusammengebunden hatte, und sein Zwei-Tage-Bart ließen ihn wie einen Hipster aussehen. Herb nannte ihn nicht so, musste aber an die Bezeichnung denken, als er Tom die Hand schüttelte. Außerdem dachte er daran, wie sehr sein Kollege dem jungen Thomas Jefferson glich, dessen Bild auf jeder Fünf-Cent-Münze prangte.

»Willkommen im Krimibago, Tom«, rief Harry vom Fahrersitz aus, während er sich in den Verkehr einfädelte. »Das hier sind Harry junior und Homeboy. Harry junior ist der mit der Windel, der gerade ein Nickerchen hält. Homeboy ist der im Käfig. Und der gestrandete Wal hier ist Herb. Nimm dir aus dem Kühlschrank, was du willst. Falls dir während der Fahrt langweilig wird, kannst du mit Herb Schach spielen, vorausgesetzt, Herb kann Schach. Das Brett ist im Schrank bei Juniors Spielzeug, gleich neben der Geschirrspülmaschine.«

Tom nahm Herb gegenüber Platz und fragte: »Wieso heißt der Papagei Homeboy?«

»Die Vorbesitzer haben ihn so genannt. Ich weiß nicht, ob ich ihren Eltern oder der Gesellschaft die Schuld geben soll. Irgendwas ist da falsch gelaufen.«

»Warum ist er kahl?«

»Er ist süchtig nach Methamphetamin. Deshalb hat er sich sämtliche Federn ausgerupft.«

Tom nickte, als wäre dies eine vollkommen plausible Erklärung. »Und wie geht's dir, Sarge? Hab dich schon länger nicht mehr gesehen.«

»Ich musste den ganzen Vormittag mit McGlade verbringen. Das sagt alles. Und dir?«

»Nicht ganz so schlimm wie dir, aber fast.«

Tom erzählte von seinen Ermittlungen im Fall des Schnipplers, eines Serienmörders, der es auf weibliche Webcam-Models abgesehen hatte. Der Stand der Dinge war nicht gut.

»Ich hab den Fall in den Medien verfolgt«, unterbrach Harry. »Das muss ein echter Psychopath sein. Herb und ich hatten schon mit ein paar von diesen Typen zu tun.«

Mehr als nur ein paar. Nach den Ereignissen in Michigan hatte Herb wochenlang nicht schlafen können, weil er sich nicht getraut hatte, die Augen zu schließen.

»Ein Psychopath hat Herb die Augenlider zugenäht«, sagte Harry.

Daher die Angst. Herb würde nie die damit verbundenen Schmerzen und Ängste vergessen. Und Harry war es noch schlimmer ergangen.

»Mir ist es noch schlimmer ergangen«, sagte Harry.

Derselbe Typ hatte Harry mit Elektroschocks gefoltert.

»Derselbe Typ hat mich mit Elektroschocks gefoltert«, sagte Harry.

Einen Augenblick lang fragte Herb sich, ob Harry seine Gedanken lesen konnte. Aber er verwarf diese Überlegung gleich wieder. Wie konnte jemand wissen, was im Hirn eines anderen vorging, wenn er selbst kein Hirn hatte?

»Einmal hat einer mich entführt, mir den Arm gebrochen und ihn immer weitergedreht, damit ich Jack zu ihm locke«, sagte Herb. »Das war echt furchtbar.«

»Alter, Elektroschocks sind schlimmer als so ein lächerlicher Knochenbruch«, sagte Harry.

»Er hat die Knochen aneinandergerieben.«

»So was ist doch nur Vorspiel. Ich habe immer noch keine vollständige Kontrolle über meine Blase.«

»Hattest du das überhaupt jemals?«, fragte Herb.

»Wenn ich zu sehr lache, muss ich pissen wie eine Sprinkleranlage. Bin neulich aus dem Kino rausgeflogen, weil irgendso 'n Teenie in die Pfütze getreten ist, die ich gemacht habe. Wenn ich's mir nachträglich überlege, hätte ich am Getränkestand nicht die fünf Liter Cola kaufen sollen.«

»Das kommt nicht von den Elektroschocks, McGlade. Du hast ein Problem mit deiner Prostata.«

»Und du *bist* ein Prostataproblem.«

»Das ergibt doch keinen Sinn.«

»Natürlich. Wenn ich dich sehe, habe ich das Gefühl, dass mich jemand in den Arsch fickt.«

McGlade lachte über seinen eigenen Witz. Dann sagte er: »Verdammt, jetzt hab ich schon wieder in die Hose gemacht.«

»Mich hat mal einer gefesselt und mit einem Brandeisen malträtiert«, warf Tom ein.

»Wie lange hat das gedauert?«, fragte Harry, während er sich Papierservietten in den Hosenschlitz stopfte.

»Lange genug, dass ich in Ohnmacht gefallen bin. Und dann hat der Kerl die Brandwunde abgeleckt.«

»Das ist doch gar nichts im Vergleich zu meiner Hand.« Harry winkte mit seiner Prothese. »Diese Irre hat mir einen Finger nach dem anderen abgeschnitten und anschließend die

Stummel mit einem Lötkolben ausgebrannt. Die Ärzte konnten nichts mehr retten und mussten die Hand amputieren. Erinnerst du dich noch daran, Herb?«

»Ja. Ich hab damals ‘ne volle Ladung Dachnägel in die Brust bekommen.«

»Ja, richtig! Jetzt erinnere ich mich wieder. Ich hab Witze darüber gemacht, dass dich jemand genagelt hat. Du hast das nicht mitbekommen, weil du in der Notaufnahme lagst und von den starken Schmerzmitteln benebelt warst. Besucht hab ich dich anschließend auch nicht. Was ist dir sonst noch passiert, Tom?«

»Mich hat erst neulich ein Kerl gebissen.«

»So, so … gebissen. Na ja, zum Glück ist das kein Wettbewerb, denn dann hättest du verloren. Aber du bist ja noch jung. Da können noch viele Irre kommen und dich foltern, bevor deine Karriere beendet ist.«

»Drück mir die Daumen, dass das nicht passiert«, sagte Tom.

Harry drehte die Musik wieder auf und sang in falschen Tönen einen Text darüber, wie man auf dumme Art und Weise sterben konnte.

»Und wie läuft’s privat bei dir?«, fragte Herb Tom. Der schmerzliche Ausdruck im Gesicht seines Gegenübers war Antwort genug. »Ich nehme die Frage zurück. Spielst du Schach?«

»Ein bisschen.«

Herb beugte sich vor und öffnete den Schrank. Er enthielt zwei extrem schmutzige Stofftiere, ein Babyspielzeug von Fisher-Price, eine offene Schachtel Holzschrauben, drei He-Man-Actionfiguren mit Bissspuren, eine dreckige Windel, deren Inhalt wie versteinert wirkte, eine halbe Schachtel Schrotpatronen vom Kaliber 12 und das bereits erwähnte Schachspiel.

Herb stellte die Schachtel auf einen ausziehbaren Tisch und nahm den Inhalt heraus: fünf Bauern, ein Damestein, ein Zinnrennwagen aus einem alten Monopoly-Spiel sowie ein Käsekringel.

Ein Schachbrett war nicht dabei.

»Dann spielen wir eben *Zombie Sugar Jackers*«, sagte Tom und holte sein Smartphone hervor.

»Was ist *Zombie Sugar Jackers*?«, fragte Herb. Der Käsekringel hatte einen dunklen Fleck, sah aber ansonsten noch gut aus.

»Das ist so eine Mischung aus *Candy Crush Saga* und *Angry Birds*, mit Elementen von *Fruit Ninja* und *Clash of Clans*. Aber mit Zombies.«

»Diese anderen Spiele kenne ich nicht. Aber ich mag Zombies. Macht es Spaß?«

»Es ist wie elektronisches Crack. Als meine Freundin zu Besuch war, musste ich die App von meinem Handy entfernen, weil ich sonst die ganze Zeit gezockt hätte.«

Eine bessere Empfehlung konnte man nicht bekommen. Herb holte sein Smartphone hervor und ging zum App Store, wo er *Zombie Sugar Jackers* unter den Top 10 der beliebtesten Spiele entdeckte.

»Aha. Ist ja sogar kostenlos.«

Tom kicherte. Herb lud das Spiel herunter und fing gleich damit an.

Das Tutorial war umständlich. Das Spielprinzip basierte auf einer dämlichen und albernen Hintergrundgeschichte, in der die Königin vom Zuckerland ihr Reich gegen die sogenannte »Naschbande« verteidigen musste, eine Horde von Zombies, die total auf Süßigkeiten versessen war. Sie tat dies, indem sie Reihen von jeweils drei gleichen Süßigkeiten auf einem Spielbrett im Schachbrettmuster aufstellte. Herb begann damit, passende Süßigkeiten zusammenzustellen, und merkte bald, dass das Spiel viel komplizierter war, als er zunächst gedacht hatte.

Drei Süßigkeiten in eine Reihe zu stellen, erforderte oft mehrere Züge. Wenn man es nicht schaffte, musste man auf demselben Level von vorne beginnen. In der Zwischenzeit kamen die Zombies immer näher. Wenn sie zu nahe herangekommen waren, erfolgte eine Naschattacke, und das Spiel war vorbei.

Herb empfand die App als willkommene Ablenkung. Das Spiel erforderte eine gute Kombination aus Geschick, Intuition und dem richtigen Timing. Nach zehn Minuten war er vollkommen darin vertieft.

»Wie sprengt man die Finsteren Felsen?«, fragte Herb Tom, als er Level 8 erreichte.

»Mit Pfefferminzminen.«

»Und wo bekommt man die?«

»Man kauft sie mit Zuckerrüben.«

»Und wo bekommt man …«

Tom unterbrach sein Spiel und sah Herb an. »Hast du schon deinen Zuckergarten angepflanzt?«

»Was ist …«

»Unten links. Das blinkende Symbol.«

Herb klickte darauf und sah sich ein kurzes Tutorial an, wie man Zuckerrüben und Zuckerrohr anbaute. Dies wiederum mündete in einem Mini-Spiel, bei dem man die Naschbande mit Kokosnüssen bewerfen musste, um sie davon abzuhalten, den Garten aufzufressen, bevor die Pflanzen reiften. Herb schlug sich wacker, bis irgendein riesiges zähflüssiges Monster erschien und seine gesamte Ernte vernichtete.

»Wer zum Teufel hat da gerade meinen Zuckergarten aufgefressen?«, fragte Herb und starrte auf sein ödes Feld.

»Das Honigbiest.«

»Wie hindere ich das Honigbiest daran, meine Zuckerrüben und mein Zuckerrohr zu fressen?«

»Du musst bei einem Zuckerclan Schutz suchen.«

Im Rückblick war das offensichtlich.

»Bist du in einem Zuckerclan?«, fragte Herb.

»Ja.«

»Kann ich deinem beitreten?«

»Ich schicke dir eine Einladung, aber du musst erst vom Anführer des Clans akzeptiert werden. Wie lautet dein Spielername?«

»HBenedict 1966.«

Einen Augenblick später erschien auf Herbs Display ein Pop-up-Banner von RnRSpiderCopTurbo. Herb musste zugeben, dass dieser Spielername viel cooler klang als HBenedict1966. Er nahm die Einladung an.

»Ich habe bei dem Clanführer ein gutes Wort für dich eingelegt. Er nennt sich KickAximusScrote und hat einen Garten mit Rang 58. Einer der besten Spieler im ganzen Land.«

Herb las die neue Pop-up-Nachricht. »KickAximus hat mir gerade geschrieben. Er will wissen, ob ich bereit bin, für meinen Clan zu sterben. Was soll ich ihm sagen?«

»Sag ihm, du gelobst ihm Treue und begleitest ihn mit deinem Schokoladenschild auf seinem Zuckerfeldzug. Und gib ihm zehn Schokoriegel als Tribut.«

»Wo bekomme ich Schokoriegel?«

»Oben rechts auf deinem Display.«

Herb klickte das Symbol an und stellte fest, dass ein Riegel 99 Cent kostete.

»Das sind ja zehn Dollar«, sagte er und runzelte die Stirn.

»Wenn du kein Geld ausgeben willst, kannst du dir die Schokoriegel beim Spiel verdienen.«

»Wie?«

»Indem du fünfzig Zuckerrüben dafür eintauschst.«

»Aber das Honigbiest frisst sie doch auf.«

»Du solltest dich schnell entscheiden. KickAximus geht bald ins Bett.«

Herb blickte auf sein Handgelenk, doch dann fiel ihm ein, dass er keine Armbanduhr mehr trug, seit er ein Smartphone besaß. Er sah die Uhrzeit auf dem Handy nach und sagte: »Es ist erst kurz nach zwölf Uhr mittags.«

»Er lebt in den Vereinigten Arabischen Emiraten. Dort ist es zehn Stunden später.«

»Der Typ geht schon um zehn Uhr abends ins Bett?«

»Er ist acht Jahre alt.«

Herb wollte das Geld nicht ausgeben. Immerhin war der Grund für seine Entscheidung, den Urlaub zu Hause zu verbringen, dass sein Finanzportfolio alles andere als beeindruckend war. Genau genommen besaß er nicht einmal ein Finanzportfolio. Er zahlte nie genug in seine private Altersvorsorge ein, und Bernice hatte unter dem Bett eine Kaffeedose voller Halbdollarmünzen. Seine Frau träumte von gemeinsamen Reisen, sobald Herb in Rente ging, und er wollte ihr diesen Traum ermöglichen. Das bedeutete, dass er auf jeden Cent achten musste.

Aber die Erkenntnis, dass diese Schokoriegel für 99 Cent für ein kleines Kind waren, stimmte Herb milde, und er klickte auf den Kauf-Button. Zwei Minuten später war er um zehn Dollar ärmer und das neueste Mitglied im sogenannten Pipikacka-Clan.

»Der Name von diesem Clan klingt irgendwie ordinär«, sagte Herb.

»Was erwartest du von einem achtjährigen Kind? Für die gibt es kaum etwas Witzigeres als Scheißhaushumor. Der zweite Anführer heißt übrigens GroßerAffenpimmel.«

»Sein kleiner Bruder?«

»Sein Vater. Ich glaube, die sind Ölscheichs.«

»Ölscheichs?«

»Reicher als Könige. Schuld daran ist unser unersättlicher Hunger nach fossilen Brennstoffen. Hast du den Garten von KickAximus gesehen? Der Junge hat bestimmt zehn Riesen in das Spiel investiert. Anstatt sich hochzuarbeiten, blättert er einfach Kohle hin.«

»Warum wollte er dann zehn Schokoriegel von mir?«

»Du kannst jederzeit deinen eigenen Süßigkeiten-Clan gründen. Dann entrichten dir die Mitglieder Tribut.«

»Kann ich das wirklich?«

»Nicht mit deinem beschissenen kleinen Rang-7-Garten.«

Herb verzog das Gesicht. »Dieses Spiel scheint wirklich nichts für Leute zu sein, die umsonst spielen wollen.«

»Willkommen in der wunderbaren Welt der Zockerspiele.«

»Stell dir vor, ich hab früher meine Freizeit mit Lesen verplempert.«

»Ich weiß. Jetzt siehst du erst, was du verpasst hast. Okay … jetzt, wo du im Clan bist, kann ich dir ein Nasenstübergewehr geben. Das müsste das Honigbiest abschrecken, und dann kannst du in Ruhe deine Zuckerrüben und dein Zuckerrohr anbauen.«

»Danke, Tom. Auf welchem Level bist du eigentlich?«

»Ich habe einen Rang-32-Garten und bin auf Level 116.«

Herb wünschte, er wäre auch schon so weit. Er kümmerte sich wieder um seinen Garten und fuhr die erste erfolgreiche Ernte ein, nachdem er mehrere Runden gegen die Naschbande und das Honigbiest gekämpft und die Bedrohung abgewehrt hatte. Jetzt konnte er mit seinen Zuckerrüben Pfefferminzminen kaufen und die Finsteren Felsen in die Luft sprengen.

Kaum hatte er das hinter sich gebracht, startete die Naschbande einen neuen Angriff und verschlang ihn.

Herb versuchte, eine neue Runde zu starten, aber die App blockierte ihn.

»Mein Spiel funktioniert nicht.«

»Hast du verloren?«

»Ja. Diese Naschbande kennt kein Pardon.«

»Dir ist der Nektartreibstoff ausgegangen?«

»Der Leckerschmecker trinkt ihn mir ständig weg.«

»Warte zehn Minuten. Deine Reserven erneuern sich automatisch.«

»Zehn Minuten warten? Was mache ich solange?«

»Ich schau bei CNN rein.«

»Die Antwort ist auf CNN?«

Tom unterbrach erneut sein Spiel. »*Zombie Sugar Jackers* ist Freeware. Das Spiel finanziert sich durch In-App-Käufe. Man kann zum Beispiel mehr Spielzeit kaufen, falls man verliert. Oder man wartet zehn Minuten und spielt dann von Neuem umsonst.«

»Das ist ja hinterlistig.«

Herb wünschte, er wäre selbst auf so eine Idee gekommen. Das war eine bessere Abzockermasche, als ein Ölscheich zu sein. Eines Tages würde dem Nahen Osten das Öl ausgehen. Aber Zuckerrüben und Pfefferminzminen waren unerschöpflich.

Tom nickte. »Ja. Die machen damit richtig fette Kohle. Man kann auch schummeln und sich gegen Bezahlung Vorteile verschaffen, die das Spiel leichter machen.«

»Was ist daran so toll?«

»Nun, nehmen wir mal an, du schaffst es nicht über Level 58 hinaus, weil der Donut-Drache immer wieder deine Zuckerrüben abfackelt. Du kannst dir eine Kaugummibombe kaufen und damit dem Drachen die Flügel verkleben. So kommst du auf ein höheres Level.«

»Kann ich mir diese Kaugummibombe nicht auf andere Weise beschaffen?«

»Die Dinger schießen spontan in deinem Garten aus dem Boden, aber du musst sie ernten, bevor sie wieder verschwinden. Das ist praktisch unmöglich.«

Herb blieben noch neun Minuten und sechsundvierzig Sekunden, bis er ein neues Spiel starten konnte. Also ging er auf CNN. Die Waldbrände in Wisconsin waren das Topthema. Hunderte Hektar Wald waren niedergebrannt, und die Evakuierungen waren in vollem Gange.

Daneben gab es noch andere Nachrichten. Jemand aus der Familie Kardashian, die man aus einer Reality-TV-Show kannte, hatte irgendetwas getan, und Nordkorea benahm sich immer noch wie Nordkorea.

Herb wandte seine Aufmerksamkeit wieder dem Zombie-Spiel zu und wartete ungeduldig, bis die Auszeit vorüber war. Die Sekunden verstrichen quälend langsam. Noch sieben Minuten, dann durfte er wieder spielen.

»Diese Warterei ist doof«, sagte er. »Wieso spiele ich nicht einfach irgendein anderes Spiel?«

»Menschen mit weitaus mehr Willenskraft haben es versucht, Herb. Wenn du einen Weg findest, wie das geht, sag mir Bescheid.«

Um die Wartezeit zu überbrücken, schaute Herb sich die In-App-Angebote an. Es gab mehr zu kaufen als nur Schokoriegel und Kaugummibomben. Spieler hatten Zugriff auf eine Vielzahl von Dingen, mit denen man sein Spiel verbessern konnte: mehr Land. Besseres Saatgut. Düngemittel. Zauberformeln. Schlagkräftige Waffen. Schutzwälle. Truppen, um den Garten zu bewachen. Zusätzliche Chancen, drei Schokoriegel hintereinander zu erwerben. Schnellere Uhren, um die Wartezeit zu verkürzen. Und das Beste daran: Die Angebote waren so billig. Bei nur 99 Cent hier und 1,99 Dollar da verspürte Herb keine allzugroßen Schuldgefühle, ein paar davon zu kaufen. Die Beträge waren Kleingeld. Und seinen Garten auf Rang 7 gegen das Honigbiest zu verteidigen, sollte einem das bisschen Kleingeld schon wert sein.

»Tom, wer greift da gerade unseren Clan an?«

»Ein feindlicher Clan. Die Kackbomben-Todeswolke. Das sind harte Jungs.«

»Du meinst, hart für einen Haufen Teenies aus dem Nahen Osten.«

»Nein, diese Typen sind Physikprofessoren am Massachusetts Institute of Technology. Investiere alle deine Zuckerrüben in einen Schutzzaun, sonst nehmen sie dir den Superboden weg. Dann kannst du eine Woche lang nichts mehr anbauen.«

»Eine Woche?« Das beunruhigte Herb. Und als ihm bewusst wurde, dass ihn das beunruhigte, beunruhigte es ihn aufs Neue.

Der Kackbomben-Todeswolken-Clan kam näher und warf einen Schatten über den Pipikacka-Clan.

»Verdammt, die kennen unsere Verteidigungsstrategie«, sagte Tom. »Unsere Killer-Kängurus sind wirkungslos.«

»Sie reißen meinen Zaun ein, Tom. Dieser Zaun hat mich hundert Zuckerrüben gekostet. Was soll ich jetzt machen?«

»Aktiviere deinen Schutzschild.«

»Wo ist …«

»Im Schatz-Menü. Suche nach dem Zauberschild.«

»Das kostet sechs Schokoriegel. Ich hab keine Lust, so viel dafür zu bezahlen.«

»Dann können wir gleich einpacken und das Spiel beenden. Der Kackbomben-Todeswolken-Clan wird unseren Clan auslöschen. Und dann wird mein Clan-Häuptling dich rauswerfen, und mich gleich dazu, weil ich dich empfohlen habe. Ohne den Schutz eines Clans werden wir leichte Beute für die Barbecue-Hühnerflügel-Bussarde, die uns das Fleisch von den Knochen picken wollen.«

»Das sieht ja zappenduster für uns aus.«

»Kaufst du den Schild oder gibst du auf?«

Herb kaufte den Schild.

Sie wehrten den Angriff ab, und jeder bekam als Belohnung eine Klebriger-Wirbelwind-Zauberformel zum Schutz gegen den Schokosaurus Rex. Tom und Herb klatschten sich ab.

»Wie viel hast du eigentlich bisher für In-App-Käufe ausgegeben?«, fragte Herb.

»Ein paar Dollar. Hast du gerade Marshmallow-Rotzbomben bekommen?«

»Ja. Als Bonus dafür, dass ich das Marmeladeneinhorn besiegt habe.«

»Möchtest du ein paar davon gegen Blödbeeren tauschen?«

»Na klar.«

Sie spielten weiter.

Als Herb sich zehn Minuten später um seinen Garten kümmerte, kam ihm eine kleine Offenbarung.

»Hast du dir schon mal überlegt«, sagte er zu Tom, »wie viel Zeit man im Leben mit trivialem Routinekram verbringt, um zu den wirklich guten Dingen zu gelangen?«

»Was meinst du damit?«

»Na ja, John Lennon hat mal gesagt, dass das Leben das ist, was einem widerfährt, während man damit beschäftigt ist, andere Pläne zu machen. Ich sehe das jedoch anders. Das Leben ist das, was zwischen deinen Versuchen geschieht, an die Dinge heranzukommen, die dir wirklich etwas bedeuten.«

»Zum Beispiel, wenn du Zuckerrüben anbaust, damit du Pfefferminzminen kaufen und die Finsteren Felsen in die Luft sprengen kannst, um auf das nächsthöhere Level zu gelangen?«

»Ja. Na ja, nicht ganz. Ich meinte es in einem breiteren Zusammenhang. Zum Beispiel, wenn man im Stau steht, um ans Ziel zu gelangen. Oder wenn man Fernsehwerbung über sich ergehen lässt, weil man warten will, bis die Sendung weitergeht.«

»Oder wenn man ein langweiliges Kapitel in einem Buch liest, weil man wissen will, wie es mit den Figuren weitergeht.«

»Genau.«

Tom unterbrach sein Spiel. »Ich verstehe, was du meinst. Aber ist das unbedingt schlecht?«

»Ganz im Gegenteil.«

»Das musst du mir erklären.«

»Wir sind in diesem Wohnmobil unterwegs, um unserer gemeinsamen Freundin Jack zu Hilfe zu kommen. Es sieht also so aus, als wären wir deshalb hier, um später etwas tun zu können. Aber was, wenn wir hier sind, um das zu tun, was wir jetzt gerade tun? Jede Sekunde unseres Lebens zählt und ist der Grund dafür, warum man lebt.«

»Wir sollten also für den Augenblick leben«, sagte Tom.

»Genau. Und wir sollten dafür sorgen, dass jeder Augenblick zählt.«

»Und was, wenn man manche Dinge aufschiebt, um andere Dinge tun zu können?«

»Wenn alles zählt«, sagte Herb, »sollte man den Dingen Priorität geben, die am wichtigsten sind. Und diese Dinge sollte man tun.«

Tom dachte einen Augenblick lang nach und nickte. »Deine Philosophie gefällt mir.«

»Vielleicht sollte sie dir nicht gefallen. Ich glaube, ich will damit nur rechtfertigen, warum ich den Nougatgnom gekauft habe.«

»Du hattest noch keinen? Mann, jeder braucht doch einen Nougatgnom!«

Herb lächelte. »Dann sind die 4,99 gut angelegt.«

Jack

Als mein Mann in Ohnmacht fiel, langte ich sofort nach unten, zerrte fest an seinem verletzten Finger und versuchte, ihn einzurenken. Nachdem er wieder einigermaßen normal aussah, kotzte ich in einen Abfalleimer.

Mein Röcheln und Würgen weckte Phin auf. Er nahm mir den Eimer weg und kotzte ebenfalls hinein.

»Hast du den Finger wieder hingekriegt?«, fragte er. »Ich traue mich nicht, hinzuschauen.«

»Hingekriegt ist nicht das richtige Wort.«

»Wie sieht er aus?«

»Ich traue mich nicht, hinzuschauen.«

»Okay, dann schauen wir beide bei drei. Eins … zwei … drei.«

Wir schauten beide den Finger an.

Dann stritten wir uns um den Abfalleimer.

Anschließend lehnten wir uns an die Wand. Ich hatte keine Ahnung, wie wir es fertigbrachten, uns nicht gegenseitig vollzukotzen.

»Das ist kein Gewehr, das ist 'ne Kanone«, sagte er.

»Glaubst du, McGlade will damit etwas kompensieren?«

»Eindeutig.«

Ich kuschelte mich an Phin, und er legte den Arm um mich. »Tue ich deinen Rippen weh?«

»Im Moment spüre ich nur den Finger. Harry hat kein Demerol?«

»Ich kann noch mal nachschauen.«

Ich wollte los, aber er hielt mich weiterhin im Arm. »Warte noch ein bisschen.«

»Wieso?«

»Ich hab dich lange nicht mehr gehalten. Gib mir ein oder zwei Minuten.«

Ich schmiegte mich eng an ihn, Körperpanzerung an Körperpanzerung, und lauschte seinem Atem.

»Ich hätte mit dir Billard spielen sollen«, sagte ich.

Er schlang den Arm fester um mich. »Das ist in Ordnung.«

Aber es war nicht in Ordnung. »Ich hätte mit dir Billard spielen sollen. Und ich hätte mit dir vor ein paar Tagen in der Garage sparren sollen.«

»Das musst du nicht, Jack.«

»Doch, Phin, das muss ich.« Meine Schultern fingen an zu zittern. »Ich dachte sogar schon, dass ich dich nicht mehr liebe.«

»Und was denkst du jetzt?«

Ich sah ihn an. Seine Augen waren genauso glasig wie meine. »Es liegt an mir, Phin. Ich bin diejenige, die ich nicht liebe. Vielleicht ist es hormonbedingt. Vielleicht hat es etwas mit dem Baby zu tun. Oder mit dem, was in Michigan passiert ist.« Ich schniefte und gab ein Geräusch von mir, das irgendwo zwischen einem Schnauben und einem Seufzer angesiedelt war. »Vielleicht sind es die Wechseljahre. Auf jeden Fall hasse ich mich selbst. Und ich hab es an dir ausgelassen. Denn wenn ich dich dazu gebracht hätte, dass du mich hasst, hätte das meine Selbsteinschätzung bestätigt. Und jetzt hasse ich mich noch mehr.«

»Schschsch!« Phin beugte sich zu mir, obwohl es wahrscheinlich höllisch wehtat, und drückte seine Wange an meine. »Hör auf damit. Du sagst schlimme Dinge über die Frau, die ich liebe.«

»Warum?«

»Warum ich dich liebe?«

Ich nickte. Eigentlich fühlte ich mich schwach und irgendwie minderwertig, weil ich diese Frage stellte. Aber ich wollte es wirklich wissen.

»Weil du außergewöhnlich bist, Jack. Die meisten Menschen sind durchschnittlich. Oder nicht einmal das. Ein paar Leute heben sich von der Menge ab. Aber du … du spielst in einer ganz anderen Liga. Du bist klug, stark, tapfer und erfolgreich. Du hast Mörder hinter Gitter gebracht. Du hast einen schwarzen Gürtel in Taekwondo. Du hast Schießwettbewerbe gewonnen. Du bist eine großartige Mutter und toll im Bett. Es macht Spaß, mit dir zusammen zu sein. Wenn es dich nicht gäbe, müsste ich dich erfinden.«

»Wieso mag ich mich dann nicht?«

»Weil du eine Idiotin bist.«

Ich lachte über diese Bemerkung.

»Ich meine es ernst«, sagte Phin. »Für jemanden, der so außergewöhnlich ist, hast du viel zu wenig Selbstbewusstsein. Du machst dir keine Vorstellung von deiner Auswirkung auf die Welt und auf andere Menschen. Du übertreibst deine Schwächen und weißt deine Stärken nicht zu schätzen.«

»Und was kann ich dagegen tun?«

»Eine Therapie machen. Antidepressiva nehmen. Oder beides. Du wirst dich nicht ändern, aber du wirst lernen, damit zu leben, ohne daran kaputtzugehen.«

Ich küsste ihn auf die Wange. »Danke. Du bist ebenfalls außergewöhnlich.«

Phin lächelte, aber es war ein wehmütiges Lächeln. »Nein, das bin ich nicht. Im Gegensatz zu dir kann ich mich selbst einigermaßen einschätzen. Du bist der Held in dieser Familie, Jack. Ich bin bloß ein harter Kerl, der unverschämtes Glück hatte.«

Phin küsste mich auf die Nase.

»Ich liebe dich, Phineas Troutt.«

»Und ich liebe dich, Jacqueline Daniels. Aber jetzt hilf mir, Demerol zu finden, sonst ruiniere ich mein Image als harter Kerl und fange an zu heulen.«

T-Nail

Sobald T-Nail weit genug in den Wald gefahren war, um ungestört zu sein, öffnete er die Hose, drückte auf seine Blase und pisste. Als er fertig war, machte er die Hose wieder zu und nahm den Wald um sich herum wahr.

Es war still.

T-Nail hatte schon zuvor Stille erlebt. Die verzweifelte Stille seiner Kleinkinderjahre, als seine Mutter ihn allein gelassen hatte und auf der Straße anschaffen ging. Die Furcht einflößende Stille seiner Jugend, wenn er alleine nach Hause ging und wusste, dass irgendwo da draußen jemand lauerte und auf eine Gelegenheit wartete, ihn auszurauben. Die wütende Stille während seiner Zeit im Gefängnis, wenn er mal wieder wegen eines schwachsinnigen Regelverstoßes in Einzelhaft saß.

Diese Stille war anders. Sie enthielt keine Gefahr und verursachte keine Schmerzen.

T-Nail scherte sich nicht groß um kontemplative Selbstwahrnehmung. Im Knast laberten die Sozialtherapeuten ständig davon, man solle seine Zeit zur Reflexion nutzen. Aber T-Nail dachte nie darüber nach, wie er zu dem geworden war, der er war. Wieso auch? Fragte ein Wolf sich, warum er jagte? Und selbst wenn ein Wolf die Fähigkeit besäße, an all die schwächeren Tiere zu denken, die er tötete, um zu überleben, würde ihn dies davon überzeugen, künftig auf Fleisch zu verzichten?

Natürlich nicht! Ein Wolf war ein Wolf.

Genau wie T-Nail war, was er war. Ein geborener Verlierer, aber zu gewalttätig und aggressiv, um dies zu akzeptieren.

Aber hier war es schon verdammt still.

Vielleicht fühlte sich innerer Friede so an.

Innerer Friede war etwas, das T-Nail nie gekannt hatte. Er war sich nicht einmal sicher, ob er überhaupt verstand, was das bedeutete. Seit er gehen konnte, war er wütend gewesen. Wütend auf die Welt. Wütend auf seinen Platz darin. Das Leben war ein fortwährender Kampf. Sex und Drogen ließen einen dieses Leben für kurze Zeit ausblenden, aber das war nicht dasselbe wie innerer Friede.

Jetzt, da er allein mit der Natur war, fragte T-Nail sich, ob andere Menschen auf diese Weise Frieden fanden. Nicht in den Wäldern des nördlichen Wisconsins wie irgendein einheimischer Hinterwäldler, sondern in seinem Mutterland. Wie es sich wohl anfühlte, am Ufer des Nils in Uganda zu stehen, über das ostafrikanische Hochland zu blicken und am anderen Ende der Savanne Mount Kadam aufragen zu sehen? Wie es wohl war, wenn einem die Sonne ins Gesicht schien? In einem Land, wo man nicht einer verachteten ethnischen Minderheit angehörte, die gegen ihren Willen verschleppt und entwurzelt worden war?

Für einen Moment konnte T-Nail es sich beinahe vorstellen.

Doch dann ruinierte ein Geräusch in der Nähe diesen Augenblick. T-Nail zuckte zusammen, weil es wie ein Maschinengewehr klang.

Es war aber keins. Es war ein Vogel, der wie verrückt gegen einen Baumstamm hämmerte.

T-Nail hatte noch nie zuvor einen Specht gesehen.

Er beobachtete den Vogel bei seiner Arbeit. Wie er hämmerte und hämmerte. Holzspäne flogen in sämtliche Richtungen. Wahrscheinlich suchte er nach Nahrung oder baute sich ein Nest oder tat, was Spechte eben tun.

»Du machst einfach nur dein Ding, Alter, oder? Genau wie ich.«

T-Nail zog die Nagelpistole und nagelte den Specht mit einem Kopfschuss an der Rinde fest.

Dann steuerte er den Rollstuhl auf das Haus zu. Dort drinnen befanden sich Menschen, die getötet werden mussten. Und diese Aufgabe fiel T-Nail zu.

Er hatte nie etwas anderes gelernt.

Herb

Der Krimibago hielt an einer Tankstelle neben einem Restaurant namens Charlie's Cheese Chalet, dessen Name wohl an die Berghütten im berühmten Käseland Schweiz denken lassen sollte. Die drei Männer stiegen aus. Harry tankte, während Tom und Herb auf ihre Smartphones starrten und den Kampf um den Aufstieg ins nächste Level beendeten.

»Geht schon mal rein, ich komm nach«, sagte Harry. »Bestellt für mich einen Burger.«

Tom steckte sein Handy weg, streckte sich und starrte auf das Wohnmobil, oder vielmehr auf das große Gefährt, das an der Anhängerkupplung befestigt war.

»Erinnere mich noch mal daran, warum wir ein Tankfahrzeug hinter uns herziehen?«, sagte er.

Herb starrte weiterhin auf das Display. Nur noch dreißig Sekunden trennten ihn von seiner Zuckerrübenernte. »Krawalleindämmung, hat McGlade gesagt.«

»Wir werden Jacks Sauerei aufräumen«, sagte Harry und grinste so dämlich, wie er war.

»Witzbold.« Tom ging auf das Restaurant zu. Herb folgte ihm.

»Man erkennt sofort, dass das Essen in dem Laden gut ist«, sagte Tom. »Wie könnten die sich sonst diese riesige Plastikmaus leisten, die auf einem riesigen Plastikkäse hockt?«

Herb blickte lange genug von seiner Zuckerrübenernte auf, um sich diese typisch vermenschlichte Attraktion am Straßenrand anzusehen. Sie stand zwischen dem Restaurant und der Straße. Dem gigantischen, lächelnden Kunstwerk fehlte ein Auge, und bei dem Käse blätterte die Farbe ab, sodass er eher grau als orange aussah. Die Skulptur sollte Reisende anlocken, aber aus nächster Nähe wirkte sie geradezu bedrohlich.

»Wir hätten bei dem Laden mit dem riesigen Holzfäller anhalten sollen«, sagte Herb. »Oder bei dem mit dem Dinosaurier.«

»Das war ein Wasserrutschenpark.«

»In Wasserrutschenparks gibt es immer etwas zu essen.«

»Stimmt. Einige der besten kulinarischen Etablissements der Welt gehören zu Wasserparks. Ich habe gehört, das *Seb'on* in Paris hat erst neulich ein Wellenbecken installiert.«

Herb fuhr seine Zuckerrübenernte ein und steckte das Handy weg. »Früher gab es dieses Hallenerlebnisbad in Roselle. Eigentlich kein richtiger Wasserpark, sondern bloß zwei Rutschen und ein Whirlpool mit so viel Chlor, dass das Wasser einem die Haut gebleicht hat.«

»Hört sich gut an.«

»Im dazugehörigen Imbissrestaurant gab es dieses Riesensandwich. Ein halbes Baguette mit zwei Rindfleischscheiben à 100 Gramm, sechs Streifen Speck, zwei Spiegeleiern, Hähnchenbruststreifen, Garnelen, Fischstäbchen und Zwiebelringen, das Ganze garniert mit Makaroni und Käse. Man konnte bis zur Imbisstheke schwimmen und im Wasser essen.«

»Äußerst hygienisch.«

»Es gab tatsächlich Probleme. Der Laden musste nach einem E.-coli-Ausbruch dichtmachen. Aber ich vermisse das Riesensandwich.«

»Ich vermisse es auch, obwohl ich es nie probiert habe.«

Sie betraten Charlie's Cheese Chalet, und Herb wurde gleich munter. Das Innere war nicht etwa heruntergekommen, wie man es angesichts der riesigen Maus vermutet hätte, sondern sauber und ordentlich. Entlang der Wand nahe des Eingangs standen Reihen gekühlter Glasvitrinen mit Dutzenden oder vielleicht sogar Hunderten Käsesorten. In der Mitte des Ladens gab es Regale mit Souvenirs und allerhand Schnickschnack. Zur Rechten befand sich der Restaurantbereich mit gedeckten Tischen und Stühlen.

Herb steuerte schnurstracks auf die Theke zu und lächelte die vollbusige Verkäuferin an. Die Frau trug eine Schürze mit aufgedrucktem Riesenmaus-Motiv. Sie nickte Herb zu, erwiderte jedoch nicht sein Lächeln. Seltsam. Normalerweise waren die Menschen in Wisconsin viel freundlicher als in Illinois.

Tom klopfte Herb auf die Schulter und schaute nach rechts. Herb folgte Toms Blick und verstand, warum die Verkäuferin nicht lächelte.

Der Tisch in der hinteren Ecke des Restaurants war voll besetzt mit Jugendlichen, die eindeutig einer Gang angehörten. Herb flüsterte: »Eternal Black C-Notes aus Bronzeville. Gehören zur Folk Nation.«

»Black C-Notes? Da sind doch auch ein Weißer und ein Latino dabei.«

Herb zuckte mit den Schultern. »Vielleicht haben die inzwischen auch Antidiskriminierungsmaßnahmen und Quotenregelungen. Oder vielleicht ist für junge Leute Rassismus überhaupt kein Thema mehr.«

»Glaubst du, dass sie wegen Jack hier sind?«

»Möglich. Es sei denn, sie sind wegen des Preiselbeercheddars extra aus Chicago gekommen. Wo wir gerade beim Thema sind …« Herb wandte sich der Verkäuferin zu. »Ich hätte gern ein halbes Pfund Preiselbeercheddar. Und würden Sie mir bitte Ihre Auswahl an Münsterkäse zeigen?«

Die besorgt dreinschauende Frau ließ Herb eine Scheibe Hickorynuss-Münsterkäse probieren.

Herb zitterte, als er sich den Käse auf der Zunge zergehen ließ. »Oh mein Gott. Mein Gaumen hatte soeben einen Orgasmus.«

Tom stieß ihn an. »Sollten wir nicht etwas tun?«

»Ich tu doch was. Ich probiere Käse.«

»Ich meine wegen der Gang.«

»Spielt keine Rolle. Egal, was wir tun, sobald McGlade hereinkommt, gibt's Krawall. Wir warten am besten, bis er eine Szene macht, und räumen hinterher auf.« Herb wandte sich wieder der Verkäuferin zu. »Kann ich ein Stück von diesem Knoblauch-Dill-Käse probieren?«

Das fantastische Aroma tanzte über Herbs Geschmacksnerven, da ging die Tür auf und McGlade kam herein, mit Harry junior unter dem Arm und Homeboy auf der Schulter.

»Mach dich bereit, dir den Weg nach draußen freizuschießen«, sagte Herb zu Tom.

McGlade gesellte sich zu den beiden. »Es dauert noch etwa zehn Minuten, bis der Krimibago vollgetankt ist. Habt ihr schon was zu essen bestellt?«

»Ich probiere gerade.«

»Um Himmels willen«, sagte Harry und betrachtete die zahlreichen Käsesorten. »Das kann ja Wochen dauern. Hey, sexy Tresendame, haben Sie Burger?«

»Wir haben Sandwiches.«

»Das gefällt mir. Ich mag Sandwich-Sex. Zwei Männer, eine Frau. Gibt nichts Besseres.«

Die Verkäuferin starrte ihn mit offenem Mund an.

»War bloß ein Witz. Geben Sie mir bitte ein Panini mit extra Provolonekäse und Zwiebeln. Möchtest du auch was, Junior?«

»Bla, bla, bla.«

»Dasselbe für den Kleinen. Aber zerkleinern Sie das Ganze im Mixer und geben Sie es ihm in einer Flasche.«

Nachdem er seine Bestellung aufgegeben hatte, ging McGlade zu dem Tisch, an dem die Gang saß. Herb löste den Riemen, der seine SIG Sauer im Schulterholster festhielt, und lehnte sich an der Theke zurück, um sich die Show anzusehen.

»Hast du ein Problem, Alter?«, sagte einer der jungen Burschen.

»Das habe ich in der Tat. Ich habe gerade Riesenkohldampf, bin mir aber nicht sicher, für welche Käsesorte ich mich entscheiden soll. Deshalb dachte ich mir, frag doch einfach diese Käsegourmets, was die bevorzugen.«

»Was laberst du da, Alter?«, sagte der einzige Weiße der Gang. Er spielte nervös mit einem Feuerzeug herum.

»Die Jugend von heute schaut sich nicht mehr Monty Python an? Also gut. Was esst ihr?«

»Wir haben noch nichts bestellt. Wir hängen nur ab und chillen. Hast du ein Problem damit?«

McGlade zuckte mit den Schultern. »Das hier ist ein freies Land. So steht es jedenfalls in unserer Verfassung. Jeder Bürger hat das Recht zu chillen.«

»Was ist das da?«, fragte der Latinojunge und zeigte mit dem Finger.

»Das ist mein Sohn, Harry junior. Junior, sag mal Hallo zu diesen netten Jungs aus dem Getto.«

»Geil!«, sagte Harry junior.

»Ich meine nicht den Knirps, sondern das Ding auf deiner Schulter.«

»Das ist Homeboy.«

Das Bandenmitglied grinste höhnisch. »Ich bin nicht dein Homeboy, Alter.« Eine Anspielung darauf, dass »Homeboy« im

Slang afroamerikanischer Gettobewohner so viel wie »Kumpel« bedeutete.

»Er heißt so.«

»Was ist das für ein Viech?«

»Mein Blindenpapagei.«

»Dein was?«

»Du hast doch bestimmt schon von Blindenhunden gehört? Dasselbe, nur halt als Vogel.«

Der Bursche wirkte aufrichtig verwirrt. »Aber … du kannst doch sehen.«

»Ich bin farbenblind. Homeboy hilft mir, zwischen Grün und Rot zu unterscheiden.«

»Warum hat er keine Federn?«

»Homeboy kommt aus Europa. Er ist die Nacktbadestrände dort gewöhnt und will sich nicht an die spießigen und konservativen Moralvorstellungen in Amerika halten. Ich glaube, er will damit Aufmerksamkeit erregen.«

Ein anderer aus der Gang meldete sich zu Wort. »Willst du uns verarschen?«

»Ja. Und jetzt sagt mir mal, was ihr jungen Burschen in einem Käseladen in Wisconsin macht. Ich kenne eure Symbole. Folk Nation, stimmt's?«

»Bist du 'n Bulle?«

»Nein. Bullen haben eine Marke und müssen sich an bestimmte Regeln halten. Ich bin nur ein besorgter Bürger. Aber die beiden Typen dort drüben, das sind Bullen.« Harry zeigte auf Tom und Herb. »Das kann man an ihren Augen erkennen. Seht ihr, wie sie dreinblicken, als hätten sie im Leben schon alles gesehen? Und wie es ihnen in den Fingern juckt, die Rechte von unterprivilegierten Großstadtjungs zu verletzen? Das sind eindeutig Bullen, Homeboy.«

»Ich hab gesagt, ich bin nicht dein Homeboy.«

»Ich hab mit meinem Blindenpapagei geredet. Sagt mal, Jungs, habt ihr zufällig Meth dabei?«

»METH!«, kreischte Homeboy, worauf alle vier Bandenmitglieder beinahe von ihren Stühlen hochsprangen.

Herb und Tom zuckten ebenfalls zusammen.

»Hör zu, Alter, wir wollen keinen Ärger.«

Harry grinste breit. »Aber ich.«

Einen Augenblick lang herrschte Schweigen. Herb hörte auf zu kauen und trat einen Schritt von der Theke weg. Er konnte nicht erkennen, ob einer oder mehrere der jungen Leute Schusswaffen trugen. Aber wenn McGlade sie genügend provozierte, hätte er einen ausreichenden Grund, sie zu durchsuchen.

»Was willst du?«, fragte der Weiße in der Gruppe.

»Du weißt schon, dass du dich anzündest, wenn du weiterhin mit dem Feuerzeug herumspielst?«

»Mein Kumpel hat dich gefragt, was du willst, Weißbrot.«

»Dir ist doch wohl klar, dass dein Kumpel auch ein Weißbrot ist, oder?«

Der Weiße verzog das Gesicht. »Verdammt, Hackqueem, Rassismus ist Scheiße, egal, gegen wen er sich richtet. Das war jetzt nicht cool.«

Der Typ, der anscheinend der Anführer war, warf dem Weißen einen bösen Blick zu. »Halt's Maul, Jet Row.« Dann wandte er sich wieder McGlade zu. »Was willst du?«

»Wisst ihr zufällig was über eine Party nördlich von hier? Eine Bullenjagd?«

Alle in der Gruppe quittierten die Frage mit ausdruckslosen Blicken.

»Sagt euch der Name Jack Daniels was?«

»Alter, ich trinke lieber Patrón Tequila.«

Anscheinend fanden seine Kumpels die Antwort clever und witzig, denn sie kicherten und klatschten sich ab.

»Hier«, sagte McGlade und setzte Junior auf den Tisch. »Haltet mal für einen Augenblick meinen Sohn, während ich meine Waffe heraushole.«

McGlade brachte einen kurzläufigen Smith-&-Wesson-Revolver vom Kaliber .44 zum Vorschein. Die Bandenmitglieder starrten ihn mit weit offenen Augen an.

»Habt ihr Dirty Harry gesehen? Das hier ist dieselbe Waffe, die er getragen hat, nur mit kürzerem Lauf. Ein langer Lauf ist gut für die Treffsicherheit. Ich benutze das Ding hier nur, um Leute aus der Nähe abzuknallen. Und jetzt wiederhole ich meine Frage langsamer, falls ich beim ersten Mal zu schnell war. Wisst. Ihr. Etwas. Über. Eine Party. Nördlich von hier?«

Die Frage rief einstimmiges Kopfschütteln hervor.

»Auf der Straße geht das Gerücht um, dass die Folk Nation einer Polizistin den Krieg erklärt hat. Seid ihr dorthin unterwegs?«

»Nee, Alter. Wir fahren einfach nur in der Gegend herum.« Der Bursche deutete zum Fenster hinaus auf ein Auto.

»Ihr fahrt in einem Prius herum?«, sagte Harry.

»Er verbraucht wenig Benzin und ist besser für die Umwelt«, sagte der Latino.

McGlade warf Herb einen Blick zu. Herb zuckte mit den Schultern.

Hackqueem schien seine Fassung wiederzuerlangen. »Alter, was soll der Scheiß? Das ist doch die reine Rassendiskriminierung.«

»Blödsinn«, sagte Harry und deutete auf den Weißen. »Der da ist ein Weißbrot.«

»Wir sind schon weg, Alter.«

Hackqueem stand auf und stürmte an McGlade vorbei, die Bande dicht auf den Fersen. Tom wollte ihnen nach, aber Herb hielt ihn fest.

»Glaubst du, die haben die Wahrheit gesagt?«, fragte Tom.

»Sieht so aus. Aber es spielt sowieso keine Rolle. Wir können keine Zeit mit ihnen verschwenden. Wir müssen zu Jack.« Herb wandte sich der Verkäuferin zu. »Wir möchten eine Käse- und Wurstplatte zum Mitnehmen. Wie viel kostet eine mit drei Pfund?«

Die Frau lächelte zum ersten Mal, seit Herb und Tom hereingekommen waren. »Das geht aufs Haus, Officer.«

»Nein, wir bezahlen. Und der Bursche aus dieser Gang hat recht. Rassismus ist Scheiße. Nur weil jemand anders aussieht oder sich anders kleidet, ist das kein Grund, vor ihm Angst zu haben.«

»Der Fettwanst hat den Nagel auf den Kopf getroffen«, sagte Harry und stellte sich neben Herb, seinen kleinen Sohn an der Hüfte. »Man sollte alle Kunden gleich behandeln.«

Herb wartete auf die Pointe.

»Es sei denn, sie tragen einen Turban«, flüsterte Harry mit übertriebener Dramatik. »Denn dann sind sie wahrscheinlich Selbstmordattentäter.«

Tom seufzte. »Hast du es immer noch nicht kapiert, McGlade? Wir sind im einundzwanzigsten Jahrhundert. Rassismus ist nicht witzig.«

»Da liegst du falsch, Tom. Grundsätzlich kann alles witzig sein. Frag Mel Brooks. Aber verwechsle bitte meine humorvolle Anspielung auf den hierzulande weitverbreiteten Hass gegen den Islam nicht mit Rassismus. Es ist reine Satire, und ich mache mich damit über die ahnungslosen Menschen lustig, die tatsächlich Rassisten sind. Und wenn du mich einen Rassisten nennst, nur weil du meinen Witz nicht kapiert hast, dann bist du derjenige, dem ein bisschen mehr Toleranz nicht schaden kann. Wir sind heute so politisch korrekt, dass man nichts mehr sagen kann, ohne dass irgendein Idiot Rassismus schreit. Du musst das Ganze locker sehen, Sportsfreund.«

Harry bezahlte sein Panini, gab der Kassiererin ein üppiges Trinkgeld und ging zur Tür hinaus.

»Und das war die Harry-McGlade-Show«, sagte Herb.

»Wieso hat noch niemand den Kerl umgebracht?«

»Umgebracht? Im Fernsehen kommen ständig neue Filme über ihn.«

»Du machst Witze.«

»Der Neueste war *Tödliche Vaterschaft*. Einer von den Baldwin-Brüdern spielt die Rolle von Harry.«

»Welcher Baldwin?«

»Nicht der populäre.«

Tom schnalzte mit der Zunge. »*Tödliche Vaterschaft*. Was ist denn das für ein blöder Titel?«

»Da sieht man mal wieder, wie tief die Unterhaltungsindustrie gesunken ist.« Herb steuerte auf den Ausgang zu. »Die Käseplatte geht auf deine Rechnung. Ich hab mein ganzes Geld mit *Zombie Sugar Jackers* verplempert. Dafür danke ich dir.«

»War mir ein Vergnügen«, rief Tom ihm nach.

Aber es klang überhaupt nicht so, als wäre es ihm ein Vergnügen gewesen.

Del Ray

Seine Leute kamen vom Walmart zurück und brachten ihm sämtliche Sachen, die er hatte haben wollen. Und eine schlechte Nachricht, die er nicht wollte.

»Alle tot, General. Hat sie getötet wie Ratten.«

Del hatte gehofft, dass die Männer, die er dem Ehemann der Polizistin hinterhergeschickt hatte, sich vielleicht irgendwo unterwegs verirrt oder zugekifft hatten.

Stattdessen waren sie tot. Und Del Ray war der Mann, der sie in den Tod geschickt hatte.

Da sämtliche Augen auf ihn gerichtet waren, durfte er keine Schwäche zeigen. Er nahm die Botschaft scheinbar gelassen hin und unterdrückte den Schrei, der sich einen Weg an die Oberfläche bahnen wollte.

»Das waren unsere Brüder. Wenn das hier vorbei ist, holen wir sie und bringen sie heim. Und ich werde mich darum kümmern, dass ihre Frauen und Kinder versorgt sind.«

Die Männer nickten, aber Del sah Unsicherheit in ihren Gesichtern.

»Ich habe einen Plan«, sagte er. »Keine toten Brüder mehr. Wir nehmen das Haus ein, und dann werden diese Bullenschlampe und ihr Mann bezahlen. Und dann nichts wie weg.«

»Das Feuer kommt auch immer näher«, sagte LeBron, sein Leutnant. »Jede Menge Rauch am Himmel.«

»Bevor es uns erreicht, sind wir hier fertig«, beruhigte Del ihn.

Er wies sieben seiner Leute an, die gestohlene Tarnkleidung anzuziehen, und erklärte ihnen, was sie mit dem Isolierschaum und dem Klebeband tun sollten. Vier weitere Männer erhielten Gummistiefel, Regenmäntel und Motorradhelme.

Dann las er die Gebrauchsanweisungen für die Elektrowerkzeuge, die seine Männer aus dem Walmart mitgebracht hatten.

Diesmal würde es gelingen.

Phin

Sie fanden zwar kein Demerol, aber McGlade hatte ein paar Fläschchen Procain, ein Lokalanästhetikum, das unter dem Namen Novocain bekannt ist. Phins Finger war fast auf die doppelte Größe angeschwollen und hatte sich knallrot verfärbt. Der Schmerz rangierte ganz oben auf der Skala der schlimmsten Schmerzen, die Phin in seinem Leben hatte ertragen müssen, und der Finger pochte bei jedem Herzschlag.

Sie befanden sich im Wohnzimmer. Für den Fall, dass er wieder in Ohnmacht fiel, hatte Phin auf einem Fernsehsessel Platz genommen. Jack kniete neben ihm und trug Latexhandschuhe.

»Schlimm?«, fragte sie.

»Ya'aburnee.« Er schnitt eine Grimasse und übersetzte die Redewendung, da er sich nicht sicher war, ob sie die Bedeutung schon wieder vergessen hatte. »Ich möchte, dass du mich beerdigst.«

Jack rümpfte die Nase. »Ich verstehe diesen Spruch immer noch nicht.«

»Im Augenblick will ich damit sagen, dass der Finger so höllisch wehtut, dass ich am liebsten sterben würde. Aber im

Zusammenhang mit Liebe bedeutet es, dass ich vor dir sterben möchte, weil ich ohne dich nicht leben könnte.«

»Das ist doch Schwachsinn. Das ergibt überhaupt keinen Sinn.«

»Für mich schon«, sagte Phin.

»Okay. Wie auch immer. Aber ich werde dich jetzt nicht begraben, egal, wie sehr du das möchtest. Bist du bereit?«

»Ja.«

Jack öffnete die Verpackung einer Einwegspritze mit Kanüle und zog zwei Kubikzentimeter Procain aus dem Fläschchen auf. Phin hatte den Arm mit dem gebrochenen Finger auf die Armlehne gelegt und hielt in der anderen Hand einen Holzlöffel.

Jacks Gesicht war so bleich, wie er es noch nie gesehen hatte.

»Wo muss ich ...« Sie sprach den Satz nicht zu Ende.

»In den Finger. An der Wurzel. Genau dort, wo die Handfläche endet.«

»Das wird wehtun.«

»Das tut es sowieso schon.«

»Aber wenn ich eine Nadel reinramme, wird es noch schlimmer. Ich könnte stattdessen am Handgelenk beginnen und mich weiter nach unten arbeiten, bis die ganze Hand betäubt ist.«

»Das ist meine Schusshand. Ich muss die restlichen Finger spüren, um schießen zu können.«

Jack nickte und ließ die Nadel auf seiner Handfläche ruhen.

Phin klemmte den Löffelstiel zwischen die Backenzähne und schloss die Augen.

»Okay ... dann mal los ...«

Als die Nadel sich in sein Fleisch bohrte, schrie Phin und biss den Löffel entzwei. Jack beendete die Injektion. Phin spuckte die zwei Holzstücke aus, beugte sich im Sessel nach vorne und kämpfte gegen die Übelkeit.

»Reicht das?«, fragte Jack mit extrem unsicherem Blick.

»Ich weiß nicht. Es wird eine Weile dauern, bis die Wirkung einsetzt.«

»Das war schrecklich.«

»Ja.«

»Ich glaube, es hat mir mehr wehgetan als dir«, sagte Jack.

Phin schnaubte. »Das bezweifle ich. Aber danke.«

Jack legte ihm eine Hand aufs Knie. »Ich kann es nicht mit ansehen, wenn du Schmerzen hast.«

»Ich weiß.«

»Lieber würde ich den Schmerz auf mich nehmen.«

Phin rang sich ein schwaches Lächeln ab. »Siehst du? Vielleicht verstehst du ›Ya'aburnee‹ besser, als du dachtest.«

»Nein. Ich halte es immer noch für ziemlich bescheuert. Wird dein Finger allmählich gefühllos?«

Es dauerte eine Weile, bis das Procain wirkte und die Nerven blockierte. Dafür spürte Phin jetzt wieder seine gebrochenen Rippen. Sie taten weh, aber längst nicht so schlimm wie der Finger.

»Ich muss ihn schienen«, sagte Jack.

»Aber bitte so, dass ich noch eine Waffe halten kann.«

Jack berührte Phins Ellenbogen so sanft, als hätte sie Angst, er könnte brechen. »Kannst du aufstehen?«

»Es ist mein Finger, Jack. Nicht mein Knie.«

»Wir sollten in den Kontrollraum gehen. Ich will sehen, was die da draußen machen.«

Phin nickte und ließ sich von seiner Frau aus dem Sessel helfen. Beim Gehen stützte er sich mit dem Arm auf Jacks Schulter. Es fühlte sich gut an, ihren Körper neben sich zu spüren. Inzwischen war seine ganze Hand gefühllos geworden.

Zu gefühllos. Als Phin aus Versehen mit dem verletzten Finger gegen die Wand stieß, spürte er überhaupt nichts.

»Phin! Oh … Gott!«

Der Zeigefinger war jetzt komplett nach hinten verbogen, und der gebrochene Knochen hatte die Haut durchbohrt.

»Wird schwierig werden, das zu schienen«, sagte er.

Er starrte auf die Verletzung und sah zu, wie das Blut im Takt seines Pulsschlages herausspritzte. Jack wandte sich ab und übergab sich erneut.

Herb

»Na, wie viel hast du bis jetzt für das Spiel ausgegeben?«, fragte Tom.

Sie hatten einen Zwischenstopp in Lake Loyal, Wisconsin, eingelegt, damit Harry seinen Sohn bei Val Ryker, einer Freundin von Jack, abgeben konnte. Val war die ehemalige Polizeichefin der Stadt und schuldete McGlade anscheinend einen Gefallen. Oder vielleicht erpresste er sie mit irgendwas.

»Ein paar Dollar«, sagte Herb.

In Wirklichkeit hatte Herb einhundertsechsundzwanzig Dollar in *Zombie Sugar Jackers* investiert. Dafür hatte er seinen Rang-24-Garten aufgemotzt. Eine aufgebauschte Wolke ließ ein Düngemittel namens »Wachstumswunder« auf seine Pflanzen regnen, sodass sie um fünfundzwanzig Prozent schneller wuchsen, und seine Venusfliegenfalle hielt die Naschbanden-Zombies aus niedrigeren Levels von einem Angriff ab, wenn Herb Pause machte.

Vorausgesetzt, Herb machte irgendwann mal Pause.

Ein Pop-up-Banner erschien. KickAximusScrote forderte einen weiteren Tribut von zehn Schokoriegeln.

»Hey, was soll das?«, fragte Herb. »Dieser Araberbengel will schon wieder Süßigkeiten.«

»Er kann das tun, wann immer er will. Er ist der Anführer des Clans.«

»Ich dachte, der kleine Scheißer liegt um diese Zeit längst im Bett.«

»Ich habe vergessen, dass Wochenende ist. Er muss morgen nicht in die Schule.«

»Und was mache ich jetzt?«

»Zahl ihm den Tribut.«

»Aber das sind zehn Dollar.«

»Dir bleibt nichts anderes übrig. Du hast ihm Gefolgschaft bei seinem Zuckerfeldzug gelobt.«

»Was, wenn ich mich weigere?«

»Dann schmeißt er dich raus. Aber zuerst schickt er dir eine Heuschreckenplage, die deinen Garten vernichtet.«

»Aber ich hab ihm doch erst vor zehn Minuten neue Sirup-Munition für sein Nasenstübergewehr gegeben.«

»KickAximusScrote regiert den Pipikacka-Clan mit eiserner Faust.«

»Der Bengel kann mich mal«, sagte Herb. »Ich gebe ihm einen Schokoriegel und schicke ihm eine Nachricht, dass er nicht mehr bekommt.«

»Viel Glück damit.«

Ein paar Sekunden nach Versenden der Nachricht erhielt Herb eine Antwort.

»Er hat mich als Wichser beschimpft und mir gesagt, ich soll meinen eigenen Schwanz lutschen«, sagte Herb und betrachtete stirnrunzelnd sein Handy. »Der Junge soll erst acht sein?«

»Wahrscheinlich eher neun.«

»Er ist ein Arschloch.«

»Gib ihm lieber die restlichen neun Schokoriegel«, riet ihm Tom.

Herb schlug den Tipp in den Wind und schickte KickAximusScrote eine Nachricht, er solle doch endlich ins Bett gehen und die Erwachsenen spielen lassen.

Kurz darauf vernichtete eine Heuschreckenplage Herbs Garten.

»Was war das jetzt?«, fragte Herb.

Während er versuchte, aus der Situation schlau zu werden, blinkte eine Nachricht auf seinem Handy.

DU BIST RAUS AUS DEM CLAN, DU WICHSER!

»Ich sehe gerade, dass er dich rausgeworfen hat«, sagte Tom.

»Was zum Teufel …? Jetzt fällt eine Horde Dinosaurier über mich her!«

»Klar, du hast keinen Clan mehr, der dich beschützt.«

Herb tippte wie verrückt auf dem Display herum, konnte aber nichts tun. »Die Dinosaurier haben gerade meine Venusfliegenfalle vernichtet. Ist das endgültig?«

»Du kannst dir eine neue zulegen, wenn du einem neuen Clan beitrittst.«

»Wie mache ich das?«

»Geh in den Welt-Chat. Vielleicht schickt dir jemand eine Einladung. Die Beitrittsgebühr kostet in der Regel zwanzig Schokoriegel.«

»Zwanzig Schokoriegel!? Was ist denn das für ein Scheißspiel!?«

»Ich hab dich gewarnt. Elektronisches Crack.« Tom machte eine äußerst ernste Miene. »Crack ist nicht gut, Mann. Du hättest gar nicht erst damit anfangen dürfen.«

In diesem Moment betrat Harry den Krimibago. Seinen Sohn hatte er nicht dabei.

»Was ist elektronisches Crack?«, fragte er und startete den Motor. »Meint ihr Combville? Ich war mal richtig süchtig nach Combville.«

»Zombie Sugar Jackers«, sagte Tom.

McGlade nickte. »Ich bin Meister in diesem Spiel. Mein Clan steht weltweit an zwölfter Stelle.«

»Blödsinn«, sagte Tom.

»Schau doch nach«, sagte Harry.

Herb schaute in der Weltrangliste nach. An zwölfter Stelle stand ein Clan mit dem Namen »Harrys riesige Eier«.

»Siehst du meine riesigen Eier?«, fragte Harry.

Herb rieb sich mit Daumen und Zeigefinger die Augen. Er hatte wirklich keine Lust, McGlades Spielerstatistiken nachzuschauen. Während der letzten paar Stunden hatte Herb einen erschreckenden Mangel an Willenskraft an den Tag gelegt und war mit sich selbst mehr als unzufrieden. Er musste endlich ein bisschen Selbstbeherrschung zeigen.

»Heilige Scheiße!«, rief Tom.

Herb warf jegliche Selbstbeherrschung über Bord und sah sich Harrys Statistiken an. »Du hast einen Rang-61-Garten«, sagte er tonlos.

»Ja. Eigentlich war 60 die Obergrenze, aber die Entwickler haben sie angehoben, weil reiche Spieler wie ich es so wollten.«

Jetzt stand es für Herb fest: Das Leben war wirklich nicht fair.

Ein Mörderzyklon riss Herb aus seinen neidischen Betrachtungen hinsichtlich McGlades Garten. Der gewaltige Sturm wirbelte seine gesamte Wundererde auf und trug sie hinweg. Jetzt konnte Herb weder Zuckerrüben noch Zuckerrohr anbauen. Während er den Verlust beklagte, kehrte der Sturm zurück und zerstörte die Wolke mit dem Wachstumswunder.

»Lass mich deinem Clan beitreten, McGlade«, sagte Herb.

»Im Ernst?«

»Ich bin in keinem Clan, und der Mörderzyklon hat mich gerade erwischt.«

»Mörderzyklone sind Scheiße«, sagte Tom. »Aber am schlimmsten ist der Hassvulkan. Der setzt dich um zehn Levels zurück.«

»Zehn Levels? Jetzt übertreibst du aber!«

Eine neue Nachricht blinkte auf Herbs Display.

EIN HASSVULKAN IST AUSGEBROCHEN. DU WURDEST AUF LEVEL 63 HERUNTERGESTUFT.

»Komm schon, Harry.« Herb schluckte das letzte bisschen Stolz hinunter, das ihm noch geblieben war, und sagte: »Bitte.«

»Unter einer Bedingung, Schwabbelwampe.«

»Und die wäre?«

»Sag mir, dass du Harrys riesige Eier magst.«

»Harry, das ist doch wohl nicht dein …«

»Ich mag Harrys riesige Eier!«, stieß Tom hervor.

»Ich brauch deinen Spielernamen, Tom. Dann schicke ich dir eine Einladung.«

Tom gab Harry die gewünschte Information. Im selben Augenblick erhielt Herb eine weitere Nachricht.

DIE TODESSEUCHE IST ÜBER DICH HEREINGEBROCHEN. DEIN GARTEN IST JETZT NUR NOCH HALB SO GROSS..

»Ich mag Harrys riesige Eier«, murmelte Herb.

»Was war das? Ich hab es nicht richtig verstanden.«

»Ich mag Harrys riesige Eier!«, schrie Herb.

»HOMEBOY!«, kreischte der Papagei.

»Na also, war doch nicht so schwer. Wie lautet dein Spielername?«

»HBenedict1966.«

»Nee, das gefällt mir nicht. Ändere ihn zu SchwabbelSchwabbelDoppelkinn.«

»Nein.« Herb verschränkte die Arme. »Da hört bei mir der Spaß auf. Bis hierher und nicht weiter.«

»Du solltest es tun, bevor dich das Verheerende Erdbeben trifft«, sagte Tom.

»Was ist das?«

»Du verlierst alles und musst wieder ganz von vorne anfangen.«

»Wie war noch mal der Name?«, fragte Herb.

Und so kam es, dass SchwabbelSchwabbelDoppelkinn seine Bewunderung für Harrys riesige Eier bekundete.

»Willkommen in meinem Clan, Leute«, sagte McGlade und setzte den Krimibago in Bewegung. »Ich wünsche euch viel Glück bei euren Süßigkeitenraubzügen. Wir werden bestimmt viel Spaß bei diesem Spiel haben. Ach ja, noch was … jeder von euch schuldet mir einen Tribut von zwanzig Schokoriegeln, sonst fliegt ihr raus.«

Jack

Ich taugte einfach nicht für den Arztberuf.

Irgendwie schaffte ich es, Phins Fingerknochen wieder gerade zu biegen und den Finger notdürftig zu vernähen. Dann improvisierte ich mit einem Zungenspatel und medizinischem Klebeband eine Schiene.

»Glaubst du, die sind abgehauen?«, fragte Phin.

Er starrte auf die Monitore. Seit über einer halben Stunde hatten wir auf dem Grundstück keinen Menschen gesehen oder gehört.

»Das wäre natürlich schön, aber ich würde mein Geld nicht darauf wetten. So schnell gibt T-Nail nicht auf.«

»Wie tickt der Kerl eigentlich?«

Ich dachte darüber nach. »Ich weiß es wirklich nicht. Mir sind schon eine Menge Verrückte über den Weg gelaufen. Menschen, denen es Spaß macht zu töten. Menschen, die gezwungen waren zu töten. Menschen, die für Geld getötet haben oder für eine Sache. Aber T-Nail … der ist anders. Wenn man ihm in die Augen blickt, sieht man darin nichts Menschliches, sondern nur Leere. Man kann mit ihm nicht vernünftig diskutieren. Er verspürt keine Empathie und keinerlei Emotion. Es ist, als ob man in einen gähnenden Abgrund starrt.«

»War er von klein auf so? Wurde er missbraucht? Hatte er ein schlechtes Umfeld?«

»Keine Ahnung. Mir ist noch nie ein Monster wie T-Nail begegnet. Einmal hat er einen Mann am Boden festgenagelt und ihm die Haut abgezogen. Von Kopf bis Fuß. Einen Streifen nach dem anderen. Der Rechtsmediziner meinte, es hätte zwei Tage gedauert, bis er tot war. Der Bruder des Opfers, der vor Gericht gegen T-Nail ausgesagt hat, musste dabei zusehen. Er sagte, T-Nail hätte die ganze Zeit den Fernseher angehabt und die Folter nur unterbrochen, um hin und wieder das Programm zu wechseln.«

»Kein Bild, das ich gerne in meinem Kopf heraufbeschwöre.«

»T-Nail ist kein Mensch, der aus Spaß tötet. Es geht ihm eher um …« Ich suchte nach den richtigen Worten. »Es geht ihm eher um natürliche Auslese. Er kämpft um seine Position in der Nahrungskette.«

Und momentan war er in dieser Nahrungskette ganz oben. Der Wolf, der darauf wartet, dass die Kaninchen aus dem Erdloch kriechen.

»Was ist mit dem Zeugen?«, fragte Phin. »Hat T-Nail es auch auf *ihn* abgesehen?«

»Der ist drei Monate nach der Gerichtsverhandlung an einer Überdosis Heroin gestorben.«

Der arme Kerl hatte die Überdosis mit Absicht genommen. In seinem Abschiedsbrief stand: *Ich werde die Schreie in meinem Kopf nicht los.*

»Was zum Teufel …?« Phin drückte auf einen Knopf auf dem Bedienfeld. Einer der Monitore war ausgegangen. »Ein Problem mit der Elektronik? Oder haben sie die Übertragung gekappt?«

Jack blickte mit zusammengekniffenen Augen auf das Bedienfeld. »Hier steht, dass die Kamera noch funktioniert. Außerdem hat Harry an alles gedacht. Er hätte bestimmt nicht vergessen, das Kabel unterirdisch zu verlegen.«

»Oh, verdammt!« Phin deutete auf einen anderen Monitor. Ein Typ mit Jagdmaske befestigte Klebeband auf der Linse. Einen Augenblick später machten fünf weitere Kerle dasselbe mit anderen Kameras.

Ich drehte die Sprinkleranlage auf. Wir hatten nur noch eine funktionierende Kamera und sahen zu, wie ein Typ in grüner und brauner Kleidung in den Wald rannte.

»Die tragen Tarnanzüge«, sagte Phin. »Teufel auch! Damit konnten sie sich unbemerkt anschleichen.«

Ich trat vom Bedienfeld zurück. »Das ist schlimm.«

»Es kommt gleich noch schlimmer.«

Auf dem Bildschirm erschien ein Mann in Regenkleidung und mit Motorradhelm. Er lief geradewegs durch die heißen Wasserstrahlen.

»Was hält er da in der Hand?«, fragte ich.

Aber ich wusste, was es war, als er am Anlasser zog und der Motor in Gang kam. Das unmissverständliche Brummen drang aus den Lautsprechern.

Eine Kettensäge.

Ich sprang auf und eilte ins Wohnzimmer. Phin folgte mir dicht auf den Fersen. Ich riss mein Gewehr an mich, rannte zur nächstgelegenen Schießscharte und drückte auf das versteckte Paneel.

Es ging nicht auf.

Phin holte sein Klappmesser aus der Tasche und schob die Klinge in die Vertiefung im Holz. Es gelang ihm, das Paneel freizubekommen. Mit seiner unverletzten Hand griff er in den Spalt, drückte gegen das dünne Furnier und zerbrach es. Die Öffnung lag jetzt frei.

Jemand hatte die Schießscharte mit irgendeiner gelben Spachtelmasse versiegelt. Ich berührte sie mit dem Finger. Sie war leicht feucht und gab etwas nach.

»Isolierschaum«, sagte Phin. »Man sprüht ihn in einen Hohlraum, er dehnt sich aus und wird steinhart.«

Plötzlich ertönte draußen, gleich hinter der Schießscharte, ein Klopfen. Phin bohrte sein Messer in den festen Isolierschaum und stieß schließlich auf Widerstand. Er drückte fester, aber die Klinge drang nicht weiter vor.

»Die nageln Bretter über den Schaum.«

Von schlimm zu schlimmer zu aussichtslos.

»Können wir hindurchschneiden? Mit einer Säge oder einem Bohrer?«

»Wir können die Kerle auf den Monitoren nicht sehen, also wissen wir nicht, wo sie sind. Wenn wir ein Loch in das Zeug schneiden, werden sie es bemerken. Vielleicht stehen sie direkt davor mit Schrotflinten bereit.«

Ich blickte mich aufgeregt im Raum um. »Vielleicht haben sie eine Schießscharte übersehen.«

Wir überprüften schnell nacheinander die anderen sieben. Alle waren versiegelt.

»Ich glaube nicht, dass die alle Regenkleidung haben«, sagte Phin. »Das heiße Wasser wird die meisten abhalten.«

»Das geht uns irgendwann aus, Phin. Ich weiß nicht, wie groß Harrys Tanks sind, aber das Wasser reicht bestimmt nicht ewig.«

Wir kehrten in den Kontrollraum zurück, gerade noch rechtzeitig, um zu sehen, wie ein junger Bursche die letzte noch funktionierende Überwachungskamera mit Isolierband überklebte. Jetzt konnten wir die Aktivitäten der Gang nicht mehr live verfolgen. Das Mikrofon funktionierte allerdings noch, und das Brummen der Kettensägen tönte aus den Lautsprechern.

Sie versuchten, die Wände durchzusägen.

Phin drehte die Lautstärke auf null. Ich sah ihn an und erblickte etwas in seinen Augen, das ich bei ihm bisher nicht gekannt hatte.

Hoffnungslosigkeit.

»Wir können das überleben«, sagte ich.

Er verharrte schweigend und starrte auf eine leere Stelle an der Wand.

»Wir verbarrikadieren uns mit Waffen und Lebensmitteln in einem Raum. Selbst wenn sie ins Haus gelangen, haben wir noch eine Chance.«

»Okay.«

»Wir können uns immer noch wehren. Noch ist es nicht vorbei.«

»Okay.«

Ich verschränkte die Arme vor der Brust. »Du glaubst nicht mehr daran, dass wir es schaffen.«

Er antwortete nicht.

»Phin! Bitte antworte mir!«

»Ich glaube, wir können ein letztes Gefecht kämpfen. Aber das ist es dann auch wirklich. Ein letztes Gefecht.«

Wir hatten schon einige verzweifelte Situationen hinter uns. Aber so hatte ich Phin noch nie erlebt.

»Vielleicht kommt uns jemand zu Hilfe«, sagte ich. »Harry. Herb. Val.«

»Vielleicht.«

Ich schlug mit der Handfläche auf das Bedienfeld. »Verdammt noch mal, Phin! Wir müssen etwas tun!«

Es schien, als hörte er mir nicht einmal zu.

»Phin …«

Mein Mann schloss die Augen. Als er zu sprechen begann, überschlug seine Stimme sich. »Ich kann nicht …«

»Du kannst was nicht? Darüber reden? Einen Plan ausarbeiten?«

»Ich kann nicht dabei zusehen, wie dieser Kerl dich zwei Tage lang bei lebendigem Leib häutet.«

Ich wusste, worauf er hinauswollte. Aber das kam für mich nicht infrage. Wir hatten noch ein paar Optionen offen.

»So weit sind wir noch nicht«, sagte ich.

»Wir müssen darüber reden. Und zwar jetzt.«

»Nein, das müssen wir nicht.«

»Wenn sie reinkommen, haben wir vielleicht keine Zeit mehr.«

»Du redest von Selbstmord.«

Keine Antwort.

»Du glaubst also, wenn sie reinkommen, sollten wir … uns umbringen.« Die Worte hinterließen einen üblen Geschmack in meinem Mund und beschworen ein noch hässlicheres Bild in meinem Kopf herauf.

Phin öffnete langsam die Augen. Er sah mich so traurig an, dass etwas in mir zerbrach. Ich wusste genau, was ihm in diesem Moment durch den Kopf ging.

»Du willst mich erschießen«, sagte ich leise. »Und dann dich.«

Er antwortete nicht. Nickte nicht einmal. Aber sein Blick sagte alles.

»Nein«, sagte ich. »Noch haben wir nicht verloren. Und so werden wir auf gar keinen Fall sterben. Kommt überhaupt nicht infrage. Wir sind keine Feiglinge.«

»Jack, du kennst die wahre Bedeutung des Wortes *Feigling* nicht. Du bist die Heldin. Du kämpfst bis zum letzten Atemzug. Das weiß ich.«

»Du bist auch kein Feigling.«

»Aber ich bin nicht so tapfer wie du. Ich bin nicht aus dem Holz, aus dem Helden geschnitzt sind. Ich bin ein zäher Bursche und kann mehr einstecken als die meisten.« Er hob seine Stimme. »Aber ich werde nicht mit ansehen, wie du bei lebendigem Leib gehäutet wirst. Und falls es so weit kommt, werde ich mich für die feige Lösung entscheiden.«

Unter all den Gesprächsthemen, die ich stets hatte vermeiden wollen, stand dieses ganz oben auf der Liste.

»Wir haben ein gemeinsames Kind. Und da willst du mir einfach eine Kugel in den Kopf jagen?«

Phin biss die Zähne so fest zusammen, dass ich die Anspannung in seinen Wangenmuskeln sah. »Nur weil ich weiß, dass du dasselbe nicht für mich tun würdest.«

Seine Worte taten weh, aber er hatte recht. Ich könnte Phin niemals töten. Diese ganze bescheuerte Macho-Kriegsethik war mir fremd. Töte oder werde getötet? Das war doch der reine Wahnsinn. Frauen waren nicht so gestrickt.

Ich griff nach seiner unverletzten Hand und hielt sie. »Das ist nicht Ya'aburnee, Phin. Was ist aus deinem Wunsch geworden, als Erster zu sterben, weil du es nicht aushalten würdest, mich zu verlieren?«

Phin rückte von mir ab. »Willst du mir damit sagen, ich soll es nicht tun?«

»Phin …«

»Wir sitzen in der Falle und kommen hier nicht raus. Und da willst du dich von diesem Psychopathen gefangen nehmen lassen? Wir waren beide schon in so einer Situation, Jack.«

Er hatte recht. Wir waren bereits in den Fängen von Irren gewesen.

»Und wir haben es überlebt«, sagte ich. »Wir werden es auch diesmal schaffen.«

»Und wenn nicht?«

»Die Hoffnung stirbt zuletzt.«

Er ließ meine Hand los. »Wenn es aber keine Hoffnung mehr gibt? Was soll ich dann tun?«

An diese Möglichkeit wollte ich gar nicht erst denken. Nicht jetzt, und auch in Zukunft nicht. »Das entscheiden wir, wenn es so weit ist.«

»Dafür bleibt uns womöglich keine Zeit. Du musst mir sagen, was ich tun soll, falls keine Hoffnung mehr besteht.«

Mir kamen die Tränen, und ich schüttelte den Kopf.

»Sag mir, was du willst, Jack.«

»Wir können es überleben.«

»Und wenn nicht!?«, schrie er. »Sag mir, was ich tun soll!«

»Du willst doch nur die feige Lösung!«

»Unser Leben nach unseren Regeln zu beenden, ist nicht feige. Wäre es dir lieber, wenn man uns zu Tode foltert? Oder wenn du zuschauen musst, wie ich zu Tode gefoltert werde? Genau das wird nämlich passieren, wenn die Kerle es schaffen, hier einzudringen. Und das werden sie ganz bestimmt. Also was zum Teufel sollen wir tun!?«

Ich zitterte am ganzen Körper und stieß einen Schrei der Wut, des Hasses, der Angst und der Verzweiflung aus. »Also gut! Du hast gewonnen! Töte mich! Ich will, dass du mich tötest, und anschließend dich!«

Meine Unterlippe zitterte unkontrolliert und Tränen rannen mir über das Gesicht. Phin schlang seine Arme um mich, und ich hielt ihn, so fest ich konnte. Dann fanden meine Lippen die seinen und ich küsste ihn leidenschaftlicher als je zuvor. Als wäre es das letzte Mal.

Denn wir beide wussten, dass dies wahrscheinlich der Fall war.

Del Ray

Es war ein brillanter Plan, dessen Umsetzung reibungslos über die Bühne gegangen war.

Sie hatten die Kameras außer Betrieb gesetzt und die Schießscharten mit Brettern vernagelt. Die Polizistin und ihr Ehemann saßen jetzt in der Falle wie blinde Katzen in einem Käfig, denen man obendrein die Zähne und Krallen entfernt hatte. Sie warteten auf den sicheren Tod. Del Ray ließ ein paar seiner Leute austesten, ob es möglich war, mithilfe der Kettensägen einen Weg ins Innere des Hauses zu bahnen.

Vielleicht brauchten sie gar nicht zu warten, bis das Dynamit eintraf. Und das Beste daran war: Kein einziger Soldat würde verletzt oder getötet werden.

So zogen richtige Generäle die Sache durch.

Del Ray hörte das unverkennbare Brummen des Rollstuhlmotors, hatte aber im Augenblick keine Lust, sich von T-Nail blöd anquatschen zu lassen. Also ging er in die entgegengesetzte Richtung, an der Südseite des Hauses entlang, gerade außerhalb der Reichweite der Sprinkleranlage. Er überlegte, ob er einen Joint rauchen sollte, entschied sich dann aber für einen Schluck aus dem Flachmann in seiner Gesäßtasche, um die Schmerzen in seiner Hand und an seinem Ohr zu betäuben. Das Fläschchen enthielt »Sizzurp«, eine Mischung aus Hustensaft, Codein und Dextromethorphan. Mit dem Zeug konnte er besser denken als unter dem Einfluss von Marihuana. Am Rand seines Bewusstseins dämmerte irgendwas. Etwas mit den Überwachungskameras. Etwas, das er übersehen hatte.

Als ihm auffiel, dass es aus den Sprinklerköpfen nicht mehr dampfte, trat er an einen heran und steckte eine Hand in das herauslaufende Wasser.

Warm, aber nicht kochend heiß.

Del Ray lief ohne Regenkleidung über das feuchte Grundstück in Richtung Haus. Dabei wurde er nass, aber nicht verbrüht. Die Neugier trieb ihn weiter voran. Er berührte das Haus, fuhr mit der Hand über die aufeinandergeschichteten Baumstämme und klopfte mit den Knöcheln dagegen. Solide. Dieses Bauwerk war wirklich eine Festung.

Er lief an den Hauswänden entlang, starrte zum Dachüberstand hoch und hielt nach der nächstgelegenen Überwachungskamera Ausschau. Er fand sie, die Linse war überklebt. Sie war von hoher Qualität und mit Nachtsichtfunktion ausgestattet, der Größe nach zu urteilen allerdings ein um etwa zehn Jahre veraltetes Modell. Er ging weiter an der Wand entlang zu einem seiner Männer, der mit einer Kettensäge hantierte. Del klopfte ihm auf die Schulter, um auf sich aufmerksam zu machen.

»Die Wände sind dick«, sagte der Mann. »Und da ist irgendwas dahinter.«

Del beugte sich vor und spähte in einen der Schlitze, die der Mann in die Wand gesägt hatte. Mit der Taschenlampenfunktion seines Smartphones leuchtete er hinein.

Ausgehärteter Beton.

Da würden sie nie mit den Kettensägen durchkommen.

Del wollte dem Mann gerade sagen, er solle mit dem Sägen aufhören, als er hörte, wie der motorisierte Rollstuhl schnell näher kam. T-Nail fuhr mit den Mecanum-Rädern mühelos über das nasse Gelände. Das Brummen des Getriebes klang tiefer als sonst – ein Hinweis darauf, dass bald ein neuer Akku fällig war.

»Wieso hörst du auf?«, rief T-Nail. Seine Worte trafen ein paar Sekunden früher ein als er selbst.

Das Bandenmitglied warf Del einen ängstlichen Blick zu.

»Mit der Säge kommt man da nicht durch«, antwortete Del an dessen Stelle. »Hinter dem Holz ist eine Betonwand.«

»Der Plan war sowieso beschissen.«

T-Nails Hemd war völlig durchnässt und vom Blut aus seiner Schulterwunde rosa verfärbt. Nur gut, dass Del die Elektronik des Rollstuhls wasserdicht gemacht hatte. Trotzdem hätte T-Nail ihn wenigstens fragen sollen, bevor er einen dreißigtausend Dollar teuren Elektrorollstuhl durch ein Gelände voller Sprinklerköpfe steuerte.

»Ich hab nachgedacht«, sagte Del.

»Wurde auch verdammt noch mal Zeit.«

Del ignorierte die Spitze. »Dieses Haus ist ziemlich dicht. Jede Menge verrückter Sicherheitsschnickschnack. Was, wenn die Mafia dahintersteckt?«

»Du meinst, das Haus gehört der Mafia?«

»Wem denn sonst? So 'ne verdammte Festung mitten in der Pampa und meilenweit kein anderes Haus. Weißt du, ob die Bullentussi unter dem Schutz der Mafia steht?«

»Ich war zwanzig beschissene Jahre im Knast und hab erst vor ein paar Tagen von ihr erfahren. *Du* müsstest so was eigentlich wissen.«

»Ich hab ihren Hintergrund durchleuchtet. Sie macht keinen korrupten Eindruck. Aber dieses Haus hier, Mann …«

»Ich will mit ihr reden.«

»Mit der Bullentussi?«

»Nein, mit deiner Mutter.« T-Nail blickte grimmig drein. »Ja, natürlich mit der Bullentussi. Können wir 'ne Botschaft schreiben und sie vor einer Kamera hochhalten?«

Der Gedanke, der an Del genagt hatte, nahm plötzlich vollständig Gestalt an.

»Vielleicht gibt es eine bessere Möglichkeit«, sagte er. »Die Sicherheitsvorkehrungen an diesem Haus sind einsame Spitze. Die Kameras haben Bewegungsmelder und Nachtsicht. Sieht so aus, als hätten sie an alles gedacht.« Er senkte seine Stimme. »Aber sie sind taub.«

»Was?«, blaffte T-Nail.

»Sie sind taub«, sagte Del lauter.

Falls T-Nail die beabsichtigte Spitze mitbekommen hatte, ließ er es sich nicht anmerken. »Was sagst du da?«

»Wieso sollten sie die ganze Kohle dafür ausgeben, die Umgebung zu sehen, ohne etwas hören zu können? Ich wette, dass eine von diesen Kameras ein Mikrofon hat. Wahrscheinlich die an der Eingangstür.«

T-Nail lenkte den Rollstuhl an Del vorbei und zwang den kleineren Mann, zur Seite zu springen, um zu verhindern, dass die Räder über seine Füße fuhren. Del befahl seinem Soldaten, den anderen zu sagen, sie sollten ihre Arbeit mit den Kettensägen einstellen, und folgte T-Nail zum vorderen Bereich des Hauses.

Dort befand sich unter dem Vordach ein rundes Lautsprechergitter aus Metall, das neben der überklebten Kamera in die Wand eingelassen war. Del stellte sich auf die Zehenspitzen und versuchte, das Isolierband von der Linse zu entfernen, kam aber nicht dran.

»Aus dem Weg.« T-Nail ging mit dem Rollstuhl in die Stehposition und entfernte das Band. Dann sagte er: »Hört mich jemand da drinnen?« Er wandte sich wieder Del Ray zu. »Können sie mich hören?«

»Kommt drauf an. Vielleicht ist das Mikrofon ausgeschaltet oder kaputt. Oder sie halten sich nicht in seiner Nähe auf.«

»Können sie antworten?«

Del betrachtete mit zusammengekniffenen Augen das Mikrofon. »Könnte eine Gegensprechanlage sein. Die funktioniert in beide Richtungen. Aber ich weiß nicht, ob sie über ein Kabel läuft oder nicht.«

»Was macht das für einen Unterschied?«

»Wenn sie drahtlos ist, funktioniert sie nicht. Wir blockieren ja die Funksignale.«

T-Nail wandte sich wieder der Kamera zu. »Falls ihr mich hört, sagt Bescheid. Hörst du mich, Jacqueline? Antworte mir, oder ich bringe eine Polizistin um.«

Phin

Ein Monitor flimmerte, und Phin stellte fest, dass jemand das Isolierband von einer der Überwachungskameras entfernt hatte. T-Nail und seine rechte Hand, Del Ray, starrten in die Linse. Phin stieß Jack an, und sie stellten den Ton lauter.

»… bringe eine Polizistin um.«

»Bringt sie hierher!«, brüllte T-Nail über seine Schulter hinweg.

»Ich höre keine Kettensägen mehr«, sagte Jack.

Phin war sich nicht sicher, ob das gut oder schlecht war. Vielleicht hatten die Angreifer erkannt, dass sie mit den Kettensägen nicht durch die Wände kamen. Aber dafür sah es so aus, als würden sie etwas Schlimmeres tun.

Nach einer Minute, die sich länger anfühlte, führten zwei Gangster eine Frau in Handschellen herbei. Sie war eine schlanke Weiße in Jacks Alter, hatte dunkelblonde Haare und trug Jeans, ein Flanellhemd und eine Softshelljacke.

»Sagen Sie denen, wer Sie sind.«

»Ich bin Officer Barbara Knowles vom Spoonward Police Department.«

»Officer, ich sage Ihnen mal, was passieren wird«, sagte T-Nail. *»In diesem Haus befinden sich zwei Personen. Ich zähle gleich bis*

fünf. Wenn sie die Tür nicht aufmachen, schneide ich Ihnen die Lippen ab.«

Jack wollte aufspringen, aber Phin hielt sie am Handgelenk fest.

»Phin, wir dürfen das nicht zulassen.«

»Wir dürfen auf keinen Fall die Tür aufmachen.«

»Eins …«, begann T-Nail.

»Wir müssen was unternehmen.«

»Was denn?«

»Ich brauche mehr Männer!«, brüllte T-Nail über seine Schulter hinweg.

»Momentan sind dort draußen nur vier Leute«, sagte Jack. »Vielleicht können wir die Tür öffnen und die Frau retten.«

»Schießen wir, um zu töten?«, fragte Phin. »Oder bist du immer noch auf deinem Nur-verwunden-Trip?«

»Zwei …«

»Kopfschüsse«, sagte Jack.

Wurde auch Zeit. Aber als Phin aufstand, sah er, wie sich sechs weitere Bandenmitglieder mit Scorpion-Maschinenpistolen im Anschlag vor der Tür versammelten.

»Es sind jetzt zu viele«, sagte Phin. »Zu riskant.«

»Wir können nicht einfach zusehen, Phin. Was, wenn ich an ihrer Stelle da draußen wäre?«

»Das ist ja gerade der springende Punkt. Du bist hier drinnen. Und da bleibst du auch.«

»Drei …«

»Gibt es irgendeine Möglichkeit, mit denen da draußen zu reden?«, fragte Jack und ließ den Blick über das Bedienfeld wandern.

Phin fand die entsprechende Taste zuerst. *Türlautsprecher* stand darauf. Sie befand sich an einer ungewöhnlichen Stelle, nämlich ganz unten auf dem Bedienfeld.

Aber es gab da ein Problem. T-Nail und seine Leute wussten nicht mit Bestimmtheit, ob Phin und Jack sehen und hören konnten. Wenn Jack mit ihnen sprach, wussten sie es jedoch. Das konnte die Situation sogar noch verschlimmern.

»Vier …«

T-Nail hielt der Frau ein Jagdmesser mit kurzer Klinge vor das Gesicht.

»Bitte machen Sie auf!«, schrie sie.

Jack geriet in Panik und blickte aufgeregt im Raum umher. Phin wollte gerade mit seinem Körper die Taste vor ihren Augen verstecken, aber sie nahm seine Bewegung wahr, schob ihn beiseite und drückte darauf.

»Hallo Terrance«, sagte sie. »Ich bin's, Lieutenant Daniels.«

»Ich heiße T-Nail. Und du bist keine Polizistin mehr, Jacqueline. Wie gefällt dir bisher das Rentnerleben?«

»Nicht schlecht, bis auf das hier jetzt. Wie war's im Knast?«

»Hatte die Schnauze voll von dem Fraß. Also bin ich abgehauen.«

»Und das ist alles, was du mit deiner neu gewonnenen Freiheit anstellst? Einen uralten Groll hegen?«

»Das mit dem Grollhegen ist längst vorbei. Jetzt übe ich Rache. Und das nicht zu knapp.«

»Diese Polizistin hat damit nichts zu tun. Lass sie laufen.«

»Ich mach dir einen Vorschlag. Du machst die Tür auf, und ich lasse diese nette Polizistin frei. Ich verspreche dir sogar, dass ich dich und Phineas schnell töten werde. Aber wenn du nicht aufmachst, darfst du zuschauen, wie ich die Tussi in kleine Stücke zerschneide. Und danach mache ich dasselbe mit Samantha.«

Jack hielt sich augenblicklich die Hand vor den Mund. Phin spürte, wie sein Herz zu Stein wurde.

»Du hast richtig gehört. Ein paar von meinen Jungs haben deine Tochter in Lake Loyal gekidnappt. Sie ist gerade auf dem Weg hierher.«

»Der blufft doch nur«, sagte Phin. Es konnte sich nur um einen Bluff handeln. Aber was, wenn nicht? Dann würde Phin nicht mehr mit sich leben können.

Jack verließ ihren Platz am Bedienfeld und ging unruhig in dem kleinen Raum auf und ab. »Sie kennen ihren Namen. Sie wissen, dass sie in Lake Loyal ist.«

»Unsere Tochter ist bei Val und Lund. Glaubst du wirklich, die beiden würden sie so ohne Weiteres rausrücken?«

»Was, wenn sie Samantha wirklich haben, Phin?«

»Dann dauert es immer noch ein paar Stunden, bis sie sie hierhergebracht haben. Und das gibt uns Zeit, um uns etwas einfallen zu lassen.«

Jack trat wieder ans Bedienfeld. »Die Tür lässt sich nicht öffnen. Als deine Männer sie beschossen haben, wurde der Schließmechanismus blockiert.«

Phin hatte keine Ahnung, ob das stimmte. Aber eins musste man Jack lassen: Sie hatte schnell reagiert.

T-Nail grinste höhnisch in die Kamera. »*Dann mach halt verdammt noch mal die Hintertür auf.*«

»Es gibt nur eine Tür«, sagte Jack.

Del Ray trat näher an die Kamera heran. »*Du willst mir also weismachen, dass du diese Festung ohne Fluchtroute gebaut hast?*«

»Ich hab sie nicht gebaut.«

»Wer dann?«

Phin und Jack wechselten einen Blick. »Ein mächtiger und einflussreicher Freund«, antwortete Jack. »Der wird stinksauer sein, wenn er sieht, was ihr mit seinem Haus angestellt habt.«

»*Scheiß auf deinen einflussreichen Freund*«, sagte T-Nail. »*Du hast fünf Minuten, um dir was einfallen zu lassen, wie wir reinkommen können. Und vier Minuten sind bereits rum.*«

Jack

Wie konnten wir mehr Zeit gewinnen?

»Die Entenkanone«, schlug Phin vor.

Ich schüttelte den Kopf. »Damit treffen wir nur die Geisel.«

»Die ist doch sowieso schon so gut wie tot. So stirbt sie wenigstens schnell. Immer noch besser als das, was T-Nail mit ihr vorhat.«

»Ich töte keine unschuldige Frau, Phin.«

»Dann schaust du also lieber zu, wie T-Nail ihr die Lippen abschneidet?«

»*Noch dreißig Sekunden …*«

Ich blickte im Raum umher und überlegte fieberhaft, was ich tun sollte. Da blieb mein Blick an dem Kindle Fire hängen. Ich nahm das Tablet an mich, schaltete es ein und rief die gewünschte App auf.

»Was Besseres fällt dir nicht ein, als jetzt ein E-Book zu lesen?«, fragte Phin.

»*Noch fünfzehn Sekunden …*«

Ich drehte die Lautstärke des Kindle-Geräts auf und hielt es ans Mikrofon. Es fing an zu sprechen.

»Oooh, das gefällt dir doch, du geile Schlampe.«

Del Ray

Der Mann zu Dels Rechten fragte: »War das Samuel L. Jackson?«

»*Ich bin Samuel L. Jackson, und ich fick dich so hart durch, dass der Rechtsmediziner dir das Bettlaken aus deinem toten Arsch ziehen muss.*«

Alle außer Del, T-Nail und der Polizistin brachen in lautes Gelächter aus.

»*Mach schon, du Schlampe. Mein Schwanz lutscht sich nicht von selbst.*«

Die Männer bogen sich vor Lachen und klatschten sich johlend auf die Schenkel.

»Was ist das?« T-Nail wandte sich Del zu. »Ein Fernseher?«

»Es ist eine App«, sagte Del. »Man nennt sie die Eherettungs-App.«

»Was zum Teufel ist das?«

»Eine Anwendung für Tablet-Computer. Sie zeigt Animationen von Prominenten, die versaute Dinge sagen. Man legt das Tablet beim Sex über das Gesicht des Partners und kann dann so tun, als ob man Beyoncé vögelt. Die App hat in den Medien viel Aufsehen erregt, weil sie die Gesichter der Prominenten ohne deren Erlaubnis verwendet hat.«

»So etwas Bescheuertes habe ich noch nie gehört.«

Ich wette, du hättest so was im Knast gut gebrauchen können, dachte Del, behielt es jedoch für sich. Stattdessen sagte er: »Viele Apps sind bescheuert. Zum Beispiel *Erdmännchensimulator.* Oder *Pandapult.*«

»Panda was?«

»Man schleudert Pandabären in die Luft, und sie explodieren wie ein Feuerwerk«, sagte der Bursche zu T-Nails Linken. »Ich bin in Level 263.«

»*Wie oft muss ich dir noch sagen, du sollst mit dem Finger wackeln, den du mir in den Arsch gesteckt hast. Los, mach schon, du Schlampe!*«

»Ich hab die Schnauze voll von dem Schwachsinn.« T-Nail packte die schreiende Polizistin an den Haaren und zog sie dicht an sich heran. Während sie zappelte und um sich schlug, hielt er ihr sein Messer ans Gesicht und schlitzte ihr die Wangen auf.

Del war sich nicht sicher, was er tun sollte. Polizisten zu töten, war schlecht fürs Geschäft, egal, ob im eigenen Revier oder so weit von ihrem Revier entfernt wie hier. Er hatte seinen Leuten eingeschärft, die Cops vor Ort gefangen zu nehmen, ihnen aber ansonsten kein Haar zu krümmen. Aber jetzt war nicht der richtige Zeitpunkt, um gegen T-Nail Stellung zu beziehen. Er musste dies unter vier Augen tun.

»Yo, T-Nail, ich hab 'ne Idee.«

T-Nail zeigte mit dem Messer auf Del. »Wirst du etwa schwach? Die Jungs haben mir erzählt, du wolltest diese Hinterwäldlerbullen nicht töten.«

»Ich hab nichts dagegen, Bullen zu töten. Aber zur richtigen Zeit und am richtigen Ort.«

»Zeit und Ort sind jetzt richtig. Du hast all diese Skalps an deiner Weste. Ich seh aber keine von weißen Schlampen. Wieso zeigst du uns nicht, wie man es macht?«

Del Ray hatte schon zu einem früheren Zeitpunkt daran gedacht, den Skalp einer weißen Frau zu seiner Sammlung hinzuzufügen. Aber das hier war nicht sein Stil. Und jetzt starrten ihn seine Leute an und warteten darauf, dass er etwas unternahm.

»Bitte nicht!«, bettelte die Polizistin. In ihrem Gesicht vermischten sich Blut und Tränen.

»Gib mir das Messer«, sagte Del Ray.

T-Nail gab es ihm. Es war schwerer, als Del gedacht hatte.

»Nein nein nein nein …«, schluchzte die Frau.

»Hey, Bullentussi im Haus!«, rief Del Ray und ließ die Polizistin nicht aus den Augen. »Tu endlich was, aber schnell. Sonst kannst du mir dabei zuschauen, wie ich eine Schlampe skalpiere.«

Phin

Phin wusste, was zu tun war. Er biss die Zähne zusammen und drückte auf die Lautsprechertaste.

»Du bist das Problem«, sagte er zu Jack.

»Wie bitte?«

»Sie sind wegen dir hier. Sie töten diese Frau wegen dir.«

Jack blickte verwirrt drein. »Du willst sie also reinlassen?«

»Ich will nicht sterben, nur weil schon wieder so ein Psychopath aus deinem früheren Leben sich an dir rächen will.«

»Was zum Teufel soll das?«

Phin nahm seine Pistole Modell Colt 1911 und legte den Mittelfinger auf den Abzug.

»Die wollen nicht mich, sondern dich. Und wenn du tot wärst, würden sie abhauen.«

Erkenntnis machte sich auf Jacks Gesicht breit. »Phin … leg die Pistole weg. Du machst mir Angst.«

»Wenn mir nur die Wahl bleibt, mit dir zusammen zu sterben oder alleine weiterzuleben, ist die Entscheidung für mich klar.«

»Phin, nicht!«

»Tut mir leid, Jack.«

Er schoss dreimal.

T-Nail

Als die Schüsse aus den Lautsprechern tönten, riss die Polizistin sich los und flüchtete in den Wald. T-Nail konzentrierte sich voll auf die Kamera und versuchte, daraus schlau zu werden, was gerade passiert war.

»Hast du sie gerade getötet?«, sagte er an niemand Bestimmten gerichtet.

»Oh mein Gott«, sagte der Typ im Haus. *»Was hab ich nur getan, was hab ich nur getan? Oh Jack! Es tut mir leid. Es tut mir ja so furchtbar leid …«*

»Der verarscht uns doch nur?«, sagte T-Nail. »Stimmt's?«

Del Ray zuckte die Achseln.

»Sucht die Polizistin«, befahl T-Nail seinen Männern. Nachdem sie verschwunden waren, wandte er sich wieder Del zu. »Wenn das Arschloch sie umgebracht hat …«

Del Ray lehnte sich näher heran und flüsterte: »Wenn sie tot ist, müssen wir weg. Wenn diese andere Tussi entkommt, haben wir bald die Bullen auf dem Hals.«

T-Nail stieß ihn weg. »Woher wissen wir, ob sie tot ist?«, schrie er in Richtung des Lautsprechers.

Keine Antwort.

T-Nail musste an ein weit zurückliegendes Weihnachten denken. Einer von Mamas Freiern wollte mehr sein als nur ein zahlender Kunde und kaufte T-Nail ein Fahrrad – sein erstes und sein letztes. Es war ein Versuch, ihre Liebe zu gewinnen. Aber Mama konnte mit Liebe nichts anfangen. Eine Woche später kam der Typ wieder und nahm dem Jungen das Fahrrad weg. Das war das letzte Mal, dass T-Nail wegen irgendetwas weinte.

Die Vorstellung, dass Jack ihm durch die Lappen gegangen war, fühlte sich ähnlich an wie damals der Verlust des Fahrrads.

»Beweise mir, dass sie tot ist«, befahl er Phineas.

»Wie denn? Ihr blockiert mein Handy. Ich kann kein Foto verschicken.«

T-Nail sah Del Ray an. Der schüttelte den Kopf, lehnte sich näher heran und flüsterte: »Wenn er lügt und wir die Störsender ausschalten, könnte er jemandem in der Außenwelt eine Nachricht senden.«

T-Nail schubste Del erneut weg. »Mach endlich die verdammte Tür auf!«

»Einen Moment. Ich hab eine Idee.«

Sie warteten. Einer der Männer kam zurück und sagte, sie hätten die entwischte Polizistin nicht finden können.

»Du hättest der Schlampe das Gesicht abschneiden sollen, wie ich es dir gesagt habe«, knurrte T-Nail.

Del Ray legte eine Hand auf seinen Gürtel. »Du hast sie entkommen lassen«, sagte er leise und mit ruhiger Stimme.

»Willst du meine Autorität infrage stellen, du Wichser?«

»Nein, Sir. Aber ich kann nichts dafür. Sie hat sich aus deinem Griff losgerissen, nicht aus meinem.«

T-Nail zog die Nagelpistole und hielt sie Del Ray an den Kopf. Der Bursche zuckte mit keiner Wimper.

»War das alles, was du mir sagen wolltest?«

»Nein, da ist noch was.« Del räusperte sich und sagte einen Spruch auf. »Und falls mich heut' der Tod ereilt, will ich nicht, dass ihr am Grab verweilt. Ich hatte ein freies, erfülltes Leben, hab alles für die C-Notes gegeben.«

Es war die letzte Strophe des Glaubensbekenntnisses – des Eides, den jedes Mitglied der C-Notes auswendig lernen musste. Versuchte Del, an T-Nails Bandenehre zu appellieren?

Falls es so war, verschwendete er nur seine Zeit. T-Nail scherte sich einen Dreck um die Gang. Er war das Alpha-Raubtier, der Anführer des Löwenrudels. Es war ihm egal, über welche Gruppierung er herrschte. Wären es nicht die C-Notes, dann eben eine von zwei Dutzend anderen Gangs.

Hehre Prinzipien wie Gemeinschafts- und Zugehörigkeitsgefühl bedeuteten T-Nail nichts. Die C-Notes waren für ihn keine Familie. Er hatte keine Familie.

Er war auch nicht in der Gang, weil man dort einfach an Geld, Drogen oder leichte Mädchen kam.

Er war in der Gang, weil die Welt Scheiße war. Aber es war immer noch besser, wenn man Befehle erteilte, anstatt sie zu befolgen.

Del Ray dachte wohl genauso, denn er weigerte sich, einen Rückzieher zu machen, obwohl ihm jemand eine Nagelpistole an den Kopf hielt. Der Augenblick zog sich in dic Länge, während die beiden Männer sich grimmig anstarrten.

»Okay, ich hab ein Foto. Ich versuche, es unter der Tür hindurchzuschieben.«

T-Nail blickte finster drein und steckte die Nagelpistole in das Halfter. Einen Augenblick später kam etwas Kleines und Weißes unter der Stahltür zum Vorschein. T-Nail befahl dem nächstbesten Mann, es zu ihm zu bringen.

Es war ein unscharfer Polaroid-Schnappschuss, noch dazu zerkratzt vom Schieben durch den engen Zwischenraum. Trotz dieser Einschränkungen zeigte das Foto Jacqueline Daniels. Sie lag mit ausgebreiteten Armen und Beinen auf dem Rücken, den Kopf zur Seite geneigt und ein Auge offen. Blut lief aus ihrem Mund und über das ganze Gesicht, und die blutigen Überreste ihres Gehirns verteilten sich in ihren Haaren und auf dem Fußboden hinter ihr.

»In meinen Augen sieht die ziemlich tot aus«, sagte der Bursche, der das Foto gebracht hatte.

T-Nail zerknüllte das Foto und warf es auf den Boden. Dann lenkte er den Rollstuhl in den Wald und überlegte, was er als Nächstes tun sollte.

Jack

Ich starrte auf die Klumpen Gehirnmasse in meiner Hand und musste unangebrachterweise an ein schlechtes Wortspiel denken.

Das meinen die Leute wahrscheinlich, wenn sie davon reden, einen Gedanken festzuhalten.

Phin kam mit mehreren Küchenrollen zurück und half mir, die Lasagne aus der Dose von meinen Haaren zu wischen.

»Ich rieche wie eine Geburtstagsparty für ein dreijähriges Kind«, sagte ich.

»Haben sie uns die Story abgekauft?«

»Weiß ich noch nicht.« Ich warf noch mehr Lasagne in den Abfalleimer. »Die Idee war gut. Aber das nächste Mal schütten wir den Doseninhalt auf deinen Kopf.«

Noch waren wir nicht in Sicherheit. Selbst wenn die da draußen glaubten, dass ich tot war, würde T-Nail es vielleicht immer noch auf Phin abgesehen haben. Es hatte nicht den Anschein, als ob die Gang das Grundstück verließ. Solange sie blieben, saßen wir hier fest.

Und mussten uns obendrein Sorgen um Sam machen.

Wenigstens war die Polizistin entwischt.

»Will ich wissen, wieso McGlade eine Polaroidkamera besitzt?«, fragte ich und versuchte, mich von dem Gedanken an meine Tochter abzulenken.

»Aus genau dem Grund, an den du wahrscheinlich denkst. Willst du ein Foto sehen, auf dem er nackt mit einer Liliputanerin, einer beidseitig Amputierten und einer zweihundert Kilo schweren Latina posiert?«

»Ja«, sagte ich.

Phin gluckste in sich hinein. Es klang irgendwie forciert, aber es war schön, ihn lachen zu hören.

»Ich könnte in seiner Sammlung von Nackt-Selfies suchen«, sagte er, während er mir die Reste des Nudelgerichts vom Leib pickte wie Gorillas bei ihrer gegenseitigen Körperpflege. »Wieso macht jemand Fotos von sich, auf denen er sich einen runterholt? Was ist der Sinn dahinter? Törnt es ihn an, wenn er sich selbst in so einer Pose sieht?«

»Wir reden hier von Harry McGlade. Natürlich törnt es ihn an. Sind meine Zähne immer noch rot?« Ich bleckte die Zähne wie ein Pferd.

»Ja.«

Ich spuckte in ein Papiertuch. Mein Speichel war immer noch rosa von dem Ketchup. Dann zupfte ich mir ein weiteres Stück Lasagne aus den Haaren.

»Das meinen die Leute wohl, wenn sie davon reden, einen Gedanken festzuhalten.« Ich wollte sehen, wie Phin auf den Witz reagierte.

Er lachte nicht.

»Hast du's kapiert? Das hier sollte ja mein Gehirn sein.«

Phin sagte, ohne eine Miene zu verziehen: »Du bist ja 'ne richtige Ulknudel.«

Ich lachte ebenfalls nicht. »Vielleicht ist diese Situation einfach nicht witzig.«

»Wie wär's damit: Du hast nichts als Essen im Kopf.«

»Hey, ich finde, wir sollten damit aufhören.«

Er hielt mir seine unverletzte Hand entgegen, und ich ergriff sie.

»Wahrscheinlich wirst du mich jetzt nicht küssen wollen, oder?«

»Das ist doch Quatsch mit Soße.«

»Schluss mit diesen dämlichen Wortspielen. Küss mich einfach.«

Phin beugte sich vor, doch bevor er mich küssen konnte, tönte T-Nails Stimme aus dem Lautsprecher.

»Seht ihr das?«

Sie schauten auf den Monitor und sahen es. In diesem Moment wusste Jack mit hundertprozentiger Sicherheit, dass sie und Phin sterben würden.

T-Nail

Endlich traf das Dynamit ein. Vier Kisten mit je fünfundzwanzig Kilo, geliefert von einer lokalen Gang aus Minneapolis-Saint Paul. Der Waldbrand hatte ihre Ankunft verzögert und bewegte sich, wie sie nachdrücklich betonten, genau in ihre Richtung. T-Nail bedankte sich bei den Leuten und bekundete ihnen seinen Respekt, war sich jedoch nicht sicher, was er mit dem Sprengstoff anfangen sollte. Ein Teil von ihm wollte diesen Hurensohn Phineas in die Luft jagen, dafür, dass er ihm Jacqueline weggenommen hatte. Ein anderer Teil wollte sich einfach nur eine Flasche Cognac hinter die Binde gießen und eine Woche lang schlafen.

T-Nail war müde. Der Blutverlust spielte eine wichtige Rolle – der Beinbruch und die Schusswunde hatten ihn mindestens um einen Liter erleichtert. Obwohl T-Nail nicht an Spiritualität glaubte, genauso wenig wie an die Seele oder irgend so einen esoterischen Schwachsinn, wusste er doch, dass seine Müdigkeit nicht nur körperlicher Natur war, sondern tiefer lag. Sein Gehirn, seine Identität, sein Selbstbewusstsein, kurzum alles, was ihn zu dem machte, was er war, fühlte sich an, als hätte es einen Rum Runner durchlaufen. Niedergeschlagen. Blutig. Dem Tod nahe.

Del Ray hielt T-Nail für ein Auslaufmodell, das nicht mehr in die heutige Zeit passte. Damit lag er falsch. Die Technologie und das Geschäftsleben mochten sich verändert haben, aber Menschen veränderten sich nicht. Die Dinge, die einen Menschen motivierten, waren seit Zehntausenden von Jahren unverändert geblieben.

Und eine der größten Triebfedern der Menschheit war Rache.

Es gab ein berühmtes Konfuziuszitat, das die Historiker falsch interpretiert hatten. *Wer auf Rache aus ist, der grabe zwei Gräber*. In der westlichen Welt verstand man das so, dass diejenigen, die auf Rache aus waren, am Ende auch sich selbst umbrachten.

Falsch. In Wirklichkeit wollte Konfuzius damit sagen, dass Rache notwendig war, um die eigene Ehre aufrechtzuerhalten. Das hatte T-Nail im Gefängnis gelernt. Da Ehre wichtiger war als das Leben, musste man bereit sein, für den Erhalt der Ehre auch sein eigenes Leben zu opfern.

Eigentlich fand T-Nail, dass keine der beiden Varianten den Kern der Sache traf. Stattdessen hatte er seine eigene Sicht der Dinge entwickelt.

Nimm, was du kriegen kannst, und zerstöre jeden, der versucht, es dir wegzunehmen.

Jacqueline hatte ihm etwas weggenommen. Zwei Jahrzehnte seines Lebens. Und jetzt war T-Nail die Gelegenheit zur Rache durch die Lappen gegangen.

Er fühlte sich wie ein Reifen, aus dem die Luft entwichen war.

Als er sich mit der Hand über das Gesicht wischte, roch er Essen. Da fiel ihm ein, was für einen Hunger er hatte. Er schnüffelte erneut und sah, dass seine Finger rot verschmiert waren. Er leckte daran.

Spaghettisoße.

Außer der Polizistin, seinem Messer und diesem Foto von Jack hatte er in letzter Zeit nichts angefasst.

Die Erkenntnis traf ihn wie ein Schwall kalten Wassers aus der Dusche.

Das war kein Blut. Das war ein Trick.

Jacqueline lebte noch.

Er rief die Jungs aus Minneapolis zu sich und forderte sie auf, ihn zurück zum Haus zu begleiten.

»Seht ihr das?«, sagte er in Richtung Kamera.

T-Nail befahl den Leuten, das Dynamit neben der Tür zu platzieren.

»Wie viel?«, fragten sie.

»Alles.«

Phin

Sie flüchteten in den Keller, weil dieser Ort am weitesten von der Tür entfernt lag. Aber eigentlich spielte das keine Rolle. Vor Sprengstoffen konnte man sich nicht verstecken.

Phin warf einen Blick auf seine Frau und sah die Furcht in ihren Augen. Aber er sah auch Stärke – mehr, als er jemals besessen hatte. Das war eines der Dinge, die er an Jack am meisten mochte. Sie war kein Schlägertyp wie er, sondern eine Kämpferin, eine Sucherin der Wahrheit und eine Beschützerin der Schwachen. Eine heroische Persönlichkeit im wahrsten Sinn des Wortes.

»Du bist der beste Mensch, der mir je begegnet ist«, sagte er.

Dann richtete er seine Pistole auf ihren Kopf. Diesmal meinte er es ernst.

Jack zuckte mit keiner Wimper und hielt seinem Blick stand. Der Augenblick zog sich so sehr in die Länge, dass es Phin vorkam, als wäre die Zeit stehen geblieben.

Aber die Zeit war nicht stehen geblieben. Die Sekunden verstrichen weiterhin, und jede einzelne brachte sie dem Tod näher.

»Das ist wirklich das Ende, stimmt's?«, fragte seine Frau.

»Ja.«

»Entweder kommen sie rein oder sprengen uns in die Luft.«

»Ja.«

Jack lächelte, was nicht so recht zu den Tränen in ihren Augen passte. »Mir gehen gerade eine Menge Dinge durch den Kopf. Ich … ich weiß, dass ich in den letzten paar Jahren furchtbar war …«

»Ein furchtbares Jahr mit dir ist besser als zehn tolle Jahre ohne dich.«

»Wir hatten unsere Momente, stimmt's?«

Die Pistole fühlte sich immer schwerer an. »Ich würde auf keine Sekunde verzichten wollen. Auf keine einzige.«

Jack schniefte und wischte sich mit der Hand die Tränen aus dem Gesicht. »Bevor du …«, sie holte tief Luft, »bevor du tust, was du tun musst, möchte ich Danke sagen. Danke dafür, dass du dein Leben mit mir geteilt hast, Phineas Troutt. Danke für Sam.« Sie lachte. »Danke für den tollen Sex, den wir vorhin hatten. Und den in den Jahren davor. Danke für jeden Kuss und für jedes Lächeln. Danke, dass du für mich gekämpft hast. Dich gekannt zu haben, hat mich zu einem besseren Menschen gemacht.«

Phin spürte einen Kloß im Hals. »Ich glaube nicht an ein Leben nach dem Tod. Aber ich schwöre dir, Jack, falls es doch eins gibt, werde ich dich finden. Auch wenn es tausend Jahre dauert.«

»Ich liebe dich so sehr.«

»Ich dich auch.«

Da Phin nicht mit offenen Augen abdrücken konnte, schloss er sie. Fest. Das tat verdammt weh. Aber es blieb ihm nichts anderes übrig. Auf diese Weise würden sie zu ihren Bedingungen sterben. Nicht zu denen von T-Nail.

Tu es.

Tu es einfach.

Erschieß sie, vergewissere dich, dass sie tot ist, und steck dir den Lauf in den Mund.

Na los … mach schon …

»Warte!«, rief Jack.

Er sah sie fragend an.

»Sag ein letztes Mal Schatz zu mir«, sagte Jack.

»Was sagst du da?«

»Du hast immer Schatz zu mir gesagt. Das war mein Kosename. Es ist mir erst aufgefallen, nachdem du damit aufgehört hast.«

»Ich hab damit aufgehört?«

Sie nickte. Phin hätte nicht gedacht, dass er sich noch schlimmer fühlen konnte, als er es ohnehin schon tat, aber dieser Hinweis sorgte dafür.

»Oh, Jack. Verdammt, das tut mir echt leid. Ich hab es nicht mal gemerkt.«

»Schon gut. Aber sag es noch einmal zu mir, bevor du …«

Phin wandte sich ab und starrte auf ein Regal voller Konservendosen. »Ich kann es nicht.«

»Du kannst nicht Schatz zu mir sagen?«

Seine Hand fing an zu zittern. »Ich kann dich nicht erschießen. Ich kann es einfach nicht.« Phin senkte die Waffe. »Mir fehlt der Mut dazu.«

Er nahm die Pistole am Lauf und gab sie ihr mit dem Griff zuerst. »Du musst es tun.«

Jack schreckte zurück. »Nein …«

»Du bist die Stärkere von uns beiden. Ya'aburnee. Töte mich und dann dich.«

»Phin …«

»Bitte, Jack. Wir müssen sowieso sterben.«

»Was ist mit Hoffnung?«

»Es gibt keine Hoffnung.«

»Das glaube ich nicht«, sagte Jack. »Wahrscheinlich hast du recht. Wir werden sterben, und es wird furchtbar. Aber wenn ich dich anschaue …« Ihre Stimme überschlug sich. »Dann gibt mir das Hoffnung.«

Phin senkte die Waffe. »Was machen wir jetzt?«

Jack ballte die Hände zu Fäusten. Ihr trauriger Blick wich einem Ausdruck von Entschlossenheit.

»Wir kämpfen. Bis wir nicht mehr können. Und dann kämpfen wir weiter. Wenn dieser Hurensohn uns umbringen will, soll er hart dafür arbeiten. Und dafür wird er verdammt noch mal mehr brauchen als eine Kiste Dynamit.«

»Unsere Chancen stehen äußerst schlecht.«

»Willst du auf unsere Chancen wetten oder auf uns?«, fragte Jack.

Er hatte nicht genug Zeit, um darüber nachzudenken. Und selbst wenn er Zeit gehabt hätte, stand die Antwort für Phin bereits fest. »Okay, wir kämpfen«, sagte er. »Vielleicht ist es ja doch nicht so schlimm, wenn man bei lebendigem Leib gehäutet wird.«

»Vielleicht macht es sogar Spaß.«

Phin streckte die Hände nach seiner Frau aus. »Ich liebe dich, Scha..«

Plötzlich erschütterte eine Explosion das Haus, und das Dach stürzte auf sie herab.

Herb

Sie waren acht Kilometer von Spoonward entfernt, als Herb *Zombie Sugar Jackers* verlor.

Er verlor nicht das Spiel, sondern die Onlineverbindung.

»Mein Handyempfang ist weg.« Herb hielt sein Smartphone hoch und schwenkte es hin und her, um ein Signal zu finden.

Tom machte es genauso, worauf Herb sich etwas weniger lächerlich vorkam.

»Kein 4G in der Pampa?«, fragte Tom.

»Der Kollege von der Staatspolizei hat mir erzählt, dass das Feuer ein paar Mobilfunkmasten zerstört hat.«

»Ist es nicht in Ordnung, wenn man sich darüber aufregt, dass eine Wundertechnologie, die Daten durch den Äther an drahtlose Minicomputer senden, wegen eines Notstands nicht funktioniert?«

»Versuch es mal, indem du die Zimmerantenne anders ausrichtest.«

»Häh?«

»Alte Fernsehgeräte hatten Zimmerantennen. Du bist wahrscheinlich zu jung, um dich daran zu erinnern.«

»Hilft es, wenn wir auf WLAN oder Bluetooth umschalten?«

Herb schüttelte den Kopf. »Ich hatte mal einen Fall, wo ein Mörder sich in die WLAN-Verbindung seiner Nachbarin gehackt hat, um sie auszuspionieren. Das geht leichter, als man denkt. WLAN hat nur eine Reichweite von etwa dreißig Metern, Bluetooth weniger als zehn. Und beide benötigen einen WAP.«

Tom zog eine Augenbraue hoch. »Was zum Teufel soll denn das sein?«

»Die Buchstaben stehen für ›Wireless Access Point‹. Wie ein Router. Wir haben keinen. Auch keinen Hotspot und kein Ad-hoc-Netz. Mit einem Hotspot oder Ad-hoc-Netz könnten wir vielleicht miteinander simsen, hätten aber keinen Zugang ins Internet und könnten niemanden außerhalb unserer kurzen Reichweite erreichen.«

»Faszinierend«, sagte Tom. Er sah allerdings ganz und gar nicht so aus, als fände er diese Information faszinierend.

»Ich bin voll von unnützem Wissen.«

»Zum Beispiel?«

»Das Nationalspiel von Argentinien heißt Juego del Pato. Es ist im Prinzip Basketball, aber auf Pferden.«

»Ich glaube, das kam in einer Szene in *Evita* vor. Madonna hat da mitgespielt. Nenn mir ein anderes Beispiel.«

»Nikola Tesla hat einen Todesstrahl entwickelt.«

»Tesla? Der Typ, der den Wechselstrom erfunden hat?«

Herb nickte. »Er nannte den Todesstrahl Telekraft. Es war eine geladene Teilchenstrahlenwaffe. Aber bevor er die endgültigen Pläne verkaufen konnte, ist er gestorben. Tesla behauptete, die Waffe könne zehntausend feindliche Flugzeuge aus dreihundert Kilometer Entfernung abschießen.«

»Lernst du nachts Wikipedia auswendig?«

»Ich habe ein gutes Gedächtnis für triviale Fakten. So wie dieser hier: Ungefähr ein Dutzend Menschen kommen jedes

Jahr durch Haiattacken um. Aber dreitausend Menschen werden pro Jahr von Nilpferden getötet.«

»An deiner Stelle würde ich Herb meiden, Tom«, rief Harry vom Fahrersitz. »Allein schon deshalb, weil er länger nichts gegessen hat.«

»Ich dachte, du hörst dir immer noch Musik an«, sagte Herb. Ein paar Stunden zuvor hatten sie darauf bestanden, dass McGlade sich Kopfhörer aufsetzte, nachdem er siebzehn Mal hintereinander *Long Gone Long* von den Rainmakers gesungen hatte.

»Das habe ich auch. Aber da vorne ist eine Straßensperre, und da dachte ich mir, es wäre besser, wenn ihr Bullen euch darum kümmert.«

Herb lehnte sich zum Fahrerfenster, schaute hinaus und sah weiter vorne das gelbe Absperrband und die blinkenden Leitkegel. Mitten auf der Straße stand ein Afroamerikaner und schwenkte eine Flagge, um Harry auf sich aufmerksam zu machen.

Während McGlade seine Fahrt verlangsamte, fischte Herb seine Polizeimarke aus der Brieftasche und schob sich auf den Beifahrersitz. Als Harry bremste, sah Herb die Tüte Erdnuss-M&Ms auf seinem Schoß.

»Warum hast du mir nicht gesagt, dass du Süßigkeiten hast?«

»Blöde Frage. Weil ich sie allein essen will. Du hättest dir ja selbst welche kaufen können, viermal getankt haben wir ja. Oder hast du dein ganzes Geld für *Zombie Sugar Jackers* verplempert?«

»Wieso musst du immer das Arschloch raushängen lassen?«, fragte Herb. Er war sich ziemlich sicher, dass er noch acht Dollar und etwas Kleingeld auf seinem Konto hatte.

»Arschloch? Das ist gemein. Du solltest mehr Rücksicht auf die Gefühle anderer Leute nehmen, Fettwanst.«

»Hey, schau mal da!« Herb deutete zum Fenster hinaus. »Stripperinnen!«

»Wo?«

Während Harry hinausschaute, schnappte Herb sich eine Handvoll M&Ms.

»Arschloch! Das zahlst du mir in Form eines Tributs zurück.«

»Lass dein Fenster runter«, sagte Herb mit vollem Mund. »Wir sind schon bei dem Typen angekommen.«

Der Bauarbeiter war so jung, dass der spärliche Haarwuchs auf seiner Oberlippe noch nicht ganz als Schnurrbart durchgehen konnte. Harry ließ das Fenster halb herunter.

»Was ist los?«

»Die Straße ist gesperrt.«

Herb zückte die Polizeimarke. »Nicht für uns. Würden Sie mir bitte Ihre Lizenz und Genehmigung zeigen?«

Der Bursche blinzelte und sagte: »Einen Moment.«

Er entfernte sich.

»Man braucht für den Straßenbau eine Lizenz und eine Genehmigung?«, fragte Harry.

»Was weiß ich? Aber ich wette, die Gewerkschaft stellt keine Jungs im schulpflichtigen Alter ein.«

»Du meinst, er gehört zu den C-Notes?«

»Ich weiß nicht. Fragen wir ihn doch einfach.« Herb rief zum Fenster hinaus: »Hey! Sind Sie ein Bandenmitglied, das sich als Bauarbeiter verkleidet hat!?«

Der Bursche antwortete, indem er eine Pistole aus dem hinteren Hosenbund seiner Jeans zerrte und drauflosballerte. In Herbs Augen konnte man das als »Ja« interpretieren. Harry wollte aus der Schusslinie flüchten und versuchte, über Herb hinwegzuklettern, fiel jedoch auf ihn und kam Wange an Wange gepresst auf dem größeren Mann zu liegen. McGlades Feigheit im Angesicht der Gefahr war wahrscheinlich nicht notwendig gewesen, denn obwohl das Bandenmitglied weniger als fünf Meter entfernt war, traf kein einziger Schuss das Wohnmobil.

Was für ein miserabler Schütze musste man sein, um so ein riesiges Fahrzeug auf so kurze Distanz zu verfehlen?

Die Schüsse hörten auf. Vielleicht, weil der Bursche noch näher herankommen wollte.

Harry rutschte auf Herb herum. »Komme mir vor wie in einem Wasserbett«, sagte er, »aber es riecht nach Schweinekoteletts. Wann hast du dir das letzte Mal den Hals gewaschen?«

»Geh runter von mir, du Idiot.«

»Schon wieder diese üblen Beschimpfungen.«

McGlade löste sich aus der unfreiwilligen Umarmung. Herb zog seine Waffe, ging auf die Knie und streckte die Hand nach der Beifahrertür aus.

In diesem Moment ging ein Ruck durch das Wohnmobil, und jemand sagte: »Umpf!«

Herb blickte in den hinteren Bereich des Krimibagos. Die Seitentür stand weit offen, und Tom drückte das als Bauarbeiter verkleidete Bandenmitglied mit dem Gesicht auf den Boden des Fahrzeugs, die Waffe auf den Kopf des Burschen gerichtet, das Knie in seinem Rücken.

»Ich hab meine Handschellen nicht dabei«, sagte Tom.

Herb schon. Er fesselte die Hände des Typen auf dessen Rücken, tastete ihn ab und förderte folgende Dinge zutage: Handy. Brieftasche. Klappmesser. Feuerzeug. Schachtel mit Marihuana. Zigarettenpapier. Verdächtiger Beutel mit weißem Pulver. Brille. Zwei Energieriegel von der Marke *Cliff Bar* mit den Geschmacksrichtungen »Weiße Schokolade Macadamianuss« und »Kürbiskuchen Spekulatius«. Herb sah sich den Inhalt der Brieftasche an: achtunddreißig Dollar, eine Bankkarte sowie ein Führerschein, der auf einen Chester Newton aus Hyde Park ausgestellt war.

»Hab ihm das hier abgenommen.« Tom hielt die schmutzigste Pistole hoch, die Herb je gesehen hatte. »Machst du nie deine Waffe sauber? Ich wundere mich, dass überhaupt ein Schuss losgegangen ist.«

»Gehört nicht mir«, sagte Chester.

»Was soll das heißen, gehört nicht dir? Ich hab sie dir aus der Hand gerissen.«

»Ich meine, ich hab mir das Ding nur ausgeliehen.«

»Von wem?«

Chester antwortete nicht.

»Beantworte die Frage«, sagte Herb.

»Ich hab Ihnen nichts zu sagen.«

»Dann bist du für uns nicht von Nutzen«, sagte Harry und zog den Magnum-Revolver aus dem Schulterholster. »Du hast dann wohl nichts dagegen, dass ich dich auf der Stelle erschieße.«

»Damit richten Sie nur eine Sauerei auf dem Boden Ihres Luxusfahrzeugs an.«

»Er hat recht«, sagte Harry. »Erschießen wir ihn draußen.«

»Ihr Bullen werdet mich nicht erschießen.«

»Warum nicht?«, fragte Tom. »Du hast ja auch auf uns geschossen. Und ich muss dir mal ganz ehrlich sagen, dass du ein lausiger Schütze bist. Du solltest dich ernsthaft nach einem anderen Job umsehen.«

»Ich hatte meine Brille nicht auf. Konnte Sie nicht richtig sehen.«

»Wieso hast du sie dann überhaupt abgenommen?«

»Weil ich verkleidet bin, Mann.«

»Verkleidet als Straßenbauarbeiter?«, fragte Herb.

»Ja.«

»Und du glaubst, es gibt keine Straßenbauarbeiter mit Brille?«

»So wie Sie das sagen, stellen Sie mich als blöd hin.«

»Wie viele von deinen gleichermaßen intelligenten Kumpels halten sich gerade in Spoonward auf?«, fragte Herb.

»Was?«

Herb sprach lauter. »Wie viele Leute?«

Chester blickte grimmig drein. »Ich weiß wirklich nicht, wovon Sie reden. Man hat mir gesagt, ich soll mich auf die Straße stellen und den Verkehr umleiten. Die Typen haben mir eine Knarre in die Hand gedrückt und nichts weiter gesagt. Und warum sollten sie das auch? Haben Sie noch nie den Begriff ›glaubhaftes Abstreiten‹ gehört? Die sagen mir nichts, also kann ich Ihnen auch nichts sagen. Mann, ihr Bullen seid wirklich bescheuert. Ich sag jetzt nichts mehr, bis ich mit meinem Anwalt gesprochen habe.«

»Wer sagt denn, dass wir dich verhaften?«, sagte McGlade. »Vielleicht zwingen wir dich, uns nacheinander einen zu blasen.«

Der Junge schien darüber nachzudenken. »Okay. Aber nur Sie und der Große hier. Nicht der Fettwanst.«

Das saß. »Hey! Willst du damit sagen, dass ich nicht attraktiv genug bin, um dich zu vergewaltigen?«

»Genau das meine ich, Speckröllchen. Ich weiß nicht, ob ich in dem Schwabbel überhaupt Ihren Schwanz finde.«

»Das habe ich mich auch schon immer gefragt«, sagte Harry. »Wie machst du das, Herb? Hebst du deinen Bauch beiseite? Oder benutzt du einen Handspiegel?«

Herb ignorierte Harry und nahm das Handy des Jungen an sich. Kein Signal. Er scrollte durch die Textnachrichten, die mehr Smileys enthielten, als er gedacht hatte. Aber da war nichts über Spoonward oder Jack.

Tom gab Herb mit einem Wink zu verstehen, dass er mit ihm unter vier Augen sprechen wollte, und flüsterte dem älteren Mann ins Ohr: »Wir haben hier keine Amtsbefugnisse und können die Kollegen vor Ort nicht erreichen. Und selbst wenn wir ihn zur nächsten Polizeistation bringen, haben die wahrscheinlich alle Hände mit den Waldbränden zu tun.«

»Wir lassen ihn also laufen?«

»Oder wir lassen McGlade den Burschen erschießen.«

»Wie wär's umgekehrt? Wir lassen ihn McGlade erschießen.«

»Redet ihr über mich?«, fragte Harry. »Ich habe meinen Namen gehört.«

»Ich habe noch ein paar Fragen«, sagte Herb zu Tom, bevor er sich wieder dem jungen Mann zuwandte. »Wo hast du diese Cliff-Riegel gestohlen?«

»Hey, was soll das? Nur weil ich 'n Schwarzer bin, heißt das noch lange nicht, dass ich klaue.«

»Nein. Du klaust, weil du zu einer Gang gehörst.«

»Ich hab sie im Whole Foods Market gekauft.«

»Blödsinn.« Herb suchte schon seit Monaten nach der Geschmacksrichtung »Kürbiskuchen Spekulatius«. Es war sein Lieblingsgeschmack, aber er kannte kein Geschäft, das dieses Produkt im Sortiment hatte. Falls der Junge eine Quelle hatte, wollte Herb es wissen.

»Lesen Sie es von meinen Lippen ab, Sie weißer Fettwanst: Whole Foods.«

»Ich soll dir glauben, dass du in einem Biosupermarkt einkaufst?«

»Was habt ihr Weißen immer nur mit diesen Klischees? Ich mach ja auch keine Witze darüber, dass Sie gerne Doughnuts essen, nur weil Sie ein fetter Bulle sind.«

»Ich esse aber gerne Doughnuts.«

»Die tun Ihnen aber nicht gut, wenn ich mir Ihre Wampe anschaue.«

Harry nickte. »Du solltest wirklich auf deinen Blutzucker achten, Herb.«

»Ich will wissen«, ließ Herb nicht locker, »woher du die Cliff Riegel hast.«

»Hat Ihnen das Cholesterin die Ohren verstopft? Whole. Foods. Market. Ich bin dort Stammkunde. Da gibt's 'ne große Auswahl an Bioobst und Biogemüse. Außerdem mag ich die Aufschnittsorten mit wenig Fett. Sie sollten da auch hingehen. Kann Ihrer Gesundheit und Ihrem Aussehen nicht schaden.«

»Du sagst, du legst Wert auf deine Gesundheit?«, fragte Herb. »Was soll dann dieser Scheiß hier?«

Herb ließ das Marihuana und das weiße Pulver neben dem Bandenmitglied auf den Boden fallen.

»Cannabis und Cocablätter wachsen wild auf Gottes grüner Erde und sind zu hundert Prozent Naturprodukte. Es ist ja nicht so, als würde ich Meth nehmen.«

»METH!«, kreischte Homeboy. McGlade hatte ein Tuch über den Käfig drapiert, damit der Vogel schlafen konnte.

»Was habt ihr da unter dem Tuch? Einen kleinen Mann in einem Käfig? Was zum Teufel ist nur mit euch los? Alles in Ordnung mit dir, Kleiner?«

»HOMEBOY!«

»Was geht ab?«, antwortete Chester.

»HOMEBOY!«

»Ich hab gesagt, was geht ab? Hörst du mich, Kleiner?«

Das war reine Zeitverschwendung. Sie mussten sich beeilen, Jack zu Hilfe zu kommen.

»Ihr durchgeknallten Weißen habt doch nicht etwa vor, mich in einen kleinen Käfig zu sperren, oder?«, sagte Chester.

Herb seufzte. »Nein. Aber ich bin sicher, ein Richter wird das bald tun.«

»METH!«

»Gebt dem armen Kleinen wenigstens ein bisschen Meth«, sagte Chester.

»Das ist mein Papagei«, sagte Harry und zerrte das Tuch weg.

Der Junge schreckte zurück. »Was zum Teufel habt ihr perversen Schweine mit diesem armen Vogel gemacht?« Er wandte sich Herb zu und fragte: »Haben Sie ihn gerupft, damit Sie ihn essen können?«

»Wir sind hier fertig«, sagte Herb. Er nahm dem Jungen die Handschellen ab und warf ihm Brieftasche und Brille zu. Alles andere behielt er.

»Verschwinde«, sagte Herb.

»Sie lassen mich gehen?«

»Nur wenn du mir versprichst, dass du dich künftig an die Gesetze hältst.«

»Im Ernst?«

»Ehrlich gesagt ist es mir egal«, sagte Herb. »Hau einfach ab.«

Chester rührte sich nicht vom Fleck.

Herb seufzte. »Was ist los, Chester?«

»Sie haben meinen Schlüsselbund, mein Handy und meine Drogen. Das finde ich nicht cool, Mann.«

»Betrachte es als eine Lektion fürs Leben. Schieße in Zukunft nicht mehr auf Menschen.«

»Was ist mit der Kanone? Ich hab Ihnen doch gesagt, die gehört mir nicht. Wenn ich sie nicht zurückbringe, krieg ich Ärger.«

»Okay«, sagte Herb. »Ich nehme einfach die Kugeln raus und gebe dir das Ding.«

»Echt?«

»Nein! Hau endlich ab!«

Chester haute endlich ab.

»Der Junge hat eigentlich keinen üblen Eindruck gemacht«, sagte Harry und ließ Homeboy aus dem Käfig. Der Papagei hüpfte auf McGlades Arm, machte von dort aus einen Satz und schlug mit dumpfem Geräusch auf dem Boden auf. Kaum hatte er sich von dem Schock erholt, machte er sich über den Beutel mit Kokain her und riss ihn mit seinem Schnabel auf.

»Nein, Homeboy!«, rief Harry und packte seinen Vogel. »Das ist nicht Meth! Das ist Koks!«

Homeboy vergrub sein Gesicht in dem weißen Pulver und machte schniefende Geräusche, als McGlade ihn packte und von der Droge wegzerrte. Der Papagei sah verdammt glücklich aus.

»KOKS! KOKS! KOKS! KOKS!«

»Cool«, sagte Harry. »Er hat ein neues Wort gelernt.«

Er setzte den Vogel wieder in den Käfig. Homeboy hüpfte auf seine Stange und schaukelte in seinem offensichtlichen Drogenrausch hin und her.

Plötzlich fing er an, *Long Gone Long* von den Rainmakers zu singen, und McGlade stimmte ein.

Herb ging auf die Toilette, hauptsächlich, um dem Lärm zu entgehen. Als er fertig war, waren sie wieder unterwegs. Das Duett war beendet. Homeboy hackte mit dem Schnabel auf seinem eigenen Körper herum und suchte anscheinend nach Federn, die er bisher übersehen hatte. Tom aß den Riegel mit der Geschmacksrichtung »Weiße Schokolade Macademianuss«.

»Wo ist der andere?«

Tom deutete mit dem Daumen auf Harry.

»Dieser Ausflug ist ein echter Höllentrip«, sagte Herb zu sich selbst.

Er setzte sich wieder auf seinen Platz und hoffte zum gefühlt dreihundertsten Mal, dass Jack noch lebte.

T-Nail

Als T-Nail die Augen öffnete, stellte er fest, dass er umgefallen war. Er schrie um Hilfe, konnte jedoch seine eigene Stimme nicht hören, weil es in seinen Ohren klingelte.

Hundert Kilo Dynamit besaßen eine größere Sprengkraft, als er vermutet hatte.

Del Ray hatte versucht, ihn zu warnen. Er wollte zuerst berechnen, wie viele Stangen Dynamit sie brauchten, und bestand darauf, die Explosion in Richtung des Hauses zu lenken, und dass seine Leute sich hinter Sandsäcken und in ausreichender Entfernung in Sicherheit brachten. T-Nail betrachtete dies als Zeitverschwendung. Der Waldbrand war bereits so nahe, dass man das orangefarbene Glühen sehen konnte, das wie eine falsche Morgendämmerung von Norden heraufzog. Also ließ er seine Männer sämtliche Kisten vor Jacks Tür absetzen und die Drähte mit dem Sprengzünder verbinden. Und dann war es Zeit für den großen Knall.

Als T-Nail an dem Sprengzünderkasten den Schlüssel umdrehte, hatte er sich in fünfzig Meter Entfernung von der Tür aufgehalten.

Jetzt hatte er keine Ahnung, wo sich der Kasten befand. Die Wucht der Explosion hatte ihn ihm aus den Händen geschlagen.

Er wartete, bis sich der Rauch verzog, und rechnete halb damit, dass das Haus vollkommen zerstört war. Wie sich herausstellte, stand es noch zur Hälfte, aber ein Großteil des Dachs war eingestürzt. Es sah aus, als wäre ein Riese draufgetreten und hätte einen Fußabdruck hinterlassen.

Mehrere Männer eilten herbei und richteten sowohl den Rollstuhl als auch T-Nail wieder auf. Als sein Hörvermögen zurückkehrte, verwandelte ihr Murmeln sich in Worte.

»Alles in Ordnung bei dir?«

»Tut irgendwas weh?«

»Was sollen wir tun?«

»Grabt sie aus«, befahl T-Nail.

Die Wahrscheinlichkeit, dass die Explosion Jack und ihren Mann getötet hatte, war groß. Eigentlich wäre das eine Enttäuschung, aber T-Nail fühlte sich besser bei dem Gedanken, selbst derjenige gewesen zu sein, der ihren Tod herbeigeführt hatte.

Del Ray kam auf ihn zu. Er sagte kein Wort zu T-Nail, sondern sah sich nur den Rollstuhl an.

»Die Servoelektronik ist in Ordnung. Das Kevlar hat sie vor der Explosion geschützt. Du hast übrigens deine Nagelpistole verloren.«

T-Nail sah das leere Holster. Dann schaute er auf der anderen Seite nach und stellte fest, dass die Nagelpistole noch da war. Er zog sie und schoss einen Nagel in die Erde.

»Funktioniert noch.«

»Die Betonung liegt auf *noch*. Dein Akku ist fast leer. Du brauchst einen neuen.«

»Ich dachte, die Nagelpistole braucht keinen.«

»Der Akku lädt den Druckluftkompressor auf. Ohne den hast du nur das CO_2, das noch im Tank ist.«

»Dann wechsle den Akku aus.«

»Die Ersatzteile waren im Bus.«

»Na und?«

Del deutete auf das Haus. Der Bus, den man daneben stehen gelassen hatte, war unter den Trümmern begraben.

»Sollen sich deine Leute darum kümmern! Wie lange reicht der Akku noch?«

»Wenn du sparsam damit umgehst, ‘ne Dreiviertelstunde. Vielleicht ‘ne ganze.«

»Finde die Akkus und sag ein paar Männern, sie sollen mich zum Haus schieben. Ich will die Leichen sehen, wenn sie zum Vorschein kommen.«

»Hundert Kilo Dynamit.« Del Ray zuckte mit den Schultern. »Da ist wahrscheinlich nur noch Brei übrig.«

»Dann will ich eben den Brei sehen. Du hast deine Befehle. Und jetzt beweg deinen Arsch.«

Jack

Zuerst sah ich Licht. Dann vernahm ich ein Geräusch.

»Jack! Bitte rede mit mir!«

Ich lag auf dem Rücken und blickte mit zusammengekniffenen Augen in das grelle Licht.

»Ich kann nichts sehen, wenn du mir mit der Taschenlampe ins Gesicht leuchtest.«

Phin wandte den Lichtstrahl von mir ab und verstellte den Fokus der Lampe, sodass sie den gesamten Raum erhellte. Oder vielmehr das, was von ihm übrig war. Der Lagerraum war eingestürzt, und die Decke befand sich jetzt einen halben Meter über meinem Kopf.

Mein Mann hörte sich an, als wäre er ganz in der Nähe, aber ich konnte ihn nicht sehen. »Bist du verletzt?«, fragte er.

Ich tastete meinen Körper nach schmerzenden Stellen und Wunden ab. Es tat überall weh, aber nicht unerträglich. Dass alle meine Nerven Signale sandten, betrachtete ich als ein gutes Zeichen. Anscheinend hatte ich keine bleibenden Schäden davongetragen.

Aber aus irgendeinem unerklärlichen Grund konnte ich mich nicht bewegen. Und auf meiner Brust lastete ein unangenehmes Gewicht.

»Ich glaube nicht. Aber ich bin eingeklemmt.«

»Wir sind unter Konservendosen begraben.«

Phin ließ den Lichtstrahl über meinen Körper gleiten. Ich lag unter einem Berg von Konserven, der bis an die Decke reichte.

»Sitzt du auch fest?«

»Ja.«

»Bist du verletzt?«

»Mal sehen.« Für einen Moment war er still. »Ja. Meine Rippen sind gebrochen. Und mein Finger.«

»Dein Sinn für Humor ist aber anscheinend noch intakt.«

»Warten wir ab, wie lange das anhält, wenn T-Nail uns bei lebendigem Leib häutet.«

»Mein Mann, wie er leibt und lebt. Ein strahlendes Beispiel für Optimismus.«

»Ich bin extrem optimistisch«, sagte er. »Optimistisch, dass wir einen schrecklichen Tod sterben werden.«

»Danke für den Hinweis. Das hatte ich glatt vergessen.«

»Freut mich, dass ich dir zu Diensten sein kann.«

Ich schnupperte die Luft. »Riecht nach Tomatensoße und Hotdogs.«

»Anscheinend hat McGlade eine Vorliebe für Wiener Würstchen, die an Besessenheit grenzt. Die gute Nachricht: Wir müssen nicht verhungern.«

»Wenn wir lange genug leben, sterben wir vielleicht irgendwann an Arterienverkalkung.«

»Mach dich nicht darüber lustig. Die Dosen haben uns das Leben gerettet.« Phin leuchtete mit der Lampe auf eine Stelle in der Nähe unserer Füße. Dutzende Kisten voller Konserven stapelten sich aufeinander – das Einzige, was noch die Decke abstützte. Harrys Lebensmittelvorrat hatte uns davor bewahrt, erdrückt zu werden.

Ich lachte drauflos.

»Du findest das witzig?«

»Ich musste gerade an diesen Spruch denken, den ich mal gehört habe«, sagte ich. »Das ist die Wucht in Dosen.«

Es dauerte einen Augenblick bis Phin begriff, und dann brach er ebenfalls in Gelächter aus.

Vielleicht fanden wir das Ganze so witzig, weil es unsere einzige Möglichkeit war, Stress abzubauen. Sozusagen ein Abwehrmechanismus. Oder vielleicht versuchten wir einfach nur, aus der wenigen Zeit, die uns noch blieb, das Beste zu machen.

Als ich mich ausgekichert hatte, sagte Phin: »Mal im Ernst, unsere Lage ist beschissen. Ich weiß nicht, ob hier noch frische Luft reinkommt. Wenn nicht, werden wir irgendwann ersticken. Vorausgesetzt, das Dach stürzt nicht vorher ein und erdrückt uns.«

»Schon wieder dieser erfrischende Optimismus. Du solltest Motivationstrainer werden.«

»Kommst du an deine Waffen ran?«

Phins Frage weckte eine dunkle Erinnerung. Daran, dass wir kurz davorgestanden hatten, Selbstmord zu begehen.

»Ich dachte, wir wollten kämpfen.«

»Ich stehe nach wie vor dahinter. Aber eine Pistole wäre dafür nicht schlecht … es sei denn, du willst mit Konservendosen um dich werfen. Ich hab meine verloren. Jetzt hab ich nur noch mein Klappmesser, ein Gürtelmesser und einen Stift.«

»Einen Stift? Gut. Dann kannst du einen Beschwerdebrief an T-Nail schreiben.«

»Es ist ein taktischer Stift. Aus Automatenstahl und mit einer Spitze. Kann man als Stich- und Schlagwaffe verwenden. Außerdem hat er einen Glasbrecher.«

»Perfekt. Falls wir von Fensterscheiben angegriffen werden, sind wir sicher.«

»Kommst du an deine Waffen ran?«

Ich bewegte mich vorsichtig, da ich die Konservendosen auf meiner Brust nicht wegstoßen wollte, aus Angst, die ganze Konstruktion würde wie ein Kartenhaus zusammenbrechen. »Ich glaube, ich komme an mein Schulterholster.«

»Mach es ganz langsam.«

»Ich mag es, wenn du so redest. Klingt sexy.«

»Wieso muss es erst zu einer tödlichen Gefahr kommen, um deine verspielte Ader zum Vorschein zu bringen?«

Ich senkte meine Stimme, bis ich wie Kathleen Turner in ihrer Rolle als Synchronsprecherin für die Zeichentrickfigur Jessica Rabbit klang. »Ich bin hier eingeklemmt, Phin. Vollkommen hilflos. Du kannst alles mit mir machen.« Ich hauchte leise und mit heiserer Stimme: »Alles, was du willst.«

»Versuch endlich, an deine verdammte Knarre ranzukommen.«

Ich hörte mit dem Herumblödeln auf und versuchte, an meine verdammte Knarre heranzukommen. Es war gar nicht leicht, meine Hand durch den Stapel Konserven zu bewegen. Ich tastete mit den Fingern nach Lücken und schob die Dosen vorsichtig beiseite.

»Ich hab mein Holster erreicht.«

Es gelang mir, den Lederriemen zu öffnen, aber als ich den Griff packte und daran zerrte, merkte ich sofort, dass etwas nicht stimmte.

»Leuchte mal mit deiner Lampe hierher«, sagte ich und zog den Revolver zwischen den Dosen hervor.

Wie ich vermutet hatte, war die Trommel verbogen.

»Das Ding ist kaputt.« Ich überprüfte die Waffe. »Der Ausstoßstift klemmt, die Trommel dreht sich nicht, und die Kammer ist falsch ausgerichtet.«

»Lässt sich der Hahn spannen?«

Ich versuchte es. »Nein. Scheiße, Phin. Diesen Revolver habe ich von meiner Mutter bekommen, als ich die Polizeiakademie abgeschlossen habe.«

Inzwischen war mir das Lachen endgültig vergangen, und ich unterdrückte ein Schluchzen. Ich stand kurz vor einem hysterischen Anfall.

»Das mit deinem Revolver tut mir leid, Jack, aber kannst du deine sentimentalen Gefühle für später aufheben? Was ist mit deinem Knöchelhalfter?«

Ich gewann wieder die Oberhand über meine Emotionen und versuchte, meine Körperhaltung zu verlagern. »Unmöglich. Ich bin eingeklemmt. Kann nicht mal die Beine bewegen.«

In diesem Augenblick hörten wir etwas. Ein schwaches, widerhallendes Rumpeln.

»Stürzt das Haus ein?«, fragte ich.

»Nein.« Dann sprach Phin aus, was ich befürchtet hatte. »Sie buddeln uns aus.«

Del Ray

Nachdem Del Ray T-Nails Befehle an seine Männer übermittelt hatte, ging er wieder zu Lil' K.

Lil' K war erst vor einer Woche, an seinem vierzehnten Geburtstag, in die Gang eingetreten. Es hatte kein blutiges Initiationsritual gegeben, keinen Rum Runner, nichts von diesen überkommenen alten Ritualen. Lediglich ein Beisammensein unter Kumpels. Lil' K hatte den auswendig gelernten Eid aufgesagt – mit ein bisschen Hilfe von Del –, und dann hatte es eine Party gegeben.

Es schien ihm, als wäre es gestern gewesen.

Im Augenblick stand Lil' K an den Stamm einer großen Kiefer gelehnt und rang mühsam nach Atem. Aus seinem Körper ragte ein Stück Kupferrohr. Das Projektil hatte ihn getroffen, als das Haus explodierte, und ihn mit solcher Wucht an den Baumstamm genagelt, dass drei Männer es nicht hatten herausziehen können. Schließlich bat Lil' K die Jungs aufzuhören, weil es zu sehr wehtat.

Ihm blieb nicht mehr viel Zeit.

»Hängst du immer noch hier ab, Alter?«, fragte Del Ray, als er sich dem Jungen näherte. »Hast du's kapiert? Hängen?«

Lil' K rang sich ein schwaches Lächeln ab. Seine Zähne waren rot. »Tut verdammt weh, General.«

»Du bist ein C-Note. Wir stecken Schmerzen locker weg und zahlen es unseren Gegnern heim. Du kennst doch unser Motto.«

»Ich weiß. Wir stecken Schmerzen locker weg und zahlen es unseren Gegnern heim, und dann ficken wir ihre Weiber.«

»Aber hallo!« Del Ray klatschte den Jungen nicht ab. Er traute sich nicht, ihn zu berühren.

»Die letzte Woche … war die beste meines Lebens.«

Das war verdammt traurig. Für den Jungen hatte das Leben noch nicht einmal richtig begonnen.

Del dachte an all die Dinge, die der Bursche nie sehen und erleben würde.

So hätte es eigentlich nicht kommen dürfen. Sicher, das Bandenleben war gefährlich und brachte immer Risiken mit sich. Auf der Straße ging es hart zu. Aber das hier war nicht die Straße. Das hier war die Wildnis. Weit weg von zu Hause.

»'Ne Flasche kaltes Bier wäre jetzt der Hammer.«

»Fände ich auch. Aber du bist noch nicht volljährig. Alkohol ist nicht gut für dich.«

Wieder ein schwaches Lächeln. Es verschwand so schnell, wie es gekommen war. »Ich werde es nicht schaffen, stimmt's?«

Del machte ihm keine falschen Hoffnungen. »Nein.«

»Schon gut.« Der Junge räusperte sich und spuckte Blut. »Und falls mich heut' der Tod ereilt, will ich nicht, dass ihr am Grab verweilt. Ich hatte ein freies, erfülltes Leben, hab alles für die C-Notes gegeben.«

Del Ray berührte ihn sanft an der Schulter. »Du gehörst zur Familie. Du bist durch und durch C-Note.«

Vogelgezwitscher ertönte. So etwas bekam man in der Stadt nicht oft zu hören.

»Davor hatte ich nie eine Familie«, sagte K. »Es war schön.«

Del spürte die Tränen in sich aufwallen und wollte sich abwenden, tat es aber nicht. Man wandte sich nie von einem der eigenen Leute ab.

»Weißt du, ich bin nicht auf der Straße aufgewachsen«, sagte Del.

»Echt?«

»In der Vorstadt. Durch und durch Mittelschicht. Wir hatten einen großen Garten mit Rasen und einer kleinen Schaukel mit Plastikrutsche. Und 'ne Doppelgarage.« Del hatte das noch nie jemandem erzählt. »Als ich zehn war, haben wir alles verloren. Mein Dad mochte das Glücksspiel mehr als seine Familie. Ich musste zu meinen Cousins in Englewood ziehen. Hatte total Schiss und hab so getan, als wäre ich von der Straße, damit ich keine Prügel bekam. Hab all diese Geschichten über mich erfunden, was für ein harter Bursche ich war, und dass meine Oma eine vollblütige Sioux-Indianerin war. Dabei hab ich gar kein Indianerblut in mir. Del Ray ist auch nicht mein richtiger Name, sondern Paul. Paul Michael Palmer. Aber ich hab das alles hinter mir gelassen. Bin mit vierzehn den C-Notes beigetreten, genau wie du. Hab meine Mom und meinen Dad seitdem nie wiedergesehen. Ich hab auch nie zurückgeschaut. Die C-Notes sind jetzt meine Familie. Erinnerst du dich an unser Glaubensbekenntnis?«

Lil' K nickte schwach.

»Uns C-Notes geht es nicht nur um unser Revier und um unsere Beute. Es geht vor allem um Stolz, Ehre, Verantwortung, Gemeinschaft und Gleichheit.« Del fing an, den Spruch aufzusagen. »Gemeinsam haben wir Macht. Brüder und Schwestern vereint …«

»… damit unser Nachwuchs 'ne bessere Welt zum Leben hat«, führte Lil' K das Bekenntnis zu Ende.

»Ich bin stolz auf dich, Junge. Dein Leben hat einen Sinn. Und ich werde dich nie vergessen.«

Lil' K antwortete nicht. Er starb, ehe Del zu Ende gesprochen hatte.

Del Ray wischte sich die Tränen von den Wangen und schloss Lil' Ks Augen.

Dann holte er sein Rasiermesser aus der Tasche.

Jack

»Sie kommen näher«, sagte ich und lauschte den Ausgrabungsgeräuschen, die lauter wurden.

»Nimm das hier«, sagte Phin. Er hielt die Taschenlampe in der verletzten Hand und schwenkte mit der anderen das Klappmesser. »Bist du bereit?«

»Ja.«

»Bei drei. Eins … zwei … drei!«

Es war ein schlechter Wurf. Ich streckte die Hände danach aus, doch der Messergriff prallte von meinen Fingerkuppen ab und landete irgendwo zwischen uns auf dem Boden.

»Ich komm nicht hin«, sagte ich und streckte den Arm, so weit ich konnte.

Phin kam ebenfalls nicht hin.

»Wie lautet Plan B?«, fragte ich. Die Mannschaft, die uns ausgrub, schien inzwischen sehr nahe gekommen zu sein.

»Mein Gürtelmesser.«

»Und was benutzt du?«

»Ich hab noch den taktischen Stift.«

»Gib ihn mir«, sagte ich.

»Du hast dich vorhin über den Stift lustig gemacht.«

»Hast du damit geübt?«

»Nein. Aber ich hab auch nicht mit einem Messer geübt. Es sei denn, du betrachtest es als Übung, wenn man jemanden absticht.«

»Ich habe mit Schlagstöcken geübt. Es gibt da so einen Minischlagstock, der sich *Koga* nennt. Eine Nahkampfwaffe. Ich weiß, wie man damit umgeht.«

»Ja. Man schlägt auf die Person ein, die am nächsten ist.«

»Wirf mir einfach den verdammten Stift rüber.«

Ein Lichtstrahl schien mir ins Gesicht. Es war nicht Phins Taschenlampe.

»Ich sehe sie!«, schrie jemand.

Phin warf mir den Stift zu. Ich fing ihn aus der Luft und schob die Waffe schnell unter mein Hemd und das Gummiband meines BHs.

»Ich liebe dich«, sagte ich zu meinem Mann.

»Ich dich auch.«

Plötzlich brachen die Eindringlinge zu uns durch und fielen über uns her.

Herb

»Willkommen im schönen Zentrum von Spoonward, Wisconsin«, sagte McGlade. »Blinzelt nicht, sonst verpasst ihr es.«

Herb konnte sich nicht erinnern, jemals in einer Ortschaft mit nur fünfhundert Einwohnern gewesen zu sein, aber die Hauptstraße sah aus, wie er sie sich vorgestellt hatte. Ein Postamt. Eine winzige Stadtbücherei. Ein paar Geschäfte. Und die Polizeistation – das einzige Gebäude, in dem Licht brannte.

»Bringen wir es schnell hinter uns«, sagte Herb. »Wir gehen rein, berichten den Diensthabenden, was los ist, und holen Jack. Wie weit ist es zu deinem Waldhaus, Harry?«

»Noch etwa fünfzehn Kilometer.«

Herb war anfangs dagegen gewesen, in Spoonward anzuhalten und die örtliche Polizei zu informieren. Je länger er sich in dem Wohnmobil aufhielt, desto dringender wollte er möglichst schnell zu Jack gelangen. Dieser junge Bursche, Chester, hatte ihm einen Funken Hoffnung gegeben. Wenn die C-Notes ihn zum Bewachen der Straße abkommandiert hatten, bedeutete dies, dass sie noch nicht mit Jack fertig waren. Es bestand eine Chance, dass sie und Phin noch am Leben waren.

Aber mit jeder Sekunde, die verstrich, verringerte sich diese Chance.

Tom hatte Herb überredet, nicht direkt zu Jack zu fahren. Eine Zusammenarbeit mit der örtlichen Polizei würde sich, wenn es klappte, als unglaublich hilfreich erweisen. Ein solches Vorgehen brächte gleich mehrere Vorteile mit sich: mehr Leute, mehr Waffen und grünes Licht von offizieller Seite. Letzteres war notwendig, denn wenn die Rettungsaktion schiefging, könnte sich alles zu einem bürokratischen und medialen Albtraum entwickeln. Harry war seit Jahrzehnten kein Polizist mehr, und Herb und Tom befanden sich weit außerhalb ihres Zuständigkeitsbereichs. Eigenmächtiges Handeln in einem anderen Bundesstaat, noch dazu unter Einsatz von Schusswaffen, würde mehr nach sich ziehen als nur ein Disziplinarverfahren. Sie könnten alle im Gefängnis enden.

McGlade hielt vor der Polizeistation.

»Lass mich einfach hier raus«, sagte Tom. »Ich rede mit ihnen.«

»Wir können alle reingehen.«

»Wir wissen nicht, wie lange das dauern wird. Ihr müsst weiter und Jack finden.«

»Bist du dir sicher?« Herb hielt nicht viel von dieser Idee. Es ging in der Regel nie gut, wenn ein Team sich aufteilte. »Was, wenn hier niemand ist?«

»Ich sehe Leute durchs Fenster. Da ist jemand. Hast du eine Straßenkarte, McGlade?«

Das GPS hatte zur gleichen Zeit den Geist aufgegeben wie der Handyempfang.

»Ja. Im Handschuhfach.«

Harry öffnete das Handschuhfach, und ein halbes Dutzend Cliff-Bar-Riegel fielen heraus. Herb nahm sich vor, ihn umzubringen. Aber erst, wenn sie Jack gerettet hatten.

McGlade fischte eine Karte heraus und verschwendete dreißig Sekunden damit, seinen geheimen Unterschlupf zu suchen und mit einem Kugelschreiber zu markieren. Dann gab er sie Tom.

Tom reichte Harry die Hand. »Seid vorsichtig. Ich werde dicht hinter euch sein. Wenn der Polizeichef mich nicht mitnimmt, klaue ich einen von seinen Streifenwagen.«

»Viel Glück«, sagte Herb.

»Wozu brauche ich Glück? Ich habe doch meinen natürlichen Charme«, sagte Tom.

»Den hatte Ned Beatty auch«, sagte Harry. »Aber in dem Film *Beim Sterben ist jeder der Erste* hat ihm das nichts genützt.«

Tom öffnete die Seitentür und lächelte. »Das sind Bullen wie wir. Was kann da schon schiefgehen?«

T-Nail

Sie schleiften Jacqueline und ihren Mann dorthin, wo sich einst das Wohnzimmer befunden hatte. Das Dach war verschwunden, und die Sterne waren zum Vorschein gekommen. Die Männer hatten mehrere Lagerfeuer angezündet, um die Umgebung zu erhellen, aber es gab auch Licht vom Waldbrand, der in der Ferne heranrückte. Sie hatten dem Paar die schusssicheren Westen abgenommen und die beiden durchsucht. Bei dem Mann fanden sie ein Messer und eine Taschenlampe, bei Jack ein Messer und einen Revolver im Knöchelhalfter.

Jetzt blieb nur noch die Frage, wen sie als Erstes in die Mangel nehmen würden.

»Ich habe sehr lange auf diesen Augenblick gewartet«, sagte T-Nail mit lauter Stimme, sodass alle der versammelten Männer ihn hören konnten. Sämtliche Augen waren auf ihn gerichtet. Das Flackern der Flammen und das halb zerstörte Haus schufen eine surreale, beinahe primitive Atmosphäre. Das hier war nicht Uganda, und T-Nail war nicht Idi Amin, aber es fühlte sich beinahe so an.

»Für die Eternal Black C-Notes ist Ehre heilig«, fuhr er fort. »Und die Ehre eines Mannes ist wichtiger als sein Leben. Diese Frau«, er deutete auf Jacqueline Daniels, die von vier seiner Männer am Boden festgehalten wurde, »hat versucht, mir meine Ehre zu nehmen.« Er sog seine Lunge voll und brüllte: »Keiner, der einem C-Note die Ehre nimmt, kommt mit dem Leben davon!«

Er erwartete Grölen und Beifall, bekam als Antwort jedoch nur Schweigen.

Hatten die Männer vor ihm eine solche Angst, dass sie es nicht wagten zu jubeln? Das musste wohl der Grund sein.

T-Nail schob den Joystick nach vorne, und der Rollstuhl setzte sich langsamer als gewöhnlich in Bewegung. Man hatte immer noch nicht den Ersatz-Akku gefunden, aber das spielte jetzt keine Rolle. Dieser Moment gehörte ihm, und er würde ihn voll auskosten.

Was wäre wohl die beste Methode, um Jacqueline zu bestrafen?

Er starrte in ihre Augen und sah dort Trotz.

T-Nail kannte diesen Blick. Hatte ihn oft bei seinen Feinden gesehen.

Es dauerte nie lange, egal, wie stark sie waren. Binnen einer Stunde würde sie ihn um Gnade anflehen.

»Den Mann«, befahl er. »Haltet ihn fest und streckt seine Arme und Beine.«

Die Männer befolgten den Befehl und machten eine Gasse frei, damit T-Nail heranrollen konnte.

»Du wirst einen schrecklichen Tod erleiden, Jacqueline Daniels«, sagte T-Nail zu ihr. »Aber bevor es so weit ist, demonstriere ich dir, was mit dir geschehen wird. An ihm.«

T-Nail zog die Nagelpistole aus dem Halfter.

Er benötigte acht Nägel, um Jacquelines Mann am Holzboden festzunageln.

Phin

Er konnte sich nicht bewegen.

Aber das war wohl der Sinn der Sache, wenn man am Boden festgenagelt war.

Phin lag mit dem Gesicht nach unten, Arme und Beine ausgestreckt. T-Nail hatte ihm mit der Nagelpistole durch die Fußsohlen, die Wadenmuskeln, den Trizeps und die Handflächen geschossen.

Wider Erwarten tat es nicht übermäßig weh. Vielleicht lag es daran, dass die Nägel sein Fleisch so schnell durchbohrt hatten, dass seine Nerven gar keine Zeit gehabt hatten zu reagieren. Die Schmerzen waren beinahe harmlos im Vergleich zu seinem verletzten Finger oder den gebrochenen Rippen. Obwohl Phin seine gegenwärtige Situation niemandem als spaßigen Zeitvertreib für einen Samstagabend empfohlen hätte, fand er, dass er schon weitaus Schlimmeres erlebt hatte.

Dann blickte er zu Jack und sah in ihren Augen Entsetzen, Mitleid, Traurigkeit und Hoffnungslosigkeit.

In diesem Moment spürte Phineas Troutt in seiner Seele größere Schmerzen als alles, was sein Körper jemals hatte ertragen müssen.

JACK

Endlich verstand ich es.

Jetzt, wo ich zusehen musste, wie mein geliebter Mann litt, begriff ich endlich, was »Ya'aburnee« bedeutete.

Ich hoffe, dass du mich begräbst.

Es war das Wahrhafteste und Reinste, das jemals jemand gesagt hatte.

Ich konnte ihm nicht beim Sterben zusehen. Nicht Phin. Nicht dem Mann, den ich so sehr liebte.

So sehr ich auch um mein eigenes Leben fürchtete – ich wollte ihn nicht überleben. Ich wollte mich im Angesicht meines bevorstehenden Todes an die Hoffnung klammern, dass Phin vielleicht heil aus diesem Schlamassel herauskommen würde.

Ich wollte als Erste sterben.

Ich musste als Erste sterben.

»Jetzt hab ich's kapiert«, sagte ich und gab mir dabei Mühe, stark zu klingen. »Ich hab's kapiert, Phin. Ich weiß, es spielt jetzt eigentlich keine Rolle mehr, aber ich hab's kapiert. Ich verstehe jetzt, was ›Ya'aburnee‹ bedeutet.«

»Wird auch verdammt noch mal Zeit«, erwiderte Phin.

»Hey! Terrance!«

T-Nail sah mich an.

»Willst du den wirklichen Grund wissen, warum du zwanzig Jahre im Knast sitzen musstest?«, fragte ich. »Weil ich besser war als du. Deswegen hast du zwei Jahrzehnte hinter schwedischen Gardinen verbracht. Deswegen kannst du nicht gehen. Weil ich stark bin und du schwach bist. Und du hast Angst, dir vor deiner Gang anmerken zu lassen, wie schwach du wirklich bist. So schwach, dass du ihre Hilfe brauchst, um mich zu töten.«

Ich hob meine Stimme.

»Du redest von Ehre«, fuhr ich fort. »Wo ist deine Ehre? Ich habe dir dein Leben und deine Beine weggenommen. Warum trittst du nicht gegen mich an, Mann gegen Frau? Oder bist du ein Feigling?«

T-Nail schwieg fast zehn Sekunden lang, bevor er sagte: »Ist das alles?«

Ich antwortete nicht.

»Was willst du damit erreichen, Jacqueline? Mich bloßstellen, damit ich mich auf einen Zweikampf mit dir einlasse? Ich könnte dir locker das Genick brechen. Und ich weiß, dass du genau das willst. Einen schnellen Tod. Aber so leicht kommst du nicht davon. Du wirst zusehen, wie Phineas stirbt, während ihr beide um Gnade fleht. Und dann wirst du sterben. Wir werden das hier nicht als Ebenbürtige zu Ende bringen. Es wird so enden, dass ich die Oberhand habe und du leiden musst.«

»Ihr seid alle hier«, sagte ich zu den über hundert Bandenmitgliedern, die um uns herumstanden, »weil diesem Arschloch seine Rache wichtiger ist als euer Leben. Ich habe keinen Einzigen von euch getötet, sondern mit meinem Gewehr so gezielt, dass ich euch nur verwunde. Wie viele von euch sind seinetwegen gestorben? Und das alles nur, weil er so blöd war, sich in die Wirbelsäule schießen und von den Bullen erwischen zu lassen. Damals waren einige von euch noch gar nicht geboren.

Dieser Mann faselt ständig von Ehre. Aber er hat selbst keine. Hat er auch nur eine einzige Tat vollbracht, die euren Respekt verdient?«

»Ich bin Kriegshäuptling«, sagte T-Nail.

»Du bist ein armseliger Wichser«, sagte ich.

»Dem kann ich nur zustimmen«, sagte Phin. »Ich finde ebenfalls, dass du ein Schwächling und ein Feigling bist. Jeder hier weiß, dass meine Frau dich ungespitzt in den Boden rammen würde. Sie hat es schon einmal getan und wird es wieder tun. Du hast über hundert Leute gebraucht, um eine Polizistin zu überwältigen. Das zeigt doch nur, was für ein Schisser du bist. Hey du, mit der behaarten Weste! Del Ray! Willst du wirklich diesen Kerl als Anführer haben? Ich dachte, *du* bist der General? Wieso gibt dieser Wichser hier die Befehle?«

T-Nail

Phins Frage hing in der Luft, aber T-Nail ließ sich davon nicht beirren. Worte bedeuteten ihm nichts. Sollte Jacqueline doch herumnölen, bis er ihr die Lippen abschnitt. T-Nail scherte sich nicht darum.

Aber irgendetwas war unter seinen Männern im Gange. T-Nail spürte, dass ihre Angst und Loyalität etwas anderem wich: Zweifel, der sich in ihren Reihen ausbreitete. Dass Del Ray dem verbalen Angriff von Jacks Ehemann nichts entgegensetzte, trug zu der verräterischen Stimmung bei.

Zwietracht war jetzt zu vermeiden. T-Nail musste zugeben, dass die Belagerung seinen Männern einiges abverlangt hatte. Es hatte Verluste gegeben, und sie waren müde.

Was sie jetzt dringend brauchten, war eine Aufmunterung. Ein guter Führer wusste, wann die Peitsche angebracht war und wann das Zuckerbrot.

Jetzt war die Zeit reif für das Zuckerbrot.

»Ihr Männer habt großartige Arbeit geleistet und eine Belohnung verdient. Bevor wir diese Schlampe umbringen, veranstalten wir mit ihr einen Gangbang.«

Diese Ankündigung rief das allgemeine Jubeln hervor, das er sich bereits zuvor erhofft hatte.

Er hob die Hand und bat um Ruhe. Seine Männer verstummten augenblicklich.

»Aber zuerst«, sagte T-Nail, »zeigen wir ihr, was es heißt, ein Mitglied der C-Notes zu sein. Formt einen Kreis. Wollen wir doch mal sehen, wie sie einen Rum Runner übersteht.«

Jack

Was ein Gangbang war, wusste ich.

Eine Gruppenvergewaltigung.

Aber bei dem Begriff »Rum Runner« musste ich passen.

Auch egal. Ich würde es bald genug herausfinden.

Ich wurde über den Boden geschleift und nach vorne geschubst. Die Bandenmitglieder umringten mich und Phin.

»Du willst ein Anführer sein, Del?«, schrie T-Nail. »Führe die Jungs hierbei.«

Der Mann mit den Skalps auf seiner Weste – derselbe, dem Phin ins Ohr geschossen hatte – kam auf mich zu. Er machte keinen offen feindseligen Eindruck, sah aber auch nicht so aus, als läge ihm mein Wohlbefinden am Herzen.

»Was ist ein Rum Runner?«, fragte ich ihn.

»Weißt du, wie unser Aufnahmeritual abläuft?«

»Ihr verprügelt das neue Mitglied, um zu sehen, ob er es aushält.«

»Ein Rum Runner ist so was in der Art, aber härter. Wir prügeln so lange auf dich ein, bis du nicht mehr aufstehen kannst.«

»Hast du schon mal daran gedacht, dass euer Verein ziemlich gestört ist?«, fragte ich.

Del Ray verpasste mir einen unerwarteten Faustschlag ins Gesicht.

Unter dem grölenden Beifall der Menge landete ich auf allen vieren, weniger als einen halben Meter von meinem Mann entfernt.

»Ich habe es dir vorhin nicht gesagt«, sagte ich zu ihm. »Aber ich sage es dir jetzt, und ich meine es ernst. Ich will es so. Lieber lasse ich mich von denen totschlagen, als zusehen zu müssen, wie sie es mit dir machen. Ya'aburnee, Phin.«

Phin bekam feuchte Augen, verzog aber keine Miene.

»Nein«, sagte er.

»Nein?«

»Nicht heute«, sagte Phin. »Du bist ein Held, Jack. Das warst du schon immer. Und du wirst heute nicht als Erste sterben, weil du heute nicht sterben darfst. Du. Wirst. Nicht. Sterben.« Er zwinkerte mir zu. »Und jetzt prügel ihnen die Scheiße aus dem Leib, Schatz.«

Die Bandenmitglieder zerrten mich auf die Beine und von Phin weg.

Er hat Schatz zu mir gesagt.

Phin hat Schatz zu mir gesagt.

Ein winziges, aber aufrichtiges Wort aus dem Munde des Mannes, den ich liebte, und schon keimte in mir wieder ein Funke Hoffnung auf.

Ich verdrehte meine Arme – eine beim Judo verwendete Technik, um sich aus dem Griff des Gegners zu befreien – und machte eine Rolle rückwärts, weg von den Kerlen, die mich festgehalten hatten. Dann deutete ich auf den Mann mit den Skalps auf der Weste.

»Hey, du mit dem Afro-Look! Du hast was verloren.«

Ich wirbelte herum, brachte meine Hüfte nach vorn und machte einen Rückwärtskick, der ihn voll ins Gesicht traf.

»Ich meinte deine verdammten Zähne«, sagte ich. »Will sonst noch jemand?«

Zwei Männer kamen auf mich zu. Sie waren größer, stärker und jünger als ich. Aber ungeübt. Sie boten mir so viele ungeschützte Stellen, dass ich mir die besten aussuchen konnte. Den Ersten traf ich mit dem Handballen am Kinn, dem Zweiten rammte ich das Knie in die Eier und verpasste ihm einen Handkantenschlag ins Genick, als er fiel.

Drei außer Gefecht. Ungefähr hundert übrig.

Ein weiterer Mann näherte sich. Er war riesig und bewegte sich auf den Fußballen, die Fäuste erhoben wie jemand, der im Fitnessstudio Boxtraining absolviert hatte. Er eröffnete seinen Angriff mit einem schnellen Rundschlag von links, dicht gefolgt von einem Schlag gegen meine Schulter. Ich wich nach hinten aus.

»Du hast geboxt«, sagte ich.

»Hab ein bisschen trainiert.«

»Bist du einigermaßen gut?«

»Gut genug, um dir die Fresse zu polieren, du Schlampe.«

Ich brachte ihn mit einem Tritt gegen das Kinn zu Fall. »Du musst noch ein bisschen üben, Bürschchen.«

Als Nächstes kamen drei Kerle auf einmal. Der Erste ging geduckt auf mich los und setzte zu einem Hechtsprung an. Clever. Wenn ich erst einmal auf dem Boden lag, hatte ich keine Chance mehr. Ich wich tänzelnd aus, wie ein Matador, und bekam einen leichten Schlag ans Kinn. Ich schnellte herum, landete einen Rückhandschlag und zog Schultern und Arme hoch, um einen Hagel von Faustschlägen zu überstehen. Als ich eine Gelegenheit sah, schlug ich zu, packte den Kerl an den Ohren und machte sein Gesicht mit meinem Knie bekannt.

Dem Gebrüll nach zu urteilen, gefiel dem Gesicht die Begegnung ganz und gar nicht.

Bewegung am Rand meines Blickfelds. Ich duckte mich reflexartig und spürte Fingerknöchel auf meiner Schädeldecke. Mein Schädel erwies sich als härter. Der Angreifer machte einen Rückzieher, schrie vor Schmerz und starrte auf seine Hand, die in unnatürlichem Winkel vom Arm abstand.

Ich bekam einen Stoß in den Rücken, fiel nach vorne auf den Boden und erhaschte einen Blick auf Phin.

Er sah stolz aus.

Dann fielen sie alle über mich her, und es hagelte Schläge und Tritte.

Keine Chance, sich dagegen zu wehren. Ich zog den Kopf ein, hielt die Arme schützend darüber, rollte mich zusammen und machte mich darauf gefasst, von den Kerlen zu Tode getrampelt zu werden.

Und ich fand mich damit ab.

Das hatte nicht nur mit »Ya'aburnee« zu tun, sondern auch mit etwas, das mein Freund und ehemaliger Dienstpartner Herb Benedict vor zwanzig Jahren zu mir gesagt hatte, als ich T-Nail das erste Mal begegnete.

Der Tag, an dem du keine Angst mehr hast, ist der Tag, an dem du stirbst.

Dieser Tag war heute. Weil ich keine Angst hatte. Val und Lund würden sich um Sam kümmern. Und falls ich in den Himmel kam, würde der Mann, den ich liebte, mich dort finden.

Aber nicht, wenn ich ihn zuerst fand.

Phin

Jack hielt sich eine Weile auf den Beinen und schlug sich wacker. Während Phin ihr zusah, beschlich ihn das Gefühl, noch nie jemanden so sehr geliebt zu haben. Aber eine einzelne Person konnte sich nicht ewig gegen eine Übermacht wehren.

Dann ging sie zu Boden, und die Meute stürzte sich auf sie wie Hyänen.

Phin zerrte an den Nägeln, und jetzt setzten die Schmerzen ein, und zwar heftig und überall. Er zerrte noch zwei Sekunden, dann versagten ihm seine Glieder den Dienst.

Die Kerle traten weiter auf Jack ein.

»Steh auf!«, schrie er sie an.

Phin war kein Held. Jack schon. Sie musste das Blatt wenden, wie sie es immer getan hatte. Das war ihr Ding, nicht seins. Phin hatte es nicht einmal geschafft, die armen Gestalten im Walmart zu retten. Egal, wie sehr er sich auch mühte, er war nicht gut genug.

Er versuchte erneut, aufzustehen. Drückte mit den Knien gegen den Boden und versuchte, die Nägel aus dem Holz zu hebeln.

Das Holz war zu fest. Der Schmerz siegte ein zweites Mal.

»Steh auf!«

Wenn seine Frau an seiner Stelle wäre, würde sie einen Ausweg finden und ihn retten. Helden schaffen das.

»VERDAMMT NOCH MAL, STEH ENDLICH AUF!«

In diesem Moment erkannte Phin, dass er nicht mehr seine Frau anschrie, sondern sich selbst.

Nein, er war wirklich kein Held.

Aber er würde verdammt noch mal seiner heldenhaften Frau helfen.

Phin spannte sich mit so viel Entschlossenheit, wie er sich niemals zugetraut hätte. Er zerrte so fest, dass die Nagelköpfe sich durch seine Wadenmuskeln bohrten. Dann drückte er mit den Ellenbogen, hob die Unterarme vom Boden ab, verwandelte den Schmerz in Stärke und riss die Hände frei. Die Füße waren noch immer festgenagelt, aber er nahm ein Eisenrohr, das zufällig in der Nähe lag, schob es wie einen Keil unter die Schienbeine und stemmte seine Schuhe hoch, bis sie sich vom Holzboden lösten.

Ehe er sich versah, torkelte er irgendwie auf das Kampfgetümmel zu und schrie wie ein Berserker.

Phin verfügte nicht über Jacks Kampfkünste. Aber wer brauchte schon Kampfkünste, wenn er ein schweres Eisenrohr schwang?

Irgendwann verlor er den Überblick, wie viele Schädel er eingeschlagen hatte, die Meute witterte die Gefahr und zog sich zurück. Er bückte sich zu Jack hinab und wollte nach ihrer Hand greifen, um sie hochzuziehen.

Aber sie verharrte weiterhin in der Embryonalstellung.

Jack

Die Schläge und Tritte hörten auf. Dann spürte ich eine Hand auf meinem Gesicht.

Eine blutige Hand.

Ich wollte sie beißen. Wenn ich schon sterben musste, dann gefälligst mit dem Finger dieses Arschlochs in meinem Magen.

Doch dann sah ich den Ehering.

Phin.

»Ich dachte schon, du faule Sau wolltest das einfach aussitzen«, sagte ich und blickte zu ihm auf.

»Kommt überhaupt nicht infrage. Wir beide gegen den Rest der Welt. Schon vergessen?«

»Ich hasse dieses Lied immer noch.«

Ich stand auf und fiel beinahe wieder hin. Die Kerle hatten mich ganz schön vermöbelt. Wenigstens wusste ich jetzt, was ein »Rum Runner« war. Ein passender Name für dieses Ritual.

Phin sah sogar noch schlimmer aus, als ich mich fühlte. Sein ganzer Körper war blutüberströmt. Aber er brachte trotzdem ein Lächeln für mich zustande.

»Kämpfen wir, bis wir nicht mehr können«, sagte er. »Und dann kämpfen wir weiter.«

»Unsere Chancen stehen verdammt schlecht.«

»Willst du auf unsere Chancen setzen oder auf uns? Was meinst du, Schatz?«

Ich hob die Fäuste. »Ich setze unser Geld auf uns.«

T-Nail

Es war völlig anders gekommen, als T-Nail gehofft hatte.

Anstatt sich an der Prügelorgie aufzugeilen, waren die Männer noch unsicherer als zuvor. Was zum Teufel war nur mit der Jugend von heute los? Zu T-Nails Zeiten waren Bandenmitglieder hart gewesen. Aber dieser Haufen ließ sich schon von ein paar eingeschlagenen Schädeln entmutigen.

Scheiß drauf! Höchste Zeit, den Jungs zu zeigen, wie man es machte.

T-Nail schob den Joystick und richtete den Rollstuhl zu seiner vollen Höhe auf. Dann griff er zu seiner Nagelpistole und rollte ins Kampfgetümmel.

Del Ray

Er fand nur einen seiner vier ausgeschlagenen Zähne. Und der war zerbrochen und wahrscheinlich nicht mehr zu retten.

Als Del Ray sich umsah, erblickte er mehrere seiner Männer, die blutend am Boden lagen.

Er drehte sich um und sah in der Ferne den Waldbrand. Die Flammen kamen schnell näher.

Genug war genug. Er hatte vor, seine Mannschaft abzuziehen.

»C-Notes!«, rief er und winkte mit beiden Händen. »C-Notes! Es ist Zeit …«

»Zeit für was?«, fragte T-Nail.

Del war so tief in Gedanken versunken gewesen, dass er nicht bemerkt hatte, wie der Original Gangsta sich von hinten angeschlichen hatte.

»Wir hauen ab«, sagte Del. »Wir haben genug Blut für deine bescheuerte Rachefantasie vergossen.«

»Ist das so?«

»Ja. Ich werde vor den Obersten Rat ziehen. Ich habe hundert Zeugen, die bereitwillig darüber berichten werden, was für eine beschissene Arbeit du geleistet hast.«

»Hier ist noch was, worüber sie berichten können.«

T-Nail hob die Waffe und schoss einen Nagel in Del Rays Stirn.

Herb

»Aus dem Weg, ihr Arschlöcher!« Harry drückte auf die Hupe. Plötzlich schrie jemand und prallte von der Windschutzscheibe ab.

»Nicht meine Schuld«, sagte McGlade. »Ich habe gehupt.«

Herb saß auf dem Beifahrersitz. Mit vor Staunen und Entsetzen offenem Mund betrachtete er das Schauspiel, das sich ihm bot. Der Waldbrand war inzwischen bis hierher vorgedrungen, verwandelte das kühle Herbstwetter in heiße Sommertemperaturen und ließ die Bäume der Umgebung in Flammen aufgehen. Auf der Straße und im benachbarten Wald wimmelte es von Bandenmitgliedern, die ziellos hin und her rannten. Einige von ihnen hielten sich am Krimibago fest, kletterten an dem Fahrzeug empor und versuchten, ins Innere einzudringen. Es war wie …

»Das ist ja wie eine Folge von *The Walking Dead*«, sagte Herb entsetzt.

»Die Arschlöcher blockieren meinen Zufahrtsweg. Bis zu meinem Haus sind es noch ein paar Hundert Meter. Ich komme da nicht durch, ohne dass ich ein paar Leute überfahre.«

Herb war zutiefst verblüfft von McGlades plötzlichem Anflug von Menschlichkeit.

»Und wenn dabei einer an der Achse hängen bleibt, ist womöglich das Getriebe im Arsch«, sprach Harry zu Ende.

Er schob den Schalthebel auf Park und sprang vom Fahrersitz.

»Wo willst du hin?«, fragte Herb.

»Zum Tankfahrzeug.«

Plötzlich wurde die Seitentür aufgerissen, und ein Bandenmitglied sprang ins Fahrzeug, stürzte sich auf McGlade und stieß ihn gegen Homeboys Käfig. Alle drei fielen polternd zu Boden.

Herb hatte bereits seine Pistole in der Hand und versetzte dem Burschen damit einen Schlag an die Schläfe, worauf dieser nach draußen stürzte.

Vier weitere Kerle drängten sich ins Fahrzeug.

Herb hielt die Pistole fest, wurde aber gegen den Kühlschrank gepresst und konnte nicht zielen. McGlade fing an zu heulen, und Herb dachte, die Kerle würden ihn in Stücke reißen. Doch dann stellte er fest, dass Harry bloß quängelte, weil die Eindringlinge mit dreckigen Schuhen auf seinem Teppich herumtrampelten.

Noch mehr Kerle kamen herein. Herb hatte sich schon immer gefragt, wie er eine Zombieapokalypse überstehen würde, und jetzt wusste er die Antwort. Er würde kläglich untergehen.

Das einzig Erfreuliche war, dass man ihn wenigstens nicht bei lebendigem Leib auffressen würde.

»HOMEBOY!«

Alle hielten in der Bewegung inne und starrten den Papagei an. Homeboy war aus dem Käfig entkommen und hatte es irgendwie geschafft, an dem Vorhang emporzuklettern, der das Seitenfenster bedeckte. Jetzt thronte er auf der Gardinenstange.

»Was zum Teufel ist das denn?«, fragte jemand.

»Das ist Homeboy, mein Papagei!«, verkündete Harry stolz wie ein Vater auf sein Kind. »Und er wird die Situation retten!«

»HARRY!«, kreischte Homeboy.

Und dann spreizte der Vogel die federlosen Flügel, machte einen Satz in die Luft … und fiel wie ein Stein nach unten. Er landete auf dem Küchentresen, fand dort die Tüte mit Kokain, die Herb und Tom Chester abgenommen hatten, und zerfetzte sie augenblicklich in Stücke.

Einen Moment später erstarrte der Vogel und fiel vom Tresen auf den Boden.

»Alter, ich glaub, dein Papagei ist gerade an ‘ner Überdosis verreckt.«

»Alle stillgestanden!«, befahl Harry, und erstaunlicherweise gehorchten sie ihm. Vielleicht verschlug ihnen der Anblick eines kahlen Papageis, der eine Überdosis Kokain konsumiert hatte, dermaßen die Sprache, dass sie gar nicht daran dachten, den Angriff fortzusetzen.

McGlade hob Homeboy behutsam auf, legte ihn auf die Couch und begann mit den Fingern eine Herzdruckmassage auf der winzigen Brust.

»Bleib bei mir, Kumpel«, sagte Harry. »Du bist zu jung, um zu sterben.«

Dann beugte er sich vor und gab Homeboy eine Mund-zu-Mund-Beatmung.

»Das ist so falsch«, sagte jemand.

Herb sah das genauso.

McGlades lebensrettende Maßnahmen erwiesen sich als zu aggressiv, und Homeboy blähte sich auf wie der hässlichste Luftballon der Welt.

Dann ließ der tote Papagei einen Furz.

Für Herb war es das Signal zum Verschwinden. Die Bandenmitglieder, die ihn festhielten, waren auf Harrys bizarre Showeinlage fixiert – und Herb nutzte das, um sich in den vorderen Bereich des Krimibagos zu verdrücken.

»Halt durch, Homeboy! Ich lade den Defibrillator!«

Herb war froh, das nicht mit ansehen zu müssen.

»Bereit!«, schrie McGlade.

Ein kollektives Stöhnen füllte das Fahrzeug.

Ebenso ein Geruch, der an Brathähnchen erinnerte.

Herb zwängte sich zur Fahrertür hinaus. Draußen wimmelte es nach wie vor von Bandenmitgliedern, von denen viele Kurs auf den Krimibago nahmen. Noch besorgniserregender waren die Flammen, die gefährlich nahe gekommen waren.

Es sah aus wie eine Szene aus *Dantes Inferno*.

Herb eilte zu dem Tankfahrzeug, das sie mehr als sechshundert Kilometer hinter sich hergezogen hatten. Er versuchte sich ins Gedächtnis zu rufen, wie das Ding funktionierte, erinnerte sich vage daran, dass Harry auf die Oberseite gedeutet hatte, und erblickte den Ventilgriff.

Er langte nach oben und zog daran.

Sechs Wasserstrahlen schossen mit zehn Tonnen Druck aus den Düsen an den Seiten des Fahrzeugs. Der Wassertank war ursprünglich für die Straßenreinigung gedacht gewesen, funktionierte aber auch ausgezeichnet bei der Kontrolle von Menschenmengen. Die umstehenden Bandenmitglieder wurden flachgelegt. Diejenigen, die sich weiter weg aufhielten, wollten nicht nass werden und blieben auf Abstand. Und die Flammen in der näheren Umgebung zischten und erloschen.

Die Geheimwaffe für den Sieg.

Herb umklammerte den Griff seiner SIG Sauer und ging zurück zur Seitentür des Krimibagos. Er gab einen Schuss in die Luft ab, worauf alle sich zu ihm umdrehten.

»Raus! Sofort!«

Die Bandenmitglieder verließen einer nach dem anderen das Wohnmobil. Herb kletterte ins Innere und sah Harry, der sich immer noch über seinen toten Papagei beugte.

Homeboy wirkte zerknautscht und verbrannt. Anscheinend hatte McGlade die Schockelektroden zu fest aufgedrückt.

»Das mit Homeboy tut mir leid, Harry.«

»Na ja, wenigstens ist er an etwas gestorben, das er mochte. Illegale Drogen.«

»Wir müssen uns um Jack kümmern.«

»Bin schon dabei.«

McGlade begab sich mit Herb im Schlepptau in die Fahrerkabine, startete den Motor und drückte aufs Gaspedal.

»Ich vermisse das Kerlchen jetzt schon«, sagte Harry.

»Wieso?«

»Ja, er war ziemlich schlimm, stimmt's?«

»Er war der Schlimmste«, pflichtete Herb bei.

»Zerbrechen wir uns nicht den Kopf darüber, was er war oder nicht war. Er soll uns lieber als warnendes Beispiel dienen, wie gefährlich der Konsum von Meth ist.«

»Er ist an einer Überdosis Kokain gestorben.«

Harry ließ die Schultern hängen. »Ich hab diesen Papagei gehasst.«

Die Flammen loderten auf beiden Seiten des Zufahrtsweges, aber der Wassertank hielt sie unter Kontrolle, indem er Hunderte Liter Wasser in alle Richtungen sprühte.

Plötzlich blieb der Krimibago im Schlamm stecken.

Jack

Ein Großteil der Bandenmitglieder hatte das Weite gesucht. Ich glaube nicht, dass Phin und ich sie mit unseren Kampfkünsten vertrieben hatten. Zum Schluss hatten wir nur noch blindlings um uns geschlagen. Jeder, der ernsthaft entschlossen war, hätte uns ohne große Mühe plattmachen können.

Aber Entschlossenheit war bei den Jungs anscheinend Mangelware. Vielleicht lag es daran, dass T-Nail ihrem General vor ihren Augen einen Nagel in den Kopf geschossen hatte. So etwas half nicht gerade, um neue Loyalität in den Leuten zu erwecken.

Was T-Nail betraf, so hatte er den Kampf noch nicht aufgegeben. Aber sein aufgemotzter Rollstuhl wurde immer langsamer. Als er bis auf drei Meter an uns herankam, gab das Gefährt völlig den Geist auf.

»Machen wir einen Bogen um ihn und hauen ab«, sagte ich zu Phin.

Phins Antwort bestand darin, neben mir zusammenzubrechen.

»Ich bin fix und fertig, Schatz. Mein Adrenalin ist aufgebraucht. Ich kann nicht mehr.«

»Sei kein Weichei«, sagte ich und streckte die Hand nach ihm aus, um ihm auf die Beine zu helfen.

Dann brach ich neben ihm zusammen. Da mein gesamter Körper pochte, musste ich mit meinem verbleibenden Auge, das nicht zugeschwollen war, eine visuelle Bestandsaufnahme meiner Verletzungen machen.

Linker Arm: gebrochen.

Rechter Fußknöchel: gebrochen.

Linkes Bein: Zerrung oder Bänderriss.

Rippen …

Jetzt verstand ich, warum Phin wegen seiner Rippen gejammert hatte. Gebrochene Rippen taten höllisch weh.

Als ich meinen rechten Arm auf Verletzungen untersuchte, erschien ein Nagel wie von Zauberhand in meiner Schulter.

Ich starrte ungläubig darauf. Es tat zwar nicht weh, aber das war normal. Ich erinnerte mich an Geschichten über Bauarbeiter, die aus Versehen mit einer Nagelpistole die eigenen Füße am Boden festgenagelt hatten und es erst bemerkt hatten, als sie gehen wollten.

Das hier war jedoch kein Unfall.

»Jacqueline!«, brüllte T-Nail.

»Dieser Kerl.« Phin schüttelte den Kopf. »Ich hasse ihn.«

»Jacqueline Daniels!«

»Wir können dich hören, Terrance«, sagte ich. »Es reicht. Es ist vorbei.«

»Es ist nicht vorbei.«

»Es ist vorbei!«, schrie ich und spürte, wie ich schwächer wurde. »Deine Leute sind abgehauen. Und wie es sich anhört, ist dein Akku am Ende. Was willst du machen? Uns töten und dann die fünfzehn Kilometer in die nächste Ortschaft kriechen? Sei nicht bescheuert. Du gehst zurück in den Knast.«

»Ich gehe nie wieder in den Knast. Wenn ich hier sterbe, dann sei es so. Aber du stirbst zuerst.«

Er schoss noch einmal. Der Nagel verfehlte meine Hüfte um ein paar Zentimeter und blieb im Boden stecken.

Ich war so erschöpft, dass ich nicht einmal zusammenzuckte.

»Du faselst dauernd von Ehre«, sagte ich, »hast aber keinen blassen Schimmer, was das bedeutet. Du scherst dich einen Dreck um die Welt, und die Welt schert sich einen Dreck um dich. Keiner schert sich um dich, Terrance. Deine bescheuerte Rachefantasie kümmert niemanden.« Ich sah Phin an. »Das Einzige, was zählt, ist Familie.«

»Ich habe fünfhundert Nägel«, sagte T-Nail. »Und ich verwende jeden einzelnen davon für dich.«

Er zielte erneut mit der Nagelpistole auf mich. Phin versuchte, sich auf mich zu legen.

»Nicht gerade die beste Zeit für Sex, Schatz«, sagte ich.

»Ich schütze dich mit meinem Körper.«

»Vielleicht will ich dich mit meinem Körper schützen.«

»Vielleicht sollten wir einfach nur außer Schussweite kriechen.«

»Da stimme ich dir zu.«

Der nächste Nagel traf mich in die Wade und fixierte mich am Boden.

»Kleine Planänderung«, sagte ich und fiel vor Schmerz beinahe in Ohnmacht. »Ich bleibe hier.«

Phin nickte. »Dann bleibe ich auch.«

Dann schlangen wir die Arme umeinander und wappneten uns für das Ende.

T-Nail

Nicht gerade die beste Art und Weise, die Sache zu beenden. Aber immerhin war er der Sieger.

T-Nail wünschte, er könnte näher herankommen, um die Gesichter der beiden zu sehen, wenn er einen Nagel nach dem anderen in sie hineinschoss. Aber er war zufrieden damit, ihren langsamen Abgang aus ein paar Metern Entfernung zu beobachten.

Außerdem konnte er wieder besser zielen. Der nächste Nagel würde in Jacquelines Bauch dringen.

Plötzlich ertönte hinter ihm ein lautes Zischen. T-Nail drehte sich um und blickte nach unten.

Del Ray, aus dessen Stirn ein Nagel zur Hälfte herausragte, war herangekrochen und hatte den pneumatischen Schlauch durchtrennt, der vom Druckluftkompressor zur Nagelpistole verlief. Jetzt war er dabei, T-Nails Beine mit einem Rasiermesser zu zerschneiden.

T-Nail verpasste ihm einen Schlag auf den Kopf, der fest genug war, um tödlich zu sein. Del Ray fiel auf sein Gesicht. T-Nail wandte sich wieder Jacqueline und ihrem Mann zu.

Er konnte jetzt nicht mehr mit der Nagelpistole auf sie schießen. Aber das war kein Problem. Er würde sie auf die altmodische Art ins Jenseits befördern.

Mit bloßen Händen.

T-Nail schnallte sich von dem Rollstuhl los, ließ sich auf den Boden fallen und kam auf der Seite zu liegen. Er schüttelte die Wucht des Aufpralls ab, drehte sich auf den Bauch und schleppte sich auf Jacqueline und Phineas zu.

Herb

McGlade versuchte es zum vierten Mal im Rückwärtsgang. Als das nichts brachte, sagte er zu Herb: »Steig aus und schieb.« Herb verließ das Fahrzeug schnell durch die Beifahrertür.

»Stemm dich mit deinem ganzen Gewicht dagegen!«, rief Harry ihm nach. »Dann kommen wir schnell frei!«

Aber Herb hatte keine Lust, den Krimibago aus dem Schlamm zu schieben. Ihm kam es einzig und allein darauf an, zu Jack zu gelangen.

Er rannte, so schnell er konnte. Seine Schuhe machten schmatzende Geräusche im Schlamm. Nach einem Dutzend Schritte war er bereits außer Puste, aber entschlossener als je zuvor in seinem Leben. Jetzt konnte er das Haus sehen. Es war nur noch fünfzig Meter entfernt.

Plötzlich schrie jemand: »Bulle!«, und Schüsse fielen.

Sehr viele Schüsse.

Herb warf sich zu Boden und landete mit dem Gesicht im Matsch. Vier Bandenmitglieder mähten mit ihren Maschinenpistolen die Bäume in Herbs Nähe nieder.

Die Sicht war beschissen. Der Feuerschein und das Scheinwerferlicht des Krimibagos fingen sich im Rauch, sodass man nicht mehr als ein paar Meter weit sehen konnte. Herb zielte auf eine Stelle, an der er Mündungsfeuer aufblitzen sah, und drückte zweimal ab.

Er hatte keine Ahnung, ob er sein Ziel getroffen oder verfehlt hatte, vermutete jedoch Letzteres, als vier Gegner das Feuer erwiderten. Die Kugeln schlugen dicht vor Herb ein und schleuderten ihm Schlamm ins Gesicht.

Herb zielte erneut. Leider war er kein Meisterschütze wie Jack. Und er war seit Monaten nicht mehr auf dem Schießstand gewesen. Und aus der Bauchlage heraus zu schießen, war alles andere als ideal.

Aber er durfte nicht sterben. Nicht jetzt, wo Jack ihn brauchte.

Herb feuerte drei weitere Male.

Die Gegner schossen hundert Mal zurück.

Sie trafen ihn nicht, kamen jedoch näher.

Da er im Krimibago einen Warnschuss abgegeben hatte, befanden sich nur noch vier Patronen in dem Magazin der SIG Sauer. Aber Herb hatte ja noch ein volles Magazin in seiner …

Ach du Scheiße! Als McGlade ihn von zu Hause abgeholt und zur Eile gedrängt hatte, hatte Herb vergessen, das Ersatzmagazin einzustecken.

Herb sah sich nach hinten um. Harry war nirgends zu sehen.

»Polizei!«, schrie Herb.

»Das wissen wir!«, kam die Antwort. »Deswegen schießen wir ja!«

Der Kugelhagel prasselte nur einen Meter rechts von Herb auf den schlammigen Zufahrtsweg. Er schoss dreimal zurück.

Jetzt hatte er nur noch eine Kugel.

Eine Kugel für vier Gegner.

Herb hatte versagt.

Vor seinem geistigen Auge spielte sich eine Rückblende ab: die verdeckte Operation, bei der Jack T-Nail geschnappt hatte.

Damals war er zu spät gekommen und hatte sie im Stich gelassen.

Und jetzt schon wieder.

Plötzlich erklangen in schneller Abfolge vier Schüsse. Aber sie galten nicht ihm.

Sie kamen von hinten. Von ziemlich weit hinten. Sie klangen wie Gewehrschüsse aus weiter Ferne.

»Hallo?«, rief er in die Dunkelheit.

Niemand antwortete.

»Gut geschossen, Süße!«, hörte er Harry rufen. »Du kannst aufstehen, Dicker. Die Gefahr ist beseitigt.«

Herb sah McGlade auf sich zukommen, in der Hand kein Gewehr, sondern eine Taschenlampe.

»Was zum Teufel ist da gerade passiert?«, fragte er.

»Das ist meine Freundin, die Spezialistin. Die ich über Twitter kontaktiert habe. Sie hat gerade jedem dieser Kerle das Gehirn perforiert.«

Herb war verwirrt. »Ich dachte, sie hat dir abgesagt.«

»Sie ist eine Geheimagentin, Dummerchen. Nein bedeutet ja. Sie muss das sagen, für den Fall, dass sie abgehört wird.«

»Warum hast du mir das nicht früher gesagt?«

»Weil ich ein Arschloch bin«, sagte Harry. »Willst du ein cooles Kunststück sehen?« Er fischte eine Fünfundzwanzig-Cent-Münze aus der Tasche und warf sie hoch.

Die Münze kam nie auf dem Boden an. Der Schuss traf sie in der Luft.

»Diese Frau ist die weltbeste Schützin auf weite Entfernungen«, sagte McGlade.

Aber Herb hörte diese Worte nicht mehr, denn er sprintete bereits auf das Haus zu.

Jack

Ich sah T-Nail mit teilnahmslosem Gesichtsausdruck auf mich zurobben. Mit dem unverletzten Arm griff ich in meinen BH, holte den taktischen Stift heraus und versteckte ihn hinter meinem Rücken.

»Eins muss man ihm lassen: Er gibt nicht auf«, sagte ich zu Phin.

Phin antwortete nicht. Er war in Ohnmacht gefallen.

Als T-Nail bis auf weniger als einen halben Meter an mich herangekommen war, hielt er inne. »Die letzten zwanzig Jahre habe ich jeden Tag fünfhundert Klimmzüge gemacht. Ich kann eine Bratpfanne in der Mitte verbiegen. Und jetzt breche ich dir jeden einzelnen …«

»Bla, bla, bla«, unterbrach ich ihn. »Dann tu's doch. Ich hab es satt, mir dein Psychopathengeschwätz anzuhören.«

Er packte zu, hielt mich am Bein fest, zog sich an mich heran und drückte mir die riesigen Hände um den Hals.

Als wir uns das letzte Mal vor zwanzig Jahren in einer ähnlichen Stellung befunden hatten, hatte ich ihm eine Crackpfeife ins Auge gestoßen. Leider hatte ich ihm keine dauerhaften Schäden zugefügt.

Der taktische Stift funktionierte viel besser. Ich stieß ihn so tief in seine Augenhöhle, dass er dort stecken blieb.

T-Nail heulte auf und verpasste mir einen Schlag ins Gesicht, der meinen Kopf zurückschnellen ließ. Dann riss er den Stift heraus.

Zusammen mit dem Augapfel.

Er schrie noch lauter, packte meinen Hals mit beiden Händen und drückte zu.

Als ich das Bewusstsein verlor, schoss mir ein Gedanke durch den Kopf: Das Letzte, was ich in meinem Leben sehen würde, war T-Nails aufgespießtes Auge, das am Sehnerv hängend auf seiner Wange ruhte.

T-Nail

Der Schmerz war außergewöhnlich.

Seine Wut ebenfalls.

T-Nail verlor jegliche Beherrschung. Er hatte geplant, sich mit Jacqueline Zeit zu lassen und ihre Qualen über mehrere Stunden auszudehnen.

Aber jetzt konnte er sich nicht mehr zurückhalten. Er drückte den Hals der Polizistin fest genug, um ihr das Genick zu brechen und ihr den Kopf abzureißen.

Herb

Panik jagte wie ein flüssiger Stromschlag durch Herbs Körper und ließ ein Stakkato aus Katastrophenszenarien über ihn hereinbrechen.

Jack war mehr als nur eine Kollegin. Mehr als eine Dienstpartnerin.

Sie war eine Freundin.

Und er musste sie da herausholen. Schnell.

Harrys Haus sah aus, als hätte ein Riese es hochgehoben und aus großer Höhe fallen gelassen. Herb rannte an der Grenze des Grundstücks entlang, wo mehrere Lagerfeuer brannten.

Plötzlich sah er im flackernden Schein der Flammen, wie T-Nail Jack würgte. Die beiden waren zwanzig Meter entfernt.

Ich kann sie nicht wieder im Stich lassen.

Nicht ein zweites Mal.

Herb gab keinen Warnschuss ab.

Er kündigte sich nicht als Polizist an.

Er blieb einfach nur stehen und zielte. Nur noch eine Kugel. Er drückte ab. Der Schuss zerfetzte die Schädeldecke des Dreckskerls.

Jack plumpste auf den Rücken und streckte alle viere von sich.

»Jack!«

Sie antwortete nicht.

Herb rannte zu ihr und starrte auf ihren reglosen Körper hinab.

»Ich komme zu spät! Oh Gott, ich komme zu spät!«

Plötzlich flatterten ihre Augenlider, und sie starrte zu ihm empor. »Im Gegenteil, Partner. Du kommst gerade im richtigen Moment.«

Jack

»Ich habe den Rest der Bande davongejagt«, sagte McGlade zu mir. Er machte eine Pause, und als ich nichts erwiderte, sagte er: »Gern geschehen.«

»Ich hätte nie gedacht, dass ich irgendwann froh bin, dich zu sehen, Harry. Aber jetzt bin ich es.«

»Aber ich bin nicht froh, dich zu sehen, Jackie. Verdammt, du siehst scheiße aus.«

»Nicht alles ist Blut. Ein Teil davon ist Spaghettisoße.«

»Verdammt, du solltest mal richtig kochen lernen. Die Soße bleibt normalerweise in der Pfanne.«

»Es sind also alle vollständig versammelt?« Phin war inzwischen wieder zu sich gekommen.

»Phineas«, sagte McGlade und nickte ihm zu.

»Harrison.« Phin nickte zurück.

»Wir sind in letzter Sekunde gekommen, um euch die Ärsche zu retten«, sagte Harry. »Wieder mal. Es ist fast schon ein Vollzeitjob.«

»Danke.«

»Dafür sind Freunde da«, sagte Harry. »Ach ja, noch was. Ihr beide schuldet mir drei Millionen Dollar, dafür, dass ihr mein Haus zerstört habt.«

Ich hörte ein Auto vorfahren. Harry zog seinen großkalibrigen Revolver und richtete ihn auf die Dunkelheit. Aber ich erkannte die Frau in dem Jeep.

»Chandler?«, sagte ich.

Sie schüttelte den Kopf. »Nein. Ich bin ihre hübschere Zwillingsschwester.«

Ich wusste, wer sie war. Und sie gehörte nicht zu den Guten.

»Das ist Hammett«, sagte McGlade. »Verärgert sie nicht, sonst bringt sie euch um.«

Harry übertrieb nicht.

»Danke für die Hilfe«, sagte Herb.

»Sie müssen unbedingt mal wieder auf den Schießstand«, sagte Hammett zu ihm. »Ihre Schießkünste sind unter aller Sau.«

»Es war dunkel, und da war jede Menge Rauch.«

»Ich habe sie trotzdem getroffen, durch die Bäume und aus eineinhalb Kilometer Entfernung.«

»Danke«, sagte ich mit teilnahmsloser Stimme.

»Ich habe es nicht für Sie getan.«

»Trotzdem danke.«

»Sie haben was drauf«, sagte Hammett zu mir. »In dem Kampf gegen die ganze Bande haben Sie sich wacker geschlagen – für ungefähr zehn Sekunden. Und wie Sie diesem Robotermenschen das Auge ausgestochen haben, das war echt klasse.«

»Sie haben das gesehen? Wieso haben Sie mir nicht geholfen?«

Hammett zuckte mit den Schultern. »Wie ich schon sagte, ich hab es nicht Ihretwegen getan. Ich hab's getan, weil mir langweilig war und weil mir jemand Sex versprochen hat.«

»Das war ich!«, rief Harry und hob die Hand. »Wir sind dann mal im Krimibago. Dass uns während der nächsten dreieinhalb Minuten ja niemand stört.«

»Was ist mit dem Waldbrand?«, fragte Phin.

»Der Wind hat sich gedreht«, sagte Hammett. »Das Feuer bewegt sich in die andere Richtung.«

Harry nahm Hammett bei der Hand und verschwand mit ihr.

»Wollen wir McGlade wirklich mit dieser Psychopathin allein lassen?«, fragte ich.

Phin und Herb nickten, und nach anfänglichem Zögern stimmte ich ihnen zu.

Hinter uns ertönte ein Stöhnen. Wir drehten uns um und sahen, wie Del Ray sich aufsetzte.

»Keine Bewegung!«, sagte Herb und richtete seine Waffe auf den Mann.

Ich hob eine Hand. »Einen Moment, Herb.«

Das Bandenmitglied stand auf, taumelte ein bisschen und starrte uns an.

»Del Ray, oder?«, fragte ich.

Er nickte. »Ihr habt T-Nail getötet?«

»Ja.«

Del Ray spuckte auf T-Nails Leichnam. »Der Kerl war verrückt.«

»Das muss gerade einer sagen, der einen Haufen Skalps an seiner Weste hängen hat«, sagte Phin.

Del Ray blickte auf seine Weste herab. »Das sind meine toten Kumpels.«

»Wie bitte?«, sagte ich.

»C-Notes. Meine Gang.«

»So behandelst du deine Kumpels?«, sagte Phin. »Du tötest und skalpierst sie?«

»Nee, Alter. Ich hab nie jemanden getötet. Niemals.« Del deutete auf einen der Skalps. »Das ist Jamal. Starb letztes Jahr am zehnten Februar. Hat 'nen Schnapsladen ausgeraubt und wurde von den Bullen erschossen. Das hier ist Franklin. Schiefgelaufenes Waffengeschäft, achtzehnter Oktober, letzten

Monat. Und der hier …« Er schniefte. »Lil' K. Musste sterben, weil dieses Arschloch mehr an Rache als an seinen Brüdern interessiert war.«

»Andere Leute bewahren einfach nur die Asche in einer Urne auf«, sagte Phin.

»Wir sind C-Notes. Bei uns gibt es keine Bestattungen. Wir weinen und beten nicht an den Gräbern unserer Kumpels. Aber diese Weste … sie hält die Erinnerung an meine Freunde lebendig. Und sie erinnert mich daran, dieselben Fehler nicht noch mal zu begehen.«

Auf eine perverse Art und Weise war das ein poetisches Statement. »Du bist jetzt also der Chef der C-Notes?«

Del nickte und berührte den Nagel, der in seinem Kopf steckte.

»Rühr ihn nicht an«, warnte ich. »Darum muss sich ein Arzt kümmern.«

»Also, was nun?«, fragte Del Ray.

Ich überlegte einen Moment. Nicht die leichteste Aufgabe, wenn man bedenkt, wie ramponiert ich war. »Ich bin müde. Richtig müde. Ich will das alles hinter mich bringen.« Mit einem Seitenblick auf Phin fügte ich hinzu: »*Wir* wollen das alles hinter uns bringen.«

»Was willst du damit sagen?«

»Ich will damit sagen, dass ich dich nicht ins Gefängnis bringen und auf den Tag warten möchte, an dem du ausbrichst, um mich zu töten.«

Del kniff die Augen zusammen. »Du willst also einen Deal machen?«

»Wir bringen dich ins Krankenhaus, und dann trennen sich unsere Wege. Du lässt mich in Ruhe, und ich dich.«

»Was ist mit den Mafiosi, denen das Haus gehört?«, fragte Del. »Lassen die mich auch in Ruhe?«

Das war perfekt. Ich hatte über die Sprechanlage darauf angespielt, dass das Haus gefährlichen Leuten gehörte, und Del hatte es mir abgekauft. »Ich rede mit ihnen. Sie lassen dich in Ruhe, wenn ich es ihnen sage.«

Er nickte und streckte seine Hand aus. Ich erwiderte die Geste nicht.

»Wo ist unsere Tochter, Del? Samantha?«

»Ein paar von meinen Jungs haben sie geholt. Ich hab ihnen eingeschärft, sie sollen ihr kein Haar krümmen. Ich sorge dafür, dass mit ihr alles in Ordnung ist.«

»Und was ist mit Officer Knowles?«

»Ich wollte der Frau nie etwas tun. Als du über den Lautsprecher diese Nummer mit Samuel Jackson abgezogen hast, habe ich sie von T-Nail weggezerrt. Dann ist sie abgehauen.«

Ich reichte ihm die Hand, und wir schlugen ein.

»Wir müssen Tom suchen und euch ins Krankenhaus bringen«, sagte Herb. »Es gibt eins in Rice Lake, ungefähr eine Stunde von hier.« Mein Freund warf mir einen ernsten Blick zu. »Wirst du es schaffen?«

Mit meiner unverletzten Hand griff ich nach der von Phin. Unsere Finger verhakten sich.

Werden wir es schaffen?

Als ich antwortete, war ich mir so sicher wie nie zuvor.

»Ja«, sagte ich. »Das werden wir.«

Phin

»Und ob wir das schaffen!«

Phin küsste seine Frau, als wäre es das erste und letzte Mal. Er wusste, dass sie auf immer und ewig zusammenbleiben würden. War davon überzeugter als je zuvor.

Wahres Glück. Was bin ich doch für ein Glückspilz!

Epilog

Monate vergingen.

Wunden verheilten.

Das Leben normalisierte sich wieder, wurde sogar besser als normal. Jack war wieder die Alte.

Sie waren glücklich.

Aber Phin wusste, dass dieses Glück jeden Moment wieder verschwinden konnte.

Nicht, weil es zwischen ihnen Streit und Ärger geben könnte. Jack und Phins Beziehung war stärker und gefestigter als je zuvor.

Die Ehe war nicht das Problem.

Das Problem war die Vergangenheit seiner Frau. Jack hatte noch eine Leiche im Keller.

Einen Psychopathen namens Luther Kite.

Wenn sie jemals wirklich sicher und glücklich sein wollte, musste Kite von der Bildfläche verschwinden.

Und Phin wusste, wie er ihn finden konnte.